支持单位
成都市文学艺术界联合会

出品单位
四川师范大学文学院
成都市李劼人研究学会

四川新文学大系
戏剧编 ·第一卷·

总　　编　　王嘉陵　刘　敏
副 总 编　　张义奇　曾智中
本编主编　　　王　菱

四川文艺出版社

图书在版编目（CIP）数据

四川新文学大系. 戏剧编：共四卷 / 王嘉陵，刘敏总编；张义奇，曾智中副总编；王菱主编. — 成都：四川文艺出版社，2024.10. — ISBN 978-7-5411-6548-1

Ⅰ. I218.71

中国国家版本馆 CIP 数据核字第 2024N7B913 号

SICHUAN XINWENXUE DAXI · XIJUBIAN (DIYIJUAN)

四川新文学大系·戏剧编（第一卷）

总编　王嘉陵　刘　敏　副总编　张义奇　曾智中

本编主编　王　菱

出 品 人	冯　静
策划组稿	张庆宁
书稿统筹	宋　玥　罗月婷
责任编辑	付淑敏　罗月婷
封面设计	魏晓舸
版式设计	史小燕
责任校对	段　敏　张雁飞
责任印制	桑　蓉　崔　娜

出版发行	四川文艺出版社（成都市锦江区三色路 238 号）
网　　址	www.scwys.com
电　　话	028-86361802（发行部）　028-86361781（编辑部）
邮购地址	成都市锦江区三色路 238 号四川文艺出版社邮购部　610023
排　　版	四川胜翔数码印务设计有限公司
印　　刷	成都东江印务有限公司
成品尺寸	148mm×210mm　　　开　本　32 开
印　　张	57.875　　　　　　　字　数　1520 千
版　　次	2024 年 10 月第一版　　印　次　2024 年 10 月第一次印刷
书　　号	ISBN 978-7-5411-6548-1
定　　价	320.00 元（共四卷）

版权所有，违者必究。如有印装质量问题，请与出版社联系调换。联系电话：028-86361796。

编委会名单

编委会主任

梁 平

编委会副主任

王嘉陵　刘　敏

总　编

王嘉陵　刘　敏

编　委

王嘉陵　刘　敏　袁耀林　谭光辉　张庆宁
彭　克　张义奇　曾智中　段从学　蒋林欣
付玉贞　王　菱　王学东　吴媛媛　谢天开
刘　云　闫现磊　吴红颖　张志强（执行）
易艾迪　宋　玥　罗月婷

总序
"奇伟的地方"与"奇伟的文学"

一

　　成都指挥街一百零四号——诗人、音乐家叶伯和寓所,民国十一年(1922)十一月三十日这一天,成都草堂文学研究会推出了一份三十二开的文学刊物《草堂》。主要内容有诗歌、小说、戏剧等,除在省内发行外,还在北京、上海、广州、南京、昆明、苏州、杭州、长沙、武汉、法国蒙柏利(今译蒙彼利埃)、南洋(今马来西亚)槟榔屿等地设有代售处。

　　四川盆地这一声雏凤新啼,引来中国新文学界的凝视和喜悦——

　　茅盾在检视新文学发展的历程时说道:"四川最早的文学团体好像是草堂文学研究会(成都,十二年春),有月刊《草堂》,出至四期后便停顿了,次年一月又出版了《草堂》的后身《浣花》。又有定期刊《小露》(十二年),似非同人杂志。成都以外,泸县(川南师范）有星星文艺社，定期刊为《星星》（十三年），又有零星社的《零星》（十二年）；重庆有《南鸿周刊》（十四年二月）。"①

周作人更有由衷的憧憬："近来见到成都出版的《草堂》，更使我对于新文学前途增加一层希望……对四川的文艺的未来更有无限的向往。我们不必学古今的事实来作例证，便是直觉的也能觉到有那三峡以上的奇伟的景物的地方，当然有奇伟的文学会发生出来。《草堂》的第一期或者还不能当得这个称号，但是既然萌长起来了，发达也就不远，只等候《草堂》的同人的努力了。"②

二

"奇伟"之地的四川，自古就有优秀的文学传统。

郭沫若"奉读草堂月刊第一期"时就"甚欢慰"，"吾蜀山水秀冠中夏，所产文人在文学史上亦恒占优越的位置。工部名诗多成于入蜀以后，系感受蜀山蜀水底影响"③。蜀中前贤常璩《华阳国志》借《易经》卦位，谓蜀："其卦值坤，故多斑彩文章。"

古蜀沃野千里，水系通畅，物产丰盈；险道阻隔，史上战事相对少于中原；汉有文翁兴蜀，化比齐鲁；唐宋时为全国的雕印书籍中心；明人则云："逖惟往记，见蜀山水奇、人奇、文与艺奇，较他处觉多，故剑阁、峨眉、锦江、玉垒，称古今狂客骚人、名流雅士之一大武库焉。"④

---

① 茅盾：《中国新文学大系·小说一集·导言》，原载《中国新文学大系导言集》，贵阳：贵州教育出版社，2014年，第101页。
② 周作人：《读〈草堂〉》，《草堂》，三期，民国十二年（1923）五月五日，上海图书馆藏本。
③ 郭沫若：《通讯·致草堂社诸乡友》，《草堂》，三期，民国十二年（1923）五月五日，上海图书馆藏本。
④ ［明］曹学佺：《蜀中广记·诗话·画苑二录序》，杨世文点校，《蜀中广记》，上海：上海古籍出版社，2020年，第1097页。

由此生发，汉司马相如辞赋标誉天下，晚唐长短句之曲子词始出，滋衍于五代，后蜀《花间》问世，为首部文人词总集，其词作多出自蜀人。唐至明、清，文学巨擘陈子昂、苏东坡、杨升庵、李调元等为文坛留下千古绝唱，李白、杜甫、白居易、杜牧、元稹、张籍、王建、陆游等多不胜数的文人墨客流连蜀中，创作了浩繁巨量的诗词文章。巴蜀高天厚土成为文人云集、文学兴盛的基础。

三

中国新文学因现代国人思想的觉醒而发端、发展和繁荣。"奇伟"之地的四川，在现代的前夜与现代文学的准备、发生、发展过程中，其文学创作实践与文艺理论探索又一次走到了时代前列，形成一支现代文学中"冲出夔门"的劲旅，在文学家数量上占据全国第三位[1]，在新文学发生的地图上，成都被称为新文化运动第三重镇[2]。可以说现代文学史上一系列首开风气的事业都与四川大有关系。在中国新文学时期，四川保持了文学大省的姿态。

具体说来，四川与全国其他地区相比较，无论从社会状况还是从自然条件上看，都有其独特性：

地理位置虽然较偏僻，但知识分子们的思想意识并不保守落后，尤其在新文化新思想的传播中，四川可以与京、沪等中心城市媲美。辛亥革命和"五四"新文化运动，四川都是重要的策源地之一。

四川地区地理位置特殊，处于主流文化与少数民族文化交会的

---

[1] 李怡：《现代四川文学的巴蜀文化阐释》，长沙：湖南教育出版社，1995年，第1—2页。

[2] 参见张义奇：《成都：新文化运动第三重镇》，《华西都市报》2015年9月12日。李劼人在《五四追忆王光祈》中指出，"五四"时期"成都真是全中国新文化运动的三个重点之一。北京比如是中枢神经，上海与成都恰像两只最能起反应作用的眼睛"。

走廊地带，反映在文学创作中便呈现出丰富性、多样性和独特性等诸多特征。

全国抗日战争爆发之后，四川成了中国文学和文化最重要的后方之一，它在中国新文学史上的重要意义，怎么评价都不为过。四川以其天险和地理屏障保全了作家的生命，而且更重要的是保存了中国文学的精神薪火和再植灵根。

四川地处西南地区，高山大川，在地理上与其他地区形成显著差异。自古以来，其内敛、务实、坚韧、包容的文化精神，已经融入中华文化的血脉之中。中原文化的许多基因，也通过漫长的历史渐渐地改变着四川文化的形态。彼此互相影响、互相改变的文化发展路径，可能是每一种文化都必然经历的过程。

这种奇伟之地造就的奇伟文学，具有浩远的精神价值和恒久的审美价值，难怪周作人说道："地方色彩的文学也有很大的价值，为造成伟大的国民文学的原素，所以极为重要。我们想像的中国文学，是有人类共同的性情而又完具民族与地方性的国民生活的表现，不是住在空中没灵魂阴影的写照。我又相信人地的关系很是密切，对于四川的文艺的未来更有无限的向往"。①

四

20世纪30年代到80年代，作为新文学革命成果的《中国新文学大系》已经编辑出版过四编②，而我们编纂的这套《四川新文学

---

① 周作人：《读〈草堂〉》，《草堂》，三期，民国十二年（1923）五月五日，上海图书馆藏本。
② 赵家璧主编的《中国新文学大系》（1917—1927），由上海良友图书印刷公司出版；上海文艺出版社组织编辑第二编（1927—1937）和第三编（1937—1949），分别于1987年和1990年出版。此外，20世纪60年代，香港文学研究社还在第一编的基础上，出版过《中国新文学大系·续编》，时序与上海文艺出版社所出第二编相近。

大系》，则是一部地域性的新文学丛书。

它涵盖的内容，是自新文学革命伊始至1949年四川地区的文学作品，那时的四川，地域辽阔，包括现在的巴渝全境①。

此外，无论四川本土的作家，还是流寓作家，有的声名显于当时，创作了较多优秀的作品，但之后因各种原因被史家淡忘，随岁月流逝而淡出人们的视野，作品亦流失、散佚，难以寻觅。如果不加以搜集和整理，则可能无声息地永久地消逝掉了。

这一点很重要，除了通过搜集、整理，彰显四川新文学的全貌，抢救濒于消逝的一个时代的作品，为后世后人留存备考的文献和文本，也是我们秉承的宗旨和希望达到的目的。

《四川新文学大系》的编纂出版，由李劼人研究会发起。经过差不多七年时间，中间虽然受到疫情的干扰，终告于完成。世事茫茫，黄卷青灯，同仁于此中之艰辛和奉献，将为此奇伟之地留一历史存照。足矣。

五

这部《大系》按照文学体裁和研究专题分为七编，分别为：小说、诗歌、散文、报告文学、戏剧、文学理论与评论和史料。现简述如次——

《小说编》

新文学萌芽阶段，以小说家为代表的四川作家就率先加入了新文学革命的洪流，在时间上并未落后于其他地方的作家。

从20世纪初到20年代，四川小说家们极其活跃，不但成为新文

---

① 抗战时期，因国民政府西迁，1937年底重庆定为国民政府陪都。但历史、地理、文化的共同母体，决定了其时的重庆作家仍为川籍作家，因此《四川新文学大系》理所当然包括了这一时期重庆的作家和文学作品。

学革命初期的主要参与者，而且可以说在某种程度上成为较为重要的引领者。

20世纪20年代末到30年代，四川新文学小说家井喷似的大量出现，人数众多，创作的作品数量也最多。多数小说家的重要作品都产生于这个时期。

本编收录了四十余位川籍小说家的作品，他们中的很多人都在全国范围内产生过一定的影响，甚至产生过广泛的影响。

编选者学术态度严谨，认为全国抗战爆发之后，从东部沦陷地区来到巴蜀的作家很多，有不少小说创作。艾芜主编的《中国抗日战争时期大后方文学书系》第三编小说共辑录四册，收录了这些小说家的部分作品。因人数众多，且寓居时间长短不一，是否严格属于四川新文学存有争议，故本编对该类寓居于四川的小说家的作品均不作收录。

《诗歌编》

这是一部迄今为止最全面地展示现代时期四川诗歌面貌的选集，在完整地保留新诗史料方面做出了突出的贡献。

编撰者付出的努力有目共睹。这些民国时期的文献史料，搜求十分不易，相当一部分已经湮没或者难以寻觅，但编者竭尽全力，努力寻找，翻阅大量原始报刊，千淘万滤，其数量和质量都有较好的保障，值得充分肯定。

编辑体例清晰，便于读者查阅。按诗人姓氏音序进行编排，使得读者比较容易查询，能够较好地利用这些文献。

《散文编》

相较于小说、诗歌，四川现代散文读者印象淡薄，文献零落，系统研究稀缺，几成无人打望的旷野。问题之所以成为问题，就在于我们对此还缺乏一个起码的回顾与反省，而《四川新文学大系·散文编》的编选，就是努力的起步。

编选者以前贤如周作人、郁达夫所编《中国新文学大系》散文一集、二集为高标和示范；同时以自己的喜爱，以文学价值为首要考量，认为没有选家的眼光和热情的选本，只是产品说明书或名胜导游词而已。

此外，编选者也尽量兼顾了资料的珍稀性。认为一般文学史的描述，自然是有价值的参考；一般文学史忽略的，自然更有关注的理由。

入选作品时间跨度为20世纪上半叶，这样整个四川现代散文的潜伏、诞生、发展、高潮、衰变便有迹可循，班班可考。

是以此编以四川本土作家作品为主体，兼顾流寓作家作品。后者情况较为复杂，大致包含其在四川创作的作品、以四川为题材的作品，或与四川有密切关联的作品。

散文编共收录四十余位本土作家一百多篇作品，三十余位流寓作家六十多篇作品。

《报告文学编》

作为中国现代文学的重要组成部分，四川新文学的发展与全国同步，报告文学自然也在20世纪前半期历经了发展、成熟的过程。

本编所收录的作品，时间上限不拘泥于一般文学史所认定的新文化运动起始的1915年，或是文学革命发生的1917年，而是秉承"20世纪中国文学"的概念，结合四川实际情况，上溯至辛亥革命时期，主要以记述保路运动的作品为重点。

而"五四"时期则以旅欧作家的作品为重点，以此反映川籍留学生在"勤工俭学"大潮中的生存状况和他们直面西方文化时的心路历程。

20世纪30年代，四川作家的报告文学作品已很成熟，李劼人的《危城追忆》、郭沫若的《北伐途次》、范长江的《中国的西北角》、胡兰畦的《在德国女牢中》、刘盛亚的《卐字旗下》等作品是最重要的成果。

除此之外,还有另外一些作品不可忽视,那就是描写自然灾害、山川风物以及社会经济的一类。作者都不是专业作家,但他们的作品既有重大事件反映,也有对社会现状的描述,无愧于报告文学的称号。

抗战时期,川籍或旅川的作家们在民族救亡的旗帜下,以笔作枪,再次以激昂而真切的文字记录着一个伟大的时代。

纵观辛亥以降至20世纪50年代前,四川报告文学作品集中出现的时候,正是中国社会生活重大变故之际,在四川或全国发生的重大事件中,四川作家从未缺席。

本编的作家作品排序,采取了综合的办法,即:首先按照时代和内容分类,然后再按时间先后编排。其中第一卷收录作品从保路运动至"五四"前后;第二卷是大革命至全国抗战爆发前;第三卷是全国抗战及胜利后;第四卷是报告文学作家专卷。

本编收录的作品,有些是新文学史上的名篇,但有相当一部分则从未进入文学史的视野,具有独特的意义。

《戏剧编》

中国的话剧始于清末。曾孝谷是四川成都人,曾在日本与李叔同、陆镜若、欧阳予倩等人共同组织了中国第一个话剧团体"春柳社",民国初年回到成都后,为改良戏剧,推动话剧发展,他又组建了"春柳剧社","春柳剧社"成为"成都话剧的萌芽"[①]。曾孝谷也因此成为四川话剧艺术的奠基人。

20世纪30年代是四川的话剧艺术发展的繁荣时期。四川话剧演出和观赏活动大都局限于文化素养较高的教育界,剧本多为著名作家田汉等人的作品,内容涉及社会生活的方方面面;其次是以莎

[①] 参见孙晓芬:《抗日战争时期的四川话剧运动》,成都:四川大学出版社,1989年,第2页。

士比亚作品为主的翻译作品。

抗战时期是话剧在四川的大发展时期。从全国抗战开始，四川的各个抗日救亡团体就排演了许多街头剧、活报剧。从1937年10月起，先后有全国众多知名演员组成的八个话剧团，分别从上海、南京、武汉、香港等地入川，在各地进行巡回演出，极大地促进了四川话剧的发展。抗战期间，成都的话剧产业日臻成熟，宣传营销手段较之前有了较大提高。

四川话剧从民国初年传入，到抗战勃兴，再到战后沉寂，其间不仅经历了趋新与守旧到针锋相对，还见证了精英阶层与普通市民的分歧疏离。

梳理四川话剧发展的历史，既是对一种艺术形式发展与流变的整理，亦是对民国时期成都社会意识、官民互动乃至现代化变革的透视。

本编所收，以现代原创话剧为主，传统戏曲改编的戏剧、翻译剧及其基础上改编的戏剧不录。

四川新文学时期话剧剧本很多，搜集完全颇为困难，本编所收均为在四川出版、创作或公演的具有一定影响力的本子。

《文学理论与评论编》

巴蜀文艺思想自古以来亦独树一帜，中国文学史上几次较大的文风变革均有巴蜀人参与其中，司马相如、扬雄、陈子昂、李白、苏轼等均有创造引领的历史伟绩。

到了近现代，四川的文学创作实践与文艺理论探索又一次走到了时代前列。

"五四"时期，巴蜀文学家表现不俗，在文艺思想、理论建构方面做出了重要成绩。他们在大多数文艺思潮论争中都发出了自己的声音，积极参与时代话语的建构，提出了独特的看法，在很多领域开一代风气；从思想到工具论到审美，到文学的各要素等都有论述，较为全面；此外还关注到文学创作的主体性。

在接下来的第二个十年、第三个十年里,四川文艺理论依然走在前列。如从文学革命到革命文学的转折中,李初梨、郭沫若、阳翰笙的文学理论产生了重要的影响;在抗战时期,陈铨、邵荃麟等都提出了自己独特的文艺主张。

现代四川文艺理论的总体特征是群体效应明显、积极参与介入意识较强,既有富有青春气息的反叛精神,又有保守中庸的中正平和之姿;既有本土立场又有国际视野,在中国文论的现代转型建构过程中做出了不可忽视的贡献。

然而,这些成就往往被忽视、被遗忘、被湮没,编者梳理了其中主要原因:

一是中心与地方关系,过去的文学史主要是一种线性的时间观,空间意识还不够,没有充分意识到地方、地域的重要性,地域性的文学史还不多,地域文学的重要性正在发掘中。

二是部分学者身份复杂,而文学史书,甚至文学研究有很多禁忌。

三是与巴蜀学者大多数中庸、中立甚至偏向稳健保守的态度、主张有一定关系,后来的评价更多的是看到、肯定新文学中的激进派,而对中立的、保守的价值的发现与重估较晚。

但现代文学的地域版图研究逐渐成为一个学术生长点,"文学史研究的'空间'阶段已经到了"[1],因此关注现代四川文艺理论,还原丰富的历史,是一种追求与尝试。

现代四川文艺理论研究、文献结集尚不多见,本编搜集了一百三十多位现代川籍文学家、文艺理论家的相关论著,最终筛选出五十多位作者具有代表性的文学理论及评论文章,编为四卷,大致展示了这一阶段四川文艺理论及评论的主要面貌,展现了中国文论现

---

[1] 参见李怡为彭超《巴蜀作家与中国现代文学的发生》所作序,北京:中国社会科学出版社,2014年,第4页。

代转型过程中的四川话语与建构。

《史料编》

与星光璀璨的四川现代作家群相对应的是，对四川现代作家的研究却乏善可陈，除巴金、李劼人、郭沫若等少数作家外，不少川籍作家的研究还有很大的空间，本编为此做出了有益的探索。

近代尤其是抗战时期，巴蜀各种文学自救活动此起彼伏，谱写了一曲曲悲壮的抗战战歌。报刊创办如火如荼，副刊成为文艺宣传的主要阵地之一。

文学社团、文艺报刊遍地开花。四川现代文学的中心当仁不让是成都和重庆，其他市县也绽放出了自己的光彩。

繁荣的出版业，为四川文化的发展提供了很好的物质条件。社团、期刊兴办多，关闭多。不少文艺团体和期刊存在的时间都不长，短的几个月，长的也就几年时间。出版家和文人队伍的兴起，为四川新文学的发展，提供了人才保障。

本编从浩繁零散的资料中去钩沉这些四川现代文学的荣光，较为清晰地厘清了其中的发展轨迹。分为：文学社团史料、作家小传、文学期刊、报刊副刊、新文学创作总目、新文学大事记及索引等内容，为四川新文学的研究者提供了基础的资料或线索。

六

《四川新文学大系》由段从学、曾智中、谭光辉、张义奇、王菱、蒋林欣、付玉贞、王学东、吴媛媛、谢天开、刘云、闫现磊、吴红颖、邱域埕、蒲小蛟等分领各编。他们之中有作家、学者、教授、研究员、博硕导师，有文学领域的新秀，从事四川本土文学的整理有较好的基础。《大系》的执行编委张志强亦认真负责地做了较多编务和联络工作。大家勠力同心，其利断金，终成正果，令人欣慰。

这部《四川新文学大系》在审稿过程中，即获得学界的好评，这应该是对各编主编和参编者最好的褒奖。李怡、陈思广、邓经武、廖全京、妥佳宁等专家在本书的选题立意、编辑体例、作家和作品的筛选，以及提示漏选的文学家和作品诸多方面，贡献了很专业的意见。李怡认为，这套书"选题和编撰本身就是对百年四川新文学史的比较完整的呈现，这一工作极具历史价值和现实意义"。谈到《诗歌编》，认为"这是一部迄今为止最全面地展示现代时期四川诗歌面貌的选集，在完整地保留新诗史料方面做出了突出的贡献"。妥佳宁则认为《散文编》"从篇目的选择标准和范围看，编者的专业水准极高"。陈思广评《小说编》："所选作家及作品系统且具有代表性，能够全面地反映四川自新文化运动以来小说发展的基本面貌，也在总体上能够代表四川新文学小说方面的创作实绩，选目准确、系统，值得肯定。"邓经武充分肯定《报告文学编》"对早期的文白夹杂的极少数作品则视其内容重要性而定"的原则，同时，支持选取流寓四川作家所写四川故事，以"突出四川社会某个方面特征"，认为凯礼的《巴蜀见闻录》等，就选得很好。

所有这些，作为总编，秀才人情纸半张——我向他们致以深深的谢意！

七

中共成都市委宣传部、成都市文学艺术界联合会、四川师范大学文学院、四川文艺出版社的领导和相关人员，自始至终在《四川新文学大系》的立项、资金和出版方面给予了积极的支持，在此也表示诚挚而真诚的感谢！

王嘉陵

前　言

话剧是一种来自欧洲的戏剧艺术类型，以对白和动作为主要艺术表现手段，多直接而逼真地反映现实生活和矛盾冲突。

中国的话剧艺术肇始于清末。

1904年，后来发起了南社的陈去病和柳亚子等创办了中国最早的戏剧杂志《二十世纪大舞台》。这本杂志致力于倡导"改革恶俗，开通民智，提倡民族主义，唤醒钧天之梦，招还祖国之魂"的艺术理念，对当时喜欢文艺的年轻学生产生了积极的影响。

因为受到中国国内政治文艺和日本新派剧[①]等的影响，1906年，考取官费进入东京美术学院西洋画专科学习的成都人曾孝谷[②]和同班同学李叔同共同在日本东京发起"以研究各种文艺为目的"的春柳社文艺研究会，同时成立了演艺部，并创立了中国第一个话

[①] 新派剧是日本明治维新以后，日本戏剧从歌舞伎到新剧（话剧）的一种过渡形式。它是在自由民权运动中产生的一种改良戏。

[②] 曾孝谷是我国早期话剧艺术活动家之一。他曾长时间在北平生活，看过很多中国旧戏，本身就是戏迷，而且还能唱两句，甚至能上台演出。

剧团体——春柳社。春柳社成立后相继公演了《茶花女》①《黑奴吁天录》②《热血》《生相怜》《画家与其妹》等新剧③，随后陆镜若、欧阳予倩、唐廉江、吴我尊、黄喃喃、李涛痕、马绛士、谢抗白、庄云石、黄二难等人共同加入该会。春柳社始终认为戏剧是社会教育的工具。春柳社的演剧活动，在当时的中国社会产生了很大的影响，为中国话剧的发展奠定了基础。早期的话剧演出，除春柳社有过剧本外，其他的演艺团体几乎没有，只是按照幕表制的方式进行演出④。

1912年，陆镜若组建了春柳剧场。春柳剧场相继在上海、无锡、长沙等教会学校演出了《社会钟》《家庭恩仇记》等新剧，新

---

① 春柳社于1906年12月（一说为1907年春）在东京中华基督教青年会礼堂举行了首场演出，剧目是《茶花女》。这次演出是为江苏某地水灾筹赈。这次演出只演了阿芒的父亲访问茶花女一幕，并非完本，但这是由中国人用中国话剧演出的第一个话剧。此剧被视为中国话剧的发展之端。学政治的唐肯扮演阿芒，学美术的曾孝谷扮演阿芒父亲，学美术和音乐的李叔同扮演茶花女，孙宗文扮演普鲁唐司。

② 《黑奴吁天录》演出时间是1907年6月1日和2日，地点在日本东京卜地本乡座，票价为5角。该剧由日本新派剧演员藤泽浅二郎指导。这次演出在日本得到了非常好的反响，《早稻田文学》专门为此发表了20多页的评论文章。评论认为《黑奴吁天录》里中国青年的演剧实力象征着中华民族将来的无限进步，并且对曾孝谷、李叔同、李涛痕等人表演外国人生活的演技给予了充分的肯定，认为超过很多当时日本的名演员。曾孝谷参与演出的黑奴妻和丈夫分别的一场戏获得了最多好评。

③ 1907年2月11日，春柳社公演《茶花女》第三幕，曾孝谷扮演阿芒的父亲，李叔同则扮演玛格丽特。1907年6月1日，春柳社在东京本乡座公演《黑奴吁天录》。曾孝谷一人分饰三个角色，尤为值得一提的是，此次演出的剧本为他所改编，且第一次采用了西方戏剧的分幕法。《黑奴吁天录》分五幕，每一幕都有表明情节的标题，按照剧情的发展时间展开故事情节。"每一幕之间没有幕外戏，整个戏全部用的是口语对话，没有朗诵，没有加唱，还没有独白、旁白，当时采取的是纯粹的话剧形式。"［参见欧阳予倩：《欧阳予倩全集》（第六卷），上海：上海文艺出版社，1990年。］将《黑奴吁天录》看作中国第一个话剧剧本相当具有说服力。《生相怜》和《画家与其妹》这两个独幕剧于1907年冬天（一说为1908年春天）在日本常磐馆演出。此后，春柳社成员便回到国内开展演剧活动，产生了很大影响，为中国话剧的发展奠定了基础。尽管春柳社第三次、第四次公演没有像前两次那样造成轰动效果，但曾孝谷不仅参与了演出，同时还担当着编剧的重责。在筹备第五次公演《热泪》时，他恰好回国了，自此他在春柳社的演剧活动告一段落。从东京美术学院专科毕业后，曾孝谷成为该校西洋画研究科第一位中国研究生，但于1912年3月初终止了学业。

④ 所谓"幕表"，就是以"场"写出文字，有的注以动作提示，有的还写有重要片段的对话，还有的画成连环图画，贴于后台墙上，演员看后依次上台演出，形态十分粗糙，连戏剧剧本的影子都谈不上。

剧当时也称"文明戏"。

1913年，中国社会党开明社新剧团到重庆演出。同年，周慕莲在重庆组建了群益新剧社，该社是重庆也是四川成立的第一个话剧职业团体。

辛亥革命后，曾孝谷回到成都，创办春柳剧社，演出新剧，春柳剧社成为"成都话剧的萌芽"[①]。曾孝谷也因此成为四川话剧艺术的奠基人[②]。他经历过春柳剧社的四次公演，写过中国第一部关于新剧编、导、演问题的理论专著《五十步轩剧谈》，还在刊物上发表了不少谈剧的文章[③]。

曾孝谷倡导话剧之初，虽响应者甚少，但话剧艺术新颖的表现形式，带给了当时的川剧从业者很大的启发，川剧革新也带动了人们对新剧的认识。五四运动后，随着社会风气的转变，成都教育界人士开始允许学生在校庆日和纪念日表演新剧。20世纪20年代，职业剧社开始在成都出现。如一九剧社就于1921年在湖广会馆公开售票演出[④]。1921—1923年间，一九剧社在成都演出了《徐锡麟刺恩铭》《一磅肉》[⑤]等近百出剧[⑥]。

"五四"新文化运动后，国内的一大批话剧活动家、剧作家、导演和演员成长起来。在西方戏剧流派和作品的影响下，出现了丁西林、田汉、熊佛西、欧阳予倩、陈大悲、蒲伯英、汪仲贤、洪深、余上沅、郭沫若、白薇、李健吾等现代话剧文学作家，话剧艺

[①] 参见孙晓芬编著：《抗日战争时期的四川话剧运动》，成都：四川大学出版社，1989年，第2页。
[②] 参见周芷颖：《成都话剧发展的点滴》，中国人民政治协商会议四川省成都市委员会文史资料研究委员会编：《成都文史资料选辑》（第八辑），内部发行，1985年，第159—160页。
[③] 参见金梅：《李叔同影事》，天津：百花文艺出版社，2005年。
[④] 一九剧社后来的演出地址迁到了成都中新街锦新大舞台。
[⑤] 《一磅肉》的剧本改编自《威尼斯商人》。
[⑥] 参见周芷颖：《成都话剧发展的点滴》，中国人民政治协商会议四川省成都市委员会文史资料研究委员会编：《成都文史资料选辑》（第八辑），内部发行，1985年，第160—162页。

术形成了内容多彩、风格各异、手法多变的创作格局。剧作的形态也发展出了现实剧、历史剧；独幕剧、多幕剧；诗剧、散文剧；哑剧、活报剧；悲剧、喜剧；正剧、趣剧；等等。随后，各地演剧团体如雨后春笋一般涌现出来。当时蒲伯英、陈大悲在北京办人艺艺专，提倡"爱美剧"①，想改良文明戏，反对"幕表制"的形式，主张演戏用剧本。随后上海的剧作家也应和这一运动，倡导演戏用剧本，坚持不演幕表剧，尤其是洪深主持的上海戏剧协社和田汉组织的南国剧社，在废除舞台演出中男扮女装的传统做法之后，实行了脚本制，并确立了导演在排演活动中的中心地位，从而奠定了中国现代戏剧——话剧艺术的形态和地位。剧作家的剧本经过导演和演剧团的再创造，剧本的文学性臻于完美。

自"五四"时期开始，戏剧文学的地位得到了前所未有的重视。

1924 年，成都相继诞生了美化社和艺术研究社两个话剧团体，他们擅长用四川方言演出话剧②。同年，卢作孚出任成都市通俗教育馆馆长③时，在馆内开辟了一个露天的小型剧场，由这两个话剧团每周轮流在剧场演出两三场话剧，不收门票，任人观看④。当时

---

① 这种叫法来源于英文 Amateur 的音译，即非职业性的戏剧。

② 两个话剧团演出的剧目基本上来自西方翻译的作品，其中也有田汉的作品，当时演出剧目已由幕表剧发展为独幕剧。

③ 成都市通俗教育馆系 1924 年由成都市政公所督办王缵绪承杨森旨意，在市区少城公园商品陈列馆馆址上扩充改组创办。首任馆长是卢作孚，第二任馆长为曾孝谷，第三任馆长为程鸣岐。"整个通俗馆包括：一个博物馆，其中分为自然陈列馆、历史陈列馆、农业陈列馆、工业陈列馆、教育陈列馆、卫生陈列馆、武器陈列馆、金石陈列馆；一个图书馆，其中有成人图书馆、儿童图书馆；一个公共运动场，其中有足球、篮球、排球、网球、田赛、径赛等各种相关场所和设备；一个音乐演奏厅，其中包括中西音乐及京剧、川剧演唱的组织；一个动物园；一个游艺场。"（参见卢国纪：《我的父亲卢作孚》，成都：四川人民出版社，2003 年。）20 世纪 30 年代，成都市通俗教育馆改名为"成都市立民众教育馆"，时任成都市市长钟体乾曾与曾孝谷同期留学日本，故恳请曾孝谷出任"民众教育馆"馆长职务，曾孝谷接受了这一职务，主要在 1933 年至 1935 年期间主持该馆工作。

④ 周芷颖、高思伯：《成都早期话剧活动》，四川省政协文史资料委员会编：《四川文史资料集粹》（第四卷：文化教育科学编），成都：四川人民出版社，1996 年。

成都市通俗教育馆的小型剧场里演出过剧作家田汉、熊佛西的一些剧本，如《咖啡店之夜》《一只马蜂》《刀痕》《苏州夜话》等，还上演过《威尼斯》《父归》《小厂主》等翻译剧目。

与这两个话剧团体相继诞生的，还有西南美术专门学校的屈梅痴等人发起成立的微阳剧社。微阳剧社的固定演出场地在重庆梅子坡的鼎新舞台，他们在这里多次上演新剧，是重庆业余演剧团体的先驱。

1926年，浅草社的编辑王怡庵①由上海回到成都。因为喜欢话剧，他在美化社的基础上重新组建了四川戏剧协社，并立即导演了《少奶奶的扇子》②《傀儡家庭》③等欧洲名剧改编剧目，逐步改变了幕表剧没有剧本只有提纲，由演员在舞台上即兴自由演出的创作方法。四川戏剧协社将沿海的话剧表演理念和技巧等带到四川话剧界，促进了成都话剧表演艺术的进步与提升，并推动了话剧艺术的普及。此后，成都的各文化团体纷纷摈弃"时装戏""幕表剧"，转向正规话剧演出，风气之盛，就连小学生也参与其中。

早期的四川话剧运动发起者除了曾孝谷、王怡庵、卢作孚，还有周慕莲、唐廉江等。这些人都与同盟会、保路运动、"五四"新文化运动有着紧密联系。

1928年前后，随着从工人运动战线上撤退下来的文艺工作者在上海集中，上海的革命文艺运动兴旺起来，上海的话剧运动也随之活跃。中国共产党因此决定成立一个剧社组织来推进革命戏剧运动的发展。在中国共产党的支持下，由夏衍牵头在上海召集成立了艺术剧社，郑伯奇担任剧社社长。艺术剧社是中国话剧运动史上，

---

① 王怡庵，四川人，曾是"浅草—沉钟社"的编辑，信奉为人生而艺术。
② 该剧由洪深根据英国作家王尔德《温德米尔夫人的扇子》改编。
③ 该剧改编自挪威作家易卜生的《娜拉》，改编后没有剧本只有提纲，即分幕分场梗概表。该剧创造了演员在台上即兴演出的"幕表剧"的创作方法。

由中国共产党直接领导的第一个剧社，并率先在剧团的艺术追求中提出了"普罗列塔利亚戏剧"这一概念，明确了民众戏剧或革命戏剧的无产阶级立场。

在四川，20世纪20年代相继出现了革心剧社、海比游艺团、新蜀游艺团、爱美剧社、一九剧社、青年剧社、浪花社、西南剧社、艺风社等。这些剧团在重庆大舞台、章华大舞台、光明影剧院等演出场所，先后公演了《张汶祥刺马》《湖上的悲剧》《毒药》《父归》《这不过是春天》《最后一计》《梅娘曲》《卧薪尝胆》《如此夫妻》《决心》等剧目。这些剧社中，革心剧社最为活跃，他们甚至于1929年在重庆的木牌坊集资万元自建剧场，开始长期固定卖票演出，可见其在群众中的受欢迎程度。

20世纪30年代是四川的话剧艺术发展的繁荣时期。

1930年，"中国左翼戏剧家联盟"（简称"剧联"）在上海成立后，上海摩登剧社创始人之一的陈明中[①]回到四川，创立了成都摩登剧社（后更名为现代剧社）。摩登剧社在成都多次公演，影响最大的一次公演是九一八事变后在春熙路大舞台演出的爱国剧《山河泪》，这次公演现场被观众挤得水泄不通[②]。摩登剧社还在成都相继公演了《苏州夜话》《湖上的悲剧》《寄生草》《娜拉》等中外进步

[①] 陈明中毕业于成都大学附中，后在上海加入田汉领导的南国剧社，成为上海摩登剧社创始人之一。他是受上海方面委托回到成都组织摩登剧社的。该剧社阵容庞大，几乎囊括了成都所有重要的话剧人才，主要成员有：闵震东、王怡庵、李倩云、苏次章、吴先忧、陈竹影、马静沉、姜云丛、杨治非、张鹗、蔡震东、谢趣生、王曼琳、万淑真、罗毅文、张拾遗、张望云、陈仲年、吴学秀、舒俊升、李仲谊、李岳、杨致文、肖宗英、肖崇素等30余人。陈明中在该剧社担任领导兼导演。[参见万淑贞：《忆三十年代成都的话剧运动》，《成都文史资料选辑》（第八辑），内部发行，1985年，第170页。] 摩登剧社与四川大学渊源颇深，闵震东、廖幼平、冯云裳等本来就是四川大学的学生。

[②] 王泽华、王鹤：《民国时期的老成都》，成都：四川文艺出版社，1999年，第138—139页。《山河泪》后又在卧龙桥川北会馆、署袜街礼拜堂、成都市通俗教育馆及青年会等地多次演出，影响很大。

话剧。因直接受到剧联和上海摩登剧社的影响,成都摩登剧社建立了导排制度,改革了"幕表剧"的旧式排演方法,剧中实行男女合演,改变了话剧演出中没有女演员的旧习。鼎盛时期,成都摩登剧社的男女演员人数达到50余人,在成都广受赞誉。摩登剧社还在四川省内开展巡回演出,亦受川内各地观众欢迎。1932年,摩登剧社被查封后,原班人马又组成了现代剧社继续活动。现代剧社存续时间较长,是抗战前成都话剧团体中影响最大的一支,引领了抗战前成都话剧的发展与繁荣。

1934年,黄候[①]在成都创办了大同电影戏剧学校,学校专门聘请了上海南国剧社的万籁天任校长,陈明中任教务长[②]。

1935年,伴随着日本侵华行径的愈演愈烈,"一二·九"学生爱国运动爆发,抗日救亡呼声席卷全国。话剧因为自身的艺术特性,在抗敌宣传和发动群众方面,比当时其他的艺术形式更有传播性。"惟有把语言有组织的通过艺术形式,以'配景''音乐''动作''韵律'等来美化或强化其意义,这种语言的功效才提高。更用故事的结构来保存语言有意义的部分并借以唤起受话者的兴味注意……创造戏剧电影者的动机作用,决不仅仅是供人娱乐,而是一种教育的方法。"[③]

全国抗战爆发之前,上海、北平、天津、南京、青岛等大城市是中国话剧活动的主要活跃地区;全国抗战爆发之后,中国话剧运动的范围和主题发生了巨大的变革。首先,话剧艺术工作者们的活动范围从大城市深入大后方的农村,从前线各个战区深入大后方。

---

① 中国舞台协会成员。
② 虽然因为经费困难,大同电影戏剧学校只开办了一年即停办,但为四川培养了一批话剧骨干。他们在抗战时期积极投身抗日救亡戏剧运动,有些在中华人民共和国成立后还成为文化艺术战线上的领导和艺术家。(参见孙晓芬编著:《抗日战争时期的四川话剧运动》,成都:四川大学出版社,1989年,第3页。)
③ 参见鲁觉吾:《中国话剧运动的检讨》,1944年1月《天下文章》第2卷第1期。

其次，话剧的主题从日常的城市生活转向了抗日救亡。最后，话剧的受众从城市知识阶层转向了前后方的广袤农村普罗大众。中国话剧运动在此时发生的巨大变革，为四川的话剧运动的迅猛发展提供了各方面的条件。

全国抗战爆发后，众多一流的外省籍剧作家来到了大后方，来到了成都和重庆，他们不仅带来了许多早先创作的优秀剧目供剧团排演，在四川期间也创作了不少好的话剧作品，使得这一时期四川的话剧获得了飞跃式发展，四川的戏剧舞台呈现出了一派欣欣向荣的景象。全国剧协重庆分会、成都分会相继成立。川剧作为四川的代表性戏曲剧种，此时也成为抗日救亡宣传演出的重要力量。川剧演员傅三乾、萧楷成、张德成、刘成基当选为全国剧协理事，张德成、周慕莲还分别担任了全国剧协重庆、成都分会理事。与此同时，川剧舞台上相继演出了田汉、老舍、欧阳予倩、张德成、李大中等编写的一批爱国主义题材的历史剧，以及大量以抗日救国为内容的"时装戏"，如《铁血青年》《台儿庄大捷》《背父从征》《汉奸梦》等。

与此同时，在中共南方局抗日民族统一战线旗帜的指引下，重庆市文化界救国联合会发起的"移动演剧队"成立，随后在重庆市中区、江北、南岸、沙坪坝、杨家坪、北碚、巴县、綦江、涪陵、合川、长寿等地巡回演出了《放下你的鞭子》等剧。之后，刚刚成立的怒吼剧社[①]，在国泰大戏院公演了三幕话剧《保卫卢沟桥》，这部剧公演后，很多爱国青年纷纷要求加入怒吼剧社一起参加救亡。这些青年自愿组成了街村演剧队，用方言演剧，活跃在重庆城乡的街头巷尾。这一时期，街头剧、广场剧、活报剧、茶馆剧、朗诵剧、游行剧、傀儡剧等各种创新的话剧演出形式在城市的公共空间

---

① 该剧社由共产党员陈叔亮联合余克稷、章功叙、梁少侯等50余人发起成立。

上演，话剧的影响波及更多的城市群众。

抗战爆发后，四川大专院校的话剧活动也迅速开展起来。在四川大学校长任鸿隽[①]的支持下，由直接组织川大新剧活动的刘大杰[②]和匡直[③]组建成立了戏剧研究会、川大戏剧社[④]。川大戏剧社的首次公演是在1935年川大合并成立四周年纪念日，此时四川大学在皇城致公堂举行游艺会，川大戏剧社在游艺会上分别演出了翻译剧目《丢了的礼帽》、田汉创作剧目《名优之死》和菊池宽创作剧目《父归》，这次公演在成都引起了极大的轰动。1936年，川大戏剧社又举行了三次公演，分别演出了刘大杰的《十年后》《她病了》、[⑤]田汉的《湖上的悲剧》、邓承勋的《红雨》、熊佛西的《一对近视眼》、丁西林的《压迫》、A. Stoutr 的《街头人》、马彦祥的《讨鱼税》、翻译作品《油漆未干》、田汉的《回春之曲》等，"每次演出都是盛况空前"[⑥]。刘大杰将欧阳予倩翻译法国作家伏墅洼（勒内·福舒瓦）的作品《油漆未干》介绍给川大戏剧社，使之成为川大戏剧社的保留剧目。川大戏剧社在舞台上的表现受到了舆论界的肯定，当时成都各大、中学校学生纷纷效仿川大戏剧社，以举办游艺会为名，各自组织剧团和剧社演出话剧。话剧艺术运动在成都教

[①] 任鸿隽在教育理念上倾向于革新，主张"任人唯贤，广纳名师"。
[②] 1935—1937年，既是教师又是作家的刘大杰被国立四川大学聘为教授和中文系主任。刘大杰原本擅长原创话剧、翻译话剧和话剧理论，他的专长形成于日本留学期间。刘大杰在四川大学坚持实行教育改革，在课程开设上，不仅开设了现代文学课程，还组建了四川大学戏剧研究会，主办了进步刊物《前进》。刘大杰称得上四川新文学教育的先驱。
[③] 匡直，四川潼南（今重庆市潼南区）人，1933年毕业于国立北平大学艺术学院戏剧系，后留校任教。1935年回到四川，曾参与组建东方戏剧学校，后受聘于四川大学，担任川大戏剧社的技术指导及导演。1935年冬至1936年秋，在匡直的辅助下，川大戏剧社进行了四次公演。
[④] 川大戏剧社实际也是摩登剧社的校内团体。
[⑤] 从《十年后》到《她病了》，刘大杰的剧作关注的是恋爱纠葛问题。他趋新的观念对成都的保守气氛产生了很大冲击，并引起了强烈反应。这种切合情感和实际的故事，很受成都学生和市民的欢迎。
[⑥] 王泽华、王鹤：《民国时期的老成都》，成都：四川文艺出版社，1999年，第138—139页。

育界开展得如火如荼，数年间先后有成都艺专、成都外专、华西协合中学、储材中学、中华女中、四川美专、四川省师范学校、草堂图书馆等参演话剧[①]。

但这一时期四川话剧演出和观赏活动的影响主要局限于教育界，剧本多为新文化运动中涌现出来的热门作品，其中包括鲁迅、蒋光慈等人小说的改编剧，丁西林的《一只马蜂》等。因为有校长任鸿隽和教育经费的支持，川大戏剧社的新剧创作和表演活动一直持续地开展。川大戏剧社始终秉承着刘大杰和匡直等新文学教育家们的戏剧教育理念，即借文艺以启民智，让学生在互动演出中更好地理解作品和培养学生对社会人生的独立思考，从而立"新人"，最终实现社会关怀。川大戏剧研究会和戏剧社不仅仅是学术社团，他们通过话剧演出传播着新思想，不仅承接了话剧运动的传统，还成为四川话剧史上非常重要的一个部分，促进了四川话剧的发展。在刘大杰和匡直的直接指导下，四川大学后又成立了戏剧研究会、戏剧社等戏剧组织，一年间举行了四次重大的演出。

川大戏剧社开启了成都话剧演出的热潮，热风剧社、剧人剧社、现代剧社、华大剧社、大同剧社、东方美专剧社、艺专剧社、民本剧社等纷纷推出剧目，轮番公演，现代剧社甚至连续举行6次公演。

1937年春天，成都举行了话剧联合公演[②]，连演三天，各剧团轮流登台献艺切磋。联合公演彰显了成都话剧的蓬勃发展。在成都这样一个城市，涌现出如此多的话剧团，足见话剧这一艺术形式深受民众欢迎。

[①] 参见周芷颖：《成都话剧发展的点滴》，中国人民政治协商会议四川省成都市委员会文史资料研究委员会编：《成都文史资料选辑》（第八辑），1985年，第160—162页。
[②] 此次公演由川大戏剧社发起并参加，联合举办者有：四川省艺术促进会、华大学生剧团、成都艺专、东方美专艺术剧团、热风剧社等戏剧组织。

全国抗战时期是话剧在四川的大发展时期，也是中国话剧发展的黄金时期。

七七事变爆发后，人口向大后方迁移是促进这一时期四川话剧艺术大发展的主要原因。据粗略估计，迁徙过程中，大约有七百万人进入了四川①。大迁移和大交汇促进了四川各界思想文化观念的融合与新生，四川成为"中华民族复兴策源地"②。中华民族奋起救亡图存之际，活跃在四川的话剧表演极大地促进了民族情感与同理心的连接，激起中国人的强烈愤慨和深切忧患，由此形成了建立抗日民族统一战线的文化认同，掀起了中华民族全民抗日的热潮。中共南方局亦通过文协、剧协等组织来领导大后方的文艺运动和戏剧运动。1937年10月15日，由陈白尘、沈浮、孟君谋、夏云瑚带队的上海影人剧团③一行30人抵达重庆，开启了战时艺人入川的先河。1937年10月27日，剧团在国泰大戏院公演了《卢沟桥之战》（三幕剧），同期上演独幕剧《沈阳之夜》（陈白尘编剧、王献斋导演）。1938年1月28日，全国一流话剧演出团体上海业余剧人协会④从武汉抵达重庆，随后他们在国泰大戏院演出了《故乡》《塞上风云》《民族万岁》《女子公寓》《夜光杯》等剧目；同年2月，国立戏剧学校⑤由南京迁长沙后转入重庆，4月入住重庆上清寺。1938年10月，中华全国戏剧界抗敌协会移驻山城。

从全国抗战爆发开始，全国的各个抗日救亡团体和组织就排演

---

① 重庆市文化广播电视局编：《中国话剧的重庆岁月：纪念中国话剧百年文集》，重庆：西南师范大学出版社，2007年，第243页。
② 王东杰：《地方观念和国家观念的冲突与互动：1936年〈川行琐记〉风波》，《四川大学学报（哲学社会科学版）》2004年第1期。
③ 此时的上海影人剧团拥有白杨、谢添、路曦、吴茵、施超等知名演员。
④ 此时的上海业余剧人协会拥有陈鲤庭、贺孟斧、赵丹、陶金、沈西苓、魏鹤龄等知名人士。
⑤ 该校聘请袁牧之、贺孟斧、阎哲吾、曹禺、黄佐临等人为教师。

了许多街头剧、活报剧。为了促进抗战戏剧运动在抗日救亡运动中发挥更大作用，1937年12月31日，在汉口光明戏院举行的"中华全国戏剧界抗敌协会"的成立大会上，做出了每年10月10日都举办戏剧节的决定。此后，农村抗战剧团、四川旅外剧人抗敌演剧队、上海业余剧人协会、国立艺术专科学校、中国电影制片厂所属的怒潮剧社、中央电影摄影场所属的中电剧团、国民政府军事委员会政治部第三厅所率孩子剧团等7个话剧团，分别先后从上海、南京、武汉、香港等地入川，在各地进行巡回演出，加上成都的"三庆会"等本地剧团的演出，极大地促进了四川话剧的发展。

1938年10月10日，中国话剧界在重庆举办了"中国第一届戏剧节"。这次戏剧节有20个剧团、约1500名专业和业余演员参演，历时22天，演出剧目计有40个，约有10万人次观看。此外，国立剧校、怒潮剧社、华北宣传队等25个街头演剧队，开展了盛况空前的大规模街头剧演出。

四川的抗战话剧运动出现第一个高潮的同时，四川话剧运动的影响力也扩展到了全国。"中国第一届戏剧节"是对当时的大后方话剧的一次大检阅。戏剧节上演出的许多话剧，如《我们的国旗》《逃难到四川》[①]《女英除奸》《自强》《我们的游击队》《打鬼子去》《抗战进行曲》《戴天之仇》《王道》等，都受到了观众的热烈欢迎。

把戏剧节推向高潮的，是由200多名演员参加演出的《全民总动员》（四幕国防话剧）。该剧由曹禺、陈白尘、张道藩、宋之的联合编剧，张道藩、余上沅、曹禺、宋之的、应云卫联合执导，赵丹、顾而已、施超、白杨、舒绣文、魏鹤龄、张瑞芳、王为一、曹禺、宋之的、张道藩、余上沅等出演。此剧被誉为"戏剧界空前盛

---

① 根据《放下你的鞭子》改编。

举,美满的《总动员》"[1]。

抗战时期四川话剧的飞跃式发展过程,成为中国话剧运动史上的重要篇章。

由于抗战期间电影胶片奇缺,大批电影人转向话剧舞台,他们纷纷组织剧团奔赴各地演出。剧团或演剧队奔赴各地上演的"广场戏剧"[2],成为当时话剧表演的主要形式。据统计,全国抗战8年间,来成都演出的剧团有数十个,演出古今中外话剧剧目160多个。其中的著名导演有应云卫、贺孟斧、熊佛西、沈浮等,著名演员有白杨、赵丹、舒绣文、施超、谢添、吴雪等[3]。剧团、明星的到来激发了成都观众的热情,引发了"狂热的成都话剧运动"[4]。抗战期间,成都的话剧产业日臻成熟,宣传营销手段较之前有了较大提高。据统计,当时在成都发行的专门报道、评论话剧的刊物达10余种;各大报纸也纷纷开辟专栏,刊载剧本和评论文章[5]。正如郭沫若撰文所描述的:"尤其是抗战以来的话剧运动是惊人的,尽管在极困难的条件下,靠着集体的努力,竟使这在之前被认为只适宜于都市的演出,只适于知识阶级鉴赏的新戏剧形式,在全国前后方普遍获得了观众。"[6]

第一届戏剧节之后,由于国民政府对进步戏剧活动的打压,四川戏剧舞台被迫冷清了下来。当时文化界的进步人士在周恩来的领导下,决定用历史题材的话剧来突破打压。阳翰笙、陈白尘、应云

---

[1] 参见孙晓芬编著:《抗日战争时期的四川话剧运动》,成都:四川大学出版社,1989年,第18—21页。
[2] 钱理群、温儒敏、吴福辉:《中国现代文学三十年》,北京:北京大学出版社,1998年,第618页。
[3] 成都市地方志编纂委员会编:《成都市志·文化艺术志》,成都:四川辞书出版社,1999年,第37、54页。
[4] 《狂热的成都话剧运动》,1938年1月29日《新民报》第4版。
[5] 王娜:《抗战时期的成都话剧运动》,四川大学硕士学位论文,2005年,第27—29页。
[6] 郭沫若:《戏剧运动的开展》,1941年10月11日《新蜀报》第3版。

卫、陈鲤庭、刘郁民、辛汉文、孟君谋等因此发起组建了中华剧艺社，演出了《大地回春》（陈白尘编剧）、《天国春秋》（阳翰笙编剧）和《棠棣之花》（郭沫若编剧），均受到热烈欢迎。郭沫若后又创作出另一部历史剧《屈原》，继续由中华剧艺社公演，此剧最终获得了巨大成功，在重庆曾出现"万人空巷看《屈原》"的话剧奇观。《屈原》在重庆连演一个月，盛况空前，轰动山城，震动国统区。《屈原》演出后，其他各个剧团也竞相演出了尤兢的《长夜行》、夏衍的《愁城记》《法西斯细菌》、郭沫若的《虎符》、沈浮的《金玉满堂》《重庆二十四小时》、老舍的《面子问题》、曹禺的《北京人》《蜕变》和《家》、吴祖光的《风雪夜归人》、陈白尘的《岁寒图》等原创剧目。

可以说，1941年开始的重庆"雾季公演"创造了中国话剧史上的"黄金时代"①。"雾季公演"以新创作的首演戏为主，约占全部剧目的60%。因此，"雾季公演"在山城重庆掀起的戏剧创作高潮，在中国话剧史上是前所未有的。在抗战期间，国民政府继续对进步戏剧活动进行压制，但进步戏剧工作者不断冲破压制，想方设法在重庆演出。据统计，演出的话剧剧目有106个，参演的剧团有27个，这种景况充分说明，这一时期是四川，也是中国话剧发展的鼎盛阶段和"黄金时期"。②"雾季公演"的剧目题材广泛，除了有歌颂抗战、宣扬民主、反对分裂、反法西斯的题材，也有四川乡土题材的话剧，如《啷个办?》《重庆屋檐下》等反映了清末四川保路运动到抗战时期的四川城乡生活。这些题材的话剧在民族化、地方特

---

① 重庆市文化广播电视局编：《中国话剧的重庆岁月：纪念中国话剧百年文集》，重庆：西南师范大学出版社，2007年，第288页。
② 参见孙晓芬编著：《抗日战争时期的四川话剧运动》，成都：四川大学出版社，1989年，第7、30、63页；南方局党史资料编辑小组编：《南方局党史资料·文化工作》（六），重庆：重庆出版社，1990年，第13—14页；中国人民政治协商会议、西南地区文史资料协作会议编：《抗战时期西南的文化事业》，成都：成都出版社，1990年，第223、229—230页。

色化等方面做出了一些有益的探索。

抗战时期,各剧团、演剧队上演的剧目主要有:

上海影人剧团①:陈白尘的《卢沟桥之夜》《汉奸》、陈凝秋的《流民三千万》,改组后演出的剧本有石凌鹤的《黑地狱》、曹禺的《日出》《原野》《雷雨》等。

上海业余剧人协会:《故乡》《塞上风云》《夜光杯》《女子公寓》《民族万岁》《自由魂》《群魔乱舞》《凤凰城》《阿Q正传》《日出》《太平天国》;游行剧《汉奸和十字舞》《争取最后的胜利》《大家一条心》等②。

教导剧团:《包得行》③。

民族剧团:《九一八以来》《放下你的鞭子》《东北一角》《渡黄河》《突击》等。

三庆会:《济公活佛》④《上前线》⑤《双拾黄金》《姑苏台》。

四川旅外剧人抗敌演剧队⑥:《塞上风云》《渡黄河》《抓壮丁》⑦。

平教会抗战剧团:《儿童世界》。

四川省立戏剧学校:《一年间》《残雾》《以身作则》《日出》

---

① 主要演出场地在成都智育电影院(后更名为红旗剧场)。主要成员:蔡楚生、陈白尘、沈浮、孟君谋、吴茵、白杨、谢添、路曦、施超、杨露茜、燕琼、刘丽影等。后改组为成都剧团,由一九剧社负责人陈攸序改组。

② 1938年10月"中国第一届戏剧节"期间在重庆演出。

③ 该剧是洪深创作的四幕话剧,主要故事是揭露地主官吏在抽壮丁中的舞弊丑行,全剧用方言演出,在民众中很受欢迎。

④ 三庆会演出的《济公活佛》一上演即轰动蓉城,创造了场场满座、连演三年不衰等奇迹,收到了抗日救亡宣传和艺术鉴赏完美结合的效果。

⑤ 该剧是歌颂王铭章将军抗日殉国壮举的剧目。

⑥ 该队于1938年春由中国共产党领导在成都成立。吴雪、戴碧湘、韩涛、丁洪等是该队的发起人。

⑦ 《抓壮丁》后来在陕甘宁边区演出,毛泽东、周恩来、朱德等中央领导同志都看过该剧,该剧也被列为《在延安文艺座谈会上的讲话》发表后出现的优秀剧目,并在1944年陕甘宁边区的文教群英大会上获奖。中华人民共和国成立后,该剧被改编成电影,成为一个时代的共同记忆。

《雷雨》《原野》《抗战儿童》[1]等。

报界联合会：《压迫》《软体动物》。

王献斋等人[2]：《夜光杯》[3]。

神鹰剧团[4]：《李香君》[5]。

中华剧艺社[6]：雾季公演时，在重庆演出了《长夜行》《愁城记》《法西斯细菌》《忠王李秀成》《屈原》《天国春秋》《面子问题》《重庆二十四小时》《北京人》《家》《风雪夜归人》《岁寒图》《石达开》等近20部剧目；在成都上演了《孔雀胆》《南冠草》《结婚进行曲》《戏剧春秋》《草木皆兵》《胜利号》《家》《棠棣之花》《芳草天涯》《刘伯温与苏皎皎》《离离草》《清宫外史（第二部）》等剧目。

农村抗战剧团：《中华民族的子孙》《塞上风云》等。

这一时期，重要的话剧创作还有颇受争议的四川作家陈铨创作的《野玫瑰》《蓝蝴蝶》等剧本。

全国抗战时期，成都光戏剧类的报刊就有15种之多[7]，四川的文艺工作者们既能在《戏剧战线》上学习到苏联的戏剧活动和戏剧理论，积极参与探讨戏剧创作的理论及演出技巧与技术；还能在《戏剧生活》上看到近代戏剧界人物介绍、戏剧新书评论、戏剧论

---

[1] 孩子剧团集体创作，在少城公园公演。
[2] 租用沙利文剧场演出《雷雨》《原野》和《夜光杯》。
[3] 尤兢编写的有关汉奸殷汝耕的故事。
[4] 国民党空军举办的剧团，团长万籁天。
[5] 冒舒湮（冒辟疆后裔）编剧，万籁天夫人裘萍、陶金夫人章曼萍等人参与演出，该剧连演数十场，叫好又叫座。
[6] 存续时间为1941年10月—1945年5月，是大后方存续最久的民间职业剧团。该社是阳翰笙根据周恩来的指示筹建的，皖南事变后以民间职业剧团的面貌建于重庆，应云卫任社长。1943年7月12日，该社抵蓉，社址落在五世同堂华西晚报社内。
[7] 孙晓芬编著：《抗日战争时期的四川话剧运动》，成都：四川大学出版社，1989年，第122—134页。

著与译述、国内外戏剧界消息等内容。但与当时繁荣的戏剧理论和文艺发展形成鲜明对比的是,国民党当局对话剧实行剧本和演出的双重审查,并对各剧团征收各种苛捐杂税①。

大后方话剧演出队伍的壮大与演出阵容的坚强,为四川培养了一大批话剧人才。这一时期,四川话剧运动除了有话剧剧人这股股实的力量,还有随后加入的电影人的力量,他们提高了话剧演出的质量,为战后电影界、话剧界甚至中华人民共和国成立后的影剧界骨干队伍的发展,都打下了坚实的基础。在话剧艺术交流过程中,东西方文化不断交汇和融合,如何建立民族文艺的主体性问题始终摆在当时生活在四川的话剧工作者们面前。在挖掘传统文化中的优秀资源方面,一些重要的四川籍剧作家和来川工作的剧作家发挥了巨大的作用。在实际的创作过程中,川籍剧作家郭沫若发现历史剧是突破国民政府限制的好方法,他在《"民族形式"商兑》一文中表达了自己对主体性问题的观点:"'民族形式'的这个新要求,并不是要求本民族在过去时代所已造出的任何即成形式的复活,它是要求适合于民族今日的新形式的创造。"② 这一观点,厘清了话剧运动进入四川以来,现代形式的语言表演艺术与传统的戏曲表演之间的隔阂,顺利地推进了中国戏剧从古典形态向现代艺术的转型。在抗战前期,比较有代表性的历史题材话剧有阳翰笙在1937年创作的《李秀成之死》、熊佛西的《吴越春秋》、国立剧专于1940年公演的《岳飞》等,数量不多,却在很大程度上激发了民众爱国抗敌的抗争精神。此外,阳翰笙的《天国春秋》《草莽英雄》,吴祖光的《正气歌》等历史话剧也在当时产生了很大的影响。在郭沫若的带

---

① 1939年,国民党政府就对戏剧演出收入课以30%的"娱乐税",到1944年,这种"娱乐税"增加到了50%,同时还附加有营业税、印花税、放空捐等,课税总额高达100%。加之当时物价飞涨,剧人生活非常艰难。
② 郭沫若:《"民族形式"商兑》,1940年6月9日《大公报》。

头和倡导下，四川话剧运动中历史剧的创作和演出空前繁荣，这逐渐成为抗战后期四川话剧运动的一个重要特色①。郭沫若因此以历史剧作为巧妙的斗争斡旋工具，1941—1943 年，他连续创作了六部大型历史剧：《棠棣之花》《屈原》《虎符》《高渐离》《孔雀胆》《南冠草》。这些带有鲜明倾向性的历史剧作，通过不同的著名历史人物和故事，宣扬团结御敌、爱国爱民、坚贞奉公的主题，曲折地针砭时弊，取得了很大成功。在创作方法上，他强调现实主义的创作方法，认为抗日和反法西斯是民族解放意识的发展，是新现实主义的骨干②。

　　四川的话剧在这一时期，用不到十年的时间，走完了国外话剧发展的若干阶段：古代史诗剧、意大利即兴喜剧、民间话剧、镜框式舞台话剧、现代话剧等，同时又广泛地吸收了川剧这样的传统艺术精华。这种广泛的戏剧艺术内部的交流互通，使得传统戏剧与现代话剧彼此影响、作用，多元并包。比如成都的话剧先锋人物周慕莲原本就是一名川剧演员，他与另一位著名的川剧演员肖楷成"把传统的川剧《济公传》进行了改编，加入了抗日救亡的新内容，取得了良好的宣传效果"③。不同于延安的"旧形式"基础上的新文艺④，四川的话剧艺术在抗敌御辱的土壤中孕育出了一种"新形式"，一种装着传统民族文化艺术的民族新文艺。在这个孕育过程中，四川的民族文化资源借助话剧发生了现代性转化，四川话剧的早期发展充分地体现了外来、民族和地方文化等多方面的相互影响

---

① 据不完全统计，抗战前期写作历史剧的剧作家占 14％，到抗战后期，写历史、半历史剧的作家占了 33％。参见田汉：《抗战八年来的戏剧创作》，1946 年 1 月 16 日《新华日报》。
② 参见郭沫若：《沫若文集》（第十三卷），北京：人民文学出版社，1961 年，第 105 页。
③ 唐海宏：《民国时期成都戏剧期刊的演进特点及其贡献》，《文化艺术研究》2013 年第 2 期。
④ 周维东：《革命文艺的"形式逻辑"——论延安时期的"民族形式"论争问题》，《文艺研究》2019 年第 8 期。

和化育。

如期举行了第二届、第三届、第四届戏剧节后，1942年，国民政府社会部以"戏剧节未便与国庆合并举行"为由，宣布撤销每年10月10日的中国戏剧节。从国民党政府公布的1942年4月至1943年8月的审查剧目的目录中就可以看到，被取缔不准上演的进步话剧的剧本就有116个[①]。直到1944年，国民政府才宣布规定2月15日为官方指定的戏剧节举办时间。

1946年的戏剧节，是抗战期间全国影剧界在重庆举办的最后一次戏剧节。这一年的2月10日，重庆各界人士在较场口举行庆祝"政治协商会议成功大会"，国民党特务趁机在大会现场上打伤了大会主席团成员郭沫若、马寅初、李公朴、章乃器等，以及群众60余人，同时还有多人失踪或被捕，这一事件被称为"较场口流血事件"。此次事件激起了应云卫等300余位戏剧界人士自发集会，四川戏剧界人士以自己的方式，纪念了这最后一届戏剧节。

王 菱

---

① 《取缔不准上演的剧本一百十六种》，1944年1月24日《新华日报》。

编选凡例

一、本编所收以现代原创话剧为主,传统戏曲改编的戏剧、翻译剧及在其基础上改编的戏剧不录。

二、新文学时期的四川话剧剧本很多,搜集完全颇为困难,本编所收剧本均为在四川(含当时重庆)创作、出版或公演的,具有一定影响力的剧本。

三、本编的剧本以收录和存目两种方式呈现。同一剧本,有不同年代版本者,均录入最初的版本。个别无法找到原始版本的作品,以再版时间较早的版本为依据。

四、剧本的序列,依照发表的时间先后为序。

五、囿于选编容量控制,部分多幕剧采取了节选的方式。

六、为保持作品原貌,字词的旧用法不做更改。比如"的、地、得、底""哪里、那里""甚么、什么"之类,或因作家习惯等造成的不同写法,不影响理解的都依原稿版本,不按现行标准修改。

七、本编收入作品所遇资料字迹不清导致无法辨认者,以"□"示之。

八、所收作品,系当时时代产物,为存真计,均保留文献原貌;其中与今日语境有别者,读者当能明鉴。

目录

-第一卷-

街头剧

沈西苓	大家去从军	003
	烽　火	010

独幕剧

张季纯	塞外的狂涛	019
尤　兢	省一粒子弹	040
	我们打冲锋	046
宋之的	上前线去	056
章　泯	家破人亡	073
	胎　妇	098
陶　雄	总站之夜	111
熊佛西	囤　积	130

丁西林	三块钱国币	146
陈白尘	禁止小便	157
萧　斧	老教师	179
宋之的	故　乡	211

多幕剧

尤　兢	夜光杯（五幕剧）（节选）	233
沈西苓	罗店秋月（三幕剧）（节选）	313
阳翰笙	前　夜（四幕剧）（节选）	324
洪　深	包得行（四幕剧）	339

街头剧

沈西苓

|作者简介| 沈西苓（1904—1940），浙江德清人，原名沈学诚，笔名叶沉。电影导演、编剧、演员。早年在日本留学期间，沈西苓结识日本戏剧家秋田雨雀、村山知义。1928年，沈西苓回到上海，投身左翼文艺运动，加入创造社。1930年，与鲁迅等联名发起并组织成立中国左翼作家联盟。1933年，执导个人首部电影《女性的呐喊》，后执导影片《上海二十四小时》《乡愁》《船家女》《十字街头》《中华儿女》等。

大家去从军

地　点：
　　任何一个地方
人　物：
　　青年男女一群
　　农民

农妇

戴鬼脸的日本帝国主义一人（愈凶愈好）

义勇军敌人

小皇帝（木偶）

汉奸三人：日本帝国主义的走狗（熙洽郑孝胥殷汝耕等）

老人

老妇

工人三人

女工三人

兵士三人

景：

　　一块深色的布幕，幕上一幅大地图，有显明的东四省和华北五省。

（在男女惨叫声中，日帝国主义者拿着皮鞭登场，一下下的鞭着，鞭倒一个，第二个想抵抗，便立刻鞭第二个，第三个，……第六个。）

帝：哈哈，……呐，哈哈，哈！哈！我们大日本终于夺到了东三省，（将地图上东三省取下，拿在手中）我们大日本终于夺到了东三省，不费一枪一子弹，一日三千里。嘿，我们终于得了东三省，它满地是黄金，满地白银，满地高粱黍，满地的青纱帐！哈……哈！哈……哈！我们大日本，夺得了东三省，大陆政策已实现，大亚细亚主义可以保障和平。

（台后闻："杀呵！杀这个压迫我们的日本帝国主义呵！"枪声炮声。）

（义勇军上。"杀呵！杀这个压迫我们的日本帝国主义者呵！"）

帝：啊呀！好利害，逃命要紧。

义勇军：我们是义勇军，我们是义勇军！（唱《义勇军进行曲》，日帝国主义者从后上）嘿，日本鬼子又来了，弟兄们用力！

帝：打这些支那人，打这些支那人！

（枪炮声大作。义勇军下。）

帝：哈哈哈！这小子打败了，哈哈哈！好大一个东三省，有日本三个那么多，和法德两国那么大，还有这么多的牛马群。走！

（用鞭打着青年男女，青年男女只好起来，依旧背了东西被他驱走下场。）

（台上显出了"热河"两字，一农女上。）

农女：啊呀，从沈阳逃跑出来，已经跑了十几天了！真不知道到了什么地方？让我看看：噢！热河！我已经到了热河了。肚子饿，且让我唱几个小调儿换几个铜子儿买点儿点心吃。（唱《新编凤阳调》）

（幕后有男性的歌声。）

女：唷，有人来了。（女躲在一边）

（男上唱《心头恨》。）

（女闻声哭；男望她走近前去。）

男：大姑，你为什么在这儿伤心，有什么心事吗？

女：我从沈阳逃到了此地，已经有十多天没有好好的吃了。

男：嘿，我还不是一样，从东北逃难出来的。

女：唉！（叹气，唱《苦命人》）

（男女对答唱，唱毕。幕后有狂声的吼声和鞭声。）

女：啊呀，东洋鬼子又来了，往沈阳逃到了这儿，想不到这儿热河也完了。

男：唉，我们都变了有家归不得的亡国奴了。

沈西苓 / 005

（男女上，铁链声。背着东四省产物，私货，帝国主义者追上打，男女惨呼。唱《船夫曲》。）

帝：哈……哈！一二八的仗，虽则险些儿吃了亏，可是《塘沽协定》，他们接受了我的条件，终于给我拿到了东北四省。从此滦东二十多县都成了我的势力范围了，华北的门户完全开放了。我要怎样干就怎样干，谁管得了我？哼！那些支那人本来是十足的奴隶，现在英美苏联又都不敢轻易出头，嘿，我这下子准可趁火打劫了。好，来！

（两个走狗上。）

熙：犹太虽亡国，哈同自有钱，我就是名叫熙洽的，人家称卖国贼。（摇尾巴）

郑：一朝丞相，万世流芳，我是郑孝胥的便是。（无意中踏了熙的尾巴）

熙：噢唷，噢唷！

郑：什么事呵？

熙：你踏了我的尾巴！

郑：咄！什么都要大声怪叫的，这个可以嚷的吗？要嚷，也得说踏了你的威风。

熙：威风？

郑：是威风。

熙：呃！真是威风。有了这个谁都敬重我，怕我，正是，朝见东洋大人。（两人跪下）

帝：你们知道九一八到今年有几个年头了？

同声：是三个年头了。

帝：好！该是时候了。（摸出一个木偶来）把这个小子来做一下皇帝，对付对付欧美各国，就把这里封为"满洲国"。

同声：是！（大家摇尾）哈哈哈！我们现在可以做丞相了。

帝：（跳下坐位）嘿，我现在可要思夺取整个的华北了。（走狗恭恭地直跪下来："是"）打进长城去！（打鼓声）

（用旧戏的方法，用布匡一个长城，常从那里边出来。）

帝：此地那里了？

（从者应："是天津了。"）

帝：哦！一年春光好，又过一年了。九一八到现在是有四个年头了。今天我进得长城，可要来吓一吓中国政府。哦且慢，我现在必得假借一个名义。哦！有了！我不妨用了"中日亲善，协力防共"的烟幕弹。好吧！就拿这个幌子来打出去，不怕他们不上当！哈哈哈！来啊。

（一个走狗上台。）

走：人家喊我是走狗，我倒偏偏走了运；在下便是殷汝耕。

帝：你在这里，赶快成立"冀东防共自治委员会"，听我的命令，好好地做事。（殷狗摇摇尾巴，连声称是的下去）哈哈哈！眼见得这华北五省又在我手掌中了。（退）

（东北逃难青年男女上。）

男：一年又一年，自从九一八我们逃出了沈阳，到了北平已经足足六个年头了。

女：对了，六个年头了，东洋人真凶恶，想不到我们逃到热河，他追到热河，我们逃到北平，他又追到北平来了。

男：啊！中国不知几时才可以翻身！我们不知几时才可以逃出强盗们的牢监。

（幕后帝的吼声和鞭声，大家叹气唱高尔基的《囚徒歌》。从舞台前后走了两圈，歌声未完，突然，从另一个入口走上工人青年男女学生等数人来。）

工　人：我们是工人！

学　生：我们是救亡的学生。（唱《工人救国歌》，女唱《妇女大众

　　　　　战歌》，唱毕）

内中一人：诸位同胞，我们已经吃苦吃够了！我们再不能忍受这苦痛的监狱生活了！我们要反抗了，我们中国四万万五千万民众，已经在怒吼了。在上海八一三已经发动了神圣的民族抗战了！

女：对了！诸位女同胞：我们极应该参加这神圣的民族抗战！我们要把侵略我们的强盗打出去，我们要夺回我们的老家乡。

（青年男女合唱《打回老家去》。）

（歌将毕，日帝国主义者出来。）

帝：打，打这些狗东西，我已经打下了你们的北平，天津，你们还敢反抗吗？打，打！打你们这些支那人！

大　众：（都不再怕他）打！打倒强盗！

帝：好！你们等着，我要发三十万大兵来把你们都杀死！

大　众：打！（冲上去，帝逃）打倒侵略我们的东洋鬼子！

男：同胞们，我们中华民族已经到了生死存亡最后关头，我们只有抗战到底，把侵略我们的强盗赶出去，才是我们中华民族得到独立生存的出路！

大　众：对了！只有抗战到底，才是我们的生路！

男：好，我们唱《前进歌》！（唱《前进歌》）
　　　　——我们中华民族已经到了生死存亡的关头！

大　众：我们中华民族已经到了生死存亡的关头！
　　　　——我们要发动全民的抗战！

大　众：我们要发动全民的抗战！
　　　　——我们大家要上前线！
　　　　——我们大家要上前线！

（众合唱《中华民族不会亡》。歌将毕，幕后军号。）

——好,我们的士兵到了!

——好!我们的士兵到了!

兵:诸位同胞!我们各处的军队都已经开到了前线了,我们都是以十二万分的勇气来参加这次的神圣抗战!我们不怕死!我们只怕老百姓不合作,我们军民要站在一条线上。大家来打倒日本军阀!(接着,他们便唱《士兵救国歌》)

众:打倒日本军阀!我们大家去从军!

(众唱《救亡进行曲》,再可继续唱《义勇军进行曲》。走下台来在台下顺路走着唱。)

这是以现存的歌来编的,并不是好办法,不过是一时的试验,用作慰劳伤兵并播音用的。

附注:

1. 这戏演时最好有音乐伴奏。
2. 人物可随便。
3. 有几支歌,可以用二部合唱。
4. 帝国主义要显得凶恶。
5. 汉奸要做到卑鄙滑稽。
6. 《船夫曲》与《囚徒歌》要唱得沉着悲痛,合着鞭声铁链声。
7. 歌也可以随多随少。不一定全要唱。

选自沈西苓著:《烽火》,旅冈主编:"国防戏剧丛刊"之一,一般书店,1938年

烽 火

人　物：

　难民

　汉奸

　日本兵

　中国兵

　班长

　夫

　妇

　老母

　老人

　其他……

母：天啊！这些强盗，东洋鬼子，把我们的房子全烧了，东西全抢了，叫我们怎样活得下去呵！……（哭）叫我们怎样活得下去呵……？

夫：妈妈，东洋鬼子就是想要我们活不下去，他们才这样用大炮飞机来杀我们的呢，他们杀了我们，他们就好抢我们的地方住，抢我们的东西吃了。

母：天呀，天为什么不开眼呵，菩萨在那里呵。

妇：妈，你不要叫了，菩萨不会顾到我们的，我们只有靠自已。我们中国军队不是已经在给我们报仇了吗？我们现在还没有逃出火线，快点逃吧，东洋鬼子说不定就会冲上来了。

母：逃，逃到什么地方去呢？（坐下来）哭。

夫：妈，我们总不能在这里等死啊。妈，那些强盗们，是会乱杀人的，妈，你走不动我来背你好不好？

母：呃，你们先逃吧，我这条老命不要了，让那些杀人的强盗杀了算了。

（老人慌张地上，因受刺激太深，精神恍惚的样子。）

老：呃，快点逃呵，你们还在这里干什么？要给东洋鬼子看到就完啦。

夫：（见老头儿流着血）啊，老伯，你受伤了，我给你包扎一下吧。（从他女人那儿拿了一块手帕给他包上）

老：谢谢你……你们一家……

夫：是，我们是从吴淞逃出来的，已经有二点钟没有停过脚，——老伯是从那里逃出来的？

老：我，我从宝山逃到这儿的，唉，凄凉呵，我们一家，只剩下我一个老头儿了，我的两个儿子，两个媳妇儿，还有许多许多同逃出来的人，都给东洋鬼子，一排枪，打死了……（干哭）我们逃出宝山城，想从那儿逃到杨行去，可是正遇到了一排东洋鬼子把枪对着我们，不许我们动，我们靠墙壁排队，我们只好排队，……他们那些强盗、魔鬼把我，同我的七岁的一个孙儿，还有几个老的小的拉开了。……他们就，……就一排枪。……唉！……我的两个儿子媳妇儿，就这样……我亲眼看他们倒在地上了，死了一共有二十多个。……

妇：老伯，那么，你的孙儿呢？

老：孙儿，……孙儿见他妈妈一倒，他哭叫起来，也给东洋鬼子毁了。

夫：老伯，别伤心了，我们反正只有一条命，留得活的，就给他们拼，他们从沈阳杀起，杀到北平，从北平杀到天津，现在又到上海来杀了，他们要杀尽我们中国人……我们也总有一天会报仇的。要是我逃得出去，我一定去当义勇军，也杀给他们瞧瞧。好吧，老伯，跟我们一起走吧，我们从这里到杨行再到大场，转过去，可以逃到沪西去的。妈，还是我来背你吧。

母：我，不要，我……

妇：妈，你把身体都靠在我身上吧。（她把妈的手臂从她的颈背后圈过去）妈，走吧，妈。

（几声枪声。）

夫：妈的，真的那些鬼子们又在开枪了，妈，快点走吧。

（他们走不多几步，后面有几个难民逃上前来，或者从观众里逃跑出来；嘴里叫着："快一点逃呵，快一点逃呵，东洋鬼子追上来了……。""——啊呀——逃呵！"其中有的血在流，有的背了负伤的同伴。他们也跑了没有几步，日兵和汉奸上场。日兵的多少可由演员多少而定。）

奸：（上场）站住，谁动，谁就死！（同上来的两个日本鬼子先把站在头里的几个打了几枪把，就走到妇身前，一个鬼子指着妇："唷西，唷西。"［好的意思］说着，就把老母一把推在一旁，老母一倒，妇也跟着倒下来。）

夫：（由怒转到柔顺）老爷，我们是逃难的！求求您，老……
（拍的一枪把）

母：老爷……（又是拍的一枪把）啊！（凄惨的呼号）

妇：妈妈！（要想很快地扶起她来，却突然的被一声喊惊住了）

日　兵："八加"，走！（用枪作要刺的样子）

奸：过来，（一拉妇衣服拉破了，倒在旁边）哼，不中用的东西！（一个东洋鬼子去拉她摸她的脸）

妇：救命！救，……

夫：（此时已忍无可忍，突地疯狂似的）强盗，你们这杀人的强盗，你们抢我们的土地，你们烧我们的房子，你们……（话还没有说完，已经给一个东洋鬼子一枪柄，打着了，接连的几下，夫嘴里流出鲜血来——预备好东西）阿唷！啊！……你……强盗……（此时老妇从地下跪扑过去）

母：老爷，……救救命，我的孩子，……老爷，……啊呀！（一刺刀老妇给杀死了。刺刀是做就的刀头可以缩进去的；但如没有这样特别的道具，只要留心，不这样做就用枪打也可以。）

夫：妈！——

妇：妈……（哭叫）

日　兵："八加"！去，去。（拉了妇走）

妇：（哭叫）妈，……大哥……（被拉了走）

夫：（爬起来，疯狂地）杀啊，你们这些强盗汉奸呀！你们抢我的女人，杀我的母亲，火烧我们的房子，霸占我们的土地，我们总有一天要翻过身来，杀呵！（疯狂似地扑过去，难民中也有的同着喊"杀呵！"）

日　兵："八加"！（反身过来开枪或枪刺，有两个倒下，其中夫仍在叫："大家不要怕，我们大家一起往上冲，我们中国人没有死尽呵！不愿作亡国奴的起来呵，我们要报仇呵！杀呵！我们中国人是死不完的呵！我们只要一条心，我们要报仇呵！杀呵！"突然，"杀呵杀呵"的呼声响应起来了，接连地"杀呵！冲呵！杀日本狗子呵！"一个巨大的声浪

沈西苓 / 013

从弄中传出来了。日兵和汉奸慌张的想逃，中国兵已到场，双方格斗！）

群　众：好呀，我们的弟兄们来了！

　　　　——好呀，我们打胜仗了。

　　　　——杀呵！冲呵，不愿作东洋鬼子的奴隶的人起来呵！

　　　　——杀呵，冲呵，不愿作东洋鬼子的奴隶们起来呵！

　　　　——我们弟兄们来啦！（此时中国兵已将日本兵打死的打死，赶跑的赶跑。中国兵回原阵地，难民也陆续增加，观众也算在内）

班：诸位同胞。东洋鬼子已经给我们打死的打死，赶跑的赶跑，我们中国人，不管老百姓和军人，只要一条心，抗战到底，那怕东洋鬼子军火好，我们是不怕的，最后的胜利总是属于我们的。

　　　　——对了！我们要一条心。

　　　　——我们大家要帮助弟兄们作战！

　　　　——我们用大家的力量来打倒东洋军阀！

班：好，我们赶快把受伤的同胞们救起来，送到后方去！（大家动手）

群：好，我们大家来——

班：再把汉奸带过来。

兵：是！

班：好，你当汉奸，为了你一个人，出卖了全村的老百姓，你这狗人的。

甲：你出卖了我们全村的人，你把我们的家毁了，你把我们的父母兄弟姐妹杀了，现在你也该后悔吧，你这狗人的。

　　　　——我们打这个狗人的汉奸！

　　　　——我们打这个狗人的汉奸！

——打呵！打汉奸！

　　——打呵！打这个王八蛋！（大家动手）

班：诸位同胞，请等一等，兄弟要说句话。

群：大家听班长说话。

班：诸位，他出卖了我们，出卖了整个民族，出卖了中华民国，我们应该打死他，但是我们打死了他一个，是不够的，他们一定有很多的同党，我们要从他身上找出更多的汉奸来，我们要更严重地对付他。

群：对了，我们要更严重地对付他，要他说出同党来。

　　——我们要捉尽汉奸！

　　——我们要杀尽汉奸！

　　——我们要大家联合起来检查汉奸！

班：对了！我们现在是站在生死存亡的关头，我们不愿意死，不愿意做亡国奴，便得和敌人拼命。我们大家不要怕，我们大家要一条心。同胞们！起来，打倒日本帝国主义！

群：打倒日本帝国主义！

班：不愿作奴隶的人们起来，打倒侵略我们的日本军阀！

群：打倒日本军阀！

班：我们还要打倒狼心狗肺的汉奸！

群：打倒狼心狗肺的汉奸！

　　（此时大家很可以围起来参加合唱。）

歌：

一

　　同胞们，快快起来杀敌人！他们已经扼住我们的咽喉，要我们的死命。

　　我们——要不一条心，把这些强盗贼子赶出去；眼见得，血肉横飞，全村变灰尘。

二

同胞们，快快起来，捉拿汉奸们！他们已经引狼入室，认敌作父亲。我们——要不一条心，把这些汉奸贼子捉起来；眼见得，国亡无日，奴隶准做定。

三

同胞们，快清醒！大家起来打倒东洋狗，捉拿汉奸们。大家一条心！有钱出钱，有力出力；抗战到底，保卫国土，全靠我们每个老百姓。

排演时注意：

（一）此剧在街头，在台上都可以演，时间短，是为了适应现在的环境。

（二）演员的情感应提得很高，可并不一定需要熟练的演员，只要有热情，都可以演。

（三）剧中日军与中国军可以任意增减。同时，他们出场下场，最好都有个隐蔽的所在。如弄堂之类，使观众不致跟了跑。不然会变成滑稽剧的。

（四）尽可能用各地方言演。

（五）口中流血等等要演得使观众看不出假来，动作快一点就是了。

地点注意：

最好是广场后面，有弄堂的或断墙之类，枪声可在后面传出。

选自沈西苓著：《烽火》，旅冈主编："国防戏剧丛刊"之一，一般书店，1938年

独幕剧

张季纯

|作者简介| 张季纯（1907—2000），山西阳城人。1925年开始发表作品。1932年毕业于国立北平大学艺术学院戏剧系。曾加入中国左翼戏剧家联盟。1935年任山西西北剧社社长。1937年参加上海救亡演剧二队，在四川演出。1941年赴延安，任鲁艺教员、西北文工团团长、陕甘宁边区文协副主任。1946年加入中国共产党。后历任西北军政委员会文化部副部长，西北行政委员会文化局局长，北京市文化局局长，中国文联第一至四届委员，西北文联、北京市文联副主席。著有独幕剧剧本集《塞外的狂涛》《卫生针》，诗集《太行山》，秧歌剧《保卫和平》，剧本《保卫卢沟桥》（合作）、《醒来吧》等。

塞外的狂涛

时　间：
民国二十五年十一月
地　点：
察哈尔商都与绥远陶林中间一个小村里

人　物：

　　李铁牛（团长的卫兵）

　　老翁（农民）

　　刘排长

　　兵一

　　兵二

　　某国特派员

　　高丽兵一

　　高丽兵二

景：

口外①一个农民家里。

这是一座颇为宽大的房间，正中陈设着粗笨的桌椅，一边厢是通院子的门，一边厢是一个长方形大炕，门旁一个角落里安设着炉灶等吃饭家具，炕前一个小门通进套间去。

像秋风将落叶吹光了一般，房子里除开一些不便携带的家私外，所谓"细软"的物件，一点也没有。这情形一定是经过了非常的变故，否则怎会像这样一座废墟呢！

开幕的时候，李铁牛一个人在房子里。他是个四十左右的大小伙子，穿一身破旧军装，天生就一种乐天主义的性格，一举一动很有点俗语所谓"傻而瓜唧"的味道。这废墟般的房子在他眼睛里并不发愁，所以一面在拾掇房间，一面还哼着他记忆里的"军歌"。

铁　牛：（模糊地哼）

---

① 长城关隘，多以口闻名；如"古北口""张家口"等。所以俗呼长城以外为"口外"；长城以内为"口内"。——原编者注。

三国战将勇,

首推赵子龙,

长坂坡前逞英雄;……

(把椅子放周正了,看见一支炕桌放在炉灶上,于是取过来放在炕上。)

还有张翼德,

当阳桥上挡,

刺里哗喳响两声,

桥断两三根!……

(忽地注意到套间的门,好奇地走过去)咦,这里还有一间!(他走进套间去。片刻,一阵老年人的呻吟声,由里边传出来。他从容地离开套间,站在炕角前,像着了魔般傻笑起来)哈哈哈哈!哈哈哈哈!(他越笑得厉害,里边的呻吟声也越随之而增;最后,他虽不再笑了,呻吟却仍旧延长下去)喂,老乡!那块儿不对劲,要我来给你瞧一下吧?

(一位年近八十岁的老翁,局促而佝偻地出现在套间门边:瘦削的面孔上涂满了污秽;褴褛的装束外边披着块破旧的被单——也许是为了冷,但也说不定有别的用意;横身颤抖着,好像有无限的恐惧没法招架一样。)

老　翁：老总!可怜一下我这老骨头吧!一村子人都逃光了,可是我……我……(又悲痛地呻吟起来,活像生理机构上出了什么毛病似的)

铁　牛：喂,老乡!你是怎么了?刚才在里面(指套间)炕上,团得好像个大草包,我正说待会儿提到院子里去喂喂马呢,不想才去动手,你就哼哼起来了。哈哈哈哈!……

老　翁：(哀求)唉!老总……老总……你……你笑什么?

张季纯 / 021

铁　　牛：一个人装成个大草包，还不可笑么！哈哈哈哈……

老　　翁：唉！

铁　　牛：尽管咳声叹气干什么；村里只有一个人了，难道还嫌不够宽绰吗？

老　　翁：老总，求你可怜可怜吧！这样倒霉的年头，只有老百姓们吃亏呀！啊，真是末劫年！我活了快八十岁了，都没有听说过这样年月！

铁　　牛：喂，老乡！干吗尽来这一套，是谁委屈了你么？告咱铁牛说，管保你受不了冤枉。

老　　翁：什么，老总？你说是……

铁　　牛：我说：我叫李铁牛。清楚吗？我们的大队就在后边——咳咳，有一团人呢！清楚吗？要是有什么坏东西们对不住你，告诉我，决不同他讲客气！清楚吗？咱铁牛就是这种性子：人家家里都供养着关老爷，菩萨，孔圣人，咱心里却只认得一个李逵！

老　　翁：是的，老总。（放心地挨着炕边坐下；并且把披的单子取下来放在炕上）

铁　　牛：喂，老乡！小心着了凉啊，你那样哼呀咳呀的。

老　　翁：（指单子）你说这个么？不要紧，刚才我怕老总是从鬼子那面（指东边）来的，才拿单子蒙起来；谁知竟给你看见了，我就只好哼哼起来。

铁　　牛：噢，你原是装的呀？哈哈哈哈！老乡，我实话告诉你，你可知道我们正是从东边——商都县那里——开过来的；一排哨兵已经往西面去了，我呢，在这里给团长预备一间房子。

（老翁惊惧地跳起来，想逃走。）

铁　　牛：（接着说）你这间房子倒不错，一来很够宽绰，二来桌椅炉灶都没有毛病；顶好还是这个小套间，要是团长住到这里，随便放些什么东西，倒是满方便。（得意地开始了他的工作：看看炉灶，看看桌椅，看看房里的一切）

老　翁：（哀求）老总，让我走了吧！我知道你老是好人，可是……可是……唉！一家人，一村子人听说有队伍要开过来，大家都逃开了，可是，我因为这两条腿也不当自己的家，又是生长在此地，所以总不肯离开这个地方！那一天，大伙一同逃到西面去，我也跟随着走了三四里，可是这条腿上不来了；后来，我就狠了下心，也没有告家里人说一声，就悄悄地歇在路边，等村子人走的影子也看不见了，才又回到这里来。想不到……想不到真个有队伍从那边来了！啊，我还是走开吧！（向门走去）

铁　牛：老乡，你……你要到那里去？

老　翁：既然是从东面来的，你们同……同……（不敢说）同那个……那个一定是一气，一定要欺负我们中国人，我看我还是逃进口里去吧。

铁　牛：（抓住老翁的领口，恶恨恨地）什么，你说我们同那些小兔仔子是一气？谁同你说的！咱铁牛虽然口外跑了几十年，谁不知道俺的老家在洪洞大槐树底。上礼拜团长给弟兄们训话，只管瞪了眼睛盯住咱铁牛说："宁为刀下鬼，不做亡国奴！"老子们正要去打鬼子，你怎么倒骂俺是私通鬼子呢？（气愤愤抓起了放在炕上的大刀）说吧："有冤报冤，有仇报仇。"你这些话是从那儿说起的？

老　翁：（见他执着大刀要砍下来，吞吞吐吐地）老总，你说你去打××，难道××是在西面么？西南是绥远，是归化城，是陶林，是萨拉齐，是……不像东面的热河，和我们这儿察哈尔的地方，教那姓汤的小子献给鬼子了！

张季纯　／　023

铁　牛：（沮丧地把刀放下）是的，是这个样子。可是我们怎么会往西面开呢？

老　翁：老总，你问我吗？

铁　牛：（愤然）老乡，你不要走，你还留在这儿。这年头，我们中国人那儿还能自己打自己，我也不在这儿拾掇了，我要返回去告弟兄们说，我们要向后转——把枪口朝着东边！

（老翁目瞪口呆地莫明其妙。李铁牛把大刀挂上肩，走向门去。忽地，外边传进来军号的声音，分明是有队伍开到这里了。）

老　翁：哎呀！来了，来了！（慌忙躲进套间去）

（李铁牛正在门里迟疑不决，军号声已经停止了。）

铁　牛：（自语）妈特个皮！老子拼着脑袋不要了，也得给弟兄们说一声！（李铁牛刚要转身出去，刘排长带了两位弟兄已经从外面进来）

铁　牛：刘排长！糟……糟糕了！

排　长：出了什么事情？

铁　牛：不能说！不能说！我……我！我要给大伙弟兄们说，不……不……不能干了！

兵一二：究竟有什么事？

排　长：前哨来报告过什么吗？

铁　牛：不是。是，是我们走错路了！

排　长：你听谁说的？

铁　牛：我们跟着团长打后套开过来，不是说去打鬼子吗？现在怎么不向东面去，却要往西边开呢？

排　长：老李，这是命令啊。在商都时候你没听王×长训话，说这儿有土匪吗？大概把土匪打下去，再去打鬼子吧。

铁　牛：那一天？

排　　长：就是刚开到商都县那天晚上。

铁　　牛：啊，对了。那时我正挂号出来了。可是，……

排　　长：怎么样？

铁　　牛：我听得有人说，西面倒没有什么，东面才不保险呢！

排　　长：是的，这一路上倒不像有什么，不过——待一会看看前哨的报告再说吧。现在我们已是开到这里了，先停下来歇歇脚，吃点饭，再作道理好了。

铁　　牛：我告诉你：我们从后套，绕路百灵庙那里开过来，为的是要打欺负我们的××××；要是还跟以前一样中国人自己打自己，我铁牛说成什么也不干！

排　　长：是啊，我们大家都是这意思，我亲自向弟兄们起过誓：谁不真心去跟鬼子打，谁就不是中国人！

兵一二：对了，谁去做汉奸，不爱国，就不是他娘养的！

铁　　牛：对！我们大家一块儿干，我铁牛要有二意，也不是俺娘养的！要是团长，营长，连长他们敢不走正路，我铁牛就对不起他们！（拿下大刀来，好像当下就想砍了谁似的）

排　　长：是啊，你老兄那牛劲儿俺知道！

铁　　牛：（得意地叙述）不要看咱二十多年了还是一个烂卫兵，其实团长进营盘时候，还跟咱在一个棚里处过呢；以后几次仗打的他升起官来，那一回不问问咱要不要高升点儿？可是咱一见那种给弟兄们看见了就要"立正"！"举枪"！真有些恶心气；就说，升官儿干啥呀，见了老弟兄们那样蹩蹩扭扭的！咳咳，就这样，一转眼二十多年过去了！

排　　长：那算什么，谁不晓得在团长跟前你比营长都吃香！

铁　　牛：说的什么，也就是这一点点儿，才对了咱的牛劲啊！哈哈哈哈！

（静了一会，刘排长查看着这座房子。）

排　长：噢，这间房子是给团长预备的吗？

铁　牛：是哪，在口外像这样房子，就算很不错的呢。热河倒是好地方，还有一座老佛爷避暑的行宫，可是也教姓×的小子送掉了！

排　长：不要提了，国家大事要不是给他们糟踏，还会坏成这样么！喂喂，我还要到外面给后边的大队安置下地方，你在这里要忙不过来，教他两位帮帮你的忙吧。

铁　牛：这里倒没有什么，就是火还没有烧起来；我看就要他两位在这儿烧点水，歇一歇好了。要是前边的确平安无事，我们还得开拔到东面去。

排　长：是的，我想团长大概也是这意思。（向兵）你两个先把火弄起来，我到外面转一下看看地方。

兵一二：是，排长！

（刘排长转身要去。）

铁　牛：喂刘排长！我们一块出去，一块去把刚才起的誓给诸位弟兄讲讲，谁要是不那样……

兵一二：（抢着接上去）谁要是不打小鬼，先把他小子解决了！

铁　牛：（奖励似的，拍着兵二的肩）对！这样才不愧是我们的好弟兄！

排　长：好了，我们去吧。

铁　牛：（又得意地了哼起他的军歌）
　　　　三国战将勇，
　　　　首推赵子龙，
　　　　长坂坡前……
　　　　（已经快走去了，忽又折回来）喂喂！喂喂！我……我还忘了一件事情！

兵一二：（惊奇）什么事？

排　长：啊？

铁　牛：一件顶妙的事，要是你们不好好当心，会给吓一跳的！

兵一二：啊？

铁　牛：(指套间)那里边有个白胡老头儿，摇身一变就是一个大草包！

排　长：别说笑话了，这村子里穷得连条狗也没有，那儿会有这样妖魔古怪！

(说时迟那时快，套间里的呻吟声又哼起来。)

兵一二：(慌忙托起枪对准了套间，眼盯住刘排长不知道该开枪不该)啊，真的？

排　长：呃，这里还有人？是……是不是奸细？

铁　牛：(故意拉住刘排长，做出要走的样子)我们走吧，是不是奸粗奸细，待一会他们总要报告你的。

排　长：(想起自己的职务)不行，我得给官长报告！

(刘排长正要走进套间去，老翁已跟跄地走出来。)

老　翁：(哀求)老总！老……总！

排　长：说：你是干什么的？

老　翁：我……我……

铁　牛：(不知怎地又引起了他的傻笑)哈哈哈哈！

排　长：说：你是什么人？

铁　牛：哈哈哈哈！

排　长：(善意而警告地向铁牛)喂，收起你的机关枪吧！

老　翁：(畏缩地躲在角落里)哦，机关枪？机关枪？我……我怕！

铁　牛：(这才堂皇地走到老翁前边，用手挽过他来)不要怕，老乡！那里有什么机关枪，那是说我笑起来，就好像格格格格地放着机关枪哩。

老　翁：唔唔，原来这样呀？老总，你……你是好人；给我讲个情吧，不要……不要教他们开枪！

（刘排长见他俩很亲热，教兵把枪收起。）

铁　　牛：刘排长，你看：这还不是个白胡老头儿么！可是他把这个（拿起炕上那条被单）一蒙，就活像一个大草包。不瞒你们说，不是我从娘胎里带来就胆大，刚才几乎要给吓坏呢！

排　　长：不要讲这些，他到底是个干什么的？

铁　　牛：一个老百姓。因为年老了，腿上不来，弄得一村子都走光了，却单单留下个他。你以为是奸细么？要真是那样，我早拿大刀送他回老家了，那还会叫他哼哼到这时候！（转向老翁）喂，老乡，这都是咱自己弟兄，都起过誓要和他妈的小鬼拼一下；现在大伙在这儿等等西面的信儿，要是平静无事的没有土匪，大家只歇一歇，收拾点饭，就要往东面开拔！

老　　翁：是，老总！不把鬼子打走了，我们中国人真没有太平日子！

铁　　牛：唷，你听呀！

老　　翁：是……是，老总！

铁　　牛：现在我同刘排长要到村子里走一下，你呢，帮助着咱们自己弟兄，弄点柴，烧烧火。

老　　翁：是……是，老总！

铁　　牛：好了，我们出去吧。

（李铁牛同刘排长一同出去。两兵士将枪枝和身上背的东西都放在炕上。）

老　　翁：（走到炉灶边）老总，我来把这火烧着吧？

兵　　一：好的，你帮我们来烧着好了。（向兵二）吕得胜，我在这儿把炉台拾掇拾掇，你同老头儿外边去拣点柴火吧！

兵　　二：好，我们俩找找看吧；不过这儿地面穷得精光的，拣起来也不过是些草草棒棒。（向老翁）唅，老乡！我说你们这儿怎么是个这样倒霉的地方。人啦东西啦连一点也没有！

老　　翁：唉，老总们，不要提了！前几年荒荒乱乱的，家里就是有点东西，也不愿意摆出外边来；现在呢，又加上鬼子，在这儿横行霸道，谁还敢再预备什么呢！前一向一个打关东回来的人说，鬼子把那里占了以后，不只把我们的钱啦东西啦都拿了去，有时候还要教你挖下坑子，逼住你活埋你的老婆，孩子和自己！唉，我们老百姓活在这个年头，活在这个地方，不要说有什么好东西，就是那些粗的烂的，也要给藏放起来，决不能让他们欺负了我们的人，再去受用我们预备下的东西！真是，这年头，我们中国人中国地方还能算数么！（悲伤起来）

兵　　二：老乡，不要难过！只要我们齐心，总会把狗的打出去！

兵　　一：（有点急性）哎呀，吕得胜！只嚷嚷火就会着了么！

兵　　二：好，老乡！你先领我打柴火去，待会儿把火烧着了，我们再说别的。（想要去）

老　　翁：（向兵一）老总，你老不要着急：那炉台好好的一点也不要你再拾掇；烧火的柴，外边去那儿拣得了许多！（向兵二招手）喂喂，进来吧，好许多的柴，我都埋在这里边那个炕火炉坑里儿哪。

（老翁和兵二先后进了套间。兵一蹲在炉灶边，等候着他们把柴火拿出来。片时，兵二拖了一大捆柴出来，放在炉灶跟前。）

兵　　二：咳，里边那样一大堆，要我俩拣一天去也拣不来。待会儿那边要起火做饭，司务长也不要发愁了。

老　　翁：（在套间里）老总，这里又抽出一捆，啊哟……啊哟，你

张季纯　/　029

帮我来拿拿吧!

（兵二向套间走去。）

兵 一：成了,烧完了这些再取吧。

兵 二：（停在套间门口）老乡,不要弄了；待会儿用完再取吧。

（兵二过去帮助兵一折柴烧火,老翁从套间走出来。）

老 翁：那已经够了么?要用里边还多着呢。不瞒老总们说,大家打算离开这儿的时候,把带不了的零碎家伙,米面杂粮都埋藏起来了；不说一点点干柴,就是想找点吃的喝的,锅啦碗啦,我老汉都能帮忙。咳,说句良心话,我们中国人的东西给中国人吃了用了怎么也可以。可是总不能预备下给欺负我们的鬼子来受用!

兵 一：（感激地）是的,"亲不亲,一乡人",我们现在顶要紧的,就是大家联合起来,把那些狗养的打出中国的地界去!

老 翁：要是能那样子,我们也不要东逃西躲了!

兵 二：老乡,我告诉你：逃啦躲啦都不顶事；顶要紧的还是得打；关外的三省地方,热河,要不是逃啦躲啦,那儿会那样快!现在我们这儿察哈尔,大家要再起来一逃,还不是给他的一样占了么!

老 翁：（想了一会）对对对!我们是应该跟他们打,可是我们老百姓们,拿什么和人家打呢?

兵 一：（兴奋地站起）我们有枪炮的,拿上枪拿上炮和他们干；老百姓们有锄头镢头的,拿上锄头镢头和他们干；也可以一咕噜都给赶走!吕得胜,你说是不是?

兵 二：怎么不是!大概想做亡国奴,想当汉奸的,会说你这话不对!

老 翁：（忽然注意到火）喂,老总!再把火添上点吧,烧得旺旺的,我好拿壶子弄点水给开上。

（兵一、二转身去招呼火，老翁悄悄地走进套间去。）

兵　一：喂，我说：火已经着好了，你去找个家伙弄点水来烧烧，我们且喝上一点吧。

兵　二：（转过身来，不见老翁）哎，老头儿又那里去了？我来找找看有什么家伙没有？

（兵二正要往套间里去，老翁正好提着铁茶壶出来。）

老　翁：（指壶）老总，不要看这外边满是土，里边倒是很干净的，这是我把它埋在墙根底下，才刚刚扒出来的。井还在外边大街上，你老且歇一歇，我去弄点水来。

兵　二：给我来，我去吧，你的腿走起来怪不得劲的。

老　翁：不要紧，不要紧；一茶壶水算不了什么，你去也许会找不见。

（老翁把兵二推的坐在椅上，提着茶壶出去了。）

兵　一：唉，这一位老头儿真行，对我们好像是对客人似的。

兵　二：是哪，老百姓越这样子对我们好，我们越得要赶快把敌人打出去！要不然，怎对得起自己的良心！

兵　一：看吧，待一会就可以知道，前方要没有什么，当然是向东面去。（离开炉灶，走过桌边来）不过，许多事儿总不免有点古怪：就像这次我们打西面开拔，为什么放着一条直路不走，却偏偏去绕到百灵庙呢？绥远省的傅主席，又不是我们的敌人，为什么却要躲着他不走大路呢？

兵　二：这个，那一天我也向刘排长问过；他说那时我们军长在百灵庙，走那儿大概能够关关饷。不想现在已经从那儿绕下来了，还是连个铜子也没关到！可是，说起来总还不错：我们在那儿领了枪，领了子弹，打起××鬼子来，比赤手空拳要好多了！

（李铁牛沮丧地走进来，像是有件事情烦恼了他似的。）

铁　牛："好多了"？还不一定是好不是呢！哙，老弟们，刚才你们开来的时候，就一点没有听说么？

兵一二：什么事？

铁　牛：倒也不是一件小事，可是说起来也真够稀奇古怪的！

兵　一：是前方有什么报告么？

铁　牛：不是前方，倒是后方呢。

兵　二：后方？后方怎么样？

铁　牛：（把刀卸下来，坐在椅上，郑重地说）刚才我同刘排长出去，到了连上，见了王连长，本来想打听下前方有什么信儿没有？谁知恰巧来了个后传传令，说是……

兵　一：噢，团长就要来么？火已经烧好了。老头儿给找了很多很多的柴，就是在这儿多待几天，也不怕不够烧。

铁　牛：要是团长，还有什么稀奇古怪；是——

兵　二：是什么？

铁　牛：说是从军部派来了一个什么特派员，大概就快到了。

兵　二：那有什么稀奇；还不是一个什么参谋副官，来训上一顿话就完了么！

铁　牛：要是这样到没有什么。听那个传令的话，不只不是我们的参谋副官，恐怕还不一定是我们中国人呢！

兵一二：（惊异）啊？

铁　牛：你们说，这还不稀奇古怪么？

（三人静默片刻，面面相视；终于还是李铁牛开了口。）

铁　牛：我就看看是他妈怎么颗东西，要真是他妈的鬼子，非给狗的一刀不可！

兵　一：是的。不过，我想我们团长总干不出这事来！

兵　二：可是，咱们那位军……

铁　牛：（跳起来）对！就是怕那个王八蛋靠不住！妈的，他做了汉奸不说，还要鬼子来监视我们！我说，我们干吧；我们返回去，剥了汉奸们的皮！

兵　一：不要急，待下子看看前方的消息怎么样？看看西边是不是真有土匪？

兵　二：依我说，还是返回去对；现在这年头不打倒帝国主义，我们还干吗？

兵　一：我说，现在我们这样开在半路上，总是把前边后边的情形都明白了，再作道理！

铁　牛：喂喂，不要吵了，听……听我说……

兵　二：我说的就是你那个意思。

兵　一：不对！不对！我的意思是……

（他两个吵在一块，正是无法开交的时候，恰好刘排长进来了。）

排　长：别吵了，别吵了，听我说，我有个好消息告你们！

铁　牛：刘排长，怎么样？

兵　一：是不是那个特派员靠不住？

兵　二：是不是已把狗的收拾了？

排　长：不是。是前方的事情，前哨已经来报告了。

铁　牛：（急问）怎样？有什么动静没有？

排　长：不要急，等我告诉你们。……

铁　牛：是的，说吧。

排　长：当我们还没有开来这儿以前，曹排长已经带了些弟兄们，到了前边五里地一个村子里；在那儿一方面派人在附近十里地以内侦察，一方面还派人一直往西面去，大约离开这里总有三十里吧，你们知道怎么样？

兵　一：我看，总该有一点结果吧？

排　长：结果是什么也没有。弟兄们和老百姓打听，都说再往西去是傅主席管的绥远省，一向就很平定；倒是往东去才不大保险。一路上只见许多老百姓往西躲，你们想，谁肯专意躲到不太平的地方呢！

铁　牛：呃，果真这样！那一定是我们的军长……

排　长：就是的；这一次从河套开过来，不到包头搭火车，偏要绕道到百灵庙去，这里边就有点鬼祟！

铁　牛：是啊，现在再加上个什么特派员，这事就不要说了！

兵　二：既然这样，我们还是趁早朝东面进攻，给狗的鬼子和汉奸们一个措手不及！

铁　牛：不错，现在只有这一条路！我外边告诉弟兄们去，大家联合起来，一齐动手！

（李铁牛向门走去，正遇老翁提着水进来。）

老　翁：老总，老总，不好了！说话就来了！

排　长：你干什么？

老　翁：我到大街打水去，看见一个鬼子带着两个兵，跟那边的老总们说话；现在就……就快到这儿来了！

大　家：啊？已经来了！

老　翁：（把壶搁在炉灶上）说话就来了，老总们赶快想个办法吧！（匆匆跑过套间门边，犹豫地不知该不该躲起来）真的，还是一个会说我们中国话的；可是再说得好听一点，我也知道还是一样的欺负我们！

铁　牛：是的，就是说得再好听一点，我们也不能受他的骗！

排　长：听！许是来了吧？

（门外的杂踏脚步声渐来渐近，李铁牛和兵一二各拿起他们的枪刀，都像严阵以待似的排列在一边。进来的果然是一个××军官装束的特派员，和两个高丽兵。老翁瞧见这局势非常严重，便偷偷进了套间。）

特派员：（假作镇静）不要这个样子，大家都放下来；王××是我的好朋友，特意请我来给大家帮帮忙。（兵一二下意识地把枪放下）我们现在是"蒙古军"，把绥远灭了以后，就成立一个"蒙古帝国"。它和"满洲国"一样，都跟我们大××国是很好的朋友。

铁　牛：（突然冷笑）哈哈哈哈！

特派员：你笑什么？

铁　牛：我笑我白天见了鬼！我们都是中国人，我们爱中国；绥远是中国的地方，我们要保护绥远！

排长兵一二：是的，我们要爱中国，要保护绥远！

特派员：（假装不懂，问高丽兵）他们说什么？

高丽兵一二：（不知如何是好）……

铁　牛：（上前一步）告诉你：我们不作汉奸，我们不投降！谁要再说那样鬼话，管教他瞧瞧我这刀从白的变成红的！

特派员：（畏缩地躲在一边，支使高丽兵）我不喜欢听这个东西说话。去，教他离开这里，待一会把话讲完了，枪毙了他给大家看看！

铁　牛：哈哈哈哈！

高丽兵一：哙，朋友！你就外边去一下吧。

特派员：混蛋！满洲国，蒙古国的人才能叫"朋友"，你怎么把一个中国的坏东西，也叫"朋友"呢！

高丽兵一：（恶恨恨瞪了特派员一眼）……

高丽兵二：（机警地到李铁牛身边，暗里指指他手中的刀，指指缩在角落里的特派员，又指指外面。——表示可以藏到外面用刀去杀死敌人）

铁　牛：（明白了高丽兵二的意思，点点头）哈哈哈哈。

高丽兵二：（装腔作势）出去吧，你敢不服从特派员的命令么！

(高丽兵闪开道路，李铁牛向特派员轻笑了一声，然后走出去。)

特派员：（像真正得了胜利似的，走过刘排长和兵一、二这边来）你们要好好地听你们最好的朋友大××国的指示；我们先打下了绥远，再慢慢把中国灭了，那时候我回去给天皇报告一下，管保你两位（指兵一、二）就会坐官……做一个县长！（转向排长）你呢，唔，你现在已经是个排长了，那么将来……一定得做个大大的官——做省长！那时候你们都到大××国去游历，我们就都是老朋友！——我们在一块吃饭，一块看戏；你们就住在我家里边，……（忽然想起似的）喂喂，正好……（更离近他们一点，轻声）我正好还有一个姐姐，两个妹妹……（大声）我们大家就都是亲戚了！嘻嘻嘻嘻！（轻松地踱了几步）想一想，这么大的好处，还不赶紧去把中国灭了么！

排长兵一二：（只拿愤怒的目光瞪着敌人，不知该如何是好）……

特派员：（感到任务完成的满足。向高丽兵）我们再上别处看看去吧。记着，一会把各处都查看完了，不要忘了枪毙那个坏东西！

高丽兵一二：是，官长！

（高丽兵一把门推开，先让特派员出去；然后又同高丽兵二返回到刘排长跟前，像是要说什么。突然，门外发生一声巨响，大家才木鸡似的呆住。）

特派员：（在门外）哎呀！哎……呀！……

铁　牛：（在门外）哈哈哈哈！

排　长：啊！怎么回事？

（大家正要跑出门外去看时，李铁牛已经当门而立，手中提了一柄血淋淋的大刀，眉目间还飞溅了许多血花。老翁

　　　　　又偷偷从套间出来。)

老　　翁：(看见李铁牛的模样)哎呀！老总，怎么了？

铁　　牛：(走进来，向大家环视一周；然后眼光落在高丽兵身上)我已经把那个说鬼话的鬼子收拾了；你们两位既跟他是一道来，我看也是一道走了吧？

高丽兵一：不，不；我们不是来欺负中国的！我们不是××人！

高丽兵二：我们早就受着××的欺负，我们是高丽人，我们时时刻刻想着同你们联合起去打倒××！朋友，刚才我不是悄悄地告诉你，请你把他收拾了么？

铁　　牛：你们既知道他是你们的敌人，怎么不早早下手呢？

高丽兵一：唉！你们不知道，我们是亡了国的人，我们的生命财产通同在敌人手里，不论那一年也有人起来做反抗的事情，可是平常就给人家管得严严谨谨的，总是不得翻身啊！

高丽兵二：唉，亡了国的痛苦，真不是几句话说得完啊！刚才我看你真是一位爱国家，不怕死的好汉，才敢悄悄告诉你；要是别人，我真不敢那么着。

铁　　牛：噢，你们也是受着××鬼子的欺负呀？好，它既然是我们大家的敌人，我们自然应该连起手来去对付它！对了，这样说起来，我们应该是"朋友"了！

高丽兵一二：是的，朋友！

铁　　牛：(拍着高丽兵的肩)可是，我们得一同去打敌人，可不能叫叫"朋友"就完事啊！

高丽兵二：是的，谁要对不起朋友，用你的刀同他讲理去！

铁　　牛：(转身望着静立在一旁的刘排长)刘排长，对不住；我把你老的亲戚给得罪了！

排　　长：别说笑话；我有好几次就想动手，可是究竟没有奉到上边的命令，所以只在心里没有发出来。

铁　牛：别人我不管，我知道团长一定会说我对的！

老　翁：老总，做的对！做的对！那样讨厌的东西，早就该杀绝了！

铁　牛：噢，老乡！我想起一件事来了，那个……那个……你那个……

老　翁：老总！要什么？

铁　牛：（找到炕上，拿起那块被单）就是这个，我有点用处。（往外走）

排　长：你……你去做什么？

铁　牛：刘排长！我要把舅子的狗头包起来，送给他的好朋友军长看看！喂，你不来瞧瞧么？就在院里墙根底下哩。

（李铁牛到院里去，刘排长随在后边；当后者走近门时，外边就传来一阵清亮的报告声。）

传令兵的声音：报告排长：团长命令，要我们立刻掉转枪口，向东开拔前进，去攻打我们的敌人！完结。

排　长：（急忙转身进来）弟兄们，赶快预备起来。团长有命令向东开拔前进，去攻打我们的敌人！

（兵一二将背挂的东西刚背带停当，外边已吹起紧急的集合号声。李铁牛又匆匆跑进来，那颗用被单包裹的人头披在腰间，外面尚有殷殷的血迹。）

铁　牛：（随着激昂的号声，扬起了涂满血污的大刀）弟兄们，走啊！到东面去抵抗我们敌人啊！

（刘排长领着兵一二跑下，高丽兵一二也紧跟着下去。）

老　翁：老总，你们……你们要走么？

铁　牛：是的，我们要和敌人拼命去！你也赶快把村子里的人叫回来，我们要保护我们的家乡，我们不能逃开，不能贪生怕死，不能做亡国奴！我们中国人要结成一条心！

老　翁：是，是，老总；我们一定这样做！

（李铁牛转身出去，房子里只剩下老翁一个人。）

（悲壮的出发号声和弟兄们的步伐声，狂涛般地震撼了塞外的原野，隐约地还似乎夹杂着李铁牛在唱他的军歌。）

（幕下）

选自1937年3月10日《舞台银幕月刊》第1卷第1期

尤 兢

|作者简介| 尤兢（1907—1997），江苏宜兴人，原名任锡圭，字禹成，主要笔名有于伶、叶富根等。曾任中国文学艺术界联合会委员、中国电影工作者协会副主席、中国作家协会上海分会主席、中国戏剧家协会上海分会主席和中国电影家协会上海分会主席。主要作品有《回声》《汉奸的子孙》《夜光杯》《女子公寓》《花溅泪》《夜上海》等。

省一粒子弹

人　物：

难民　老难民　难妇　记者　黑衣人　行人甲、乙、丙

时　间：

"八一三"后的几天内

地　点：

上海

景：

街头，一个公共茶桶边，两三个难民在拼命地喝茶水。弄

堂口挤满着难民,和妇人小孩。

难　妇：(抱着孩子)阿团,阿团!
老　人：怎么样？
难　妇：小阿团饿坏了！
老　人：唉,怎么办呢！你的奶水还是一点也没有么？
　　　　(难妇摇头。)
难　民：(在茶桶边)给点水他喝喝吧。(倒水来喂)
老　人：谢谢你！……喝了没有？
难　妇：这么小的孩子,那儿会喝水呢！
老　人：唉,怎么办呢？
记　者：(走过这儿)你们是那儿逃来的？
老　人：先生,我们是虹口。
记　者：才逃出来么？
老　人：开火那一天没有逃得出,在家里躲了几天几夜,没有吃过一点东西,昨天东洋赤老放火烧房子了,方才从炮火底下爬了出来。
记　者：能够逃出来,总算好了。
难　民：先生,逃是逃出来了,可是生活怎么办呢？
行　人：你们可以到难民收容所里去。
难　民：去过了,挤不进去。
记　者：现在战事刚发生,乱得很,收容所还是不多,过几天总有法子的。
老　人：先生,可怜呀,东洋赤老真黑心！我的儿子,小阿团的爹,东洋兵追上来一刺刀,就死了！唉,连叫我一声爸爸都没有叫出来,就……(哭不成声)我回过去,想救他,救我自己的儿子,东洋兵一刺刀,就,就……(捧着创口)

行　　人：（叹息）唉！
记　　者：老伯伯，你不必太伤心，好好儿养养这孙子吧！（对难妇）你们为什么不早点搬家呢？
难　　妇：我们早就想搬家的，卖烧饼的小三子劝我们不要搬，我们就……
老　　人：妈的，全上了小三子的当！
难　　民：小三子这家伙的娘舅跟东洋赤老有来往，他看见人家搬家，就说不要紧，不必搬家，还说中国兵怕吃败仗，不敢开火的。
行　　人：哼！中国兵不敢开火？现在开火了，而且是我们打胜了！
记　　者：你们不应该相信小三子这样的人，早点逃出来就好了！
老　　人：是呀，我们中国兵天天打胜仗，东洋赤老吃了败仗就放火，现在虹口快要打平了！
（行人围着看的听的渐多，一个穿黑衣服的人挤进来。）
黑　　衣：（问行人乙）虹口打得怎么样了？
行　　乙：（指难民群）他们才从虹口逃出来，你问问他们看……
黑　　衣：你们什么时候逃出来的？中国兵打到那儿了？
老　　人：虹口快打平了。中国兵就要把东洋兵打光了。
黑　　衣：真的么？这样快？
行　　甲：汇山码头抢过来了，东洋乌龟只能跳黄浦了！
黑　　衣：（问难民）那末你们为什么还要逃出来呢！
难　　民：东洋人见房子就烧，见人就杀，把我们的衣服剥了去，他们自己穿了逃走……
记　　者：我们大家要留心东洋乌龟混在难民淘里！
（各人互相对看。）
难　　妇：（看手里的孩子）阿团，阿——团！（哭）
老　　人：（含泪）死，死了么？阿团——！

难　妇：（大哭）——！

老　人：死，好，阿囝，你死在娘怀里，总比给东洋兵打死的好！

　　　　（难妇抛下死孩，走。）

老　人：阿囝娘，你那里去？

难　妇：我也不要活了！我跟东洋赤老拼命去！

老　人：阿囝娘，你还年轻，我去吧，我这条老命，反正是……

行　人：（拉住）你们这样有什么用呢？

老　人：（疯了一样）我要去替我儿子孙子报仇！

行　甲：我们的军队打胜了，替大家报仇！

老　人：我要报仇！报仇呀！（跌倒）

难　妇：公公！公公！

众　人：（同时）唉！（围拢去）唉，死了，昏过去了！

　　　　（黑衣人乘势放点东西在茶桶里。）

难　民：倒点水灌灌他吧？

众　人：快，快点倒水来！

　　　　（黑衣人闪在一边。）

　　　　（难民正要倒水，行人丙跑上来阻住他。）

行　丙：慢慢儿，这水不能喝！不能喝！

众　人：为什么？你见死不救么？

行　丙：（指）他，他……

黑　衣：啊，飞机，飞机来了！

　　　　（大众抬头看，黑衣人想乘机逃走。）

行　乙：没有飞机。

行　丙：（一把抓住黑衣人）汉奸，打汉奸！

众　人：呀——！汉奸？

行　丙：近来不是常常有汉奸下毒药么？他放了毒药在这茶桶里了！

众　人：真的？

黑　衣：没，没有……

行　丙：真的，他刚才放毒药在这茶桶里，给我看见了，他就造谣言说飞机来了，想趁空逃走……

黑　衣：呃，一只鸽子飞过去了，我看错了是飞机。呃，你老兄也别看错了，我是好人，呃……

行　丙：(一记耳光)老子就看出你是汉奸！

众　人：打，打死汉奸！

记　者：慢点，不能随便打人！我们先搜搜他身上，看有没有汉奸的证据！(搜身上)一个日本铜板！

众　人：东洋铜板，这是汉奸的证据！

记　者：(搜帽子里没有什么，扯下腰带上一条毛巾)这上面有一个红线的日本字！

众　人：汉奸，他一定是汉奸了！

记　者：(骂)你这日本帝国主义的走狗！你这汉奸！你这比狗也不如的东西。你的父母不是中国人么？你的祖宗不是中国人么？你为什么要做汉奸！你说呀，为什么做汉奸？

（黑衣人低头不语。）

行　甲：说呀，为什么做汉奸！

记　者：你这人，为什么好好的中国人不做，贪图几角钱，就做这种黑良心的事情呐！

行　丙：先生，同这种不要脸的人，有什么话说呢！

难　妇：(把孩尸扔上去)你这没爷娘养的绝子绝孙的坏子！

众　人：打呀，打死汉奸！(大打)

记　者：不要打，诸位，不能打！

众　人：打，打死这万恶的汉奸！

行　丙：他也是汉奸，汉奸的同党！

众　人：打，打！

记　者：诸位，我，我是××报馆的新闻记者，诸位静一静，听我讲一句话：这是个小汉奸，往茶桶里放毒药的小汉奸，一天只有几角钱的起码人！我们先不必打死他，我们要审问他，要他招口供，从他身上找到汉奸机关。

众　人：枪毙他！

记　者：我们先把他交给警察，他假使不招口供，再送去枪毙！

（拉）

众　人：枪毙汉奸！

（汉奸被拉走。）

难　妇：（追上去，跌倒，在地上一口咬住汉奸的腿）我要咬死你！

众　人：（拍手同声）好！咬死汉奸！省一粒子弹去打日本帝国主义！

（拉走，众跟下。）

（完）

选自尤兢："抗战戏剧丛书"之三《我们打冲锋》，大众出版社，1938年

我们打冲锋

人　物：
　　排长
　　东北人
　　兵士：黄栋梁
　　　　　李国治
　　　　　梁国光
　　伙夫
　　兵
　　连长
　　一群日寇装束的东北人

地　点：
　　上海附近罗店

时　间：
　　九一八六周年纪念日的晚前

景：
　　罗店乡间的河边，几株高低的杨树底下，一座菌样的牛车棚周围，伏着一排我国兵。我们所能见到的是牛车棚内的一角。
　　一挺机关枪后，坐伏着披枝带草的战士。

东北人，满脸是血，衬衫和短裤上满是血渍和泥污，极疲倦，可是又很兴奋地倒在地上。

排　长：你这些话全是真的？
东北人：我赌咒，（坐起）我发誓：我要是说谎，我们东北人一辈子当亡国奴！
　　李：别说什么亡国奴不亡国奴，我们排长问你是不是奸细？
　　东：排长，你要我怎么说呢？我，排长，我把自己这条性命交在你手里了，别的我还能怎么样？排长，可怜我们东北人，这，这六年来……
　　排：黄栋梁！
　　黄：有！
　　排：你去换岗，调梁国光下来！
　　黄：是！
　　排：特别警戒，遇到敌方有东北人，东北口音，得特别留心，（看东北人一眼）妈的，鬼子诡计多端，别再上了当！
　　黄：是！
　　排：今天得特别小心，今天是九一八的六周年纪念日，懂吗？敌人也知道这个，所以特别利用东北人……（挥手）
　　黄：是！（走）
　　　（东北人难堪地。）
　　排：李国治！
　　李：有！
　　排：把他领到连长那儿去，说是捉到了一个奸细！
　　李：是。
　　东：不，排长，我不是奸细，我是——
　　排：（对东北人）请到我们连长那儿去再说。

尤　兢 / 047

东：排长，你相信我，我代表在这儿罗店敌方壕沟里的二百个东北同胞，你相信我，我们……

排：对不住，这个问题实在太大了。你想：在这儿，在这罗店的敌方战壕里，有着二三百个东北老乡，把枪口对准我们打，你现在突然跑了过来，说是今天晚上，唔，今天晚上这个问题实在太大了！李国治，把他带去！

排：你说这儿等着连长的命令！

李：是！

（梁国光上，看着李领东北人下。）

梁：排长！

排：是黄栋梁换你的班不是？

梁：报告排长，是的！

排：方才的那个东北人是你抓到的是不是？

梁：是的！

排：怎么回事？

梁：报告排长：我在前边放哨，他从棉花田里悄悄地爬过来，轻轻的叫老乡，我一听是东北人的口音，排长，前几天敌人方面不是常有东北人叫"老乡不要开枪""中国人不打中国人"，这些话，骗我们去上当吗？

排：唔。上面有命令，不许理会他们的。

梁：所以我就不管老乡不老乡，给了他一排枪。

排：他没有回枪？

梁：没有。我知道他受了我的伤了。我还是不去理睬他。等了很久，我听着除了他的哭声之外，没有别的动静。他老哭老哭的，把我的心可哭酸了。排长，你知道他哭得多伤心！

排：唔，方才他在这儿也哭得怪可怜的。

梁：排长，不是吗？这么说，他总是我们的老乡呀！

排：所以你……

梁：我正在打算去不去看看他的时候,他已经爬到我前面来了。他说:他快要死了,他请求在他死之前,把一句话,一件事情告诉我们。

排：就是他们准备今天晚上反正这句话是不是?

梁：是的,他说了。他说他是敌方战壕里二百多个东北人的代表,他是来跟我们联络的,我心想,这事情可不小,我就……

排：你没有问他,怎么能够逃出来的?

梁：说是昨天敌人逼住他们向我们冲锋,他在火线上,自己打了自己一枪,假装死了,找机会躲在死人堆里,今天偷偷地爬过来的。

排：唔。方才我问他,也是这样说的。

梁：咦,天快黑了,怎么晚饭还不送来?

排：该快送来了吧。

梁：排长,你说这件事情是真的还是假的?

排：什么事情?

梁：方才这个东北人说的,今天晚上他们反正的事情。

排：就恐怕是敌人的苦肉计!方才这家伙,说不定是个奸细!

梁：那末怎么办?

排：我把他交给连长去办了。

（伙夫上。）

伙：报告排长,伙食送来了!

排：今天怎么这样迟,你瞧,天已经黑了。

伙：报告排长,今天伙食队又被敌人的飞机炸了。

排：那末……

伙：送了点干粮来。

排：好,干粮也一样。

尤兢 / 049

伙：这是后方民众慰劳队送来的东西。

梁：有棉背心没有？前几天老下雨，晚上在战场上可真有点冷了！

伙：棉背心可没有，吃月饼吧。

梁：月饼？

排：呵，今天九一八，明天是中秋节了。瞧，这月饼多好！

伙：（分配东西）排长，这儿一排兄弟的东西，是留给你，还是……

排：劳驾你分派一下吧，他们就埋伏在这附近的棉花田里，前面有个哨兵。

伙：是。（下）

梁：（吃饼）这是什么月饼！怎么饼子中间有一个窟窿呢？

排：呵，这叫"光饼"。

梁：光饼？

排：兄弟，你是广西人，怪不得你不知道，这光饼是明朝戚继光将军打倭寇的时候发明的干粮，用条绳子穿在这孔里，给兵士串在身上，可以一边吃一边打仗的。

梁：呵，倭寇就是从前的日本鬼子不是？

排：对了，那时候倭寇也像现在一样的在我们中国沿海一带杀人放火抢东西，是民族英雄戚继光将军把他们打走的。所以沿海一带的老百姓，至今还吃光饼纪念这位民族英雄。

梁：排长，我们应该报告师部，叫后方老百姓以后别送面包给前线的弟兄，尽送这光饼吧。

排：为什么？

梁：这两天我听到"面包"这两个字就生气！

排：生气？奇怪了！

梁：在前面放哨的时候，遇到敌人队伍里的东北人，他们就叫："老乡肚子饿不饿？咱们这边有面包牛奶，过来吃吧！"听着叫人直生气。他们有的还说："老乡，你们一天吃几顿饭，咱们这边每天吃五顿呢，过来吧！"

排：你们怎么说呢？

梁：我说："亡国奴的东西，亡八蛋才吃！"真他妈的不要脸！

排：方才那个东北人对我说，这些话，全是敌人用枪尖逼着他们说的。

梁：逼着说就说了吗？这些贪生怕死的东西！

（一阵机关枪和高射炮声。）

梁：听，又干上了！

排：明天过中秋了，我们的空军在扔炸弹，送中秋节的礼物给敌人呢！

梁：哈哈！

（炸弹爆炸声。）

排：好，五百磅的，多扔几个送给鬼子到鬼国去过中秋！

（黄栋梁上。）

黄：报告排长：前面发现敌人！

排：敌人？

黄：是敌人队伍里面的伪军，东北人！

梁：又是他妈的东北人！还叫老乡，老乡吗？

黄：怎么不叫，我可没有理会他们。

排：人数多不多？

黄：黑洞洞的也看不清是多少，听声音好像人数不少！

梁：排长，下命令，我们冲他妈的，杀个痛快，明天过中秋！

排：唔……

黄：报告排长：前面是东北人，老乡呢，方才……

梁：管他东北人！老乡不老乡，冲了再说！

黄：要是真的反正过来的呢，那不是……

排：唔，这样说，我们打呢，恐怕他们真的是反正过来的！不打吧，又怕中了敌人的诡计！

黄：那末……

排：（大声）命令，前面敌人，准备，上刺刀，卧倒……

（一阵上刺刀声，梁黄瞄动机关枪。）

声：老乡，不要开枪，咱们多是老乡！

梁：妈的，老子的枪不认你们做老乡！

兵：（上）排长！一人爬近来了！

排：准备！

声：老乡，咱们……

兵：啪！（一枪打着那一个人）

声：（第二个声音）我们是反正过来的呀，老乡！

兵：反正？

排：不要跟他们说话，不要中了敌人的诡计！

声：老乡，咱们多是中国人！中国人不打中国人！

梁：妈的，你们在敌人队伍里已经打死我们不少中国人了！

黄：排长，瞧，很多人来了！

排：让机关枪认老乡吧！

声：（哭音）老乡，你们不许咱们反正吗？你们不肯把咱们从敌人手里救出来吗？咱们……

兵：反正，说得好听，我们不会再上你们的当了！

声：我们是真的反正，我们不是派了一个代表过来见你们了吗？

梁：排长，他是说方才那个家伙。

排：哼，代表，你们的代表，早被我们连长扣留了！

黄：排长，快，前面许多人来了！近了！

排：（命令）开枪！

（机关枪声，步枪声。）

声：（前面）老乡，老乡！（呻吟，叫喊）

声：（后面来的）弟兄们，不要开枪！

（连长和那个东北人上。）

连：命令，停止放！

排：连长，怎么回事？

连：他们反正是真的。

排：真的？

连：他说，他们早就自己联络好了，在今天这九一八的晚上，这一带敌人队伍里的东北同胞，一齐哗变了反正过来。

排：报告连长：要是假的话，我们不是又上当了吗？

连：方才我听了他的话，就打电话请示营长，营长打电话问旅长，旅长说，我们司令部已经得到可靠的情报了，说今晚这事情是真的！

排：那末，现在……

连：（对东北人）欢迎他们过来！

东：（对前面）口令！

声：（很多声音）血债！

东：（大声）同胞们过来！血债，六年来的血债，今天清算一部分了！

（大批东北人上，有流着血的。）

连：欢迎东北同胞！

兵 等：欢迎东北同胞！

东：（多人）中华民国万岁！

东：（第二人）今天，今天我们……

排：（上去抚受伤的）对不住，方才开枪，打了你们！

兵：是我开的枪！

东一：你们应该的，这是你们的责任！

排：你们要反正，为什么不早些日子……

东三：没有机会呀，你们知道敌人监视我们多么凶！

东二：在敌人的枪尖之下，逼着咱们叫喊，叫"老乡，不要开枪"，骗你们上当的时候，咱们心上真比死还难受！

梁：你们怎么会肯从东北到这儿来的呢？

东三：我们本来是张海鹏的队伍，九一八，六年前的此刻时候，他投降了，我们就受了敌人的监视。这次敌人把咱们的家小都扣了起来，强迫咱们上了兵舰，送到这儿来！

众：唉！

连：现在，好了，诸位多过来了。

东二：能够站到自己这阵地上来，真是死了也可以蒙眼睛了！

东三：今晚咱们才又算是中国人了！

梁：兄弟们，吃光饼吧，多谢你们请我们吃过你们吃不了的面包，可是我们只有这样的光饼！

东一：兄弟，你，你……唉，（极痛心地）这是敌人逼着咱们说的呀！（说完倒了下去）唉，我实在受不了支不住了！
（众惊。）

东三：老吕，老吕，你……

东一：（抓住东三的手）我很高兴，我做完了今晚这件大事，我死了是中国鬼了！不是亡国奴！

东三：老吕，你不能死！我们还不曾把敌人赶走，还没得到最后的胜利呢！

东一：最后的……胜利……是……咱们的！弟兄们，你们……拼命……干吧！

（众静寂，有人在抽咽。）

排：黄栋梁，李国治，你们瞧什么？快把他抬到医官那儿去！

（抬下。）

连：……诸位多太辛苦太兴奋了！走，趁晚间，送你们到后方去休养休养！

东三：不。我们不要休养，也不配休养！我们应该跑在你们前面，做你们的先锋！我们知道敌人方面的情形，我们愿意打冲锋！

东众：我们打冲锋！

传令兵：上面命令：今晚全线总攻！

连：命令，今天九一八晚上，总攻！

（前面枪声，众听。）

东三：敌人冲上了，我们冲过去！

连：冲！

众：冲呀，杀，杀，杀！

（众冲下。）

（明月照着东一的尸身。）

（空中开着高射炮的花。）

（完）

选自尤兢："抗战戏剧丛书"之三《我们打冲锋》，大众出版社，1938年

宋之的

|作者简介| 宋之的（1914—1956），河北丰润（今河北唐山丰润区）人，原名宋汝昭，剧作家。1932年参加中国左翼戏剧家联盟，1935年加入上海业余剧人协会。后历任中华全国戏剧界抗敌协会常务理事、中国人民解放军总政治部文化部文艺处长、《解放军文艺》主编等。主要作品有《雾重庆》《群猴》《国家至上》《戏剧春秋》《九件衣》《保卫和平》等。

上前线去

注意一：

演出此剧时，为了获得实际的效果，最好使观众不要知道这是在演戏。戏里的某几个场面，尤其是重要演员的化装要简单自然，不要太夸张。

注意二：

演员在演这个戏时，要注意和观众答话，最好是把观众也拉到戏里来。在某几个部分尤其重要。这儿写下的台词，不过是略备一格，作为根据，演员可以根据观众情绪的发展而变更的。这个戏适用于乡野的小村镇。最好是路旁的广场，假如离广场不远还有几株树的话，就更方便。

人　物：
　　男学生：宣传队员
　　女学生：宣传队员
　　乡民甲：四十余岁的土财主
　　乡民乙：五十余岁
　　壮丁丙：二十余岁
　　女　子：壮丁丙之妹
　　壮丁甲
　　壮丁乙
　　　　观众若干人——人数不必固定，混在观众里面领导观众讲演，其主要目的，为使得观众与戏打成一片。

演出最好用方言：
　　　　假如方便的话，男女宣传员最好用一面锣，沿乡村的街道敲一敲，把所有的人都邀到广场上去。

这样戏便开始：
　　　　当农民已逐渐往广场集拢的时候，饰演观众的人便要在这时混在农民里，和他们开始谈话。谈话最好选择壮丁，并且一直到戏完，不要和他断了关系。

谈话的方式：
观　众：干什么呀，这是有什么事么？老哥？
　　　　——对手也许晓得。那最好，你可以引申几句，如果他不晓得，他一定会说："嘿！我也还不知道呢！"
观　众：我听说这两个洋学生是卖画儿的，有很好很好的画，全是这个女的画的。

——对手也许答言也许不答言。

观　众：贵姓啊！你老兄？

——对手这时会告诉你名字。

观　众：就住在这块儿吗？

——对手自然会说："就住在这块儿。"

观　众：（这时，不管对手问不问——问时最好，不问也要说）嘿，贱姓王，叫王贵，是来找亲戚，逃难的，咱们家乡真不得了啊！

——对手自然会问你："怎么！"

观　众：征兵啊，简直是拉夫嘛！你想，国家打仗，咱们老百姓放着太平日子不去过，犯着去卖命吗？只好躲躲！你们这儿怎么样？

——对手这时也许会告诉你很多话，也许不告诉。要随机应变，把征兵的意思告诉对手。但是要注意，不要把问题扯得太深，并且自己虽说以逃难的姿态出现，但却要把"老百姓不上前线，日本人打过来其实会更惨"这种的意思暗示给对手，如讲些传闻的故事之类；举例来说：

观　众：其实鬼子他妈的听说真不讲理，打到什么地方，就杀到什么地方，有的地方连祖坟全给挖了……

——要预备一点香烟之类，以备冷场的时候，好用来救急，自己装作吃烟，同时要让给对手吃。

观　众：请吃烟！

——对手也许要跟你客气，说："不客气！"

观　众：来吧，来一根，客气什么，咱们都是中国人，鬼子打来的时候，恐怕连烟也没得吃了！

——这样谈话便重新开始，一直继续到广场上，围拢来，看到学生男女的画片的时候。

观　众：看，我说是卖画的吧，那不是画！

　　　　——这是开始谈话的方式之一，演员自己也可以换别的方式。但要注意这里面的几个要点：一、征兵问题的提起。二、关对日本人打来的时候，就没法生活的暗示。三、谈话要和蔼，诚恳而亲密。

　　　　——男女学生持宣传画，这画是一种时事的特写。画要单纯简明而有力，最要紧的是要使观众懂，并且爱好。画为了容易使观众观览，最好是挂在竹竿上，可以翻阅。

　　　　——锣声一停，女学生就打场子。打好场子，男学生就可以开始演说：演说的方法是以画为主体，以引动观众的兴味。

　　　　第一幅画是写"九一八"的故事：画着一个凶恶的日本人，占据在沈阳城上大吃大嚼。城门楼上挂着几个尸首，有小孩，妇女，老年人。城外还处有义勇军用枪向城内作射击状。

男学生：（向观众）诸位老乡，我们既不是走江湖卖艺的，也不是卖画儿的。我们两个都是学生，本来在上海念书的。现在上海给日本鬼子占去了，我们的学校也让日本小鬼的炸弹给炸坏了，日本小鬼在上海，现在是到处杀人放火，我们不得已，才从上海逃出来。逃出来以后，就把在上海时的所见所闻，画了几张画给老乡们看看，日本小鬼是怎么欺负咱们中国人，这画上画的，全是真事！

　　　　——饰演观众的人要于此时跟观众答话："哟，老乡，这两个人原来是学生啊。"

　　　　"看，那个大概是日本鬼了，他妈的多凶！"

　　　　"那几个吊在城门楼上的一定是中国人，让日本小鬼给杀掉的！"

——等等，要注意观众的话，把那话记录下来，以后仿此。只要有机会，便要和观众问答，但以不妨碍男女学生的戏为原则。

男学生：诸位老乡，请看这画儿，这是六年前日本鬼子占据我们东三省的故事。这个城是沈阳城，这个人是日本人，你们看，日本人把我们的沈阳城占住了，在那儿大吃大嚼，他吃的是我们中国人的血，他嚼的是我们中国人的肉，中国人不管你是老的，小的，男的，女的，都被他们杀掉，挂在这个城门楼子上了。诸位老乡，我们难道就这么忍了下去吗？我们难道会甘心吗？不，你们看，许多老百姓已经拿起枪，准备跟他们父母妻子报仇了！

——这时饰演观众的人要设法为观众讲东北的故事。

——女学生把画翻过去，第二幅出现在观众面前。这第二幅是画的通州县城，城里城外都躺满了烟鬼赌鬼一类的人物，日本人站在山海关头狡猾地笑着。

女学生：诸位老乡，请看这一幅画。日本人占了我们的东三省，还不够，又占去了我们的热河；还不够，又想进一步占领我们的华北；占领华北之前，先占了我们的冀东，诸位，请看，这冀东的老百姓在日本人的压迫之下，都变成鸦片烟鬼了，都没有好日子过了。田地被他们侵占了！壮丁都被他们拉了去做工，做完工又都投在河里淹死了！请诸位想想，这亡国奴的滋味，是人受的吗？

——观众说："嘿，做了亡国奴还不如死了的好！"

——"嘿，要是真死了，倒没有什么，就怕不生不死，天天受日本小鬼的气，那才糟糕呢！"

——第三幅画，是卢沟桥的故事。卢沟桥上有雄赳赳的中国兵，桥旁有许多老百姓在逃难，远处日本兵在放炮……

男学生：诸位老乡，再看这一幅，这就是去年七月七号的事。鬼子要占领我们的北平，占领我们的天津，占领华北五省，就在卢沟桥找岔儿，向我们的守军开炮了。现在天津，北平，太原，绥远，济南这些华北的大城市，已经都给日本小鬼占据了。那地方千千万万的老百姓，已经都被他们杀光了！

——观众说："日本人这么厉害呀？"

男学生：不，不是日本人厉害，是我们老百姓太软弱了。日本小鬼打来的时候，老百姓待在家里等死，这怎么行呢？现在华北的老百姓就已经很知道等死是不行的了，所以都拿起枪，跟日本小鬼打起来了。诸位老乡，你们说还是等死好呢，还是趁着日本人没打到，拿起枪来把他们赶跑好呢？

女学生：自然是现在就拿起枪的法子好。你们看这第四幅画。这是描写上海战争的，在去年八月十三那一天，我们中国的军队，和日本小鬼在上海打起来了，足足打了三个多月，打死了不少日本兵。现在日本人已经把上海占去了，正向我们这儿打来，打到一处，就杀光一处，逃也逃不掉，因为你逃到那儿，他们就追到那儿，除了当兵上前线把鬼子赶跑是没有别的法子的。

——观众说："怎么？听见了没有？老哥，看这样子，逃也逃不掉啊！"

"日本鬼子真这么凶，见人就杀吗？"

"除了当兵以外，看样子家是保不住了！"

——正在这时候，观众群里有些骚动，大家都争相问讯，有两个人：乡民甲，乙相扭着挤进来。

乡民甲：（向男女学生及观众）动问一声，你们那位是区长？

男学生：我们这儿没有区长，他不在这儿。

宋之的 / 061

乡民甲：（看了一会）啊，也好，也好。就请大家评评理吧，这小子实在太不讲理了，我非得请区长办他不可！太可恶了！

乡民乙：（也不禁勃然）是我不讲理，还是你不讲理？你他妈的别跟我装蒜！

乡民甲：什么？你还敢骂人吗？

乡民乙：谁骂人咧？啊，你们诸位听见了，谁骂人咧？

乡民甲：没骂人，你是放屁呢！老子出了钱，受骗，还要吃官司！哼，便宜全被你占去啦！

乡民乙：你说什么？你说什么？

乡民甲：还钱来！

乡民乙：钱又不是我拿的！

乡民甲：没钱拿人来！

乡民乙：人又不是我的儿子！

乡民甲：（大怒）我打你这个王八蛋！

乡民乙：什么，哈，真是反咧，造反咧！

男学生：啊，两位老乡，你们究竟是什么事啊！

——观众："你们究竟什么事啊？"
"这两个人该不是疯子吧？"

乡民甲：诸位，你们听，前些天——啊，这才几天啊……

乡民乙：（插嘴）诸位，完全不是这么回事！

乡民甲：你还有话说呀，你……

男学生：别嚷，别嚷，让你先说，你说吧！

乡民甲：是这么回事，不是说征兵吗？我家可腾不出人来，咳，人那有胆子去当兵啊！一听到兵字，怕都怕死了，正愁着没办法的时候，可巧他来了，我们一谈天，他说他有办法！

女学生：他有什么办法呀？

乡民甲：你们诸位不晓得，他是个人贩子！

乡民乙：胡说！帮你的忙，你反要血口喷人吗？

男学生：我晓得了，一定是你出钱，他出人，买了个人替你去当兵了！

乡民甲：嘿，三百块呀！三百块钱托他给找了个人，两下都说好了！谁晓得他的人方入了伍，还没到前线就偷着跑了。弄得上头到我家里来找人，交不出人就要吃官司，你想，这不是要我的命吗？

乡民乙：诸位请想，军营里的规矩，人能跑得出来吗？那个人——分明是他谋害了。

乡民甲：你说什么？

乡民乙：诸位请看，我才说了这么一句，他就怕得这个样子，一定是他谋害了。这个人，本来是我家里的长工，一个外乡人，就住在我家里的！

乡民甲：这真是——我怎么会谋害他呢？我怎么会……

乡民乙：你怎么不会呢？你一定是舍不得三百块钱，方把他杀死的！

乡民甲：钱又不在他身上！

乡民乙：为什么不在，你以为我会吞掉他那三百块钱吗？哼，算我瞎了眼，白交了你这个朋友，白帮了你的忙，这里面，我一点好处都没有，钱全交给他了！

乡民甲：真是岂有此理，太阳老爷在上头，你黑心说话可不行！

乡民乙：我告诉你吧，你不找我，我也要找你！现在他的家里来人找他了，在我的家里哭哭啼啼，你还找人吧！

乡民甲：我不管，你给我找人去！

乡民乙：你还我的人！有了人，还你三百块钱！

乡民甲：钱不要，要人！

男学生：（向乡民乙）对不起，这个人家里真有人找来吗？

乡民乙：谁还说假话，一个女人，自己说是他的妹妹，疯疯癫癫的！嘴里胡说一气，找不到她哥哥，就要寻死！

女学生：他是什么地方人？

乡民乙：××人！

男学生：那个地方不是已经给鬼子占了吗？

乡民乙：所以他妹妹才逃难逃出来了呢！

男学生：现在她在那里？

乡民乙：在那儿，我也不晓得，（指甲）要问他才知道！

乡民甲：我怎么知道，我正要问你呢！

男学生：（向乡民乙）我是问你，他妹妹在那儿？

乡民乙：谁晓得她跑到那儿去了，这个女人简直是个疯子！

——观众窃窃私语："疯子！"

乡民乙：嘿，你们诸位不晓得，这个女人也不是好惹的，一听说哥哥去当了兵，那股子劲，就比死下人还难过，看样子怕……我说诸位，我真怕她去寻死呢！

男学生：那么，你是不晓得她哥哥到什么地方去了！

乡民乙：我要晓得，我就不是个人养的！

男学生：你也不晓得！

乡民甲：我晓得个屁！

男，女学生：这可真怪了！

——观众窃窃私语："真有点奇怪！"

"我们去问问他！"

"别管他的事！"

——诸如此类。

——突然观众中有人说："该不是有人把他藏起来了吧！"

乡民乙：（装作不屑状，未理会）

乡民甲：谁？谁把他藏起来啦？谁？

——观众不语。
　　——众人正在寻思这件事情的时候,观众中忽然起了一种骚动。
　　民众——"怎么回事?""怎么回事?"
男学生:(远望)那儿出了什么事了!
　　当这种骚动弥漫了全体观众的时候,远处有人焦急的恐怖的喊:"救命啊!"
　　——"救命啊!"
女学生:(大惊)有人上吊了!
男学生:快去看着!
　　——大家都一窝蜂地往出事地点跑。
　　——出事地点——其实是预先布置好的——最好在一棵树底下,树下还有一根绳子,捆在那儿。上吊的女人已被放下,两个壮丁守在旁边。女人面色惨白,俨然死尸的样子,嘴角最好有点白沫。男女学生最先跑到。
男学生:怎么了,这个女人怎么回事?
壮　丁:嘿,快不要说起,我们两个到××军去报到,打这儿过,突然看见这个女子在上吊,大家快想办法。
男学生:本地有医生没有?
女学生:看看还有没有气!(她俯倒听)还有气,哪位给她拿碗水来!
　　——饰演观众的人赶快发动人去取水。
　　——在忙乱的时候,饰演观众的人可以和观众作如下问答。
　　——"这是谁的女人?"
　　——"不晓得。"
　　——"也是外乡人吗?"
　　——"嗯。"

宋之的 / 065

——"哦，真是可怜！"……
　　（乡民乙从人群中抢出。扭住乡民甲的领口。）
乡民乙：好，好，真的寻死了！我找你算账！我看你……
乡民甲：（畏缩地）怎么，怎么？——这关我什么事？
乡民乙：关你什么事？好，这就是他的妹妹，你把他哥哥害了，还关你什么事？
乡民甲：（莫知所措）真……
乡民乙：（理直气壮）走，咱们打官司去！走！
男学生：喂！这儿都死下人了，你们还吵！怎么这么没人心！（两人默然）
　　——女学生一直在为女吊死者行人工呼吸，忽然兴奋地喊："有活气了，她动起来了！"
乡民乙：这更好了，她活了，咱们可以问问她。
　　——观众中有人说："不用问，准是你把他藏起来了！"
乡民乙：什么——哈！我为什么藏他，你怎么知道！
　　（女尸渐活动。）
女学生：喂，喂，醒醒，醒醒，你有什么委曲，说给我们大家听听，喂，怎么寻短见呢？
　　（一直叫喊着。）
　　（女尸睁开眼睛。）
女学生：（大呼）喂，你醒了吗？你活了吗？
　　——女尸挣扎。
　　——女学生扶她坐起——
　　——女尸突痛苦。
　　——哭声太惨！
　　——观众彼此对话："真惨！她一定有什么冤枉！"
"她哥哥究竟到那儿去了？"

"这里面一定有什么花头!"

——正在这时候,忽然有人自外面冲入,一面喊:"妹妹!""妹妹!"

壮丁丙:(冲入,看见痛哭的女尸,急外向前,两人抱头大哭)我听说吊死人了,想不到是——

乡民甲:(忽然惊悟)这不是吴傻子吗?我正找你,好极了,好极了!

乡民乙:(瞠然不语)

乡民甲:(赴前)你怎么逃回来的!快说!(两人仍大哭)

乡民甲:喂,你怎么逃回来的?……

男学生:你不能等会儿再问吗?

乡民乙:(欲凑到壮丁丙跟前去讲话,又迟疑)

壮丁丙:(哭着说)幺妹,你怎么弄到这个地步,听说咱们的家已经被鬼子占去了,是吗?

女:……

壮丁丙:爸爸呢?妈妈呢?弟弟呢?

女:……

壮丁丙:他们为什么没跟你一道来……

女:哥哥,咱们活不下去了!

壮丁丙:怎么?

女:爸爸,妈妈,弟弟都被日本鬼杀死了哇!

壮丁丙:(大惊)什么,什么,你说什么?你说什么?妹妹,你疯了吗?

女:哥哥,我一点也没有疯,我亲眼看见的啊!

壮丁丙:啊!(呆立不语)

女:在三月卅日那一天,爸爸从外面回来,说前线上吃紧,咱们的家恐怕要保不住了!那时候,大家都以为逃命的好,

宋之的 / 067

爸爸不肯，说日本人也是人，咱们也是人，咱们本本分分的做个老百姓，又不招他又不惹他，他又何必犯着损害我们呢？可是妈妈害怕，妈妈看见日本人就哆嗦，一定要逃命，爸爸不肯逃。我记得，妈妈和爸爸，为了这个事，还大吵了一顿……

壮丁丙：……

女学生：那么，以后你怎么逃出来了呢？

女：以后越来越不对了，村子里的人全快逃光了，连硬心肠的爸爸，心也软了。再加上妈妈整天和爸爸吵嘴，爸爸就让妈妈带了弟弟和我逃出来，他一个人留在家里，说等太平了再回去，可是，现在叫我们回到那儿去呢？

壮丁丙：那么，你怎么晓得爸爸被鬼子杀了呢？

女：你听我说，我跟了妈妈和弟弟逃出来，跟着难民们在一起走，满以为命可以保住了，谁知道日本鬼子的飞机天天在头顶上飞，天天在我们头顶上掷炸弹，天天用机关枪向我们打，有一天，在一个地方，我们实在走不动了，坐下歇了歇脚，人已经三天没吃饭，实在饿得受不住了，妈妈就给了我几毛钱，让我到附近去买点东西来吃，可是等我把东西买回来的时候……

壮丁丙：怎么样？

女：万恶的鬼子的炸弹，已经把妈妈炸死了呀！我找到了妈妈的尸首，妈妈就只剩了一口气了，妈妈说：你快逃吧，别管我了。可是，哥哥，让我逃到那儿去呢？我能逃到那儿去呢？

壮丁丙：（痛哭）

女：我走着走着，碰到了咱们村里的张大叔，张大叔在日本鬼子打来的时候，并没有逃，他拿了一根枪，躲在一个地方，打死好几个鬼子。张大叔说，鬼子进了村子就把爸爸捉住了，问他要钱，问他要米，问他要女人，就这样活活地把爸爸打死了！

壮丁丙：……

女：哥哥，我们怎么办呢？

壮丁丙：……

女：幸亏张大叔指给我路，让我来找你，好容易走了七天七夜，才找到你这地方，可是这位先生（指乡民乙）又说你也在前线打死了，弄得我找又找不着你，住也没有地方住。

壮丁丙：张大叔呢？

女：张大叔又上前线去打仗了，他说要想保住我们的家，保住我们的命，除了跟鬼子拼，除了把鬼子赶跑，是没有办法的！

壮丁甲：对了，你张大叔说得不错，除了跟鬼子拼，简直没办法活下去。

壮丁乙：等在家里是死，逃命也是死，我们也是到前线入伍，去打鬼子的！哦，我们还要赶路呢，我们要走了，再见吧，诸位！

壮丁丙：等一等！（凶猛地向乡民乙）谁跟你说我在前线死了！

乡民乙：……

壮丁丙：你这个鬼东西！……

乡民乙：（陪笑）喀，这你何必介意呢？我因为……

壮丁丙：因为你想乘机发财是不是？

乡民乙：你看，这又……

壮丁丙：你他妈给了我五十块钱……

乡民甲：（大惊）怎么？他只给了你五十块？

壮丁丙：让我冒充别人的名字去当兵，报了到，又让我逃回来。

乡民甲：这全是他教你，哈，哈！

乡民乙：（欲走状）

壮丁丙：（拉住他）别走，逃回来，你又让我藏着，又告诉人我已

宋之的 / 069

经死了，又想逼死我的妹妹，你他妈是存的什么心！

——观众中有人喊："简直是狼心狗肺吗！"

"揍他！"

壮丁丙：要不是我听说吊死了人，跑出来看看，我的妹妹说不定真死了呢，你这个……

乡民甲：喂，诸位，这可明白了，全是这小子耍的鬼，拿我三百块，只给他五十块……

乡民甲：嘿，你先别问他，我倒要问问你，钱不钱都是小事，你倒是快去替我当兵啊，上面追得很紧呢！

壮丁丙：嘿，我是要去当兵的，可不是为你，为我自己，我要给我爸爸，妈妈，弟弟报仇，我不愿意留在这儿等死，我马上就跟这两位去入伍！

壮丁甲，乙：好，咱们走吧！

男学生：等一等，我听了这半天，现在方明白了，诸位，我讲几句话，大家看对不对？

——观众中有人喊："你讲吧！"

男学生：我方才就说，日本鬼子想把我们的田，我们的房子，我们的钱，都霸占了去，把我们的人都杀光，日本鬼子一天不赶走，我们是一天也没有太平日子过的。诸位请看，眼前就是一个榜样，他们的家被占的时候，爸爸守在家里，被鬼子杀掉了，妈妈逃出来，也被鬼子炸死了！日本鬼子打来的时候，不逃是死，逃也是死！现在鬼子已经逃到了××，眼看着就到我们这地方来了，诸位还是等死呢？还是上前线当兵把鬼子赶跑？

——观众中有反应。

男学生：现在这几位就要到前线去，他们是明白人，我们应该跟他们学，至于你（指乡民甲）以为用钱买个人替你去打仗，你就可以逃掉吗？告诉你，这不会的！等到鬼子打到这里，你的家，你的老婆，你的儿子，连你自己，全会给他们杀死的！要想保全你的家，就只有上前线！

乡民甲：……

男学生：还有他（指乡民乙），诸位，现在咱们国家已被鬼子欺负到这步田地，咱们的同胞，已被鬼子杀了千千万万，咱们的家，眼看着就不保了，他还想利用人家，自己发财。用狡猾的手段收买壮丁，鱼肉乡里，壮丁入伍以后，又让他逃回来；逃回一个人就等于增加鬼子一分力量，因为我们就少了一个人上前线！这种行为足以帮助日本鬼子来杀我们自己人的行为，帮助日本鬼子就是——

——观众大声喊："汉奸！"

男学生：汉奸怎么办？

——观众喊："送到官里去枪毙！"

男学生：好，我们这就把他送到官里去枪毙！

乡民乙：喂，诸位，我是好人，我……

男学生：（向壮丁丙）你上前线很好，你的妹妹可以交给我们，你放心……

女学生：（向女）你跟着我在一道好啦，我这就到医院去学看护，看护伤兵，帮着弟兄们打仗！

壮丁丙：好，妹妹，就这样吧，你也可以为国家尽一点力，我们走了，到把鬼子赶出中国的时候，咱们再见吧！

除壮丁乙：走吧，恐怕天黑了，路上难走！

（三人下。）

男学生：（向乡民乙）走，到县里去！

（带了乡民等下。）

——饰演观众的人，这时要发挥更大的效果，开始以自己

宋之的 / 071

联络所得，尽自己的责任。倘是以前所举的例子那样出现的，便要向那位观众说。

——"嘿，老哥，看见没有，我的主意打错了。还是回去报名入伍吧！把鬼子赶跑，才有太平日子过呢！你老哥觉得怎么样？"

——这样发展下去。

附注：

此戏除乡民甲、乙争吵一段，及女子上吊起至壮丁等下场一段需要按台词表演外，余者均可视演出方便，自由发挥。

选自1938年5月5日《新演剧》第1卷第1期

章　泯

|作者简介|　章泯（1907—1975），四川峨眉（今四川峨眉山）人，原名谢韵心，又名谢兴。1929年，毕业于国立北平大学艺术学院戏剧系。1931年，参加中国左翼戏剧家联盟，并被选为执行委员。1935年，任剧联编导部主任，后历任中央电影局艺术委员会副主任、全国文联理事、中国电影工作者联谊会理事。主要作品有剧本《我们的故乡》《东北之家》《雪夜小景》等，专著《论战时工农演剧》《演剧是怎样一种武器》等，译著《演员自我修养》第一卷、《电影导演基础》等，电影《结亲》《静静的嘉陵江》《冬去春来》等。

家破人亡

人　物：
何顺清
何顺明
顺清妻
小红

陈大明

农民甲乙

二姑娘

景：

一个农家的院子里。后方是矮围墙。正中有一个双扇大门。左方显出矮屋的一面，开有一单扇门通内室；右方靠后有几棵树，略偏右的前部放有一张旧的矮方桌，围有几个矮板凳，屋檐下挂着一个破渔网，地上摆着几件捕鱼的器具。

开幕时，已经是将近傍晚的时候。初夏的夕阳斜射着温暖的阳光。天际点缀着朵朵的晚霞，树上有不少的麻雀争吵着。远处有大炮的声音送来，同时外面不远还有救亡歌声。隆隆的炮声对照着雄壮的歌声。这时小红这个十三四岁的女孩坐在后面的门槛上，面向着外面，信口哼着一个简单的歌调；手里还拿着一根树枝在门上打着拍子；与其说她是快活，毋宁说是无聊。这样的情境继续一会之后，左门内送出一种无力的病妇的声音。

顺清妻：小红……小红！

小　红：来了，（说着就站起，转身走进来，向左门走去）什么事，妈？（说着就跨进门去了）

（二姑娘在墙外远处唱着《义勇军进行曲》走来，她一跳进大门，向院子里一扫视。）

二姑娘：怎么一个人也没有？小红！

小　红：（在左门里）谁呀？

二姑娘：（作着假声）我呀！

小　红：你是谁？（说着走出来）啊！是你，我当是谁；干么作这样的怪声儿？

二姑娘：（仍作着怪声）给你听呀。

小　　红：我才不要听呢！

二姑娘：不听就算了。走，我们去前面关帝庙看戏去。

小　　红：看什么戏？

二姑娘：就是那般学生演的戏，说是什么新戏，演过几次了，我都没有去看。他们还教人唱歌呢，我也学会了一个。

小　　红：是他们教你的？

二姑娘：不是的。

小　　红：那还有谁教你呢？

二姑娘：你猜！

小　　红：一定是他们教你的。

二姑娘：给你说不是的，我骗你干么。

小　　红：那我就不知道了。

二姑娘：（对着小红的耳，抑着声音）是他教我的！

小　　红：他是谁？

二姑娘：他就是他，傻丫头！

小　　红：你没有说出来，我知道他是猪，是牛，是……

二姑娘：你这个小鬼，干么骂人！（追去想打对方）

小　　红：（逃避着）我骂谁了？

二姑娘：你骂我大明表哥了！

小　　红：啊，原来是大明哥教你的，哈哈哈……

二姑娘：这有什么好笑的！

小　　红：大明哥教我们二姐儿唱歌，好呀——好呀！……（边说边拍着手取笑对方）

二姑娘：（追着小红）有什么不好，你说——你说！

小　　红：我是说好呀——好呀！

二姑娘：（赌气）不理你，我走了！（向外走）

章 泯 / 075

小　　红：（忙追去拖着对方）别生气——别生气，我不说了——我不说了。

二姑娘：你说你的，干我什么事！

小　　红：坐一会儿。

二姑娘：我不坐了，我要看戏去了！

小　　红：等一会儿再去。

二姑娘：你想去？

小　　红：怎么不想去！

二姑娘：想去就走呀。

小　　红：爸爸打鱼去了，还没有回来，我怎么能出去，妈又病着。一天到晚都不能出去玩儿！

二姑娘：还有你二叔和奶奶呢？

小　　红：他们到刘家村亲戚家去了。

二姑娘：不是去了好几天了吗，还没有回来？

小　　红：没有，我爸爸天天为这事儿着急呢。

二姑娘：这有什么要紧，总会回来的。

小　　红：你不知道，说不定有日本鬼跑到那里去了。

二姑娘：谁说的？

小　　红：我爸说的。

二姑娘：不会吧，那里离我们这儿也不远。

小　　红：我也想不会的。

二姑娘：你去换件衣服，我们看戏去。

小　　红：我怕妈妈回头叫我，没有人。（注意到对方的衣服，有点羡慕似的）你这件衣服是什么时候儿缝的？

二姑娘：早就缝好了，总没拿出来穿。

小　　红：我爸爸老不肯给缝衣服！

二姑娘：你一定叫他给你缝好了。

小　　红：我给奶奶说过，她这就会给我买布回来的。

二姑娘：你布买回来了，我来帮你缝。这件衣服就是我自己缝的，你看缝得好不好？

小　　红：（拖着对方衣服察看着）……

（墙外陈大明唱着《义勇军进行曲》走过。）

二姑娘：（忙摆脱小红）快——快！（忙跑去躲在大门旁）

小　　红：你干么？

二姑娘：你别管，你快叫他进来！

小　　红：叫谁进来？

二姑娘：大明哥！

小　　红：啊！这唱歌儿的是他？（高声）大明哥！……

二姑娘：别说我在这儿！

陈大明：（在外面）干么，小红？你爸爸在家吗？（说着就出现在大门口。刚跨进一脚）

二姑娘：（突然大吼一声）……

陈大明：（大吃一惊）……

（二姑娘和小红大笑起来。）

陈大明：你这傻家伙！（追着二姑娘）

二姑娘：（笑着，逃着）……

小　　红：（也笑着。她作为了轴心，二姑娘和陈大明就绕着她跑）……

陈大明：（终于捉着了二姑娘，咯吱着对方）你还那样吗？——你还那样吗？

二姑娘：（忍不着笑倒在地上了）……

小　　红：（上前去解围）好了——好了。（推开了陈大明扶起二姑娘来）

二姑娘：（似嗔似怨）坏东西，把人家都弄痛了！

章 泯 / 077

陈大明：你下次还敢吗？

二姑娘：敢——敢——敢，廿四个敢，看你把我怎么样！

陈大明：真的吗？（逼上前去预备咯吱对方）

二姑娘：我不怕！

陈大明：哼，你不怕，回头又倒在地上了。（说着就退开了）

二姑娘：没有的事。

陈大明：还要嘴硬！

二姑娘：你再来！

陈大明：你算了吧，把新衣服弄脏了，有什么好的。

二姑娘：量你也不敢！

陈大明：好，不敢——不敢。

二姑娘：小红，让我们来咯吱他，看他怕不怕！

小　红：我不，你自个儿去好了。

陈大明：你看还是小红规矩。

二姑娘：你规矩——你规矩，把人家的肋骨都给咯吱痛了！

陈大明：谁叫你坏呢。

二姑娘：你不坏——你不坏！

陈大明：好，我坏——我坏。

二姑娘：不理你了，我看戏去了。（说着就欲走）

陈大明：不要忙，我正找你有话说呢。

二姑娘：谁听你的鬼话！

陈大明：不是开玩笑的，我真有正经话给你讲。

二姑娘：你快讲呀！

陈大明：你坐下来！

小　红：我走开了。（起身欲走）

二姑娘：干么要走开？

小　红：你们不是要谈心吗？我待在这儿好吗？

二姑娘：你这小鬼头快给我过来规规矩矩地坐着！

（拉过小红来，坐在一块儿。）

小　　红：大明哥乐意吗？

二姑娘：别废话了，你这小鬼，倒看你不出！（咯吱对方）

小　　红：好了——好了，我不了！你们要谈什么，谈你们的吧。

二姑娘：（对陈）你有什么正经话，你就说吧。

陈大明：我想……

二姑娘：你想什么？

陈大明：我想……你一定不会……

二姑娘：你想什么，你说呀！

小　　红：他想……（凑近二姑娘耳边作耳语）

二姑娘：（又嗔又羞似的）你这小鬼头！（咯吱了对方几下以作惩罚）

陈大明：我想……

二姑娘：你想什么，说出来！

陈大明：我想去……

二姑娘：到那儿去？回你老家去吗？

陈大明：老家还给日本鬼子占着，怎么回去。

二姑娘：那你要到那儿去呢？

小　　红：他要到天上去，你去不去？

陈大明：不是，我要去加入……

二姑娘：加入什么？

陈大明：加入这儿的自卫队。

二姑娘：真的吗？

小　　红：什么叫作自卫队？

二姑娘：就是打日本鬼子的。（转对陈）你真想去加入吗？

陈大明：是的，我怕你不愿意我这样，我要是跑到别的地方去了，你就不……

二姑娘：没有的事！我也想加入呢，女的能不能加入？

陈大明：（高兴极了）你真愿意我去加入，你真不会……

二姑娘：我问你的话，你怎么不答应？

陈大明：什么话，我没有答应你？快说！

二姑娘：我问你，女的能不能加入？

陈大明：这我倒不知道，我想大概是不可以。

二姑娘：为什么不可以，有什么不可以？你别瞧不起我，我也恨日本鬼，我也会打枪的，我家里有好几支枪呢！

陈大明：我不是这个意思，你要知道，你总是个女孩子，……

二姑娘：女孩子怎么样，——女孩子不是人？

陈大明：你怎么扯到这上面去了！

二姑娘：你自己说的！

陈大明：我说什么来？

二姑娘：你为什么不要我去？

陈大明：我那里是不要你去，你要真能同我一道去，我还有不愿意的！只怕你爸爸不能让你这样。

二姑娘：为什么不让我这样？难道要把我留在家里，等日本鬼子来抢我去吗？日本鬼子那样对待女人，他又不是没有听见过！

陈大明：好在日本鬼子还没有打到这儿来，你忙什么！

二姑娘：那你又忙什么呢？

陈大明：我给你不同……

二姑娘：有什么不同的，你多长了两只角呀？

小　红：那不成了大牯牛了吗！哈，哈，哈……

陈大明：我成了大牯牛，那她就成了什么呢？

小　红：大母牛！哈哈哈……

二姑娘：你这小鬼头！（说着追小红）

小　　红：（躲在陈大明身后）……

　　　　　（二姑娘绕着陈大明追小红。）

陈大明：得——得——得，算了吧——算了吧！……

二姑娘：你们两人都欺负我！

陈大明：谁叫你说我是大牯牛呢。

二姑娘：是我说的呀——是我说的呀？

陈大明：好——好——好，算我错了——算我错了！

小　　红：别生气，二姐，算我不是。

二姑娘：（气鼓鼓的样子）……

陈大明：你看她气得来，像个什么了？

小　　红：像个——（忙带着了）

陈大明：像个大西瓜，鼓鼓的！

二姑娘：（忍不着笑出来了）……

小　　红：二姐喜欢了！高兴作大西瓜，不高兴作大母牛。哈，哈，哈……

二姑娘：你这小西瓜！

陈大明：自己是大西瓜还说人呢。

二姑娘：好，我不说了，让你们说去，我走了！

陈大明：又生气了，快别这样了。（阻止对方）

二姑娘：让我走！

陈大明：你到那儿去？

二姑娘：回家去！

陈大明：回家干么？

二姑娘：你不要管！

陈大明：你不要我管，我就不管好了；可是你得告诉我，我进自卫队去了，你真的还是一样……

二姑娘：一样——一样谁给你说要两样？（欲走）

陈大明：（抓着对方）真的吗？

二姑娘：真的——真的，你这人怎么这样啰唆！（脱身往外跑去了）

陈大明：（追到门口）真的呀，二妹，真的呀？

何顺清：（在大门外）什么蒸的煮的？（说着就出现在门口，拿着捕鱼器和鱼筐子走进来）

陈大明：何大叔回来了？

何顺清：你在这儿玩？

陈大明：是的。捉了很多的鱼吧？（说着走去拿起鱼筐来看）

何顺清：不多。（转对小红）奶奶二叔他们还没有回来？

小　红：没有。

何顺清：真奇怪，到现在还不回来，难道出什么事儿了吗？

陈大明：出了什么事儿？（放开鱼筐）

何顺清：她奶奶和她二叔去刘家村好几天了，还不见回来，本来说是早就要回来的。

陈大明：刘家村有人说已经给日本鬼占去了。

何顺清：真的吗？

陈大明：这我倒说不定，我只听见有人这么说。

何顺清：难怪他们还不见回来，我去看看！

陈大明：你去有什么用，要是那里真给鬼子占去了，你去那不是送死吗？要是没有占去，他们总会自个儿回来的，你去干么。

何顺清：小红，先去给我做饭吃了，再说，我饿得很。

（小红下。）

何顺清：我们村里今天有人逃走吗？

陈大明：有了自卫队组织起来，这几天没有走的了。

何顺清：我真不懂，他们怎么舍得丢开了自己的老家，跑到别的地方去！要叫我死也死在自个家里。

陈大明：真是，跑掉了，就是办法吗？

何顺清：所以我就不跑。

陈大明：不过不跑也应该有不跑的办法才行。

何顺清：为什么？

陈大明：总不能等在这儿让日本鬼子来活捉了我们去。

何顺清：鬼子要是真的来了，那也是没有办法的事情。

陈大明：没有办法，也得想办法！

何顺清：我们还有什么办法可想！

陈大明：那倒不见得，比方我们村里现在自卫队就是个办法。日本鬼来，我们就同他拼一下。

何顺清：拼两下也不行呀。

陈大明：总比乖乖儿的待着让日本鬼子来杀死强。

何顺清：谁乐意乖乖儿地，让日本鬼子来杀？

陈大明：是呀，谁乐意那样，谁不愿起来给鬼子拼一拼！你说对不对？

何顺清：……

陈大明：我看，何大叔，你应该加入自卫队，我已经加入了。

何顺清：你当然可以了，光杆儿一个。我就给你不同了，上有老母，下有妻室儿女。

陈大明：这有什么关系。

何顺清：没有关系？你当然没有关系了。

陈大明：不是这个意思，你想，让日本鬼子随随便便地来了，不但家里的人顾不到，就是自个儿的老命也难保着。你没有听说过，日本鬼把我们中国人，一村一村地杀？

何顺清：到那时候儿再说。

陈大明：哼，真到了那时候儿，那才真没办法呢！

何顺清：没有办法再说。小红，快点儿！

小　　红：（出现在门口）什么事，爸爸？

何顺清：饭做好没有？快点儿，我要去看奶奶他们。

小　　红：就好了。（下）

陈大明：我看你还是不要去的好。

何顺清：他们老不见回来，实在放心不下。

顺清妻：（在房里）小红的爸爸……小红的爸爸！

何顺清：什么鬼病老不见好！

陈大明：何大婶还没有好？

何顺清：还是那样不死不活的！

陈大明：不要紧的。总会好起来的！

何顺清：真倒霉！

陈大明：这也是没有法子的事情。

何顺清：……

陈大明：我走了，回头见。（陈大明刚走到门，还没有跨出去，突然看见了什么可惊的事情似的，忙冲出去）怎么的？——怎么了？

（农民甲乙扶着那衣服已被烧破，满身是血迹的何顺明走进来，陈大明跟上。）

何顺清：（忙迎上去）怎么了二弟？妈妈呢？

陈大明：你什么地方受伤了吗？

何顺清：你怎么受伤的？

陈大明：我来替你看看。

何顺明：（推开了陈大明的手）……

何顺清：你快说！

何顺明：我没有受伤，我——我跑累了！

何顺清：（对农民）你们在什么地方遇见他？

农民甲：东边儿不远的大道上。

陈大明：他是怎么回事，你们知道吗？

农民乙：我们不知道，他没有对我们说什么。

农民甲：他只是说日本鬼子来了。

陈大明：日本鬼子到那儿来了？

何顺清：日本鬼子真的到了刘家村了吗？

何顺明：是——是的。

何顺清：妈妈呢？

何顺明：（悲愤）妈妈——妈妈！

何顺清：妈妈怎么了？

何顺明：妈妈……妈妈……（悲痛起来）

何顺清：妈妈怎么了，你快说呀！

何顺明：妈妈让日本强盗……

何顺清：让日本强盗怎么样了？

何顺明：让日本强盗……

何顺清：让日本强盗杀死了吗？

何顺明：比杀死还惨呢！那般家伙简直不是人养的！

何顺清：妈妈，真给他们害死了？

何顺明：可不！

何顺清：你为什么不带着她逃出来呢？

何顺明：这那儿行！

何顺清：不行，你自己怎也逃出来了？

何顺明：我是从死里逃出来的。

何顺清：不中用的家伙！

何顺明：想不到她老人家那么大年纪，还给……

何顺清：我她妈的，不报这仇，不是人！（说着向外冲去）

（陈大明忙阻止着何顺清。）

陈大明：你上那儿去？

何顺清：我去给鬼子拼了！

陈大明：不要急，你一个人儿去，有什么用。

何顺清：没有用！（转身冲进房里去了）

顺清妻：（在房里）你要干么，你拿枪来干么？

何顺清：你不要管！（说着就冲出来向外走）

何顺明：你不能去，哥哥！

陈大明：（又去阻止何顺清）不要急，——不要急，我们自有报仇的办法。

何顺清：不管了，干掉一个算一个！

陈大明：一个人是没有用的，要干我们大伙儿一齐干！你一个人去杀一个两个日本鬼就够了吗？就算报了我们许多人的仇了吗？难道你还不愿意我们多些人去，多干掉些鬼子？

何顺清：谁说不愿意！你们走呀！

陈大明：你不要忙，等我们知道了刘家村的情形，我们再去集合起大家来把鬼子干他个痛快！

何顺清：快问问顺明！

陈大明：（转问何顺明）刘家村到了多少日本兵？

何顺明：不很多，大概有百多人，他们今天早晨一到村里来，就抢东西抢女人。就是小女孩老太婆都逃不脱那般畜牲的手！

何顺清：他妈的！

何顺明：那般畜牲糟踏了人家还不够，还一个一个给杀掉了！比杀个鸡，杀个狗还不在意！

何顺清：妈妈就给这样害死的？

何顺明：可不！

何顺清：他奶奶的！

陈大明：这那儿算是人，他妈的！

何顺明：后来，那般畜牲又把村里的人通通给赶进屋子里去……

陈大明：赶进去干么？

何顺明：赶进去之后就放火烧起来！

何顺清：真有这样的事？

何顺明：怎么没有，那般强盗什么事干不出来！想逃命的人都拼命冒着大火往外冲，可是冲出来又给那般强盗用机关枪打死了！我算是命不该绝，我躲在那些死尸堆里，过了好一阵，我才醒过来。我那时候儿真有点不相信我还是活着的！后来我就偷偷地逃开，拼命跑了回来！

何顺清：活着的就只你一个人了？

何顺明：大概是的。你们没有听见那些大人小孩哭喊的声音啊，就是阎王老爷听了，也会感动！也会下泪！可是那般日本强盗……

陈大明：他妈的，我们这儿可不能让日本强盗来这样横行！难道我们连鸡狗都不如了吗？随便让人宰杀！

何顺清：随便让他宰杀，他妈的，他再休想！

何顺明：真是，那样等着让鬼子来随便糟踏，随便宰杀，还不如大家起来给他们拼一下，就是死也死得痛快，死得甘心！

陈大明：我们同鬼子拼起来，我们死，难道他们就不会死吗？

何顺清：不会死，没有那么便宜的事儿！我他妈的这支枪不干掉他妈的几个鬼子，我何顺清枉自为人一场！走，叫大家准备起来，我们这儿也快了，刘家村离我们这儿那样近。

陈大明：（兴奋）你真愿意干了吗，何大叔？

何顺清：还不干，等日本鬼子来烧掉了我们的房子，杀掉我们的老命，才干吗？

何顺明：真是，像在刘家村那样，想干也没法干了！

陈大明：好的，我们就去！

何顺清：（拿起枪来正欲走）……

（二姑娘匆匆跑上。）

二姑娘：（对陈大明）你还在这儿！不好了——不好了……

陈大明：什么事——什么事？

二姑娘：我爸爸回家来说，有人告诉他，日本鬼子向我们这村里来了！

陈大明：他说日本鬼子到了那儿了？

二姑娘：说是到了东边儿，柳沟湾儿了。

陈大明：那还有好几里地呢。

何顺清：那不管了，我们先准备起来，迎上前去，先给他个厉害。

（陈大明和何顺清正往外走。）

何顺明：（追上去）哥，哥！

何顺清：（转身）干么？

何顺明：你顶好是不要去，让我去。

何顺清：（望了对方一眼，各自转身就走）……

何顺明：（又追上去，拖着何顺清）你在家里看着嫂嫂和小红吧；一个病人，一个小女孩，没有人看他们是不行的。

何顺清：你留在家里看他们好了，反正你也该歇歇。

何顺明：我不要歇。

何顺清：随你的便，我不管了！（欲走）

何顺明：我也不管了！（抢先走）

何顺清：（拖着何顺明）你急什么？

何顺明：我不能静静地待在家里！

何顺清：你明明知道家里没有人不行，你干么偏要跑去！

何顺明：你自己留在家里好了。

何顺清：你为什么就不可以留在家里？

何顺明：我待不着，我非去不可！我的仇人来了，我还能放过！

何顺清：你的仇人，难道就不是我的仇人？

何顺明：……

何顺清：放过他们，我去就是放过他们？

何顺明：我不干掉几个鬼子，我不甘心！

何顺清：你不甘心，难道我就甘心！

陈大明：我们先去了，你们商量好了，再来吧。

（陈大明同二姑娘及农民甲乙下。）

何顺清：你就留在家里吧！

何顺明：你怎么不留在家里？

何顺清：我真不管了！（欲走）

何顺明：自己的老婆孩子都不管，谁还愿意来管！（也欲走）

（小红拿着碗筷上。）

小　红：在这外面吃，还是在房里吃，爸爸？

何顺清：我不要吃！

小　红：怎么又不吃了呢？

何顺清：你不要管！

小　红：饿了为什么又不吃呢？

何顺清：快拿进去，不要啰唆了！

小　红：不吃就算了！（下）

何顺清：你看这么大点的小女孩，没有人照管怎么行！还有个病人！

顺清妻：（在房里）小红的爸爸……小红的爸爸……请你进来一趟……求你进来一趟！

何顺清：他妈的！（往房门走去，顺手把枪靠在门外，进去了）

何顺明：（望着枪思虑了一下，决然地走去拿了枪就往外跑出去了）……

何顺清：废话，见鬼！（说着走出来，烦恼地思虑了一会）管不了这许多！（毅然转身去拿枪，发觉枪已不在）他去了！

章泯 / 089

顺清妻：（在房里）你不能去……你不能去……你忍心丢下我们母女……

何顺清：他妈的！真……你去——你争着去，不送掉你的老命才怪呢！

（小红上。）

小　红：爸爸，妈妈说日本鬼子快来了，是真的吗？

何顺清：你不要管！

小　红：人家问一问，有什么要紧！

何顺清：快滚进去，别问我！

（小红满不高兴地退进房里去了。）

顺清妻：（在房里）小红，日本鬼子一来，我们就……

小　红：（在房里）就怎么了，妈？

顺清妻：就不得了了！

小　红：（在房里）那怎么办呢？

顺清妻：（在房里）你爸爸也要丢掉我们走了！

小　红：真的吗？（走出来）爸爸，妈妈说你就要丢掉我们走了，真的吗？

何顺清：……

小　红：你要到那儿去？

何顺清：打日本鬼去！

小　红：那我给妈妈怎么办呢？二叔也去吗？

何顺清：他早去了！

小　红：你们都走了，日本鬼子来，怎么得了，我跟妈妈怎么办？

何顺清：你们死去！

小　红：死去，你就忍心让我和妈妈死在鬼子手里？

何顺清：……

小　红：好的——好的，我和妈妈就死在鬼子手里，你一个人活去！

何顺清：谁让你们死在鬼子手里，我要你们死在……（一下冲进房里去了）

小　　红：好——好，我们死，你活！

顺清妻：（在房里）你找什么？……你把那砒霜拿出来干么？……你想干么？——你想干么？

何顺清：（在门口挣脱妻子的手，跨出来，手里拿着一个纸包，往口袋里塞）……

顺清妻：（说着追出来）你拿那砒霜来干么？你别要骇坏了人！我病成这样还不想死呢，你好好的，干么……快交给我——快交给我！（挣扎着追拢去）

何顺清：（避开）你不要管！

顺清妻：这我怎么能不管。

何顺清：（厉声）我不要你管！

顺清妻：你不要难过，你要是觉得是我太累你了，你就让我来……反正我这病好不了，活不了多久！真的，你就把那砒霜给了我，让我来吃下去算了，我这样不死不活的，又在这兵荒马乱的时候，太使你受累了！我求你给我，给我，我是不要紧的。只要你好好的看管着小红，我也就……（凄然泪下）

何顺清：……

顺清妻：请你交给我吧！

何顺清：……

顺清妻：我求你！

何顺清：你快进去吧，这外面有风。

顺清妻：你不要管我。

何顺清：你进去吃药去，叫小红烧药去。小红，烧药去。你快

章泯　/ 091

进去。

（小红下。）

顺清妻：我不要进去，药我也不要吃了，还是让我去了算了！

何顺清：不要这样了。

顺清妻：那么你呢？

何顺清：……

顺清妻：你呢，你呢？

何顺清：……

顺清妻：你说！

何顺清：我没有什么呀。

顺清妻：真的？

何顺清：不要谈这个了，你进去吧。

顺清妻：不，我要你老实告诉我。

（外面远处送来紧急的锣声。）

顺清妻：这是什么事？

何顺清：（冲进房里去了）……

顺清妻：（追问）你要干么？

何顺清：（提着一把大刀跨出来想往外走）……

顺清妻：（忙去阻止对方）你要到那儿去——你要到那儿去？

何顺清：杀鬼子去！（想走）

顺清妻：（拖着对方）不行——不行！丢下我们母女怎么办！鬼子来了，叫我怎么办！

何顺清：你放了我！

顺清妻：不能——不能，你这一去，谁知道会出什么事儿。

何顺清：我留在这儿也没有什么办法，要是鬼子打来了。

顺清妻：你不要管，总好些。要死死在一块儿好了！你不能去——你不能去！

何顺清：你好好儿地待在家里……

顺清妻：待在家里等鬼子来糟蹋，来害死，没有一个人管！

何顺清：不会的。

顺清妻：不会？那般畜生还肯放松我们女人！让他们来糟蹋了，还有什么脸去见人！糟蹋死了，也没有脸去见地下的祖宗！

何顺清：……

顺清妻：不能——不能，我不能等鬼子来糟蹋，就请你拿大刀先杀了我好了，我不愿给鬼子糟蹋，我不愿死在鬼子手里！

何顺清：鬼子还没有来……

顺清妻：不是眼看着就要来了吗？反正我们逃也逃不了，你就先把我们母女……

何顺清：快进去睡下吧，别要……

顺清妻：进去睡着等日本鬼子来糟蹋，——糟蹋死！我不——我不！我情愿死在你的刀下，我不能死在鬼子手里。我求你先杀了我，不要把我留给日本鬼子糟蹋！我求你！

何顺清：……

顺清妻：你要走，我就求你可怜可怜我，先杀了我，让我作鬼也作个清白的鬼！

何顺清：……

顺清妻：你就答应了吧，我反正是活不久的人！使我作个清白的鬼，也让我对得起你，对得起祖宗！这样死也死得甘心！

何顺清：你要死，你自己死去好了！

顺清妻：不，我情愿死在你手里，我不能死在鬼子手里！

何顺清：谁要让你死在鬼子手里？

顺清妻：你要丢下我们走了，不就是让鬼子来糟蹋，来害死我们母女！

何顺清：（听着外面紧急的锣声，烦躁极了）你进去吧——进去吧！

我不让鬼子来糟蹋你,不让你死在鬼子手里!

顺清妻:你不去了吗?

何顺清:……

顺清妻:你真的不去了吗?

何顺清:我不去,鬼子来了,还不是照样糟蹋人,杀人!

顺清妻:要死死在一块儿!

何顺清:好,死在一块儿,你快进房里去吧!

顺清妻:真的吗?

何顺清:别啰唆了,快进去吃药!

顺清妻:你可千万不能把我们母女丢给鬼子糟蹋!

何顺清:不会的,你快进去!

小　红:(出现在房门口)妈,药好了。

何顺清:快进去吃药去吧。

(何顺清扶妻到房门口,小红扶母进去了,何顺清回转身来。)

(外面的锣声更近更急。)

何顺清:(听着锣声,望望房门,烦苦不安极了)……

(大门外面有些人跑过。)

何顺清:(走到大门口去,向外望着)……

男声一:(在大门外)老何,你还在家里等什么,鬼子就到了,还不去拼一下!

男声二:(在大门外)你还在家里等什么,快跟我们干去吧!

男声三:(在大门外)干他一个够本儿,干两个赚一个。

何顺清:(突然翻身冲向大刀)……

顺清妻:(在房里)小红的爸爸——小红的爸爸!

何顺清:(望着房门,呆在大刀前)……

顺清妻:(出现在房门口)我还当你走了呢。

何顺清：吃你的药去吧！

顺清妻：药还没有凉。

何顺清：你还是去躺下吧，站在那儿干么！

顺清妻：（只得退下去了）……

何顺清：（坐在桌旁深思着，同时摸出那包砒霜来，拿在手里弄着。他越思虑越烦苦，坐不著，站起来极不安地走着，最后走到大门口，望着外面固立着，背着双手，手里紧握着那个砒霜包，终于突然一下翻过身来，坚决地走向桌前）他妈的，就这么办！（已到桌前，将那砒霜包用力往桌上一扔）小红，快把药端出来！（一下坐下）

小　红：（出现在房门口）拿出来干么？

何顺清：这外面有风，凉得快。（说着就拿过那砒霜包起来掩着）

小　红：快凉了。

何顺清：（厉声）叫你拿，你就给拿来！

小　红：（只得退进去了）……

何顺清：（呆呆地坐在那儿）……

小　红：（端着一碗药走出来，把药放在桌上，就站在那儿，带着一点不悦和奇异的样子望着那发呆的爸爸）……

（何顺清呆着，小红望着，就这样冷场一会儿。）

小　红：（随便咳了一下）……

何顺清：（忽然惊醒了似的）你还站在这儿干么？

小　红：等药凉了，拿进去。

何顺清：我不会拿？……快去给我烧饭！

小　红：你先不是说不吃了吗？

何顺清：这会儿要吃了，快烧去！

小　红：（满肚子不高兴，转身咕噜着走进去了）……

何顺清：（忙将砒霜倒在药碗里，他望着那药碗，望着望着两手就慢慢落到桌上支着,发起呆来)……

顺清妻:(在房里)小红,药凉了,给我拿来。

何顺清:(忙答应)还——还没有凉呢。

顺清妻:(在房里)这半天了,还没有凉,不要紧,拿来我喝了算了。

何顺清:就拿来了。(迟疑着端起那药碗来,勉强走了几步,就没有勇气再走了,望着房门口站着)

顺清妻:(在房里)不要凉了,快给我喝了算了!

何顺清:(忙回过身来,走了两步,怕谁来喝似的;停了一下,又慢慢走回桌前,把那药碗放在桌上,又烦苦,又颓唐地坐下)……

(冷场一会儿。)

顺清妻:(在房里)你们不肯给我拿,我自己来。(说着就出现在门口)

何顺清:(起身就往外走)……

顺清妻:(忙追上去)你又要走?不行——不行!你真忍心把我丢给鬼子糟蹋——糟蹋?

何顺清:(停在大门口)……

(外面有不少的人跑过。)

何顺清:好,我不让你给日本鬼子糟蹋!(说着,就扶着——不如说是拖着——对方到桌前坐下)你快喝下!

顺清妻:(疑惑着对方的举动和态度)你这是怎么的?

何顺清:快吃药!

顺清妻:我是要吃,我就是出来吃药的。你老实告诉我……

何顺清:要吃就吃,不要废话了!

顺清妻:(端起药来预备喝)……

何顺清:(忙转过身去,走开了)……

顺清妻：（停喝，忙问）怎么，你一定要走吗？

何顺清：（不耐烦了）不走——不走！你快喝！

顺清妻：（喝药）……

（外面锣声又更近更急。门外跑过的人更多。）

何顺清：（忙拿起大刀，有点畏惧似地边走边望着妻往外跑）……

顺清妻：（忙追上几步，就跌倒在地上，挣扎了一阵，就不动了）……

小　红：（端着碗上来，一见母亲倒在地上，忙放下碗冲上前去看）妈妈，妈妈，妈妈！（知妈妈已死，恐惧地退开，望了望周围，看不见爸爸，忙恐怖地叫着冲出去了）爸爸——爸爸——爸爸……

选自章泯著：《家破人亡（独幕剧集）》，新演剧社主编："战时戏剧丛书"，新演剧社，1938年

胎　妇

人　物：

　　李保长：四十余岁

　　保长妻：约四十岁

　　刘二爷：三十余岁

　　日军官甲，乙

　　日兵甲，乙

景：

　　一间厅堂，后壁系窗门三道，惟正中一门开着，左右两壁各一门，中设八仙桌一张凳数个，两旁有茶几和椅子，左右两壁悬有对联。

　　开幕时，台上空场片刻，刘二爷带着一根旱烟袋很闲散的从中门走上来。

刘二爷：（见室中无人忙去桌前偷取了一些旱烟来，装在自己的烟包里）李保长我又来了，（一听无人回答，忙又去偷取一些旱烟来装在自己的烟包里）怎么一个人也没有，难道也逃走了吗？（抽烟）

保长妻：（在左室内）谁呀。

刘二爷：啊，是我，李老太太。

保长妻：（出现在左门口）啊，是刘二爷，我当是谁呢，请坐！（说

着走出来）

刘二爷：不要客气。（坐下）

保长妻：请抽烟吧。（预备去拿）

刘二爷：（忙起身）有了有了，不用客气！

保长妻：有什么事吗，刘二爷？

刘二爷：没有什么事。一个人待在家里，怪闷的，想找保长，闲谈，闲谈。

保长妻：他出去好一阵了。

刘二爷：他在忙什么事？

保长妻：谁知道，还不是为了那些鬼子兵忙！

刘二爷：提起他们，真叫人头痛。

保长妻：可不，他们一来我们村里，我们真遭劫了！

刘二爷：我们这儿还算是好的，你没看见，好些村里，他们一去就给烧个精光，杀得鸡犬不留。这都是你家老太爷应付得好，要不然，我们的老命早没有了！

保长妻：我家桂生的命保着没有，我们村里可吃可用的东西，那一样没给他们拾去了！成天成夜不得安宁，受尽了活罪！

刘二爷：这也是没有办法的事情，只好过一天算一天了。

保长妻：老照这样下去，只怕没法过下去，他们要什么不给，或是没有，就打，就杀，还有年轻的女人不是逃走了，就是给他们逼死了，这还成什么世界！

刘二爷：鬼子兵这样真不应该。

保长妻：不应该，那般强盗还管你这些！

刘二爷：保长很可以劝劝他们不要这样横行，他老人家帮了他们不少的忙，说不定会有效的。

保长妻：这可难说。

刘二爷：保长回来，我一定要他去试试看。

章泯 / 099

保长妻：依我的脾气，再也不给那般强盗来往！他们害死了我家桂生，我死也不忘了！

刘二爷：我看，老太太，你还是想开点，人已经死了还有什么办法！

保长妻：没有办法，我也不甘愿像他爸爸那样，还去为那般强盗做事！

刘二爷：这也是没有办法的事。要保全家性命就不能不迁就点。

保长妻：迁就，眼看就要完了，还迁就，有什么用处，自己的儿子也保不住！

刘二爷：我看还是想开点好，老太太。

保长妻：自己的儿子总归是自己的儿子。

刘二爷：那当然；你们还算是不幸中之幸。

保长妻：怎么的？

刘二爷：桂生嫂不是要生了吗？我敢打赌，一定是个小少爷！

保长妻：惟愿是这样；要不然我们家的香火真给鬼子断掉了！

刘二爷：不会——绝不会，你放心好了。

李保长：（从中门上）什么事放心？

刘二爷：啊，可回来了！

李保长：来多久了？

刘二爷：没有多久——没有多久。

李保长：抽烟（说着就去拿，发觉桌上的烟包是空的）嘿，怎么就完了？

刘二爷：不要客气，我这里有，来，来。（取烟）

李保长：你请——你请！

刘二爷：说来就来，我们还分什么彼此。

李保长：谢谢！

刘二爷：又在忙什么了，你老人家？

李保长：还不是讨厌的事情！

刘二爷：什么事情？

李保长：找他妈的什么花姑娘！

刘二爷：找去了多少？

李保长：现在还上那儿找去！

刘二爷：一个也没有送去吗？

李保长：这村里那儿还有，早就跑光了！

刘二爷：这可难办！

李保长：简直就没办法！

刘二爷：这怎么行，那般家伙不会答应的。

保长妻：我早就同你说过，要你不要给鬼子来往，你不信，现在好了！

李保长：你懂什么！

刘二爷：我看你不赶快给他们想法子，一定会出事的。

李保长：你叫我怎么办呢，年轻女人都逃光了！

刘二爷：真难办！

李保长：今天是最后一天，要再交不出几个去，我这条老命恐怕……

刘二爷：真有点危险！

保长妻：我再三给你说，总不听——总不听！

李保长：别在这儿啰嗦，烦死了！

保长妻：你烦，人家不烦！

刘二爷：你们都不要烦了吧！回头桂生嫂养个白白胖胖的小少爷，你们就会高兴了的。

李保长：有什么高兴的！

刘二爷：我看你顶好到别的村子里去想办法。

李保长：靠不着。

刘二爷：真没办法，那只好听天由命。

保长妻：找出这样祸害来，真要把人急死了！

李保长：你急，我比你更急！

刘二爷：我看你们也不必着急，急也没有用。好，现在我有一个办法。

李保长：什么办法？

刘二爷：去求他们再宽限几天，过几天再说。

李保长：这怎么行！

保长妻：我真不明白你是怎么想的，自己的儿子给那般强盗杀了，还要同他们来往！

李保长：你那个宝贝儿子，谁叫他不听老子的话，要和他们为难，幸好他们还不知道是我的儿子，要不然，我这一家人的老命，早让他送掉了！

保长妻：不管怎么样，他总是你的儿子。再说，桂生做的事，也不见得错到那里，日本鬼子那样欺负人，谁受得了！

李保长：你的儿子好，现在变成什么样子！

保长妻：你又会变成什么样了，要是找不到花姑娘，那般强盗能放松你吗？

李保长：……

保长妻：还去给他们找花姑娘，作这样伤天害理的事！

李保长：（怒）你说什么？

刘二爷：得，得，得，不用说这些闲话了。老太太，你去看看桂生嫂吧，说不定就会给你们养个又白又胖的小孙儿。

（保长妻被刘推进左门去了。）

李保长：真岂有此理！

刘二爷：别管他，女人家懂什么，你干你的好了。

李保长：真她妈的！

刘二爷：别生气了，我来陪你喝两杯吧，老规矩（从茶几下面拿出两个酒杯和酒壶,他马上倒上了酒在杯子里,喝了一口,走向桌子)真好,越喝越有味儿!(一下喝干了杯里的酒)来,"今朝有酒今朝醉"。(说着就把杯子摆在桌上,倒好两杯)坐过来!——坐过来!

李保长：没有菜怎么喝。

刘二爷：我到厨房里找找看。

李保长：叫他们去拿好了。

刘二爷：不必,又不是生客。(从中门下)

李保长：(让刘去了,独自沉思了一会)她妈的,花姑娘。(拿起一杯酒来一下喝尽,很烦躁地走着)

(刘二爷端两盘菜上来。)

刘二爷：还有这样的好菜,昨天怎么没吃到!来,来来,(忙坐下来,将李喝过的杯子往口里一倒)怎么空的,这才奇怪呢,我明明倒上酒了的。

李保长：有的是酒,你再倒上好了。

刘二爷：啊,是你先喝掉了!你比我还急,我们真不愧是老搭档,哈,哈,哈,(倒上一杯酒,一口喝尽,又倒满一杯,各自吃菜喝酒,隔了一会儿)嘿,你怎么不喝?

李保长：我没有心思喝。

刘二爷：这算什么,大丈夫,来,来,来,(把李拉去坐下)喝,喝,我来恭喜你就有个白白胖胖的孙儿!

李保长：(勉强举杯子喝了一点)……

刘二爷：讨厌的事情不要去想它,打起精神来,我们来两拳,来——四,四,四,……来呀,你今天怎的?

李保长：今天真没有心思。

刘二爷：何必自讨烦闷。

李保长：你不知道。

章泯 / 103

刘二爷：有什么不知道的，两口子总免不了掉口角的，算什么呢。

李保长：这不相干。

刘二爷：那就是花姑娘的事情了。

李保长：不见得。

刘二爷：这样说起来，你还是有别的心思了？

李保长：……

刘二爷：真的吗？

李保长：……

刘二爷：你说出来听听看。

李保长：不谈了，合该，随他去，喝酒——喝酒！（一口喝尽）

刘二爷：这才对了，酒是我们的好朋友。（喝尽，倒酒）

李保长：（有点反常的样子）我们来两拳。

刘二爷：敢不奉陪。

（他们猜拳。李陷入变态的兴奋中，两日官出现在门口。）

日官甲：闹什么？

（李，刘突然一惊，见是日军官，忙站起来，退到一旁。）

李保长：请坐——请坐！

（两日官踏进来。）

（二日兵留在门口。）

日官甲：原来是在家快活！

日官乙：让我也来快活——快活。（说着就去倒酒喝）

日官甲：（对李）你今天为什么不到我们那儿去？害我们等你半天。

李保长：是的——是的。

日官甲：你为什么不去？说好今天一定要送几个花姑娘去的。

李保长：是——是。

日官乙：花姑娘在那儿，快拿出来！

日官甲：快去叫出来！没有枪毙你这老家伙。（坐下）

李保长：……

日官甲：你听见没有？

李保长：是！

日官乙：快去叫出来，先陪我们喝喝酒。

日官甲：还站在那儿干么？还不快去叫花姑娘来！

李保长：二位长官，请……

日官甲：别废话了，快去！

李保长：二位官长，这次实在……

日官乙：叫你去就去别再废话了。

李保长：……

日官甲：你不想去吗？

李保长：……

日官乙：说了今天送花姑娘去，你这老家伙才不去，我们自己来了，你还不动。

日官甲：叫你办的事，你不去办，躲在家中快活，我看你还快活不快活！（说着就是几鞭子）

李保长：并不是我不出力，官长。

日官乙：你出了什么力？躲在家快活，害我们老等你！

日官甲：废话少说，快去叫几个花姑娘来完事。（坐下拿起壶来倒酒，酒已给日官乙喝完了，把酒壶往桌上一掷）快拿酒来！

李保长：是——是。

刘二爷：让我来。（说着就忙跨过去拿着酒壶到右房里去了）

日官甲：（对李）你找到了几个？不够数不要紧的，只要有就行。

日官乙：你找到几个？

李保长：……

日官乙：你说，怕什么？

章泯 / 105

李保长：一个也……

日官甲：什么只有一个？

日官乙：至少也得两个才行。

日官甲：真的只有一个？

李保长：……

日官甲：年轻不年轻？

李保长：……

日官甲：一个就一个，先去叫来再说！

日官乙：快去！

李保长：（恳求状）二位官长……

日官乙：不紧的，先去叫来，随后你再想法多给我们弄几个好了。

日官甲：这次饶了你，下次可不行了，你得放明白点！

日官乙：快去快来，放在那儿了……在你家里吗？

李保长：不，……

日官乙：在那儿呢？

李保长：……

日官甲：你怎么不爽爽快快的说！

日官乙：真是，这样就能完事吗？

李保长：官长，实在一个也没有找到。

日官甲：（勃然大怒）什么，一个花姑娘都没有找来？

李保长：……

日官甲：你说是不是？

李保长：是。

日官甲：真的吗？（逼近了来）

李保长：……

日官甲：你说，是不是真的。

李保长：不敢骗官长。

日官甲：巴格！（就是狠狠几鞭子打下去）

（刘二爷拿酒复上，一见李被打，就呆着。）

日官乙：拿酒过来！

刘二爷：是——是！（忙送过去）

日官乙：巴格！（夺过壶来给刘一巴掌）

日官甲：（退回原位）来！

（二日兵上。）

日官甲：给我搜查他家里的女人！

（二日兵进右房，无所获，出来又欲进左房，保长妻在门口阻止他们，他们把保长妻推出来，就跨进去了。）

保长妻：（对日军官甲）求求官长开开恩吧，她是快生小孩的人！

日官甲：滚开！

李保长：请求官长饶了我们吧！我没一件事不出力去给官长办的。

日官长：我们要花姑娘，你办到没有？

李保长：在这儿实在找不到，那些可恶的东西，早逃走了。

（二日兵上。）

日兵甲：报告，有个女人躺在床上，大肚子，像是快生产孩子了。

保长妻：真是这样的，官长，我们一家的香火就指望她养下男孩子来接上，我的儿子已经……

李保长：请求官长特别开恩！

日官甲：你去找个花姑娘来换。（转对日兵）给看好，别让她跑了。

保长妻：官长，我们李家就只靠……

日官甲：别废话了！耽搁我喝酒。（对日官乙）你只顾喝，快给你喝完了！（拿过酒壶来倒）

日官乙：不行，你要留点给我。

日官甲：你还喝少了吗？

日官乙：你也喝得不少了。

章泯 / 107

日官甲：总没有你喝得多。（又倒酒）

日官乙：不行——不行。（夺酒壶）

日官甲：（不放）……

日官乙：我们不要争，我有个办法。

日官甲：什么办法？

日官乙：那个要生孩子的女人，反正没有多大用处，就用她来打赌，我们来猜她肚子里怀的是男还是女，谁猜中了，这酒就归谁喝，好不好？

日官甲：不好！

日官乙：有什么不好？这样喝，倒怪别致的，难道你还怕什么吗？

日官甲：我怕什么！

日官乙：那就来呀！

日官甲：来就来。

日官乙：你说是男是女？

日官甲：我说呀？

日官乙：是，我让你先说。

日官甲：我说是男！

日官乙：不，是女！

日官甲：一定是男！

日官乙：是女！

日官甲：你瞎说！

日官乙：你怎么知道是男？

日官甲：我怎么不知道？

日官乙：你爬进她肚子里去过吗？

日官甲：你不信，我们就把她肚子剖开来看。

日官乙：好呀，我正这样打算呢！

日官甲：（日兵）去给剖开来看看，是男还是女。

（二日兵对视踌躇着。）

日官乙：快去呀！

（二日兵进左房。）

保长妻：（忙冲入左房）不行——不行，你们要杀人，杀我好了……

李保长：（忙去跪下）求二位官长，开恩——开恩，可怜可怜我们李家就只这点命根……

日官甲：我就高兴铲除你们的命根！

李保长：请看我对皇军忠心的面上饶了这一次吧。我至死也不忘官长大恩。

日官乙：你也要死是不是？那容易。（顺手拿着手枪来对李开一枪）

李保长：（倒地）……

日官甲：（向左房）快点，是男是女？

（一日兵将保长妻推出来，她的头发已分散开了。）

（左房里有女人叫着，"救命——救命"。）

保长妻：（又马上冲去嚷着）凶手——强盗——强盗——凶手，……

（左房里送出一声锐利的痛极的惊叫。）

刘二爷：（忙将两耳掩上）……

日官甲：（对刘）放开！

刘二爷：（只得放开手）……

日官乙：（笑刘）……

（二日兵出来，他们手上还是血淋淋的，一日兵还拿着血淋淋的刺刀。）

日兵甲：报告，是男的。

日官甲：我说是男的，你不信，该我喝了，哈，哈，哈，哈。（喝酒，保长妻乱发披着，双眼直视着，从左门慢慢地走出来，像一个行尸，直向桌前走去）

章泯 / 109

（二日军官见她那样子有点害怕似的站起来。）

（外面突然送来紧急集合号声。）

（二日军官胆怯的望着保长妻就奔出去了。二日兵也跟下去了。）

保长妻：（眼仍直视着，跟着日兵慢慢地向外走去）……

（幕）

选自章泯著：《家破人亡（独幕剧集）》，新演剧社主编："战时戏剧丛书"，新演剧社，1938年

陶 雄

|作者简介| 陶雄（1911—1999），江苏镇江人。现代剧作家、小说家。1932年毕业于北平师范大学，后在北平、洛阳等地任教。1936年任南京戏剧学校讲师。1938年加入中华全国文艺界抗敌协会，任成都分会常务理事，曾主编《华西晚报》文艺副刊等。后历任南京中华戏剧专科学校副教授兼总务主任、南京戏剧专科学校副教授、上海光华大学教授、大夏大学中文系教授、华东戏曲研究院编审室主任、上海京剧院副院长、上海艺术研究所顾问等职。代表作品有《壮志凌云》《红氍毹上》《黄花集》《0404号机》《总站之夜》《伥》《麻子》《伏虎冈》等。

总站之夜

时　间：
　　二十七年秋天一个有淡淡月色的夜晚。
地　点：
　　武汉空军站。

人　物：

　　吴道明：二十多岁的飞行员，穿着飞行衣。

　　陈中襄：同吴。

　　徐副官

　　杨队长：二十多岁，穿着飞行衣。

　　分队长三人：同杨。

　　李维德太太：空军烈士李维德的未亡人，二十多岁。

　　大隈：李太太的儿子，四岁。（但为上演便利计，五岁到八岁也可以。）

　　大队长：三十岁左右，穿着飞行衣。

　　号兵四人

　　飞行员，官佐，医官，看护，机械士共若干人。

景：

　　一间由会客室改成的休息室，素朴的西式建筑，简单而整洁的陈设。正面有两个窗子，开开窗子可以看见飞机场的远景。室门开在左墙上。

　　正中，两个窗子之间，贴墙停放着一口棺材。挨着棺材头，设了一张供桌，桌上斜倚着一张配了镜框的放大像——那便是李维德烈士的遗像了。其他供桌上应有的东西，诸如香烛供菜之类，也都应有尽有。

　　墙上挂满了各色挽联祭幛。地上支立着靠立着许多鲜花圈。

　　室内氛围气肃穆，沉重而愁惨。

　　吴道明，陈中襄坐在沙发上。前者目不转睛地凝注着遗像；后者把脸埋在手掌里，嘴里单调地吹着口哨。半晌半晌——

吴道明：（喃喃自语）蜡烛已经烧去这么一大截了。

陈中襄：（抬起头来）人怎么还不来呢？

  吴：你是说他（把嘴向李维德烈士遗像一努）——太太？

  陈：我说所有应该来行礼的人。

  吴：我可一心想着维德的太太。我愿意她慢一点儿来。

  陈：还是快点儿来好。早来早追悼早散会。女人反正总免不了大哭大嚎那一套。

  吴：（愤激地）你这人怎么这样没人心！一个年青女人，早上还跟她丈夫一块儿吃早饭，晚上就出其不意地发现自个儿变成了寡妇，你想这是个什么场面！你还这么儿里儿戏！

  陈：不是我没人心。不是我儿戏。咱们干这个的应该把生死看得满不在乎，要不然咱们还活得下去一天么？

  吴：（摇头）你这家伙脑筋未免太简单了。自己对于生命满不在乎，可并不是见到什么悲惨事情感情都不起变化哎。上礼拜关时贤的追悼会，你到了没有？他太太——哎呀——（连连摇头）

  陈：那天我没能够参加。

  吴：那你真幸运，（拍陈肩）诶，老陈，你这人莽莽撞撞，我得先嘱咐你一声。回头李太太来的时候，你可不许把维德怎么死的情形告诉她呀。

  陈：（摇摇头，没有回答）……

  吴：（走到供桌前面向照片注视半晌）咱们同学五个人一块儿从大学转到航校来的，现在咱们参加咱们同学的追悼会，今天已经是第三次了。

  陈：（沉痛地）多参加一次追悼会，咱们就更多了一分报仇雪耻的责任！

  吴：一天警报五次七次，逼得你追悼会都得搁在夜间举行，这就是第一个大耻辱！

陈：（咬牙）可是总有一天咱们要叫鬼子连开追悼会的人都不剩一个的！

吴：（夹烛花）时间大概真不早了。我们准备准备罢。（检视供桌上的每一件东西）

陈：祭文在哪里呢？

吴：在徐副官身上。听说这祭文是大队长特为请张副议长作的。这位老先生的大儿子不是先咱们两年投放航校的么？他死的跟维德一样惨。张老先生纪念儿子，所以肯在半天期限里费了整整两小时写成了这三百多字长的祭文。

（窗外远远地响起了"点名号"。号音悠长而凄恻。）

陈：七点了。点名了。他们怎么还不来？怎么连徐副官这小子都不回来先给个信儿？

吴：索性晚一点儿罢，七点外面还没全黑。畜生要来个夜袭可真捣蛋。

陈：你真糊里巴涂，今天阴历十好几了，夜里十二点也全黑不了哎。

（号音行进中，窗外报起数来，大约报至七八十为止。）

（徐副官匆匆地跑了进来。）

徐副官：（向遗像敬三鞠躬礼）吴队员，李太太那儿我去过了。她病着，可答应马上就来。

陈：老徐，你哪儿去了？这么晚才回来！

徐：顺便到库里取汽油去了。汽车不应该放空回来呀。

吴：你怎么跟李太太说的呢？

徐：照你吩咐的那么说的。

吴：你再说给我听听。

徐：嗳。（抓耳挠腮）我到李队员家的时候，李太太正睡在床上，她病了。

吴、陈：（关切地）她害的什么病？病得厉不厉害？

徐：没什么。伤风。有点儿发烧。可是不知怎么，我觉得她今天不应该害病。看见她病在床上，我心里说不出的发酸——害病好像应该有个亲人陪陪才对。

吴：（黯然和陈对看一眼）李队员的孩子——大隈呢？

徐：大隈挺好，还大声儿喊了我一声徐伯伯呢。（顾遗像）这孩子长得比李队员还神气，将来一定是个有出息的。

吴：我要问的是你怎么跟李太太说话的。

徐：啧。（又抓耳）一看见李太太，不知怎么我就想起关太太，说不出话来了。两人对面愣着，大概有这么七八分钟，到了儿还是李太太先开的口。她问我："维德今天不回来了么，徐副官？"我点点头。嘿！我看见她说话的时候眼睛里泪光直闪！

陈：别胡说！人家还不知道丈夫死了，为什么流泪？看你这分儿瞎疑心！

徐：真的！骗人是这个。（以手比龟）八成儿因为每次追悼会读祭文都是我，所以女人看见我就发毛了。

吴：后来呢？

徐：后来好像我说了句什么话，又仿佛没有说，总之李队员今天殉了国这件事我可绝对没有告诉李太太。

吴：这么着你就跑回来了么？连约李太太来飞机场的话都没有说？

徐：那当然说了。我是照你吩咐的那样说的——李队员今天临时赶上夜班，不能出去，可是有话要跟李太太说。

吴：三号小汽车开去了么？

徐：开去了。临走，李太太说她准七点多到。唔，收拾收拾，差不多。（从怀里掏出祭文）这儿是那份祭文，随便你哪位读罢，这差使我干不了。

陈：（接过祭文）老徐，你真厌透了，哪儿像个男子汉！

徐：我本来不是什么英雄好汉，普普通通一个文学堂出身的老百姓，来队上一年给五个朋友念过了祭文，老这么下去，我连这碗副官饭都不要吃了。（向屋门走去，走到门口，掉转身来）吴队员，李队员今天怎么死的，你听说了么？身上……

吴：（摆手）我听说了。你不用讲了。

徐：不是哦。我是想提醒您二位一声，回头李太太来的时候千万别随便说出来，今天她又在病着，万一再闹关太太那一场，咱们可真受不了了。（下）

吴：我晓得。

（外面士兵夜操，不时发出各种口令，和"一二三四"的齐呼声。）

吴：（徘徊）病着——病着——（突然立定）老陈，咱们办的事还是不对。咱们先不叫徐副官把事情告诉李太太，怕她难过；可是回头她走进来，猛抬头就看见这一桌，那所受的打击岂不更大了么？

陈：算了算了，已经办了的事情就办了，尽嘀咕十嘛？

吴：我怕她又跟关太太似的，又完结在这间屋里。

陈：咱们有这么多人聚在这儿，还怕拦不住她么？

吴：可是上礼拜关太太自杀，不也还是有许多人聚在这儿？

陈：那你们饭桶！

吴：饭桶才怪呢！没走进屋子，一支手枪就被成汉的太太从她身上搜了出来。

陈：那么，老关的太太是存心来自杀的了？

吴：可不是。一走进屋子，看见了棺材，她的脸色立刻就变成了人造象牙。你没看见那分儿可怕呢！

陈：她知不知道棺材里是满满一箱沙子，老关被烧得连根头发都不存在了？

吴：怎么不知道！你听她那分儿嚎罢！什么"贤，贤，我只要你一根胡须诶！"（色变）哎呀，不能想了。那天连仪式都没有举行，虽然副指挥还到了场。大家的呼吸差不多都被压得停止了。

陈：后来？

吴：关太太像发了疯似的，两眼瞪成了这样！（学样）大声地嚷："报仇，我没这个力量；活着，没意思。"话没说完，一头就往棺材上撞去！

陈：拉呀，你们！

吴：维德太太上去拉，可是没赶得及，脑浆迸出来了！你知道脑浆是什么样子么？

陈：（侧过脸去）不要说了，不要说了。

（外面突然响起了脚步声。）

吴：（几乎是用假嗓子）维德太太来了！你不许把维德殉难的惨象告诉她！我不能再看这类悲剧了！

陈：（紧张地站起，走向门口）晓得。

（脚步声逐渐逼近。房门开开，走进来的却是杨队长。）

杨队长：（向遗像敬礼后）我来晚了一点。

吴：出去了么？

杨：不。大队长召集分队长以上开会。

（分队长三人陆续上，向遗像敬礼。）

陈：有什么要紧的事么，杨队长？

杨：讨论夜间警戒问题。这两天有月亮，王八蛋说不定会

陶雄 / 117

来的。

分一：苦人儿还没有来？

吴：马上就要到了。

分二：你们知道老李今天怎么失事的么？

陈：你说说看。

分二：妈的十一架驱逐机逼住了他一个！鬼子最近的战略：各个击破。谁有能力，就包围谁。今天第三次警报的时候，我带着老李跟老秦绕着圈子搜索，刚飞到东洋租界的上空就遇上了二十七架敌机。随后那一场搏斗你们都看见的。老李一个跟十一架九六式对拼，干了足有十七八分钟，连续翻了六七个筋斗，最后不知怎么一来副翼坏了，老李才跳伞跳下来的。

分三：（切齿）新仇旧恨，妈的早晚总得给鬼子一个清算！

杨：今晚上商定的这个新战略一定有点儿办法。

分二：最可怜的是老李的太太。今天本来是轮老李歇夜班，两人约好一块儿过武昌去接从广州来的李太太的妈的。现在她也许还在苦等罢。

吴：不。我们已经通知过她，马上就要到这儿来的。

分二：告诉过她老李已经死了？

吴：不。没有。我们只说老李临时当了班，有话约她来当面说。

分一：只要这样一说，老李太太马上就明白了。

陈：怎么见得？

分一：夫妻夫妻，二位一体。老李太太那么个敏感的人，她会觉不出来？

吴：对了。也许，他们两口子的事我最清楚：每天一吹熄灯号，不管当不当班，老李就再也不说一句话了，尽管前一分钟还闹得那么欢吵,据说他是在跟他太太"神会"。咱们熄灯永远是九点,他太太也是一到九点就"静默"了。

分 二:怪不得老李晚上从来不跟我们打××呢。

分 三:好像哪个电影里也见过这种花头。

分 一:如果"神会"有灵,李太太今天一定"心血来潮"的。

陈:刚才徐副官也说,他看见她神色有点变态呢。

分二、分三:真的么?

吴:起先我计划错了,不叫徐副官直接了当地告诉她,现在我可真希望她先知道了,免得回头咱们开口为难!

杨:不管怎么,回头她来,大家务必要注意,不可以把李队员殉国的惨象说出来。上礼拜那样的事万万不能再演了。

(徐副官慌慌张张地跑上。)

徐:报告队长,李太太来了!

(全场紧张。)

杨:(向室门走去)吹集合号。去请大队长。

(徐副官下。)

杨:你们看我的眼色行事。说话要小心,不准刺激她的感情。站两人在她身后,如果她……

(脚步声逼近。)

(全场肃静。窗外远远有人喊"解散"的口令。)

(李太太面色苍白,搀着儿子大隈出现在门口了。)

李太太:(站在门口不动,频频向全室打量,最后眼光移注到遗像上,胸膛立刻起伏,胴体也前后晃动起来。伫立良久)……

大 隈:爸爸呢?

李:(仍旧站立不动,眼泪夺眶而出)……

(外面吹起"集合号"来。)

李:(号音完毕时,擦干眼泪,凝定住目光,蹒跚走向供

陶雄 / 119

桌）……

杨：李太太先请这边歇一歇。

李：……

吴：（走到李面前）请休息一会儿吧，听说你今天不舒服，发烧了，是么？

李：……

隈：吴伯伯，我爸爸呢：他说好今晚上带我过江接婆婆去的。

吴：（以手指嘴）不要说。（又以手指李）

杨：（不自然地）我们很不幸，今天又少了一位忠勇的同志。（停停，瞥李一眼）替死者报仇，是我们全体生者的责任。我们敢以赤诚在李太太面前宣誓！

李：（微微领首，仍是凝目闭口，不发一言）……

陈：（粗声）嫂子，过来先坐会儿，老这么站着不成。

李：……

杨：李队员是我们中国的红武士，他一架飞机干十一架，干了十七八分钟，最后飞机坏了，跳伞下来才殉国的。

吴：他并没有输在敌人的手里。

陈：（暴躁地）这些话说他干嘛！赶快请大队长来行礼罢。行完礼，大家都离开这间屋。我腻透了这间屋子了！

隈：（瞥见了遗像）这不是爸爸的像片么？爸爸呢？爸爸呢？吴伯伯，我爸爸到哪儿去了？

吴：（小声）不要吵。你爸爸不在这儿。他——你不要吵，吵了你妈难过。

李：（突然掉转身）我不难过！（大声）我不难过！什么我都知道了！我要告诉他！大隈，过来。你爸爸死了！（更大声）你爸爸被日本人杀死了！你爸爸跳伞下来，被十一架日本飞机追着打，全身打了三百零七个洞，连肋骨都不剩一根了！

陈：哼哼！你还不知道，连耳朵连脑盖连生殖器都打得没有影子了！

　　（全体以目示意禁陈发言。）

李：大隈，你要永世记着：你爸爸是被日本野兽打死的！你爸爸是在跳伞下来之后，被日本野兽不顾人道，不顾国际公法，追着开了三百零七枪打死的！

　　（大隈哇的哭了出来。赶忙抚慰他。）

杨：李太太，你不能再兴奋了，你请到沙发上坐坐罢。

李：……

　　（大队长入。徐副官率四号兵随入。再后面是别队的飞行员，和各队的官佐机械士。）

　　（大队长向李太太打招呼。）

　　（队伍整好。）

徐：追悼会开始。奏哀乐！

　　（号兵吹二部哀乐。）

　　（随着号音，李不可遏止地啜泣起来。大隈同哭。）

徐：上香！——献爵！——向李烈士灵行最敬礼，脱帽！——一鞠躬！——再鞠躬！——三鞠躬！——复帽！——读祭文！

　　（李的哭声渐渐大了。）

　　（陈从怀里掏出祭文，刚才要读，忽然——）

　　（警报器鸣的长啸起来。）

大队长：解散！杨队长到我这儿来。全体都在集合场集合！（奔下）

　　（人群拥地挤出门外。只剩下了陈中襄和吴道明。）

　　（李止了泪，把大隈搂在怀里。）

吴：嫂子，你回去罢，还用三号小汽车送你走。

陶雄 / 121

李：不。我带大隈在这儿伴灵。

吴：不行。你得走。这儿太危险了。

（外面吹起集合号来。）

李：不要紧，维德会在冥冥中保佑我们的。

陈：（焦急地）不成。你们非走不可，非走不可。

李：中襄，你是维德十二年的朋友，你怎么忍心逼他的遗孤离开他的灵柩，连一晚上都不陪陪他？（啜泣）

陈：我不让你再演上礼拜关太太那一幕！人的死得有代价，你不能那样做！快走！我们要集合了！

李：（止泪）哼哼，你以为我要自杀，学关太太那一套么？（逞强）不，不！我要报仇！我有儿子，我要养育我的儿子，长大成人，替他父亲报仇！（咬牙）三百零七枪！自杀？没有那么便宜的事！

隈：（举手）妈，我一定替爸爸报仇，我是妈的好孩子！

陈：好。我们相信你。

吴：报仇，当然。要报仇！在大隈没长大以前，这报仇的责任应该先是我们的！你看着罢！

陈：我们走。嫂子，你要自杀，对不起维德跟我们！（转向供桌）老李，你尸骨还没寒，妈的王八蛋又来了！今天祭你，不用祭文，我们要用仇人的血跟肉！你等着罢！

（吴陈同下。）

李：（歇斯底里地）自杀？哈哈哈哈，未免太会偷巧了罢？"报仇我没力量，活着没意思"，这样的话，我可说不出来！

隈：妈，你不好过，咱们坐到椅子上歇歇罢。

李：（茫然不答）……

（窗外人声嘈杂。）

（有人在吹哨子。有人在搬器物。）

（远处有敲锣声。有汽车疾驰声。）

（李幽灵似的走到棺木前面，仔细地审视着，又绕着供桌彳亍，拿起桌上每一件东西把看。半晌——）

李：（把遗像拿在了手里）是做梦么，维德？分别仅仅十二小时，你就悄悄地离开了我，连一句话都没有。（抽泣，把这遗像贴在嘴上，贴在脸上）

（外面少数几个发动机震响起来。）

李：（放下遗像，昂起头，凝神谛听，爆发地）不。你没有永久离开我。你的飞机又要起飞了，赶走敌人你马上就要回来的。（搂着大隈走至窗前，推开窗门）××——××大宝贝！

隈：妈，你跟谁招手？

李：爸爸。

隈：你不是说爸爸死了，爸被日本鬼子打死了么？

李：胡说！爸永远不会死，永远不会被日本鬼子打死的。爸在杭州打下过两架日本飞机，在南京打下过三架，在广德打下过一架。爸是中国的红武士。爸接连翻过十二个筋斗，接连倒飞过半点钟。谁说爸会被人打死的？

隈：（雀跃）好极了。咱们俩还手拉手看爸跟鬼子作战好罢？咱们出去。咱们出去。

（窗外室内烛光同时熄灭。发动机响声渐渐多了，大了。）

（室内烛光昏暗。）

李：（掉转身，发现灵柩。恍然从幻境醒觉，泪流如雨，抚摸大隈头）大隈，妈妈发烧烧昏了。爸爸不在飞机场，他被日本鬼子杀死，睡在这木盒子里呢。吴伯伯陈伯伯给爸报仇去了。咱们在这儿等着罢。

隈：（痛哭）我也要报仇去。我也要报仇去。

（吴道明喘息着奔上。）

陶雄／123

吴：大队长说了，你们还是得要走。马上就发紧急警报，你们再不能迟延了！

李：道明，你不要逼我，逼我你会后悔的。（泣不成声）维德去了，我，活也可以不活也可以，活着我只是为了报仇！我要亲眼看维德的好友怎么样替他报仇，怎么样把他的仇人杀得一个也回不去……

吴：（大声）好，今天，今天——（气阻）你看着罢！（奔下）
（紧急警报。）
（全部飞机都"开车"了。人觉察到一架架在滚行飞起。）
（李太太把香烛移置到供桌下面，室内更暗了。）

李：（搂紧大隈）怕不怕，宝贝？

隈：不怕。（指遗像）爸爸的眼睛老看着我们，他会保护我们的。

李：你是爸爸的好儿子，妈妈喜欢。
（发动机嚣音小了。想来全部飞机都已飞至空中。）
（最后离场的机械人员三三五五轻步经过窗下。）
（敌方轰炸机隆隆的声音渐渐出现了。）

李：敌机！（走至桌旁把蜡烛吹熄）
（室内全黑。幽晦的月光由窗外射入。）
（突然，室外现出一片耀目的白光，那是敌人投下的照明弹。）
（高射炮吼叫了。）
（炸弹在远处投下，冲起火光。）

李：（探身窗外，压住嗓子）起火了！像是市政府附近！又不知道多少老百姓完了！

隈：妈，我看不见。

李：（抱起他来）小声一点！

（机关枪连珠样地响起来。）

（照明弹和信号枪交相辉映。）

（驱逐机和驱逐机对搏，呜呜的吼叫着。）

隈：妈，我害怕。

李：不怕，爸爸保佑你。看罢。吴伯伯他们马上就要替爸爸跟老百姓报仇了。

（敌机逼近了。接连投下二三十个炸弹。）

（高射炮高射机关枪不断地射击。）

（房屋剧震起来。玻璃碎了。烛台倒地滑滚。）

（李太太连忙抽回身子。把脊背贴在墙上。）

李：不怕呵，宝贝。妈在这儿。

隈：我不怕，妈。（却嘤嘤地哭起来）

李：（把大隈的脸靠在自己的脸上）宝贝，宝贝。

（忽然一团火光画了一道抛物线流坠下去。）

李：（大呼）完了一架！（反顾遗像）维德，你看见了罢？替你报了一份仇了！大隈，大隈！我的乖宝贝！你看呀！

隈：妈，你不是叫我小声一点么？

李：不管它。（走至窗口）大隈，快看吴伯伯他们给爸报仇。

（搏斗声射击声轰炸声渐远，俄顷——）

李：嘿，又完了一架！那边！

（一道火光又流过长空。）

隈：咱们拍手好么？（拍起小手来）

李：（凝神地看着窗外虚空，时不时颠起脚，移动着身子）大隈，大隈，你看得见么？

隈：妈，你脸烫得很。我怕你不好过，咱们到那边坐坐，好么？

李：不，不，不要紧。我心里痛快。病就没有了。——嘿，（手指天空一角）又来了，那边！

(显然是两架驱逐机翻滚搏斗着飞过来了。)

隈：妈，那会不会是吴伯伯？

李：一定是，那么勇敢。——翻筋斗了！——啊呀，好危险！（抚胸）——嘿，嘿！——好！前边那架飞机准逃不了了！诶！完了！掉在飞机场里了！天哪！维德！你！——大隈现在咱们过那边坐会儿罢。妈累了。（走至沙发前坐下）

(搏斗声射击声和轰炸机的隆隆声消逝了。)

(寂静。)

李：大隈，你会不会给妈做一件事？

隈：妈吩咐罢。

李：把桌底下那香炉蜡烛台，跟洋火拿给我。

隈：妈要点么？我会点。

(大隈点香烛。室内微明。)

(有人走过窗下，向机场走去。)

李：大隈，你过来。

隈：妈，干嘛？

李：你看——（指遗像）

(解除警报。有飞机降落声。)

隈：妈瞪着眼看什么？

李：看爸的眼睛。——动了，动了，——哩，笑了。爸笑了！

隈：有人给爸报仇，爸应该笑。咱们也笑，妈，你笑。

(母子相视而笑。笑到后来做母亲的却流出泪来。)

(降落的飞机更多了。)

(窗外又起了嘈杂声，那是逃警报回来的员兵车物。)

(远处又有敲锣声。)

(吴道明持衣物一团匆匆上。)

吴：（喘息地）妈的，今天鬼子送来的奠仪可真不少！

隈：吴伯伯！你手里这是？

吴：血衣！被我打下的那架驱逐机掉在飞机场那头，没工夫去看。可巧跑到护场河边上，遇到了这家伙。这位说是从轰炸机里跳出来的，没什么说的，先剥下衣服来祭你爸爸一下罢！

李：（止泪，接过血衣，热烈地握住吴的手）道明，你真是维德的好朋友！

（一辆汽车飞驰而来，驶到窗前，戛然停住。）

隈：（握住吴另一只手）吴伯伯，我爱你。（吻他）我要你做我的老师。再过三年我能不能驾飞机，替我爸爸报仇？

吴：（拍拍大隈的头）三年么？好孩子……

（两个担架夫担着陈中襄进来。医官看护后面跟着。）

李：（锐呼）中襄！你！你受伤了？（走过去探视）

陈：没有。没有。

医官：左膀子被子弹穿了一个窟窿。

（陈被抬到沙发上睡下。）

（大队长杨队长以及一干人众陆续上。其中有一些拿着战利品。）

李：（接过绷带替陈捆扎）中襄，我站在你好朋友妻子的立场，格外为你的伤难过。

大：骨头有没有碎？

杨：转动不至于有问题罢？

吴：没有伤害到血管罢？

陈：（暴跳）你们不要问了！受了伤回来，没能替老朋友报着仇，我惭愧！我难过！

大：怎么呢？整个空军就是一个单元。报仇不报仇，并不以个人的记录来计算。杨队长，今天我们的记录？

杨：当场目击的，打下两架驱逐机，烧掉三架轰炸机。

陶雄 / 127

大　众：哦？！

大：那很不坏了。我们自己？

杨：没有损失。

吴：老李今天的仇可算报清了。我们来欢呼！

隈：（跳起来）不！爸爸被鬼子打了三百零七枪，这仇永远清不了的！等我，等我三年后能够驾飞机了，我要把鬼子杀得一个都不剩！

李：（搂紧了大隈）大隈。

陈：（从沙发上一跃而起）好孩子！大隈，你过来！（当大隈走过去时）你真是我老朋友的儿子！

大：现在继续追悼会。拿血衣代替鲜花时果。

飞行员一：我这里有从畜生身上搜出的一道神符。（送上）

飞行员二：我拾到了一块"千女缝"。（送上）

徐：我这儿有一块人肉，飞机场上拾到的，看着倒像哪个王八蛋的鼻子。（送上）

大：徐副官，追悼会开始罢。

陈：不，打从现在起，我们再不要憋得人透不出气来的追悼会了。我主张把这间屋改成敌人的祭坛。我们大家马上跑到飞机场去，把那些敌人的尸体搬来血祭我们的空军烈士，怎么样？

全　体：好！（蜂拥向门口跑去）

（当人们跑出一半时，突然——）

吴：（高呼）静默！

（没跑出去的人都立定了，俯首静默。）

吴：整九点了！

（外面熄灯号响起来。）

吴：这是李太太每天跟李队员"神会"的时候，为了纪念李队员不朽的精神，我们应该陪她一起静默。

李：（低诵）维德！——维德！——平安！——幸福！——天保佑你！

（幕徐下）

廿八年三月廿三日

选自1939年8月《七月》第4集第2期

《总站之夜》去秋在蓉上演时，据说有许多观众掩面而泣，不忍卒观。因此，就有朋友向我说：这个剧本太阴森，愁惨了；在现阶段演出，恐怕会收到抗战宣传的反效果，或许，还会使得观众把空军看成了畏途。这真是我始料所不及的。在我写作的当时，我所以要把空气造成那么"愁惨"的，是为了加重那几位后死者——吴陈和李维德太太的责任。不是么，前人的血债是应该后人来取偿的？至于我这强调的结果，是否真的成了"反宣传"，那就要请高明的读者和观众来裁判了。

关于置景，很多朋友都说：台上停放一口棺材，会引起观众的不快之感。因此，去秋在蓉上演时，剧团就把这个物事取消了。又有人主张：追悼会的场面可以移入内室——幕后，把台面改为会客室。这意见似乎也不坏，我一并写在这里，提供给剧团作为一个参考。

作者附记[①]

廿九年二月

[①] 附记录自陶雄：《总站之夜》，丁布夫主编："空军戏剧丛书"第五种，中国的空军出版社，1940年。——编者注

熊佛西

|作者简介| 熊佛西（1900—1965），江西丰城人，原名福禧，谱名金润，字化侬，笔名戏子、向君。戏剧教育家、剧作家。1921年，参与组织民众戏剧社。1924年，赴美国哈佛大学研究戏剧、文学，获硕士学位。1926年回国，历任北平艺术专门学校戏剧系主任、北平大学艺术学院戏剧系主任、四川省立戏剧教育实验学校校长、上海戏剧专科学校校长、上海戏剧学院院长。代表作品有戏剧剧本集《佛西戏剧集》《佛西抗战戏剧集》《赛金花》《上海滩的春天》，专著《写剧原理》《过渡及其演出》《佛西论剧》《戏剧大众化之实验》等。

囤 积

人 物：

田顺子：卅余岁的佃农，勤劳，瘦弱。

其 母：顺子的母亲，未受教育的乡下老太婆，年约六十。

其 妻：顺子的媳妇，生产不久，未受过教育，年约廿。

周国材：联保主任，忠厚老诚，奉公守法，年约四十。

陈新民：思想前进的小学教员，正直，勇敢，年约廿三四。

张三爷：某局长的管家，奸刁毒辣，年约四十。

时　　间：

一九四〇年，初夏。

地　　点：

后方离都市较近的某村庄。

景：

　　田顺子家里，一间破旧的草舍。除了破旧的桌椅和几件农具外，几乎没有别的东西。虽然有一个小小的格子窗，但是阳光从来没有射进来过。所以这屋子的气质显着异常的阴郁。活在这屋子里的人，面有菜色。

　　开幕时，顺子的媳妇抱着一个尚未满月的婴儿在屋内摇晃着。婴儿大概是饥饿了，所以在拼命的啼哭。母亲虽然露开胸怀喂乳，但因缺乏食物乳源枯绝，终不能止住婴儿的啼哭。

　　里面传出一种沉重凄凉的哼声，顺子的母亲扶着拐棍，缓缓地走了出来。

其　妻：妈，你老人家不是不舒服吗？干么又出来呢？（递给她一个板凳坐下）

其　母：听着孩子哭得伤心，放心不下。他是饿了吧，为什么不喂他奶呢？

其　妻：喂他好几次了，可是……奶……真的，这孩子也不知为什么老这么哭？

其　母：是不舒服吧？

其　妻：倒不是的。

其　母：那么一定是饿了。你再喂喂他！

　　（喂奶。婴儿将母亲的乳头嚼了几口，又啼哭起来。）

熊佛西　/　131

其　母：银子！你没有奶了！你为什么没有奶了呢？

其　妻：昨天奶就不够了。

其　母：你为什么没有奶了呢？——银子，我早就给你说过：喂奶的人是不能生气的，昨天顺子又和你闹了什么了？你看，现在孩子没有奶吃！（从妻手中将婴儿接过来荡漾着）

其　妻：（难过）妈，我没有奶不能怪顺子，……

其　母：那么倒是怎么回事呢？（妻不话，哭泣）是不是你也不舒服？

其　妻：妈，我……我已经两天没有吃了！

其　母：咳！这真没有办法！

其　妻：米一天一天的涨，昨天已经涨到八角钱一升，顺子实在没有办法！

其　母：我们不是还有两升米吗？

其　妻：昨天剩下的一点米，今天早晨给你熬稀饭了。

其　母：唉！我活到六十多岁，一辈子也没有过过这么贵的生活：米卖八九角钱一升，油卖一元八角，盐卖半块……真是一辈子没有过！

其　妻：听说生活这样贵，都是日本鬼子和咱们打仗的原故？

其　母：天杀的日本鬼子，害得我们连吃的都没有了！顺子呢？到那儿去了？

其　妻：顺子到刘大伯那儿去了。

其　母：到刘大伯那儿去干什么？

其　妻：还不是去向他借几升米吗？

其　母：唉，这孩子又去碰钉子了！刘大伯那个人，是借给我们米的人吗？

其　妻：明知道去碰钉子，可是又有什么办法呢？家里一粒米也没有了！

其　母：又是碰着这青黄不接的时候。难道老天爷真要让我们饿死吗？

其　妻：妈妈别难过，你身体又不好，还是进去躺下吧。（婴儿又啼哭，妻从母手中将他抱过来）

其　母：不是还剩下了一点稀饭吗？拿来喂他吧！

其　妻：那点稀饭是留给妈吃的。

其　母：不，给孩子吃吧。（婴儿越哭越厉害，母下，片刻，拿着一小碗稀饭上）

其　妻：（向婴儿）哭！哭！让你哭死好了！

其　母：（用稀饭喂婴儿）可不是饿了吗？（向婴儿说话）别急，慢慢的，可怜的宝贝，……

其　妻：谁叫他投错了胎！

其　母：你看，可不是饿了吗？

其　妻：吃饱了，自然不哭了。可是您等会吃什么呢？

其　母：我不急吃。你把这点饭喝了吧，可怜，两天没有吃！

其　妻：我不饿。留着妈妈等会吃吧。

其　母：你喝了吧，你不吃，孩子就没有奶吃。

其　妻：不，妈，我不饿！

其　母：你喝了！（母将稀饭送给妻，妻拒而不受）

其　妻：妈既不吃，那么还是留给孩子一会吃吧。

其　母：不，银子，你不能专顾人！喝了，一定要把这点稀饭喝了！

（妻不得已，把半碗稀饭喝了两口，将剩下来的递给母。）

其　妻：还剩下一点，请妈喝了。

其　母：我真的不想喝。

其　妻：不，一定要请妈喝了。顺子也许借不到米。

其　母：那么还是留给小孩吧，怕他等会饿了又哭。

熊佛西　/　133

（田顺子上。他把他的上衣包着几升米，表面上虽是很欢喜，但一种不自然的表情充满着他的眉宇。）

其　母：顺子！借到米了吗？

顺　子：借到了！你们看！（把包着的米给母妻看）找个东西来装下吧。

其　妻：（将小孩递给母，然后取了一个竹篮子装米）今天刘大伯怎么这样痛快？

顺　子：刘大伯？

其　妻：这米不是刘大伯那边借来的吗？

顺　子：（不自然）哦，是的，是的，是刘大伯那边借来的。

其　母：想不到刘大伯今天倒大方起来了！

顺　子：他说吃完了，再到他边去借。

其　妻：还真想不到，——

其　母：就怕这老头子又在捣什么鬼！他不会叫我们借一升还两升吧？

顺　子：（顺子坐立不安）别谈这些，快去煮饭吧！肚子实在饿得很！

其　母：是的，你（指妻）先去煮饭吧，孩子交给我好了。（接过婴儿来）你看他现在不哭了，多么乖！

其　妻：刚才是饿了。

其　母：小孩子也和大人一样，饿了就要吃！可是现在生活这样贵！唉！

顺　子：（不耐烦）别啰嗦！快去煮饭吧！（妻拿着米入内）

其　母：听说我们这场上这两天简直买不到米了？

顺　子：可不是吗！

其　母：那么米都那儿去了？

顺　子：谁知道。

其　　母：再说去年的年成收的也很好。

顺　　子：还不是他妈的那些有钱的人在囤积，把米搞贵了！

其　　母：这些人也真没有良心，在这打仗的时候来囤米！

顺　　子：（忽然爆发起来）恨不得一个个的把他妈的都揍死！

其　　母：你知道我们这场上谁在囤米吗？

顺　　子：那个有钱的人不是在囤粮食！刘大伯囤得就最多！

其　　母：刘大伯囤米，"放人肉债"，倒不是从今日起！唉，只要他肯借给我们，就算不错。

顺　　子：他肯借给我们？你以为我这些米真的是从刘大伯那边借来的吗？

其　　母：怎么？不是吗？

顺　　子：妈，我看您越老越糊涂了，您想想，刘大伯是不是借给我们米的人？

其　　母：那么这些米是从那里来的？

顺　　子：是我抢来的！

其　　母：是那儿来的？

顺　　子：是我抢来的！

其　　母：胡说！

顺　　子：他们那些有钱的人整天坐着不做事，吃好的穿好的，我们这些穷人一天忙到晚为什么要饿死呢？

其　　母：顺子，你怎么啦？我看你今天神气很不对！我不放心，这些米到底是那儿来的？真的是抢来的吗？我不信我的孩子会干出这种犯法的事！

顺　　子：（平息下来）不，妈妈，我刚才说的气话，您想，您的孩子会干出这犯法的事情来吗？这些米实在是借来的，可不是从刘大伯那边借来的。

其　　母：那你是从那儿借来的？

熊佛西　／　135

顺　子：那你就不用管好了，反正不是抢来的。

其　母：只要不是抢来的，我就放心了！

顺　子：（向里追问）银子，煮好了没有？肚子饿的实在受不了啦！

其　妻：（在里面答应）快好了！

（此时婴儿又啼哭起来。）

其　母：别哭，别哭，又饿了是不是？妈妈说饭快要好了。（摇荡着）

顺　子：他妈的还这么一个小娃娃也知道饿！世界上有人不知道饿的么？

其　母：若是有的话，那他一定是神仙了。

（其妻端了碗筷出来。）

顺　子：饭得了吗？

其　妻：一会儿就得。

顺　子：怎么这样慢呢？

其　妻：总得熟了才行啊。

顺　子：想吃口饭真不容易！

其　母：说得是啊，唉！

顺　子：（向妻）快去吧，把火烧大点！

其　妻：火太大了，饭又要烤煳了。

顺　子：别啰嗦，快去拿饭来吧！实在受不了啦！

其　母：银子，你就去把饭拿来吧！

（妻下。联保主任周国材上。他穿着长袍马褂，是一个懦弱无能的好人，土绅士。）

主　任：田大妈，顺子，都在家吗？

其　母：周主任您吃过了？今天，没有去赶场？

主　任：我刚从场上来。

顺　子：周主任请坐。

其　母：抽壮丁的事情，我们顺子很愿意去，只是现在生活这样贵，家里就是顺子这么一个人，若是他去打鬼子了，我们这一家子怎么过活呢？

主　任：今天我来倒不是为了抽壮丁的事情。

其　母：那么周主任……？

主　任：今天因为咱们这边出了一点事，特意上你们这儿来看看。

其　母：出了事？什么事？

主　任：（颜色很不好看）问你们的顺子就知道了！

其　母：问顺子就知道？顺子，你又跟什么人打了架吗？

顺　子：我没有呀！

主　任：他倒没有跟人打架。

其　母：那……唉。顺子，你又闯祸了？

顺　子：我没有闯什么祸！

主　任：顺子，你今天闯的这个祸可真不小呀！

顺　子：（忽然强硬起来）周主任，我闯了什么祸？您说！

主　任：顺子！还用得着我说吗？你自己干的事情难道还不知道吗？

其　母：（着急）唉，孩子，你又干了什么事情，叫你不要到场上去打架，你就不听！

主　任：田大妈，顺子今天的确没有在场上打架。

其　母：那么他究竟是为了什么呢？

主　任：问顺子自己好了！

顺　子：（态度倔强）问我？我干了什么犯法的事情？

（妻端了一盆热呵呵的饭上。）

其　妻：饭好了，快吃吧。

主　任：我问你，顺子，这把镰刀是谁的？（周主任从衣内取出一把镰刀）

熊佛西　/　137

顺　子：不是我的。

主　任：不是你的？那么是谁的？

顺　子：我不知道！

主　任：你不知道？——你看这上面刻着是谁的名字？

其　妻：这镰刀可不是你的吗？你怎么说不是你的？

主　任：连你的媳妇都认识这把镰刀是你的。

其　母：顺子，这镰刀可不是我们的吗？周主任，谢谢你，费心替我们拾了回来，这孩子不知道把镰刀丢在什么地方了？

其　妻：对了，请周主任把这镰刀交还给我们吧。（妻走过去取镰刀，周主任拒绝）

主　任：慢点，顺子，请到联保办公处去一趟吧。大家都在那里等着你呢！

顺　子：大家都在那里等着我？等着我干什么？我又没有犯法！

主　任：你没有犯法？

顺　子：你说我犯了什么法？

其　母：对了，周主任你说我们顺子到底闹了什么事？

其　妻：他一没有偷人家的，二没有抢人家的。

主　任：（冷笑）哼哼，他没有偷人家的？没有抢人家的？（走到桌边看到盆里的饭，又看竹篮里的米）我请问你们：这饭是那里来的？这篮子里的米是那里来的？你说，田顺子！

顺　子：这……这都是向刘大伯借来的！

主　任：借来的？哼哼！

其　母：周主任，这些米实在是借来的，饭也是这米煮的。

主　任：田顺子，我劝你用不着再抵赖了，证据都在这儿，米，镰刀，你还有什么可说的呢？

顺　子：（沉默片刻）周主任，现在生活这样贵，难道我们就应该饿死吗？

138　＼　四川新文学大系·戏剧编（第一卷）

（此时婴儿又啼哭，妻喂了他几粒饭。）

主　　任：可是你也不能去割人家的米口袋？

其　　母：割米口袋？谁？

主　　任：你们的顺子！

其　　母：顺子？不会的，他决不会做出这样的事情来！

其　　妻：周主任，请您明白告诉我们：究竟是怎么一回事？

主　　任：我老实告诉你们吧，今天早晨王老四推了一车米替城里的李局长送去，走我们这场上过，不知道你们的顺子发了什么疯，就用镰刀在人家的米口袋上割了一个口子，当时有许多流氓就趁火打劫，把人家两口袋米抢得精光！

顺　　子：周主任，你不能冤枉我！

主　　任：这是大家都看见的！

其　　母：顺子，周主任说的话是真的吗？顺子，你为什么要割人家的米口袋呢？（哭泣）

其　　妻：妈，您不用哭，这事决不是顺子做的！

顺　　子：（沉着气）我要活着，我不能不吃饭！我的母亲，我的女人，我的孩子，都要活着！

主　　任：顺子，用不着废话！走吧！

其　　母：不，周主任，您不能带顺子走，我愿意把这些米退回！

主　　任：田大妈，这可不行，人家现在到衙门里去告了！

其　　妻：到衙门里去告了？

主　　任：可不是！

顺　　子：不怕，衙门里让我去好了！反正他们不能看着我活活的饿死！

主　　任：不要耽搁时候！顺子，走吧！

（此时婴儿又是一阵啼哭。）

（小学教员陈新民上。）

熊佛西　／　139

其　　母：你不能走，我死也不让你走！

新　　民：什么事，田大妈？

其　　母：陈老师，凭您说说，周主任说我们的顺子割了人家的米口袋，您是知道的，我们顺子决不会干出这种事情的！

其　　妻：三叔，你来得正巧，请救救顺子吧！

新　　民：今天我们学校里放假，我到这边来赶场，顺便过来看看你们。怎么样？顺子发生了什么事情吗？究竟是怎么一回事？

主　　任：陈老师，许久没有见了，你好。是这么一回事：今天城里的李局长叫人到这边推了几车米进城，顺子，这个不懂事的东西，用镰刀把人家的米口袋割了，遇着些土棍流氓便趁火打劫，乱抢一气，现在人家已经到衙门里去报告了，叫我抓人。

新　　民：顺子，这可是你不对呀，你为什么去割人家的米口袋呢？

顺　　子：我实在饿慌了！

新　　民：你可知道这是犯法的事情？

顺　　子：我们全家子两天没有吃饭了！

新　　民：可是你也不能去割人家的米口袋呀？

顺　　子：生活这样贵，米从几角钱一斗涨到四元几五元几，这两天涨到八元几？场上买不到米，我们不能这样活活饿死！

新　　民：顺子，可是你要明白，在这国难的时候，我们大家都应该忍耐一点，受苦不只你一人，也不止你一家，我们大家都在受苦！若是日本鬼子不欺侮我们，不和我们打仗，我们何至受这种苦呢？

主　　任：陈老师毕竟是人师表，说话真有道理。

新　　民：可是周主任，米为什么近来这样高涨呢？而且在附近各场上有钱还买不到米，米究竟到那儿去了呢？去年又是丰收，听说是有人在大量的囤积。

主　任：可不是吗？现在稍微有点积蓄的人都在囤积粮食，菜子，油盐什么的！

新　民：这些发国难财的人，都应该一个个拉去枪毙！

主　任：唉，咱们中国的事情就是这样难说！

新　民：所以，周主任，这割米口袋的事情，也不能完全怪顺子。顺子固然犯了极大的错误，在这抗战紧急的阶段他不应该扰乱后方的秩序，可是那些操纵市面，囤积货物，发国难财的奸商土豪，我们也应该对他们加以攻击！

主　任：说的是呀！

新　民：政府天天在那里平抑物价，可是还有这些无耻之徒从中操纵，真是可恶！弄得不但那些劳动阶级无法活命，就是我们这些做小学教员的和那些公务人员当此下去也会饿死了。

主　任：陈老师说的一点儿不错。

新　民：根据这个理由，我劝您还是不要把顺子送到衙门里去。

其　母：对了，求周主任饶了他吧！

主　任：这可办不到，陈老师，因为我没有法交代。

新　民：交代还不容易吗？就说割口袋的人早走了。

其　母：对了，求周主任开恩。

主　任：这实在使我太为难了，对不住，我不能做违反命令的事情。

新　民：那么你打算怎么办呢？

主　任：只有把顺子带走！

顺　子：周主任，你不能冤枉我！米口袋不是我割的，倒是用的我的镰刀！

主　任：冤枉你？那么你说口袋是谁割的？

熊佛西　/　141

顺　　子：这我也不知道。当时有很多人在那里，他们从我手里把镰刀抢去，口袋开了，大家都乱了！

主　　任：你拿了多少米？

顺　　子：都在这儿。

新　　民：把米拿回去好了。逮人就不必了！这也是没有办法的事情！

其　　母：（其母跪在周主任面前）周主任，我求你饶了我们的顺子！

主　　任：我也想饶了他，但是我又有什么办法呢？唉，……

其　　妻：（亦跪下）我也求你饶了顺子！

主　　任：请你们也原谅我！这实在办不到！

顺　　子：（强硬起来）好！那么我去好了！衙门里至多把我枪毙得了！

新　　民：不，顺子，你不能去。这的确是很严重的犯法的事情。周主任，你为什么不可怜他们呢？难道你是铁石心肠吗？

主　　任：陈老师，并不是我姓周的是铁石心肠，你想我有什么办法：我若是不把顺子交出去，政府一定要责罚我，说我办事不利，蒙蔽上峰；若是我把他交出去，于心又不忍！这个联保主任真不是人干的！

新　　民：说的是啊，在这个年头做事真难，我看你还是做点好事把顺子放了吧！本着良心说，这事不能完全怪他！其实是日本鬼子不和我们打仗，这些事都不会有的，你说不是吗，周主任？

主　　任：所以啊，都是日本鬼子捣出来的乱！

新　　民：所以还是请你把顺子放了吧！我们大家把力量集中来对付日本鬼子岂不好吗？

其　　母：周主任，给你磕头！

主　　任：田大妈，田大嫂，请起来吧。

其　母：谢谢周主任。

（母妻均起立。）

主　任：顺子，你这两天就在家里不要出门，懂吗？这些米我可要带走。

其　妻：你把这些米带走了，我们又要挨饿了！

主　任：田大嫂，这可没有办法。

新　民：好吧，这米就让周主任带走好了。

（周主任正要下，张三爷上。）

三　爷：周主任。好，居然把您找到了！

主　任：张三爷，你从那儿来？

三　爷：刚从城里来。这位是？

主　任：这是县立小学校的教员陈老师。

新　民：这位是？

主　任：这位是张三爷，县城里李局长的老管家。

新　民：久仰久仰。

主　任：张三爷，你怎么找上这儿来了？

三　爷：局长特为叫我来找你一趟，刚才到联保办公处，说您到这儿来了。

主　任：局长有事吗？

三　爷：托你收买的米怎么样了？他还要二百石。价钱不拘。有办法吗？

主　任：张三爷，真对不住，现在这乡下的米的确不容易买到了。

三　爷：多出价钱怎么样？可以出到八十元钱一石。

主　任：就是局长出一万块钱一石现在也办不到。

三　爷：为什么？

主　任：你不知道这边出了事吗？

三　爷：出了事？出了什么事？

熊佛西　/　143

主　任：局长的米口袋给人割了！

三　爷：有这样的事情？

主　任：可不是吗？

三　爷：岂有此理！这简直没有王法了！我得回去报告局长！（说完就要往外走）

新　民：慢，张先生。你究竟是干什么的？

三　爷：（有点愕然）我？我是张三爷！

新　民：（严厉）张三爷是干什么的？

主　任：请客气点！

三　爷：我张三爷干什么的你都不知道吗？

新　民：别的我不知道，我只知道你是囤积粮食收买菜子发国难财的李局长的走狗！

三　爷：放你妈的屁！（冲上前去要动武）

主　任：请别……请别……你俩是初次见面，……

新　民：你们这些没有心肝的狗东西！国家到了这种危急存亡的时候，你们还在发国难财，大批囤积米粮，使一般穷苦民众都无法活命，你们简直是汉奸！

三　爷：你……你这狗东西……你骂我是汉奸！我揍你不可！我非揍……

主　任：慢点，慢点！有话慢慢的说！

新　民：田大妈，你知道为什么现在米价这样高涨，使你们没有法子活命吗？

其　母：不……不知道。

新　民：都是因为张三爷这般人囤积粮食，抬高市价！田大嫂，你知道你的孩子为什么没有奶吃吗？

其　妻：因为我两天没有吃饭！

新　民：都是因为他们这般汉奸囤米！

……

新　民：都是因为这般汉奸囤积的罪恶！我们为了争取最后的胜利，为了安定后方的人心，我们要帮助政府，打倒这些专门囤积操纵市面的汉奸！打呀！打呀！顺子！顺子！田大妈，田大嫂！

（大家一拥而上，团团的把张三爷围住狼狈不堪。）

三　爷：这简直反天了！周主任，周主任！你……你赶……

新　民：今天非揍死这个囤积米粮的汉奸不可！

主　任：请大家歇歇气，听我讲！囤积粮食的决不止张三爷一个人呀，况且他还是给别人做事，你们现在专门找着他为难，这似乎太不公正！

三　爷：周主任，这话对……对极了……囤积粮食的人多……多得很呀……为什么……

新　民：我们是打一警百！来呀！打倒囤积粮食的汉奸呀！

（大家拿着镰刀锄头，拐杖，向张三打去，外面也有群众响应："打倒囤积粮食的汉奸"的声音。张三狼狈往外跑，大家追了出去。）

（幕闭）

一九四〇，六月二日，郫县，新场，薛家碾。

选自1941年1月1日《戏剧岗位》第2、3期合刊

丁西林

|作者简介| 丁西林（1893—1974），江苏泰兴人，原名丁燮林，字巽甫。剧作家、物理学家、社会活动家、乐器工艺家。1919年毕业于英国伯明翰大学，回国后任北京大学物理学教授兼理预科主任。后历任政务院文化教育委员会委员、文化部副部长、中国人民对外文化协会副会长、对外文化联络委员会副主任、北京图书馆（今中国国家图书馆）馆长、中国文字改革委员会副主任、中国戏剧家协会常务理事等职。代表剧作有《一只马蜂》《亲爱的丈夫》《酒后》《压迫》《三块钱国币》《等太太回来的时候》《妙峰山》等。

三块钱国币

时　间：

民国二十八年，抗战期间

地　点：

西南的某一省城

人　物：

　　吴太太：抗战期间，西南的某一省城的热闹街上所看到、听到、"碰"到的无数外省人之一。年三十以上，擅长口角，说得出，做得出。如果外省人受本省人的欺侮是一条公例，她是一个例外。

　　杨长雄：抗战期间，跟着学校迁移，上千的流离颠沛的大学学生之一。年二十左右，能言善辩，见义勇为，有年青人爱管闲事之美德。如果外省人袒护外省人是一条公例，他是一个例外。

　　成　众：休假日期，杨长雄卧室中进进出出的许多少年朋友之一。年与杨相若，言语举动常带有自然而不自觉的幽默。如果一个人厌恶女人的啰嗦，喜欢替朋友排难解纷是一条公例，他好像是一个例外。

　　李　嫂：物价飞涨，工资高贵的非常时期中，许多从乡间来省谋生赚钱的年轻女佣之一。年二十以下，毫无职业经验。初出茅庐，虽得其时，而未得其主。如果一个女佣只有赚钱，不会贴钱，只有正当的或不正当的增加财产，不会损失财产是一条公例，她确实是一个例外。

　　警　察：当然是西南某一省城内许多维持治安的警察之一。但在数目的比率上，微有不同，因为在这一个城内，不但警察数目较多，卫队宪兵纠察侦探亦较多，然这与本剧无关，没有说明之必要。如果警察应该尊重权威专门招呼汽车是一条公例，他不是一个例外。

景：

　　一个旧式住宅的四合院子。上面是有廊子的三间正房，是吴太太的住所。右面是两间矮小的厢房，是杨长雄的公寓。左面两间厢房，一为厨房，一为出门的过道。院子里有树有花，也有晒着的被单，女人的内衣和小孩的尿布等。廊子上堆着别无放出的桌子、椅子、茶几、板凳和小孩的车马等。

开幕时，吴太太在收拾晒干的东西，有的只是折好，有的先需熨平。杨长雄坐在窗外的一个蒲团上看书，晒太阳。

吴太太：（继续开幕以前的口角）穷人，穷人，这个年头，那一个不穷呢，那一个不是穷人呢？白米卖到六十块钱一担，猪肉一块五毛钱一斤，三毛钱一棵白菜，一毛钱一盒洋火。从来没有听说过。穷人，穷人，是的，做娘姨的是穷人，做主人的个个是发财的吗？这个年头，只有军阀，只有奸商，没有良心的人，才会发财呀，我们可不是这样的人——这样的三间破房子，一个月要四十块钱的房租。打仗以前，连四块钱都没有人要。简直是硬敲竹杠！这样的事，才是欺负人的事，这样的人，才需要旁人去管教管教——（一面说话，一面已折好几件衣服，说时，目常向杨藐视，他显然是她在教管的对象）

（杨长雄想用两手掩耳，则无手拿书。不得已，用一手把对着声浪的一耳掩上。）

吴太太：是的，我用的娘姨是一个穷人，我承认，可是我并没有欺负她。这样贵的伙食，她一个人吃三个人的饭，我并没有扣她的工钱呃。（转调）打破了我的东西，不赔！还有旁人帮忙，说不应该赔。我倒要听听这个大道理。

成　众：（正当他的朋友预备讲道理的时候，从右厢房走出。一手提着一张方凳，一手拿着一盒象棋，走到杨的面前，放下凳子）下棋，下棋。

杨长雄：（放下书本，预备下棋。忽然看了吴太太一眼，想逃出对于下棋不利的恶劣环境）拿到里面去下好不好？

成　众：（没有懂得杨的提议的理由）里面很冷，外面有太阳，外面比里面好得多。（刚说完，就看见杨长雄用大拇指向后指指那恶劣环境的产生者，了解了杨长雄的意思）噢！里面和外面一样！（两人排好棋子，开始下棋）

吴太太：（将已经整理过的几件衣服收进屋去，一会儿走出，手里拿着一只花瓶）咦，看罢，就是同这个一模一样的一只花瓶。还是五年前从牯岭避暑回上海的时候在九江买的。他要二十块钱一对，是我还了六块钱买下的。用到现在，没有见打破一点。我因为喜欢它的样子，才特地当宝贝似的带在身边。她把那一只打个粉碎！你说可恨不可恨。现在你就是出十块钱一只，也没地方可以买得到。我要她照原价赔我三块钱，可算是十二分的客气了。（说着，将宝贝玩赏了一回，顺手放在廊上的一张茶几上。继续做她未完的工作）

成　众：老兄，你也应该客气客气啊！怎么连将军你说都不说一声！

吴太太：——现在的三块钱，值什么？抵不到以前的三毛钱，照道理应该照市价赔我才是。不过我既说了只要她赔我三块钱，已经说出的话，我不反悔。可是如果连三块钱都不赔我，那可不行！

成　众：（并非认真的）唉，老杨，我和你赌一个输赢好不好？这盘棋，如果你赢了，我出三块钱，如果我赢了，你出三块钱。赢的钱送给李嫂让她还债，怎么样？

杨长雄：李嫂没有债，我也没有钱。你是阔人，三块钱不在乎，我是一个穷光蛋，我的三块钱用处多得很。（用刚听到的口吻）这个年头，自来水笔，卖到六十块钱一支，钢笔头，两块钱一打，九毛钱一瓶墨水，一毛钱一只信封。从来没

丁西林　/　149

有听说过！

吴太太：（得到了一个进攻的机会，回头向杨长雄）啊，你知道说穷，你也会说你是一个穷人，那么刚才你说的全是废话！你既知道大家都是穷人，还说甚么替穷人想想？你说你是一个穷光蛋，请问现在那一个不是穷光蛋？

杨长雄：（被迫抗战）吴太太，你还要多讲吗？

吴太太：我为什么不能多讲？难道我连在我自己家里说话的权利都没有了吗？

杨长雄：（放弃了纸上谈兵）好罢，你既要讲，我就再和你讲好了，你刚才要我讲道理，我为省事起见，没有理会。现在我把这个道理就来讲给你听听。我们都是穷人，不错，不过穷人也有穷人的等级。一个用得起娘姨服侍的太太，如果穷的话，是一个高级的穷人；一个服侍太太的娘姨，是一个低级的穷人；像我这样一个扫地抹桌子要自己动手的穷学生，是一个中级的穷人。如果今天是我这样一个中级穷人，打破了像你这样高级穷人的一只花瓶，也许还可以勉强赔得起。现在不幸得很，打破花瓶的是李嫂，她是你雇用的一个娘姨，她是一个低级的穷人，她赔不起。三块钱在你不在乎，可以不在乎，在她……

吴太太：你这话不通，甚么叫做不在乎？

杨长雄：不要忙，不要忙，请你让我把话讲完。不在乎，就是说，一桌酒席，一场麻将，一双丝袜，一瓶雪花膏，……

吴太太：废话。那是我的钱，我爱怎样花就可以怎样花，旁人管不着。

杨长雄：好，好，好，就说是我说错了，你说对了。就承认这个问题不是在乎不在乎，也不是赔得起赔不起的问题。这正是我要说的话。穷不穷，赔得起，赔不起，讲的是一个情，人情之情。现在我要说的是一个理，事理之理。我们争的是：一个娘姨打破了主人的一件东西，应该不应该赔偿的问题，我的意见是：一个娘姨打破了主人的东西，不应当赔，主人不应该要她赔。完了。

吴太太：噢！不应该赔？

杨长雄：不应该。

吴太太：花瓶是不是我的东西？

杨长雄：是的。

吴太太：是不是李嫂打破的？

杨长雄：是的。

吴太太：一个人毁坏了别人的东西，应该不应该赔偿？

杨长雄：应该赔偿。

吴太太：好了，还要说甚么？

杨长雄：啊，别忙，别忙，你说的是毁坏了别人的东西，可是你不是别人啊！我问你，李嫂是不是你的佣人？

吴太太：是的。

杨长雄：佣人应该不应该替主人做事？

吴太太：当然。

杨长雄：你的花瓶脏了，你要不要她替你擦擦？

吴太太：要她擦擦，是的，可是我没有叫她打破啊。

杨长雄：当然你没有叫她打破。如果是你叫她打破，那就变成执行主人的命令，替主人打破花瓶，那就只有做得快不快，打得好不好的问题，而没有赔偿的问题了。我现在再请问你：从古到今，瓷窑里烧出来的花瓶，少说，也有几十万几百万。这些花瓶，现在到那里去了？一个花瓶是不是有打破的可能？

吴太太：有的，谁可以把它打破？

杨长雄：是呀，谁可以把它打破？我请问你。

吴太太：花瓶的主人可以把它打破，该有花瓶的人可以把它打破。

杨长雄：你这就错了，该有花瓶的人，不会把花瓶打破，因为他没有打破的机会。动花瓶的人，擦花瓶的人，才会把它打破。擦花瓶是娘姨的职务，娘姨是代替主人做事。所以娘姨有打破花瓶的机会，有打破花瓶的权利，而没有赔偿花瓶的义务。好了，还要说什么？

吴太太：胡说八道！

杨长雄：胡说八道？我还有话要说，你要听不要听？

吴太太：我不要听！

杨长雄：你不要听？没有关系！我还是一样的要说。因为你刚才说了半天，你并没有征求我的同意，你说你在你的家里，有你说话的权利，现在我在我的家里，也有我说话的权利。刚才我说的是理，现在我还要说势，"理所当然势所必至"的势。刚才我听说，你已毫不客气的把李嫂的身上都搜过了。一个主人有没有搜查她雇用的娘姨的身上的权利，这是一个极严重的法律问题，现在且不去说它，你搜查的结果，你发现了她身上只有三毛钱，对不对？现在你要她赔的不是三毛钱而是三块钱。这三块钱的巨大赔款你叫她从何而来？所以我劝你……

吴太太：那不用你担心，你等着看好了。

成　众：下棋，下棋。

（杨长雄就此下台，回到象棋的战场，继续未完的棋局，太太也继续回到她未完的家事。少停，外边先传进一阵敲门的声音，接着走进一男一女，男的一望而知其是一个警察，女的一手提了一个小包袱，从她的可怜神情，也不难猜出，她就是闯了祸的李嫂。）

吴太太：啊，警士！你来了，好得很，谢谢你！

警　察：太太！

吴太太：（放下工作，来到来人的近边，指着李嫂，对警士）她是我雇用的一个娘姨。现在我把她回了，她就要走。她今天早上把我的一只花瓶打破了，我的花瓶原来是一对，（说着，从茶几上将另一只花瓶拿来作证）请你看一看，她打破了的那一只，同这一只一模一样。这一对花瓶，是我亲自在江西买的，江西是全国出最好瓷器的地方，你知道，原价六块钱国币一对，现在要到市上去买，十块钱一只也买不到。现在我要她照原价赔我三块钱国币，她自己也已经答应了赔我。她要我扣除她的工钱，可是她以前的工钱，我已经都给了她了。现在我不愿意再用她，因为——因为一对花瓶已经打碎了一只，这剩下的一只，我一时还不想把它打碎。（为谨慎起见，将一时不想打破的花瓶放还到原处）现在我先请问你，她打破了我的东西，应该不应该赔偿？

警　察：是啦吗。

吴太太：好，请你问问她，花瓶是不是她打破的？是不是她答应了愿意赔我？

警　察：（认为用不着问）是啦吗。

吴太太：请你问一问，她是不是答应了赔我三块钱？

警　察：（向李嫂）你懂吗？你打碎了主人家的花瓶，太太要你赔她，赔三块钱国币，你听懂了没有？

（李嫂低头无言。）

吴太太：好了。我已经看过她的包袱和她的身上，她只有三毛钱。现在请你等一等，（向杨长雄看了一眼，走进正房一会，提了一个小包袱走出向警士）这是她的铺盖。这条巷子的

丁西林　／　153

对面，就是一家当铺，我请你带着她把这个铺盖拿到那家当铺去押三块钱交给我。

杨长雄：（从蒲团上跳起来）甚么？你要押她的铺盖！

吴太太：是的。

杨长雄：（走到吴太太的面前大有抢夺铺盖之势）岂有此理！你把她的铺盖押了，你叫她睡什么？

吴太太：这是她的铺盖，不是你的铺盖，与你无关！（转向警士）警士，请你过来，我指给你看那一家当铺在那里。（向门走去）

杨长雄：（走去拦住去路）不行！

吴太太：甚么叫不行？这是不是你的东西？打破的是不是你的花瓶？我的事要你来管！——先生，请走开，让我走路！

成　众：（走去把杨长雄拉开）下棋，下棋，下棋，下棋，下棋，下棋。

（吴太太、警察、李嫂同走出，杨长雄回到蒲团上，气得说不出话来。）

成　众：（燃着了一支香烟，也回到原来的位置，静默了一会）这盘棋大概是没有希望下完了罢？（无意的一人代表两方，进行未完的棋局）

杨长雄：（转过气来）唉，气人不气人？这样的蛮家伙，见过没有？搥她一顿，出出气，赞成不赞成？

成　众：（似乎经过了一番考虑）和一个女人打架？不大妙，可是我赞成给她一个教训。

杨长雄：这样的女人，除了拳头的教训，没有别的办法，我想给她几拳，打一个痛快再说。（站了起来，好像真想预备动手的样子）

成　众：（知道这不过只是说说，所以也就随便应应）不甚赞成。

（又走了几着棋）

（杨长雄在院子里走来走去，成众一人着棋，一会，吴太太从大门走进，面有余怒，进来后，即走进正屋，不久，警察走进，一手提了李嫂的铺盖，一手拿了三张纸币。）

警　　察：太太！

吴太太：（从屋内走出，看见纸币，同时也看见了铺盖）怎么了？

警　　察：这里是三块钱国币，交给你。（呈上手中的纸币）

吴太太：（收下应得的赔款）铺盖怎么了？

警　　察：是啦吗，当铺的少奶奶，给了三块钱，听说太太是外省人，她不要李嫂的铺盖。

吴太太：（不甚中听，赶紧将警察向大门引去）对不住的很，对不住的很，谢谢你，谢谢你。（引着警士一同走出）

杨长雄：（向成众）你说丢人罢？……这样的一个无耻的泼妇！

吴太太：（走进，不幸的听到了对她的批评，向杨长雄）甚么？你讲甚么？你骂人是不是？（向成众）成先生，你听见的，他破口骂人……

成　　众：对不起，我在下棋，没有留心到我四周围的环境。

吴太太：（再转向杨长雄，一逼）你以为我没有听见是不是？无耻，我请问你甚么叫无耻？（得不到答复）无耻，是的，旁人的事，不用他管，他来多事，才是无耻。一个在背后骂人的人，才是无耻。

（杨长雄仍旧无言，一忍。）

吴太太：（再逼）——一个大学生，以为了不得，自己说话不通，还想来教训旁人，自己以为是受过高等教育，开口骂人！泼妇，请问甚么叫做泼妇，那一个是泼妇，讲啊！

（杨长雄欲言而止者再，再忍。）

吴太太：（三逼，转到杨长雄的面前）你没的说了是不是？刚才你很会说话，怎么现在连屁也不放了？你骂了人你不承认。你骂了人你不敢承认。这才是无耻。是的，无耻！下流！混蛋！

（杨长雄面白手颤，忍无可忍，忽然看到了茶几上放着的花瓶。急忙地走去，抢在手中，走到吴太太的面前，双手将花瓶拼命地往地上一掷，花瓶粉碎。）

吴太太：（血管暴涨，双手撑腰）你这怎么说！

杨长雄：（理缺词穷，闭紧了嘴唇，握紧了拳头，没得说。忽然灵犀一点，恢复了面色，伸手从衣袋中摸出了三张纸币，送上）三块钱——国币！

吴太太：（事出意外，一时想不出适合环境的言辞。抢了纸币，握在手内，捏成纸团，鼓着眼，看着对方。）

成　众：（危险风暴波渡过，得到了这一场恶斗的结论）和棋。（收拾棋子）

（幕下）

选自丁西林编著：《等太太回来的时候》，顾一樵主编："建国文艺丛书"（第一集），正中书局，1941年

陈白尘

|作者简介| 陈白尘（1908—1994），江苏淮阴（今江苏淮安淮阴区）人。原名陈增鸿、陈征鸿，笔名墨沙、江浩等。全国抗战爆发后，在重庆、成都等地从事抗战戏剧运动和革命文化工作。代表作有剧本《乱世男女》《结婚进行曲》《岁寒图》《升官图》等。

禁止小便

时　间：

　　抗战中。

地　点：

　　离开战线很远的城市。

人　物：

　　刘树诚：当了十八年的老科员。

　　周学诗：录事。

　　钱振亚：科长。

　　吴一鸣：新科员，科长内舅。

王友发：勤务。

景：

　　普普通通的一间办公室。猛一看倒也窗明几净，井井有条。但仔细一瞧，就可看出室内的凌乱。有一张台子上，文房四宝，水烟袋，小茶壶，纸楣，茶叶罐，烟罐，大本戏考……乱七八糟。堆在一起；另一张台子上，却空空如也，什么也没有，一张台上堆了大批文件，还有一张台上则除了几件漂亮文具以外，还压了一块玻璃板，表示它独有的高贵。一张文件橱站在屋角，虽也干干净净，可是橱顶和脚肚里却塞满了肮脏废物。其他，如字纸篓是常满着的，痰盂边上是黏着风干了的浓痰。而其他屋角则堆砌一些无关办公的废物。

　　这到底是个什么机关，我们也不必管它。——一经说明，白纸落上黑字改起来就麻烦。如果一定要追根究底，那你就说它是个私立的什么慈善或救济团体也可以，听便。

　　开幕时，刘树诚，那只乱七八糟台子的主人，和埋头在文件堆中的录事周学诗在场。

　　周学诗眼睛差不多吸进纸里去了，在伏案书写。头都不抬。刘树诚在对面，手捧水烟袋，面对大戏考，敲着板眼，哼着《哭灵》。

刘树诚：（专心地学习）点点……珠泪……往……下抛，……（往起返学习。不觉摇头摆尾，手脚大动，而桌椅震摇）

周学诗：（既被波动，停笔仰视，但又不敢开口。）

　　刘：（不自觉）……想起……当年……结……义好，……（端起有银链的小茶壶，就着咀喝）

　　周：（得此良机，伏案再写）……

　　刘：（怡然自得，干了一口浓茶）想起……（板眼又起）

周：（抬头，干笑，但还是不敢开口。——最后才干咳了一声）咳哎！……

刘：（又是一口浓茶，周刚想写字，板眼又起）胜似……一母……共……同胞。……

周：（搁笔三叹）……刘……先生！……

刘：（眼睛一抬）唔？……（提高嗓子）王友发！——王友发！

周：（还是不敢直言）……

刘：怎么样？这够味儿吧！

周：（谦虚地）我……完全外行。

刘：当日里，这是老谭的拿手好戏。（茶壶已空）真是荡气回肠！——唉，王友发！王友发！——他妈的，这些狗东西，科长不在嘛，连影子都看不见！

周：（乘机进攻）难怪！今儿马上有什么委员会来视察，忙得要死！——您看我这儿堆上一大堆，标语，统计表，履历表，统计图，……

刘：你呀！（同情地斥责）简直是条牛！——唉，我问你：你一个月拿多少薪水？卖命呀！

周：（陪笑）工作是这么多嘛，没有法！（乘机提笔再写）

刘：（微愠）工作？你别相信那一套新名词儿！什么工作，服务，努力，——去他妈的！都是骗傻子的！"吃柿子拣软的捏！"你是牛，你好欺，就什么都压到你头上来！——你干吗做孙子？一个人奉公守法，按时画卯，来一套"等因奉此"还不就完了？卖力气干吗？你打算升官啦？

周：（窘）不是，不是，不过……

（王友发——本处的公役，急急忙忙跑来。）

刘：（还没看见，敲茶壶盖）王友发！——王友发！……

王友发：来了，来了，刘先生。（但向周走去）周先生，钱科长还

陈白尘 / 159

没有来么？唉，真急死人！哪儿去了呢？哦，局（此字听便应用）长要我来拿……

刘：（大怒）王友发！王友发！

王：（急转身）哦，刘先生，什么事？

刘：什么事？——你不知道我?! 哪天不要泡上三壶浓茶？今儿你?……

王：（相当地客气）哦哦，该死，我忘了！我马上去提开水！——周先生，局长——

周：（已经检出一沓文件）这已经写好了，还有三份表马上就好。

王：局长说，请快点儿！视察的委员马上就到！

周：好，你说，马上就好，马上就好。

王：（转身要走）科长还不来呢？唉，局长问了几次了！视察的委员马上就到了！（转身就走）

刘：（敲壶盖）水！——开水！——

王：（停步）是，就来，刘先生，——您不晓得今儿里里外外忙死了！两条腿没停过！……

声：王友发！王友发！……

王：是来啦！——马上就来，马上就来！（下）

刘：（勃然而起）这还成个机关吗！这还成个机关吗！这简直就是他妈的窑子嘛！一声接客啦，上上下下就都忙得像一群龟头，龟爪子，龟孩子！

刘：（周在里头写字）唉，你还在写！

周：（抬头苦笑）没有多少了！没有多少了！

刘：人家上头拍那些什么委员老爷的马屁，为的是铨叙晋级，升官发财；你为的什么？你为的什么？

周：嗨嗨，……我们不过是为的吃饭！

刘：照哇！——你吃三碗饭吧；你整天在这养老院里打瞌睡你也是吃三碗饭，你就二十四个钟头全卖给他，还不是吃三碗饭?！你整天儿那么"埋头苦干"，谁给你升职加薪，传令嘉奖？我整天儿在这里唱戏、抽烟、喝茶、骂人、谁又敢把我"着即停职"？……老弟，听我老前辈一句话，叫做："朝廷无人莫做官！"你家里，——唉，比方的话，别生气！你没有姊儿妹儿，没有漂亮女儿，巴结不上大老官，你就别干这行差使！你干了这行差使也别卖力；卖了力也别想着升官发财！——哼，你想升官发财，那我给你批四个大字，叫"应毋庸议"！

周：（被他冷水浇头来了一下，本来难过，又相当窘迫）我……我并不是想升官发财。（搁下笔）我不过是安分守己，混碗饭吃。您知道我们当录事的不同，工作丢下来，你不做，行吗?！……（黯然）一家大小五口，三十几块钱，丢了不足惜，求来可难啦！

刘：既是三十几块钱，你就该"尽钱克货"！在外边当抄写吗，也值五角一千字呀！——你写了多少，能干？上边会看重你？加薪水？升级？——都是做梦！老弟，这是"有案可稽"的，——我，就是你的镜子！从民国十一年起，我是个大科员，到而今是整整一十八年啦，就是王宝钏在寒窑守节吗，也出了头啦！可是在下，守来守去，还不是一个——大——科——员？

周：（有点呆了）唉，能像您已经不错了！……

刘：那你就该学我！——当初，我还不跟你一样是个傻小子？早来晚去，兢兢业业，巴巴结结地做！——可是活该！做多了还不就是做多了，一年，两年，没有升；三年，五年，还是没升，十年，八年，还不是一个没升?！嗨嗨，

陈白尘 / 161

后来我懂啦！不管大小，咱们这是来做官呀，可不是做事！——要做事，你回家关起门来做好了，听你怎么做，可是做官啦？就得有做官的秘诀！……

（一阵皮鞋声急步而至。）

周：（急）科长来了！（忙埋头工作）

刘：（不免叹息）你真孺子不可教也！（拂袖而去，抓起水烟袋，正想出门）

（科长钱振亚，西装笔挺，手夹公事皮包，匆忙上。）

刘：（略一停步，敷衍地）唔，钱科长。（急去）

钱振亚：刘同志，——（见已去）什么东西！简直是目无长官！——周同志，……

周：（早经鹄立）是，科长。

钱：他在这儿说些什么？

周：是，科长。……他，……他没有说什么。

钱：怎么没说什么，我听见他在这儿大发牢骚！

周：是的，……不过发发牢骚。

钱：（悻悻然坐那张最漂亮的桌子）牢骚？他还配发牢骚！这种腐败份子，落伍份子，早就该为革命所淘汰了！他仗着是这机关开办以来的老人，就倚老卖老的发牢骚！哼！有碗饭给他吃，已经是便宜的了。

周：（站立）是，是。

钱：（教训式的）要知道现代的公务员与过去公务员的不同之点，首在于现代公务员是革命化的，行动化的！换言之，就是现代公务员并不注重在熟悉公文程式这些小事情上，而该富于办事能力，活动能力，……这就是革命化，行动化！

周：是，是！

钱：（得意）坐！——所以吾等新公务员必需具有办事能力，与活动能力，而办事与活动则又不妨分工合作。比如我，大家都承认我是个革命的科长，为什么？就因为我富于活动能力，我在外面活动，你们在科里就该埋头办事！

周：是，是。

钱：（打开皮包）我这科长是革命的，对于你们，只要能够办事，将来，我自然晓得。（抽出一封信，同时掉出一双新的高跟皮鞋来）哦，哦。

周：（急检起皮鞋奉上）是，是。

钱：好，这件事你替我办，看你的办事能力如何。

周：是。——是一件公函么？

钱：那倒不是。你替我回复这封信，就说，高跟鞋已经从香港带来了，请她——是一位小姐，弄清楚了，措词要客气点！——请她到这儿来拿。快办，马上就写！马上就送！请她马上就来！

周：是，是。（马上摆出满面的笑容来）不过，今儿听说有位委员要来……

钱：委员？什么委员？——不管它，你快替我写！（站起身）
（王友发急奔上。）

王：钱科长！钱科长！（立定）哦，钱科长来了。局长有请！请马上过去！

钱：什么事？急得这个样子？

王：上边派了一位委员到这儿来视察，马上就到，局长忙了好半天，就等科长来！快请过去！

钱：（大惊）呀？上边派了委员来？马上就到？（提了皮包就走）
（刘树诚悠然走进来，与出去的钱，王相遇。）

刘：（见王大怒）王友发！开水呢？

陈白尘　/　163

王：哦，哦，先生，我该死该死！忙昏了，叫来叫去，简直没停！我马上去提！马上去提！（溜下）

刘：混账透了！——没什么了不起的大事！来了一个委员，就吓得屁滚尿流的！咄！（大摇大摆地走过来）

钱：（挺不高兴，找盆子）唉，刘同志，我们现代的公务员对于工友不应该如此的！（刘要说话，急问）哦，刘同志，那份预备呈到省里去的一年工作计划稿子拟好了么？

刘：（愤愤然）早哩！没有那末快！
（钱正要说话，王友发在外连叫："钱科长！钱科长！局长请！快！快！"于是钱急去。）

刘：（对着后影骂）什么东西！在我面前摆科长架子？你怕我背不出你的根由底细？……

周：刘先生，别……生气。

刘：他的妈妈开小客栈，女流氓一个，我不知道？从小进学堂念书，都是亲戚朋友凑的钱，我不知道？他妈的，老子那时候到这儿当科员，他连初中还没毕业哩！在外面鬼混了几年，回家抖起来了！你看，他跟我摆臭架子哩！他妈的，我替你从头到尾都宣出来！小狗入的，什么东西！不懂公事，不懂公文程式，连一个签呈都写不通！这科里的公事，哪件不是我替他办的？妈的，跟我摆臭架子？好，我有得给他瞧的！——唉，他刚才跟你说些什么？

周：没……没说什么。

刘：你何必瞒我呢？我听见他在这儿大发议论。

周：唉，……唉，他不过发发议论就是了。他说做公务员该怎么怎么。

刘：公务员！好新名词儿！我不懂，我只懂得做官！

周：哦哦，对了，您刚才讲的做官秘诀还没有讲完哩！还请您指教。（一边拾起文件再工作起来）做官的秘诀是？……

刘：（命令地）把你的笔放下来！

周：做什么？

刘：这就是做官秘诀！——你知道他刚才问的那份公事么？

周：就是那份打算呈上去的一年工作计划？——哦，您不是早就拟好了稿子么？怎么说还没有做好？

刘：当然，这些东西，在我还不是一挥而就！老公事了，算得了什么！

周：那您为什么把它压起来？

刘：哼哼，越压的久了，才越值钱哩！

周：早点送上去，又快又好，岂不是更好吗？

刘：（微笑）所以你只会做事不会做官喽！——一件公事，一天做得好的，你得搁上三天五天；三天五天做得好的，你就搁上一个月半个月也没关系。公事尽管做好了，你锁在抽屉里去吹牛吧，说："这件公事呀，难办啦！难办啦！"等到上头等得心急了，你再拿出来，说："这件公事好难办啦！现在完成了！"好，这一来，你这件公事可就值价啦！

周：（闻所未闻）哦！……

刘：可是你要马上做成功，马上拿上去呀，不独一个钱不值，还会嫌你做得太潦草太随便哩！——那你的麻烦可就多了！

周：怪不得我的事情特别来得多！

刘：是呀！——再说，咱们这些机关公事本来就不多，你一天做完了一个月的事；一个月做完了一年的事，那你是自己跟自己捣蛋！

周：怎么？

刘：你把公事一下完了，那好了，你请高升吧，谁还要你再做？谁还再给你饭吃？——事要慢慢儿地做，饭要慢慢儿

陈白尘

地吃，——这就是做官的秘诀！

周：（恍然大悟）哦！……

刘：你懂了这个，就知道我干吗每天在这儿喝茶，抽烟，唱戏，骂人了！

周：懂是懂，可是我们当录事的到底不能和您比，上边的公事发下来不做，会压根儿敲碎你的饭碗的。

刘：可是做多了，你就做一辈子的牛，永远不得翻身！我就是你的镜子！老弟！

周：（愁苦）做多了也不好，做少了也不好，这可……

刘：你别愁，——我说的这秘诀，只是保险饭碗不破，没出息。——你要升官发财呀，还有另外秘诀。——可是顶方便的，就像咱们这位大科员吴一鸣（指空空如也的那张桌子）只要有一个漂亮的姐妹，送给科长局长当小老婆，那你就有了铁饭碗。而且，整天用不着来办公！还用得着你公事多公事少吗？

周：（慌张）唔，刘先生，当心"隔墙有耳"！（急图掩饰，提笔写字）

刘：（愤然）我怕谁？在这机关十八年了！我也不想升官，我也不怕捣蛋！把姐儿妹儿送给科长当太太也不止他吴一鸣一个，他就是听见又怎么样？别说他整天整月地不来办公！——哼，这个机关里呀，我告诉你，上自局长，下到勤务，就没有一个干净人，任谁，我都可以骂出他的祖宗三代来！

周：（埋头写字）是，是，是。……

（钱科长形色慌张，奔上。）

钱：快，快，快点，快点，……周同志，刘同志，快点收拾，快点收拾，……

（刘树诚冷冷然，提起水烟袋悠然的看着，周学诗急忙起立。)

周：是，是，是。

钱：(急得团团转)什么四四五五的，站在那儿干吗？快动手把办公室收拾收拾呀，你看这成个什么样子？糟透了！
(拉出那些废物)

周：(动手帮着做，一边陪笑)哦，科长，那笔公事还没办好哩！……

钱：(忙乱着)什么公事！上边派来的委员马上就到了！

周：(笑)就是写给那位小姐的信，暂时不写了么？

钱：(急)嗨！告诉你派来的委员半个钟头之内就到了！快收拾！

刘：(悠然自得，翻开戏考)点点……珠泪往……往……下抛……
(屋角和橱顶橱角的废物都拉出来了，屋内弄得乱七八糟。)

钱：(高叫)王友发！——王友发！

声：来了！……

钱：(看刘，忍不住气)刘同志，你那张写字台也该理理啦！

刘：(示以白眼)有勤务！
(钱正拟发作，王友发抱了大批东西奔上。)

王：钱科长！钱科长！局长有请！快！快！

钱：什么事？

王：有要紧事，说找一块什么牌子，请快去！快去！
(钱急奔下，王将手中所拿的台布及许多文具放下。)

王：周先生请——

刘：唉，唉怎么啦？你今儿昏了头啦？开水呢？(拍桌)

王：哦，哦，该死该死！我忘了来报告了，厨房里为了有委员

陈白尘 / 167

来视察，在收拾炉灶，茶水炉子都停了。没有开水啦，刘先生！——周先生，请帮忙把台子上的东西都换一换新的。（周还在扒废物。）

刘：（怒）没有开水？混蛋！这还成个机关！你去告诉局长：说婊子接客嘛，也得泡碗好茶呀，我不吃，那个倒霉的委员来了也得预备！（捧了烟袋又想出去）……那里是个机关？窑子嘛！

王：（整理台子）是，是，是。——周先生帮我理理桌子。

周：（忙不过来，东奔西跑）哦，哦，……

（吴一鸣——新科员，科长内舅，二十五六岁，大学刚毕业。——从外走来，与刘树成撞个满怀。）

吴：（兴致匆匆）哈喽！老刘！……

刘：（冷冷地）唔，多日不见！多日不见！

吴：那里！没有几天！上个月底我还来的哩！

刘：唔，那天是来领薪水的！可是今儿——月底已过，月半未到，阁下此来，有何贵干啦？

吴：咦，老刘，你跟我来这一套干吗？——我也是这儿的科员，也得来办办公呀！

刘：哦，难得难得，欢迎欢迎！（欲出）

吴：（拖住他）怎么，怎么？一见我来，你就"转移阵地"呀？别走，别走，谈谈，谈谈。

刘：我去找开水呀！

吴：哎呀，我少到局里来，好容易见一面，来谈谈，谈谈！

人声：——王友发！——王友发！

王：（叹气）来啦！来啦！——一个人要分他妈的十八下哩！（奔出）

刘：（无可奈何，满不起劲）谈什么呢，上边的委员马上到啦！

吴：管他什么委员委方的，我告诉你：昨儿在光明大戏院看戏……

刘：哦，又碰到了什么大明星？……

吴：唉，谁跟你讲这些！对你说，我捧那些明星们，还会有别的意思吗？不过因为她们演的都是抗战戏罢了！所以与其说我是捧明星，还不如说我是在捧抗战，——替抗战捧场哩！哈哈！——不过我要告诉你的还不是这个。……

刘：还有什么？

吴：我告诉你：昨儿我的抗战，得到最后的胜利了！

刘：又打麻将啦？老兄，这两天宪兵对公务员特别紧哩！

吴：也看什么机关！昨儿是在胡科长的公馆里，怕什么！

刘：（不介意）那末胜负如何？

吴：咦，告诉你了：我得到最后的胜利啦！

刘：哦。……

吴：本来，已经打了二十圈，我输了三百几。我说，要打就是两打：二十四圈！于是我"转移阵地"，举行"反攻"，四圈下来，"我军转败为胜，获得最后之胜利！"捞回三百几不算，还赢了二百八！

刘：怪不得你老不来办公，这一下就抵上科长的两个月薪水！

吴：哈哈！……你呀！……我们当然不会倚靠赌钱为生；但是靠这点薪水也不够过活呀！你把薪水看得太重了！——这里的一点薪水只够我抽抽三炮台！

刘：（显然不高兴）唔，唔，……

吴：可是昨儿胡科长可惨了！"全军覆没"，输了五百整！

刘：唔，唔。

（周在整理自己桌子，外边有人燥急地在叫唤。）

声：王友发！——王友发！

声：勤务！——勤务！

陈白尘　／　169

吴：可是，老刘，我赢了几个钱不算事，却惹了一笔债上身！

刘：债？

吴：是呀！胡科长输了五百块钱，他说输钱不算事，只要大家帮帮忙。他们部里办的一个杂志缺稿子，知道我在大学里学的是政治经济，硬要我写一篇论文！你看，我……

刘：（深知来意，走开）哦，蛮好，蛮好，……

吴：我，……我忙死了，整天在外边活动，一点工夫都没有，还有时间写论文？

刘：那里话，那里话！能者多劳！

吴：别开心了！——我简直没工夫，可是胡科长的面子又难却，……

刘：随便写一篇好了。

吴：那，那里行呢？所以我想来想去……

刘：（知道无可逃避）唉，就想到我的头上来了，是不是？

吴：（笑）嗨嗨，老刘，帮帮忙，我知道你是……

刘：唉呀，我的吴科员，有话为什么不早说呢？你干脆叫我替你写一篇文章不就得了吗？干吗又是电影明星又是麻将来了一大套！

吴：只要你肯帮忙，明儿松鹤楼……

刘：（走开）对不起，我这两天的公事太忙，科长要起草的一年工作计划还没动手哩！

吴：那没关系！那些什么一年计划书，迟个三月两月也没关系。我替你跟科长说。

刘：对不住，我真没工夫！（捧了烟袋就走）

吴：（对其后影大骂）他妈的！不识抬举的东西！——周同志，你替我……

周：（恭敬）是，吴先生。

吴：你替我写一篇论文，论这个目前的政治与抗战。……

周：是，是，……但是这怎么写法呢？

吴：听你怎么写都可以。

周：是，是，不过，这个题目，我实在外行。

吴：你别客气！这篇文章对于抗战是有莫大的益处的，你应该写！

周：（笑）不过，我只会……

吴：（严肃的面孔）事关抗战，不容推辞！马上写，明早就要！

周：（苦笑）吴科员，吴先生，实在的，我在中学里只做过普通作文；论文，实在没……没有做过。

吴：（怒目）论文都没做过？你还当什么录事！

周：（陪笑）是，是，……

吴：笑话！（转身要走）

（钱科长率王友发奔入。）

钱：（一路讲话）那一定是在我们科里！快找！快找！

王：是，是，……（翻箱倒柜地找）

钱：一鸣，你才来？快！快！快帮着找！委员在二十分钟之内就要到了！快！快帮着找！周同志，快找！快找！（自己急忙乱找）委员马上来了！快！快！……

（周吴唯唯应命，动手找。）

吴：（忽停止）唉，到底找什么？

钱：那你找了半天找的什么？

吴：我不知道呀！

钱：不知道乱找什么呢？——真要命！真要命！（急得顿脚）快找！快找！一块牌子！一块洋铁牌子！快！快！

吴：有多大呀？

钱：这末长，这末宽……

陈白尘 / 171

吴：做什么用的？

钱：还要问，还要问，快点找呀！——是一块禁止小便的牌子！

周：哦！是钉在对面墙上的那一块？

钱：是呀！——还问什么！掉下来十几天了，也没人钉！又不知丢到那里去了！快找！快找！

（于是四个人分头在四下里乱翻乱找。刘科员进，冷然看看他们。）

钱：（一边找）委员马上来了，什么都布置好了，就缺那墙上一块牌子。一块牌子不要紧，墙上是刷过颜色的，空了一块空白，像什么样子呢？像什么样子呢？（见刘，愠然）刘科员，你也帮着找找那块禁止小便的洋铁牌子呀！

刘：（冷冷地）唔。（快步地走过去）

钱：（横他一眼，自去寻找）哼！……

刘：（在大家乱翻乱找时，胸有成竹地走向文件橱，伸手向顶上一摸，就拿出一块洋铁牌子，看一看面上的字，就翻转来丢在桌子上，敲敲，冷然地）喂，喂，各位，此地！

众：（一拥过来）哦！

吴：怎么？字都没有啦？

钱：周同志，（将牌子交给他）你快点写几个字。用纸贴上去。——一鸣，你们快点收拾收拾写字台！——我上边去看看就来。（急奔下）

（王友发收拾科长写字台，一切都换了新的。）

周：写几个……（见钱已去，向刘，吴）写几个什么字呢？

吴：（责斥）这几个字都不晓得吗？你这样还配在抗战时期当公务员？

周：是，是。

172 \ 四川新文学大系·戏剧编（第一卷）

吴：我，是个科员，连公文稿子都不拟的，难道一个禁止小便的牌子还要我拟稿？

刘：（调侃地）嗨嗨，吴科员，你别这末说，有许多科员连这末一个禁止小便的牌子也不会写哩！他们那能够像您这末多才多艺呢？

吴：那真是笑话！那还配在这抗战时期当科员吗？在这抗战时期，当公务员的应该什么都懂得！上自政治、经济、军事、下至电影、戏剧、音乐、跳舞，什么都该懂得！不过，办公室里那些琐事，比如拟拟稿，写几个字，那倒是无足轻重的！

刘：嗨嗨，就有人干不来呀！

吴：（走开）那真是笑话！在这抗战时期……

刘：这也没有什么笑话！比如周学诗周同志，他就写不来呀。我看，就请您想几个什么字，让他写吧！

吴：（做得毫不在乎地）好，好，好，这有什么！你就写：——你就写：唔，这个：——这个："禁止小便……"唔，……"禁止小便……以……以，……"哦！"禁止小便，有碍卫生。"（得意）唉，唉，"禁止小便，有碍卫生。"怎么样？

刘：（微笑）蛮好，蛮好！

吴：快写！快写！

周：（接去就写）是，是。

吴：这些琐碎小事我不是做不来，只是我不愿意做罢了！一个人在机关里在社会上要办大事！尤其在这抗战时期……

刘：（微笑，敷衍着，抽烟）唉唉，是的，是的。

吴：比如胡科长请我写篇论文，这是事关抗战大计的呀！所以，老刘，你在抗战的立场上，应该写这篇文章。今儿三点钟光明的日场电影是麦克唐纳的……

陈白尘　/　173

刘：（大笑）转来转去，你又转到我的头上来啦？（走开）

（钱科长奔上。）

钱：快点！快点！只有十五分钟了！王友发，你快点换呀！周同志写好了吗？

周：写好了，科长。（送上）

钱：什么？"禁止小便，有碍卫生"。（向周）这怎么讲？

吴：（走上来）这个蛮好了。

钱：（不同意）这！……我尽管不欢喜咬文嚼字，但这句好像不通："禁止小便，有碍卫生？"……这……

吴：（惘然）这？……

刘：小便被禁止了，自然是妨碍卫生呀！哈哈！……

钱：（恍然）对呀！禁止小便嘛，是有益于卫生的呀！（向周）这两句话都写不通！

周：是，是。

吴：（大窘）这……这是我叫他这末写的。

刘：哈哈！

钱：哦！哦！……一鸣，你怎么不早说哩！其实，这些小事情尽管让那些喜欢舞文弄墨的人去搅好了，你管这些干吗？——王友发，快点换！委员十五分钟之内就到了，——周同志，你快点重写一张，就写这个——"此处禁止小便。此处的上边，画一只手指向地下，这是表示此处。快点！快点！告诉你：你在这儿不要倚老卖老的！替我好好好地做！

周：是，是。（拿去写）

（王友发已经收拾到刘树诚的桌子，在搬他那些乱七八糟的东西。）

刘：不许动！

王：刘先生，我把台布笔墨都替您换一换。

刘：谁叫你换的?！连招呼都不打一声，狗仗人势，你仗谁的势呀？我也告诉你：你得在我面前摆臭架子！弄得不好！我把你祖宗三代的丑史都给宣出来！（把茶壶烟袋捧到手里）这个不许动！

王：是，是。

钱：（大怒）刘同志，你怎么可以随便骂人？这儿是个机关，可不是茶馆酒楼！

刘：（爱理不理）不是茶馆酒楼，可像一个窑子！

钱：你这简直是胡说！

刘：我刘某人就是这末胡说，在这儿说了一十八年了！怎么样？

钱：我不许你胡说！

吴：唉，唉，刘同志，别别……

人声：（急迫地叫唤）钱科长！钱科长！委员的汽车已经开出了，马上就到，局长请你去，快，快，快！……

吴：快去吧！

钱：（恨恨地）哼！（奔出）王友发，快把牌子拿来！

王：是！（向周拿了牌子就跑出去）

刘：（冷笑）哼！我刘某人在这局子里天不怕，地不怕，还怕你！我不倚靠哪个要人，不倚靠那个上司，就凭我在这儿一十八年，开国功臣，五代元老，怎么样我？笑话！笑话！
（周和吴在点点地换台布文具。）

吴：妈的！这一来，今儿三点钟的日场电影赶不上了！

刘：哼，别说一个小小的科长，就是局长又把我怎么样！笑话！笑话！——王友发！王友发！开水——
（王友发应声奔上。）

陈白尘 / 175

王：（捧着那牌子回来）周先生，……

刘：唉！唉！开——水！——

王：哦！哦！炉子还没好呀，刘先生！——周先生，快快，王秘书说：这只手画在上面太俗气了，叫赶快涂掉！快！快！快！委员的汽车十分钟之内就到门口了！快！快！——这台子！吴科员，快帮我换一换！局长在发脾气了，说到现在只有我们科里还没有弄好。……

（吴，王理桌子，周在写字。紧张着。）

刘：（摇头）这那里还像个机关！那里像个机关！……（安闲地坐上自己坐位）点点……珠泪……

（钱科长冲入。）

钱：快！快！王友发，快把那牌子拿去！再有五分钟就到了！快！快！……

（王友发抢了牌子就跑。）

钱：快！快！快收拾！只有五分钟了！大家快来动手！
（除刘外，收拾桌子及四壁，忙乱异常。）

钱：（改了一副面孔）哦，刘同志，那个一年计划的草案可以先交给我么？委员来了，可以先请他过过目，也是本科的成绩，也是本科大家的光荣。

刘：一年计划么？——哦，还没有成功。

钱：（冷了）真还没有成功么？

刘：难道是假的？——点点……珠泪……

钱：（向周发泄）快点！快点！……你看，你看，一塌糊涂！快点收拾清楚呀！（自己乱手乱脚地乱抓）快！

周：是，是……

吴：（不大起劲）这简直没意思！（看表）快三点了，要开演了！倒霉！

钱：（乱忙）快！快！……

王友发声：钱科长！钱科长！……（奔来）

钱：（看窗外）哎呀，不好了！一定已经到了！——快！快呀！……（四顾，已焕然一新了）好了！好了！差不多了！很像样子了，让他来吧！

刘：（悠闲地看着他们）……

王：（奔进）不好了，委员的车子已经到大门口了！（送上牌子）局长说，这上面"此处"两个字不要，只要"禁止小便"四个字就行了！叫快改了。请科长马上自己钉上去！（转身奔出）

钱：喂！……

王声：局长叫我有事啦！

吴：倒霉！倒霉！……

钱：快！快！快改！纸呢？笔呢？浆糊呢？快！快！……只要"禁止小便"四个字！倒霉！弄好了又改！

（钱，吴，周忙乱得一团，找纸找笔找墨。刘树诚慢吞吞地走过去，拿起牌子来。）

刘：唉，唉各位。……

钱：（生气）你就别再捣乱了！

刘：（微笑）我不是捣乱，我是来帮忙的。

吴：得了！你还帮忙？……

刘：慌什么呢？现在只要"禁止小便"四个字么？（翻转过牌子来）你们看看，这一面是几个字？——"禁止小便"！这四个字不是现成写好了么？

钱：（大惊）呀？这面本来有字？

刘：当然有字呀！不过前次掉了忘记钉了吧。你们看也不看

陈白尘 / 177

看，而且，"禁止小便"这四个字就是我拟的。简单，明了，最好也没有了；你们偏要一个个自出心裁，东奔西跑，改来改去，我有什么办法呢？

众：哦！……

钱：你为什么不早说呢？

王友发声：（奔来）钱科长！钱科长！……

钱：（惊）哎呀，一定是来了！快去钉！……

刘：（慌）怕赶不上了！

钱：这，这，怎么办？怎么办？（乱转）

王　声：钱科长！……

周：（讨好地）我去钉？

钱：去！去！去！——不行了！赶不上了！快！快！快站好！听，有人来了！来了！

（除刘仍安然坐着，众人均站里桌旁。脚步声近。）

（奔入的原来是王友发，气喘不已，但面有笑容。）

王：委员，……委员，……

钱：（焦急）怎么？？？

王：委员因为肚子疼，派人来说：今儿不来了！

众：（惊）呀？

王：（转身就跑）我还要去告诉第三科第四科去！

刘：（愤然敲着小茶壶盖）喂！喂！喂！开——水！——

（众哑然。）

（幕落。）

一九四〇年八月十日

选自陈白尘著：《后方小喜剧》，生活书店，1942 年

萧 斧

|作者简介| 萧斧（1921— ），陕西户县（今陕西西安鄠邑区）人。1947年毕业于北京大学西方语文学系，先后任职于天津《民生导报》《天津日报》、天津工艺美术职业学院，后任天津图书馆副馆长。

老教师

时　间：
　　一九三八年深秋的一个傍晚
地　点：
　　江南的一个小县城里
人　物：
　　弥树德：老教师
　　弥训聪：树德的儿子
　　弥蕴珠：树德的女儿
　　颜雨时：树德的学生
　　殷　云：树德的学生

张保泰：树德的佃户

伪警甲

伪警乙

景：

　　舞台面是一间读书人家的客厅，家具简陋，似曾经过浩劫，而重新安置的样子，但从一些陈设上，仍然显出小康人家的风格。

　　台阶高处悬着一副本色银杏板的匾额，刻有"求志居"三个正书绿字，下面挂着一副中堂，和一副四尺长的对联。上联"书镜照千古"，下联"笔花开四时"。字画下面放着一条天然几，几的中央是一个形式古老的自鸣钟，钟旁有一对瓷质帽筒：右面的一个里插着一个鸡毛帚，左面的一个里露出一些散着的纸张，几的两端各有一盆菊花，或其他的盆景，几前紧放着一张八仙桌，桌上有一部线装书，蓝色布面，和一件未完成的绒线织物，桌旁二张椅子，几右通里面的门。

　　台右（左右以舞台为准与观众相反）正中有两扇玻璃窗，没有窗帘，窗子两边各悬一照相框，右边是一帧二三十人的团体照，左侧是一帧四个人的合家欢，窗下一张茶几，几旁各置一把椅子。

　　台左最外面有一扇通街道的门，稍里靠着放着一个小贩设摊用的木架，X形的座子，架上斜立着一面木盘，盘分数框，排列着各种牌子的香烟，木架和门的中间，在地上有一个蒲包，容积得下五斗米的大小：蒲包已经打开，捆着的绳子委在地上。

　　屋子外面刮着江南深秋时节不常有的大风。

　　老人正从已经打开的蒲包里搬出整包的洋烛洋火，安放到木架的板上，又拿出整盒的香烟，解开以后，一包包地放进竖立着的框子上，他做来像蜜蜂采取花粉一样地认真和勤劳，最后，像欣赏自己刚完成文章似的端相了一下，倾侧着他的脑袋，然后满意地微笑，又感到劳苦似地松了一口气息。这些动作，显然不是惯于做这行小生意的人所有的神态。

他中等身材，背有点驼，看来有五十五六岁的光景，髭须稍带花白，而形容却很衰老。相貌端正，神气振作时还可见到些威严。现在他很是病弱，不断地轻咳。

他穿着一件布料夹袍，颜色暗旧。显得身体已瘦，衣服有些宽大了，上面罩一件玄色马褂，袖底下摩擦的很破烂，这正和他微驼的背脊和近视的眼睛，一起说明是伏案工作得太长久的人，下身穿的一条藏青色夹裤，黑色扎脚带扎住裤管；脚上白色袜子，黑色双梁布鞋；头戴一顶瓜皮小帽，蓝色帽结，表示他带着什么人的孝；一副牛筋边的近视眼镜，透出很有神彩的目光。

他读圣贤书，懂得忠恕之道。性情固执，但并不迂腐。为人忠厚仁慈而重情义。

现在，他想该让自己休息一下了，提起倚在架子旁的旱烟管，装上一斗烟，正燃亮火柴，突然一阵凄紧的狂风，吹开那两扇没有关紧的窗子，发出砰的一声响，壁上挂的字画，也呼呼地飘动。

老　人：（旋转身子）呵！好大的风！

　　　　（他用急忙的步伐走近窗子，关上它。仰着头，隔着玻璃望着秋天高空中的白云，白云奔驰，犹如天马，老人的眼随着移动。忽然如有感触地用沉重愁苦的声调吟哦起来，并且摇着头，在室内徘徊着。）

老　人："大风起兮云飞扬，威加海内兮归故乡，安得猛士兮守

萧　斧　/　181

四方！"

（他念得很有抑扬顿挫。继而沉思了一下，似乎在体味这《大风歌》中的情调；忽而似有所顿悟，又将最后一句重复了一次，声音庄重而带激昂。）

老　人："安得猛士兮守四方！"

（他无目的地移了几步，一个二十岁模样的女子，从内门走出来；不如说跑出来。她发育得很是匀称饱满，像一朵将绽的蓓蕾。容貌很秀丽，嘴角和眼睑中，含有一种隐约的"柔性"的智慧，这是她母亲的赋予。她那种女学生的活泼和热情，已经被这一年来失地上的惨苦生活所磨灭，或者说是抑止，显得一种懂得世事的女人样的端重和稳健，同时流露出抑郁和愁苦。）

（她的鬓黑而柔长，束着一条黑色的缎带。穿着一件青布白边一线滚的旗袍，很贴身。一幅白手帕扣在右襟的扣子上，只有一小部分仍露在外面。脚上穿着一双有搭绊的"买头鞋"。）

（在跨出门口一二步的地方，她站住了，像报告一桩灾害似地说话。）

女　儿：爸爸！刚才一阵大风，把红梅吹倒了！
老　人：（似乎重听又似乎不相信）什么？
女　儿：大风把后花园里的那棵红梅吹倒了！
老　人：什么？大风把红梅吹倒了！（赶紧跑出户外）

（女儿的视线跟着老人的背影，等看不见老人时，才回过头来轻轻地叹了口气。）

老　人：（回到室内，惋惜地）那棵红梅——（顿）那棵红梅，是的，我常常告诉你们，那是我第一年教书的时候手栽的，到现在已经二十八年了。生你哥哥的那年冬天，花开的特别盛，因此我给你哥哥乳名，叫做"阿梅"；还特地在树旁边盖了一个"红梅亭"，作为纪念。（他沉在记忆里了，忽然而又哀伤地说下去）去年你哥哥和我吵嘴离家的那一天，正刮大风吹折了一枝梅枝；今天那棵树连根都拔了，这，这一回，恐怕是要应在我的身上了！（坐到八仙桌左侧的椅子上）

女　儿：（站在桌子的她劝慰地）树跟人有什么关系呢？爸爸想的真怪！

老　人：不！这是个不吉利的兆头，去年你哥哥……

女　儿：（阻止地打岔）您又想起这些事来了！

老　人：这我怎么能不想呢？去年你哥哥嚷着要走的时候，我一气就说，只要我在世的一天，用不着回来看我了！……

女　儿：这事情我知道的，您何必再提呢？

老　人：（不理她继续生气地说下去）当时你哥哥怎么说！他说："是的，只要你老人家健在，我是再不会回来看你的了！"说完，他掉转身子就走了。

女　儿：爸爸，哥哥是去参加抗战工作的，那时候上海已经乱起来了，他急于要去工作，所以说话不小心，得罪了爸爸，等他懊悔过来，他会向你赔罪的，而且他总有一天会回来看您的。

老　人：我当时的确很生气，不过现在我倒反而很想念他了。

女　儿：那，爸爸，等哥哥回来的时候会不会再骂他？

老　人：不会了，我倒觉得他很有志气，干得好！我希望我的学生，能多有几个像你哥哥那样的跟日本鬼子拼一拼。

女　儿：（高兴地）爸爸，还不是，你已经有好几个学生像哥哥一样地在工作，颜雨时，方家驹，还有跟我同班的几个同学听说都参加游击队了，你还不高兴吗？

萧　斧／183

老　人：高兴是高兴，雨时他们倒真有志气，现在不知道在那儿，不过像那……那……（不觉得气地咬牙切齿地说不出话来）

女　儿：爸爸，您是说殷云吗？那只不过他一个人不要脸当了汉奸。

老　人：一个人？一个人已经丢尽了我的脸了！（引起了他的咳嗽）

女　儿：爸爸，不要气了，进去休息一会儿吧。

老　人：他居然当起什么督察长来了，我们是他——的老百姓，我……我们的学校办不成，现在连我做这摆摊子的的小买卖他也要干涉起来了。（咳嗽）

女　儿：爸爸！这儿风大得很，您进去躺一躺吧。

老　人：也好。

（老人向内门走去，女儿跟随着。当她正要跨进门槛的时候，大门外忽然有人敲起门来，女儿很快地回转身子，在门缝里向外张望，老人回进屋子，谨慎地说。）

老　人：珠儿，是谁呀？

女　儿：是张保泰。

老　人：你，你开门要小心些！

（他说话时女儿已经很快地将门打开，并且开得很大，老人蹙起眉头正想责备她。有一个庄稼人模样的中年人，已经跨进来，他手里提着一个篮子，篮子有些重量。那庄稼人有三十多岁年纪，平日颇得老人的欢心。说话很慢，非常小心稳当。现在他穿一件大襟的夹袄。束一条很长的蓝布作裙，着一双黑袜和黑鞋；衣衫虽然暗旧，但并不褴褛。）

张保泰（以下简称作张）：小姐，你好！（女儿领首）弥老先生！
（女儿栓上门。）

弥树德（以下简称作弥）：呵，是保泰！你进城来啦，路上怎么样？

张：路上不大好走，那些喝醉了酒的日本兵，横冲直闯地，真是吓人，进城门的时候不向他们鞠躬，就得挨打。

弥蕴珠（以下简称作珠）：听说身上带几个钱的，碰到日本兵搜查，倒霉的就给查出来没收了，是吗？

张：是的，小姐，这是常有的事，乡下人进城的时候，总得想法子把钱好好地藏起来，有的缝在领子里，有的缝在裤带里，可是日本人也坏得很，好多时候还是要给搜出来的。

弥：保泰！坐下来谈。

（张保泰坐茶几外面的椅子上，篮子放在椅子旁边。）

弥：珠儿！端碗茶给保泰喝！

张：（浮起身子）不用客气！（向女儿）小姐，我不喝茶。

（女儿下。老人向木架上拿一支烟一盒火柴向张保泰走来。）

张：（提起篮子）老先生！我带来几个鸡蛋。（放下篮子）

弥：（交错地）保泰，抽支烟。

张：喔！不敢当，不敢当！（接过香烟和火柴，自己燃上，坐下）

弥：（向篮子里看一眼）你这样客气！我不好老收你的东西。

张：老先生，哪儿的话！没有几个，日本兵常到村子里来打鸡吃，一窝鸡只剩下四只了；积了几天，才只这么几个鸡蛋！（女儿正从里面出来，把一个瓷质的盖碗放在茶几上）谢谢！

珠：你们乡下人空下来养一窝鸡，也是辛辛苦苦的，我看这篮子鸡蛋你还是带回去的好。

张：老先生和小姐待我们庄稼人，真是再好也没有的。这一点儿东西算得什么，老先生不要笑话！

萧 斧 / 185

弥：你这样说，那我只好留下了。保泰，近来乡里头是不是还平静？（坐在八仙桌左侧的椅子上）

张：哪里？还不是跟日本兵刚占这城的时候一样，乱得不成样子！日本兵常常到村子里来骚扰，一村子的牛差不多全给牵走了。你要是说一句话，就用刺刀刺你，谁也舍不得让人家把牛牵走，可是谁都怕死，还不是眼巴巴地看他们把牛牵走了。小姐，你想，牛又不好藏在裤带里，有什么法子不让牵走呢！

珠：听说离城远些的地方，日本兵怕有游击队，不敢随便去骚扰，倒还安静些。

张：我也听人这样说；不过我们村子离城只九里路，隔不了几天，总要出些事情。昨天就有百几十个日本兵到乡下来操兵，乒乒乓乓地放了半天的枪。……

珠：是演习。

张：呵！是的，到乡下来演习，乒乒乓乓地放了半天的枪，打死了好些个庄稼人，又糟蹋了好些个女人家。老先生你想想，这种日子，叫我们乡下人怎么活得下去！

弥：你家里还好？

张：幸亏躲开的早，人倒没有碍事，只是那几亩田，稻子，差不多全给踩倒了，到现在没有吃的，又没有用的，今天东奔西走了一整天，想凑起几个钱接济接济，才进城来跟老先生商量的。

弥：你的苦处我也知道了，不过我手里也紧得很……

张：老先生总得给我想个法子！

弥：（诚恳地）保泰！不瞒你说：我的景况也不比以前了。自从日本兵占了这里，我的学校就停了课，开在家里。今年春上，日本兵说要筑飞机场，把我在东门外佃给金生种的那十八亩田圈了，靠着我这点老面子，本来还可以请维持会里认识的人，向日本人说个情，把它赎回来，就为出不起这笔运动费，也只得忍着痛算了！这当儿真是"相打时候夺拳头！"我实在没法子帮你的忙！

珠：（她献过茶后，就一直站在八仙桌右侧的椅子前面，身子略微斜倚着桌子，不知道什么时候，她已经信手拿起搁在桌子上的一件未完成的绒线衣物，很熟练地不经心地结织着；有时停了手里的生活，注意地听着他们的谈话。现在是到了她插嘴说话的时候了）城里人跟你们乡下人一样的苦哪！

弥：可不是吗？我家里的女佣人，也早辞掉了，珠儿她虽是念书的，可是现在粗粗细细的事，就全都靠她一个人。

张：（向蕴珠）小姐真是能干。

弥：（接着）本来，你保泰为人，向来又老实又勤俭。往年还租的时候，也算你一个人顶爽快。我看在这上面，从前你短几个钱的时候，只要到我这里来商量，只要我手头宽裕，总十块二十块地借给你；就是不方便，也肯替你做个保，向农民银行借一点小放款。到还钱的时候，你也总很有信用，从来不拖日期的。

张：是的，我保泰的做人，老先生总算很看得起。这一次借了钱等打成谷子卖了，我马上就拨清的。

弥：不过，我的家境，实在是一天不如一天了，（顿）唉！真是说来惭愧，像我这样书香人家，平日称得上家道小康，在地方上还算有点声望；你看现在竟逼得门口摆个小摊，卖些纸烟杂货。总算她母亲在世的时候，和街坊们人缘好。现在大家都到我这里来照顾一点小生意，让我们糊个口，混个日子。今天因为外边刮大风，珠儿怕我又咳嗽，她女孩子家自己又不能出去，这才把这些东西搬了进来。（顿）唉！我们的生活，也实在惨淡的很！保泰，这一次我不能帮你的忙，你总不会怪我吧！

张：（喝嚅了一下）不，不，老先生，我很知道，我走了！（保泰失望地站起来，对老人略微曲了一下身子，向大门走去。老人忽然站起来。）

弥：保泰，你等一等，你雇人工收割稻子，一把短多少钱？

张：总得十来块钱。

弥：你另外不还种着潘老先生家的田吗？他现在做了维持会里的什么教育科科长，家里总很如意，你有没有到他家里去商量过？

张：没有去，他不比您老先生，去也是没有用的。

弥：那么这样！你还是去一去的好，跟他也好好地商量一下，碰碰运气，要是他不肯借，你再到我这里来，我答应你五块钱，不够的数目，你另外再想想法子。

张：谢谢老先生，那末我就去一次吧！（欲行）

珠：保泰！（她一面唤住佃户，一面放下手里的织物过去提起椅子旁边的篮子，向他走去）这一篮子鸡蛋，你带了去，我们真不好意思收你的。

张：不，不，留下给老先生和小姐吃吧！

弥：不，不，你也不用讲客气了，你到潘老先生家去的时候，也得给他送一点儿东西才对。

张：那末，我只好带走了，（接过篮子，挽在臂弯里）再见了，老先生！（又向蕴珠点头）

珠：再见！

弥：（和女儿同时地）有空进城，到我这里来坐坐！

张：好的！

188　四川新文学大系·戏剧编（第一卷）

（保泰自己开门，出去。蕴珠跟上去想拴门，老人止住她。）

弥：（指着屋子的左后角）珠儿，你站过去，（他拴上门转过身子）珠儿！刚才保泰来的时候，你开门为什么这样不小心！

珠：我先在门缝里张了一下，看是张保泰，我才开门让他进来的。

弥：可是你为什么把门开的这样大！我不跟你说过吗？开门的时候，你要躲在门背后，刚好把门堵住身子，不让外边看见，你知道外面街上常有些日本兵来来往往的，要是不当心，让他们把你看见了，那才……

珠：下次我不会忘了。

弥：（责备她）不——会——忘——了！你过来，我做给你看，你躲在这儿，这——样——开！

（老人把自己身子躲在门背后。把门打开刚够一个身子挨进来的时候，外面突然闯进来一个人来。父女俩大吃一惊。）

弥、珠：（同时地）啊！啊哟！

（进来的人急忙拴上门。）

弥：（在他背后，畏缩地）你，你是——？

（那不速之客旋转身子，面对着吃惊的父女俩。他是个二十一二岁的年轻人；可是乱发蓬松，面色黝黑，有一种饱经风尘的样子，因此看来显些苍老。他的前额向前微笀，表示他天赋的聪颖，下额方正，显出他性格的勇直：在一个相面的说是"天庭饱满，地角丰隆"。他坚强，硬朗，泛滥着人类爱，像春天里的太阳，用他的光热抚育着冻僵的大地，给他温暖，使他苏醒。他要拯救大地上的痛苦的

萧斧 / 189

人民，从凄惨的生活里将他们解放，他要挽救危亡的国家，从生死的关头替他解脱。人民等待他，国家需要他，像大旱之望云霓。他的名字叫"颜雨时"。他穿一件黑色的大褂，一双皮鞋，穿的不惹人注意的服装。）

珠：（年轻人的眼睛比老年人的明快）雨时！

颜雨时（以下简称作颜）、弥：（同时地）弥先生！呵！是你！

珠：（惊喜地）你回来了！

颜：（神色惊慌地）是的。

弥：听说你是在游击队里……

珠：（阻止地）爸爸！

弥：（觉察）呵！——你怎么突然地回到这儿来了？

颜：我进城来有一点儿任务。

弥：你好像慌张得很啊？

颜：是的，怕有人跟着我了。

珠：（担心地）有人跟着你？

颜：恐怕是的，我进了城，怕有人认识我，不敢往热闹的地方走。我只找些冷静的小道，沿着城墙绕过来。过了大通桥，老像有人在后面跟着。我放开了脚步，故意曲曲折折地穿了几条小巷子，不知道他跟着我没有。

弥：（安慰他）不要紧，雨时，你坐下来！

颜：（安心了些）老师，您好？自从我离开这儿，快有一年没有见着老师了。

弥：谈不上什么好不好，在大难里能够活着，也就算是侥幸了！雨时，你刚才说进城来有点儿任务，究竟是怎么一回事？

颜：一个游击队员，偷偷地到城里来，老师，您想会是怎么样的一回事。

弥：是不是像两个月以前一样，要攻打这县城吗？

颜：是的，那一次因为事前没有计划得周密，失败了，白白损失了好几位同志。

珠：那一次被捕的十二个人，都给绑到西门外砍了头，他们的尸骨，就埋在吊门旁边的空地上呢！

颜：刚才打那儿经过的时候，我向他们的坟墓偷偷地望了一眼，我暗地里说："这一次要成功了，我们要把日本鬼子的血当作酒，把汉奸走狗的头结成花圈来祭奠我们牺牲了的那十二位同志！"

（沉静了一下。）

珠：雨时！你不觉得危险吗？

颜：珠！这一年来，危险早成了我们的家常便饭了！

弥：（一半吟哦一半说白地）"安得猛士兮守四方"。（说白）雨时！你该当得起一位猛士！

颜：不！不！"猛士"两个字，训聪兄才可以当之无愧呢！

珠：（诧异地）我哥哥？

颜：是的，一会儿他也要进城，到这儿来的，你们就要见到他了。

珠、弥：（同时地）爸爸！呵！真的？

珠：（高兴地跳起来）雨时，他什么时候来？

颜：快了，他就会来的。

弥：你们什么时候碰在一起的？

颜：好些日子来，他就和我们在一起。

弥：和你在一起？

颜：是的。自从"八一三"他离开了你们，不久他就找到了工作的机会，他和一个朋友，奉了政府的命令去联络太湖一带的逃难者，劝说他们一致拥护政府，参加江浙一带的游

萧斧 / 191

击战争。他们的任务太危险，一部分不明大义的，把那个朋友杀了；训聪兄他说服了其余的两三百人，一齐加入我们的游击部队。我就这样和他见面了。

弥：（内心的欢乐）呵！这样说来，那他是"掉三寸不烂之舌"的说客了。

珠：（笑道）爸爸！这一次哥哥要是回家，我们会多么高兴呀！

弥：（含笑地）是的，是的，他毕竟是个好孩子。

颜：（道破）我想这一年来，老师也够想念他的了！

弥：说起他也真有趣，你们想，在政府还没有和日本动手，他早已经忍耐不住了，整天地闹着爱国运动，因为我是他的家长，也是他的老师，吴校长要我劝劝他。谁知道我还没有说什么话，他就长篇大论地跟我抬起杠了。他说："爸爸您在班上教我们念崔东壁的《论争》的时候怎么说的？你说宋朝对金割地求和，金人反而得寸进尺；等到岳飞韩世忠他们出来抵抗，金人就'不敢南下而牧马'。这才保全了南宋半壁江山，继续了几十年的天下，您的意思是要等到让日本灭亡了中国，我们才起来抵抗吗？"哈哈哈！

颜：训聪兄说话也真是太过分了。

弥：是的，我当时是很生气，不过现在想想他是有道理的。

颜：我们年轻人情感丰富；为了谈论国事跟人争吵，还是常有的事。现在训聪兄已经做了我们游击队的分队长，这也可见弥先生平日家庭教育的认真。

弥：（给这恭维的话逗笑了）哪里，哪里，你坐啊！（颜雨时就坐，老人沉默了一下）珠儿！你跟雨时才只分手了一年，你还是这样的孩子气，你看，他可老成得多了。（一种老人对于儿女事情的高兴）

珠：（微呈羞态）爸爸，你又拿我们来开玩笑。

弥：哈，哈，哈！

颜：老师，我跟训聪兄约好在这儿会面商量点事，老师，您……不……不怕吗？

弥：（不服气地睁大了眼）怕？怕什么？

颜：（不好意思）不，不，我只是……

弥：好了，我明白你的意思。

颜：（回避他的锐利眼光）老师！听说家驹给日本人杀了，这消息可靠不可靠？

弥：是的，你在队伍里也听说过吗？家驹的父亲做了维持会里的委员。家驹劝他老人家不要干，千劝万劝都劝不过来。他不愿意他父亲这样丧了晚节，贻害国家，玷辱门庭，就用毒药忍痛把他父亲毒死了。这件事情泄露很快，他刚逃到离城十二里的香花桥，那边已经接到了电话，于是就给逮住了。……

珠：听说日本人用刺刀逼着他，要他自己挖了一个坑，就这样把他推下去活埋了！亲眼看见的人说，他临死的时候，还大声嚷着，要同胞们把他做榜样，"大义灭亲"，还不能够杀尽汉奸，打倒日本帝国主义！

颜：（感动地）是的！能有勇气杀死自己的做汉奸的父兄，这才能有希望，让自己的子孙不做人家的奴隶！

弥：（惋惜地）他在学校里真是个出人头地的好学生，想不到年纪这样轻，就给人害了！——天道真是太不公平了！（愤激地）像殷云那样的人，他倒反而……

颜：殷云！（痛恨地）他已经做了维持会警察局的什么督察长；他正是我们要消灭的一个！

珠：在我们跟他同学的时候，他就只是爱出出风头，倒没有什么别的不好；"八一三"以后，我们组织旅外学生抗敌会，他就东奔西走，成天就会演讲说些漂亮话，却怕做实际的工作。你（指雨时）就埋头苦干，专做些吃力不讨好的事。想不到日本兵一到，他就给收买了，还把会员的名册，卖给日本人，帮助他们抓抗日的学生。

颜：他就买到了一个督察长，（恨恨地）这小汉奸！

弥：你看！（走近窗子旁边指着那帧毕业纪念照相）这就是你们这一班同学的毕业纪念照相。这中间站着的三个：方家驹，你，还有殷云，手里都捧着奖品。在那时候，你们三个都是品学兼优的好学生；可是现在：家驹成了烈士，你当了游击队长，他却做了日本人的走狗！

颜：我跟他站在一起，我就觉得耻辱！

弥：（感叹地）你们都是我当时心爱的学生，现在都走了各不相同的路了！

颜：（静默了一下突然想起）喔！我该走了！

珠：走？不是你等我哥哥来吗？

颜：是的，不过我还要出去找一个人，一忽儿工夫就回来的。

珠：但是你不是说已经给人认了出来，刚才还有人跟着你吗？

颜：我要怕死，进城来做什么？

珠：不，你不要出去！

弥：（排解地）珠儿！你不要耽误了他的事情！儿女要情长，英雄就气短了。（蕴珠怩悒）你进去把你哥哥的衣服拣一拣，找一件颜色不同的让他换上，也好遮遮人的眼睛。

珠、颜：（同时发言）（无奈地）噢！也好！弥先生想得真周到。（女下。）

弥：（他不能忘怀地）你们三个好学生：一个给害了，一个变了节，现在只有你了。（不胜感慨之至）

颜：弥先生的教育和爱护，我是一辈子不会忘了的。

弥：（希望地）你们这一次要是成功了……

颜：（坚定地）那我们就死守在这儿！

弥：（点头）好的，我一定帮你们的忙。现在你就早去早回，免得再给人注意到你。

（蕴珠拿出一件蓝色夹大褂，站在雨时旁边。雨时脱下身上的黑大褂放在椅子上，接过蕴珠手里的衣服。蕴珠拉着衣袖，帮他穿上。老人从下到上端相着。）

弥：短了一点！（向女儿）这是你哥哥三年前的衣服。

珠：你真像我哥哥。

弥：你要小心谨慎啊！（关门）

（颜雨时下，蕴珠把他换下的衣服收拾进里屋去。老人回到毕业纪念照相的前面，感动地凝视着：良久，才伤感而气愤地转过脸来。女儿出。）

弥：（如有无限心事缓慢而沉重地说）珠儿！

珠：什么？爸爸？

弥：近来这些日子，我好像突然觉得自己已老了。我的做人的力量，一天天地消灭，我生怕也像那棵红梅一样，一旦会给风吹倒了，不过我有机会的话，还是想出点力帮雨时和你哥哥做点事情的。

珠：爸爸您还是挺结实的人，一点儿也不显得衰老。您今年不是只有五十二岁吗？

弥：五十二了！——你知道，这几晚上我咳得很厉害，我生怕不久会离开你们了！

珠：不会的，爸爸！

弥：不！你听我说下去！你妈妈已经过世，要是我也去了，还有谁庇护你？又是这种兵荒马乱的日子，（顿）雨时这孩子，你也知道，我很喜欢他。你跟他一向又很说得来。这

萧 斧 / 195

一次他若要再走,就让他带着你一起去,好在你哥哥也在他一起。

珠:(急得几乎要哭出来)爸爸,您怎么的!

弥:不!不!你不要误会,我并不是消极感伤,我不是说过吗?我还会做点事情的,不过我自己觉得,我风烛残年了,又当这种乱世,说不定什么时候会有一阵狂风把我带走。也许我看不到国土的光复了!

(一年来在沦陷区的忍辱生活,使一个活泼激动的少女,深深地感到厌恶和茫然,她很羡慕雨时他们的新奇而跳达的生活,她的热情骤然地复活了;可是——)

珠:我怎么好丢下爸爸呢?

弥:我不愿意为了我这个快要入土的人,来连累你们。

珠:(心里的矛盾)爸爸,我不!

弥:孩子!你要听话!爸爸的话是不会错的。

(蕴珠黯然不语。)

弥:该是吃晚饭的时候了。

珠:我把菜热一热,就端出来。

(女下。老人仰首思念,又颓然低头,深深地叹息。)

(叩门声,老人高兴地起身开门,满以为是他的儿子回来了,结果大失所望。进来的人约莫二十三岁年纪,中等身材;肌肉并不肥胖,却很坚实而有营养。脸上泛着年轻人红色,很有神彩。他很会修饰,留着两条修适短短中的鬓角,最好还有两撇稀疏齐整的小胡须。)

(他步伐轻快,动作敏捷;说话时还做着演讲的姿态——常用双手和颜面帮助表情,加强语气,不免过于夸张,而做来很是得意。声音流利,也很清晰。)

(他机警,带一点奸诈;阴险,而相当骄傲。最重要的,是爱露脸；只要能露脸的事，他都高兴去做。他知道智愚之分，却不能判别是非；他的道德律是：智就是善，愚就是恶；他深信世界是聪明人的，而自己正是聪明人中的一个。穿一套黑色呲吱的警察服装，帽徽像个太极圈，挂武装带，腰间挂一支皮壳的手枪。穿马靴，戴白手套，右手执一支皮鞭，奴役"小民"的工具。）

殷　云（以下简称作殷）：（脱帽颔首）弥老师！（回头向跟着的警察威严地）你们在附近等等，不到时候不要进去！（随手掩上门）

弥：（提防地）呵！原来是殷云！

殷：弥老师近来可好？

弥：还好！托你督察长的福！（微讽刺意）这儿请坐！

殷：好，好！（他坐在方桌的左侧的椅子里；掏出一个漂亮的烟盒，取一支烟敬弥先生）

弥：呵，不！你自己来！我抽这个。（示旱烟管）

（殷云又拿出一个打火机，"擦"的一声燃着了烟。）

弥：（坐几旁椅中）你近来很忙吧？怎么有工夫到我这里来！

殷：一来是为拜望拜望弥老师；二来有一点儿事情要和老师谈谈。

弥：（冷淡地）唔。

殷：弥老师！我们组织维持会的目的。是要维持地方上的治安，也就是替国家保全一点元气……

弥：（讽刺地）是吗？

殷：这几个月来，工作很能看到一点成绩。现在城里和四乡，已经平静得多了。

弥：听说昨天，就有百几十个日本兵，在东门外李树村一带演习，杀死了好些庄稼人，还糟蹋了好些个女人。

殷：呃，没有的事！都是些谣言，大概反动分子和一些不安分的人在造谣生事，有所企图，简直相信不得！

弥：也许是谣言！不过我那二十四亩稻子，却的的确确地给踩倒了。

殷：总之，这件事我还没有得到报告。就是当真有这样一回事，那一定是大日本皇军在那儿剿匪，那些给杀死的庄稼人，当然就是土匪了。

弥：那末，那些女人呢？

殷：（窘）女人……（灵机一动）在我想来，怕也是些私通土匪的不安分子。

弥：是吗？那末我那些稻子，也只能算在土匪的账上了！

殷：（松一口气）是啊！

弥：呵！你近来一定很得意啰。

殷：说不上什么得意。只为的是不忍看到地方上生灵涂炭，尽力想家乡做些小事，谋点儿幸福，虽然受人家的冤枉，也只好笑骂由他人笑骂了。

弥：不错！

殷：这八九个月来，我真是忍辱负重，处处地方都任劳任怨。譬如中国军队刚退出的时候，地方上很有些流氓和地棍烧杀抢掠，闹得不成样子；现在可安定得多了。

弥：嗯，日本兵呢？

殷：对于大日本皇军，我们没有法子约束，这只能委曲求全了。

弥：是的。

殷：后来，我们一面剿匪，一面整顿市容，譬如清理街道啊，掩埋尸首啊，开通河道啊，……真是忙得不能分身。

弥：真所谓能者多劳了！

殷：呵！岂敢，岂敢！我这样做，实在为的是顾全大局，明知要受人攻击，这一点儿牺牲，也是值得的。好在一般有见识的人，都能明白我的苦衷，精神上倒觉得很是愉快。

弥：很好！

殷：这完全是过去受到了您老师的教诲的好处！

弥：不，不敢当，这全是你督察长的见识。

（殷云察觉到他先生话里有刺，弥树德不愿再说什么，空气严重而沉静。但殷云是有来意的，他想打破这小小的僵局。）

殷：弥老师！维持会刚成立的时候，为什么事情都乱糟糟的，没有一点头绪，因此不敢来麻烦您老师。现在一切总算走上了轨道，像弥老师这样有学问的人，在地方上又有声望，大可以出来做些事业；一来是造福地方，二来也可以发展老师平日的抱负。今天我到这儿来，也就是这个意思。

弥：（一时拿出他的威严来）什么！要我加入你们的维持会吗？

殷：是的。您老师一向抱着救人救世的主张，我想是不会推却的。

弥：不，我没有这些闲工夫！

殷：弥老师！好在现在会里头的事务已经办得很有条理，公事比较清闲得多了；老先生很可以挂个名义，从旁计划计划。维持会本来就是个自治机关，用来发挥民众的自治能力的；弥先生德高望重，正可以代表一部分的民意，在旁边说说话，督促督促，不知道老师以为怎么样？

弥：我怕没有这种资格！

殷：哪儿的话，您老师做一定很恰当的！

弥：这要算你不认识我弥某人了。我虽然不敢效法文天祥、史

萧 斧 / 199

可法，可是对于洪承畴、吴三桂这一班小人贼子，我还不屑去做哩！

殷：（忍耐）弥老师这就未免太不识时务了！

弥：哈哈哈！我就是这个性子。像殷云你这样识时务的年轻人，真可说地上"年少英俊"呵！

殷：（对这句挖苦的话他不得不敷衍一下）承您夸奖！（假装做突然想起的样子）呃！怎么没有看见蕴珠小姐！

弥：你问她做什么？

殷：今天我来拜望弥先生，一则是请先生出来做事，再则就是来向蕴珠小姐求婚的。（阴险的尖笑）

弥：（猝不及防更加引起他的恼怒）哼！好吧！你回头自己问她好了！

殷：过去同学的时候，蕴珠小姐和我也还说得来。

弥：这我不知道，不过你现在做了督察长，恐怕她自己也知道配不上你，不敢高攀吧！

殷：（回击地）恐怕她倒是忘不了颜雨时吧！

弥：这也是她心里的事，我没有法子知道。

殷：（威胁地）可是颜雨时已经当了游击队长，他是有抗日反动的罪名的！

弥：那当然，一个游击队和督察长比起来，当然是差得天高地远了！

殷：先生！你知道和一个游击队亲密，所犯的是什么嫌疑？

弥：不过，恐怕小女早就把他忘了。

殷：（含蓄地）嘿嘿！恐怕忘不了吧！弥老师！我不愿意再这样拐弯儿地说话，颜雨时已经回城来了！

弥：（惊惧地）呵！——

殷：（得意地）他一进城，就给人发觉了，于是就有人跟着他，看他走进府上的大门来着！

弥：（故作镇定）那有这样的事？真是笑话！他有没有进城我不知道，要说他藏在我家里的话，那请你不妨搜查一下。

殷：（笑道）不用搜！他刚才已经出去，我又派人跟着他了！

弥：（开始疑忌）什么！

殷：弥老师！收留一个游击队，这又该是什么罪名？

弥：（默然）

殷：（和缓地）弥老师！你知道我为什么老派人跟着他，而不马上逮住他？

弥：（滞涩地）知……道……

殷：那末，关于蕴珠的婚事，我们不妨再继续地谈下去，弥先生以为怎么样？

弥：（不得已委曲求全）男女的婚事，不能草率的，我们以后从长细谈吧。

殷：如果她知道颜雨时的危险，她打算怎么应付？

弥：（又愤怒了针锋相对地）你打算怎么对付？

殷：我吗？弥先生知道我是有维持治安的责任的。抓到了游击队怎么发落，想必先生也早听说过了。不过要是大家懂得人情，我也不妨徇一点情，叫颜雨时马上就出城，别在城里捣鬼，要不然的话，那末不但他会被砍头，到那时候怕会连累弥老师一家人，我就是想搭救，也无能为力了！

弥：（被逼穷于应付）你让我考虑考虑！

殷：也好。

弥：这件事情，我还得征求小女的同意，请你隔一两天再来商量。

殷：（识破了老人的欺骗，恶意地微笑）不过，派去跟着颜雨时的便衣队可不能老跟着他呀！恐怕他们性子急躁，等不了一两天。

弥：可是，像婚姻这样一件终身大事，是不能立地解决的。

殷：可是，像逮捕游击队这样一件重要的公事，他们是不能不立地解决的！

弥：（厌恶烦恼默然良久）这件事情，我不是不愿意答应你，不过这样兵荒马乱的时候，一时还谈不到婚事，并且她带母亲的孝还没有满，我看不如暂且缓两年，等到战事平定，她也满了孝，你再托人来说合，也还不迟呵！

殷：两年？不过也好！只是我看弥老师和她两人住在家里，不免太寂寞，并且在这种乱荒荒的时候，说不定有些风吹草动。我看倒不如搬到舍间去住，一面可以热闹些，同时也使我放得下心！

弥：（忍无可忍地）殷云！我们不用你关心，我的话算说到尽头了！

殷：（瞿然起立）弥老师！你会后悔的！

弥：（大声地）我没有什么要后悔的！请你马上出去！

殷：我看，我还是暂且不走。请弥老师再郑重地考虑一下！

弥：我没有什么考虑！

殷：不过我还是要坐一下，（坐）我想弥老师看在你我师生的分上，也不至于下逐客令吧！（燃烟）

弥：（徘徊突然旋身向殷云）谁跟你是师生！（稍停）你给我滚！（见殷不动怒火上升）你打算怎么样？

殷：我打算见见雨时兄，他也许就会回这儿来的。

（弥树德无可奈何地徘徊着。他望望窗外黑下来的天色，万分焦灼不安。叩门声，老人注意，忙至门边，用身子撑住门叫"不要进来，不要进来"。殷云从椅子上跳起来，推开了弥老师，把门打开；倏地旋转身子，背着墙抽出手枪，指着进来的雨时。雨时惊视。）

颜：怎么？你——？

殷：（一手掩上门）雨时兄，好久不见了！

颜：（昂然）你打算怎么样？

殷：一个督察长对一个游击队，你想该怎么样？

颜：（切齿辱骂）你这汉奸！

殷：（老羞成怒）老兄！这不是你骂人的时候！

颜：这正是我骂你这走狗的时候！

殷：你骂的好，这该是你最后的一手了吧！

弥：（靠近两人中间排解地）你们是老同学，有话慢慢地说，何必就这样的动武呢？

颜：我没有这样不要脸的同学！

殷：要脸也好，不要脸也好；但你究竟是我的老同学，我还是客客气气地请你到我办公的地方去一次吧！

（蕴珠听见争吵，从内门走出来，她围着一块有油渍的蓝布腰裙。这时天渐黑暗，她端上蜡烛盘置桌上。）

珠：（见到这严重的局面，不觉脱口叫了一声）殷云！

（殷云转过脸注视她，说时迟，那时快，老人举起两手，死劲一击，把殷云的枪击落地上，殷云俯下身子，老人一脚把枪踢开。雨时立马匆忙掏出手枪。）

颜：站住！

殷：（惊惶失色然后强自镇定）你打算怎么样？

颜：一个游击队对一个伪督察长，你想该怎么样？

殷：别忘了你我究竟还是老同学！

颜：胡说！有你这样的同学，我就觉得耻辱！现在你是日本军阀的走狗，中华民族的公敌！我不是你的同学！我们的同志尝够了你们的滋味，现在我要你尝尝我们的滋味！

殷：（坦然微笑）嘿嘿！你这枪不能开！

颜：为什么？

殷：为什么？亏你当了一年游击队，还这样不聪明！你想一个督察长抓一个游击队，他会笨得连一个弟兄都不带吗？

颜：（不解）……

殷：（得意地）他们正藏在对面的屋子里，（指大门）一听到枪声，就会进来抓人的！

（颜雨时犹豫不决，蕴珠惊恐环顾。）

珠：雨时，你不能打！

（颜雨时不语，坚强地直视殷云，殷云讥笑，似甚得意。）

颜：（被讥笑激怒作势欲射之）你这狗！

珠：（急捉其肘）雨时！你不能！为了你，为了我的爸爸，你不能打他！

殷：（乐甚，笑声更讥诮，忽然看手表说）五点四十分。再等五分钟，他们不见我出去，也就要进来抓人了！

弥：这可怎么好？

（颜雨时怒不可遏，以左掌击其头。殷云坦然自若，得意几至忘形。）

珠：雨时！你还是快走吧！

颜：你们家里有后门没有？

珠：没有；花园的围墙不大高，站在那棵红梅的花坛上，就可以翻出去了。

颜：好，你们先走一步，等我来收拾他！

（殷云失色。）

珠：（捉其父上臂）爸爸！我们快走吧！

弥：（向几旁的椅子走去）我走什么？我老了，不中用了！

珠：爸爸！你怎么能……

颜：弥先生！你不走，蕴珠也是不肯走的！

弥：我走不快，会连累你们的！

颜：不！您不走才会连累蕴珠的！

（蕴珠强扶其父出，颜雨时目送之；刚要回过视线来时，殷云乘隙猛击其腕，枪砰然发，坠地。殷云俯身，雨时以足蹴之仆。门外有急促的脚步声。雨时拾枪连射之，枪损不发。）

颜：（视枪）坏——了。

（门启，伪警二人持枪闯入。颜雨时舍殷云仓惶下。）

殷：（一骨碌爬起来命令伪警）快追！

（伪警下，殷云急拾被老人击落枪，跟踪而下。）

（舞台冷寂，幕后风声转紧。少顷，殷云率伪警甲执父女入。父女气喘，老人并猛咳不止。伪警甲是个高个子，相貌像北方人。）

殷：弥老师！这件事你打算怎么收拾？

弥：（喘息不语）……

殷：我看，弥老师！我们还是和平解决的好！（插枪）

弥：（亡命地）我不要你叫老师！我教过你，我把奖品亲手奖给你，这是我服务教育界二十八年中一个永远洗刷不清的污辱！

殷：（厉声）弥老师！

珠：爸爸，你不要这样，（回头向殷）殷云，你看在我面上不要吓唬爸爸。

殷：那末，蕴珠我要求你……

弥：蕴珠，我不许你答应他什么！我没有什么可怕的！我不能将一个清白的女儿！嫁给一个万世被人唾骂的汉奸！

殷：你说话要多多考虑啊！

萧斧 / 205

弥：我是考虑得不能再考虑了！你甘心做日本人的奴隶！你的子孙要永世不能翻身，你祖宗的坟墓，正给日本兵的战马在那里吃草，在那里蹂躏！你为了自己的安乐富贵，出卖了你的国家，陷害了你的同胞，违背了你的良心！你要遗臭万年！你的灵魂要下十八层的地狱！

殷：（勃然作色）你再说下去！

珠：（劝谏地）爸爸！

殷：（对伪警）抓住他！抓住他！

弥：我要骂你！我活着一天，我要骂你一天！你对不起你的国家！对不起你的同胞！对不起你的祖宗！对不起你的子孙！你的祖宗在地下，不愿意认你做子孙；你将来的子女长大了，不愿意认你做父亲！——正像方家驹一样，不愿意认方省吾做父亲。他们要恨你，骂你，用毒药毒死你！

殷：你要当心些！（用枪恫吓他）

弥：（威武不能屈）你以为你做了汉奸，就可以安乐富贵了吗？你在做梦！你的同胞要杀死你，喝你的血，吃你的肉！就说他们得不到你，等到国家亡了，你的主子——那些日本人，就用不到你，要一脚把你踢开，他们要杀死你一家人，没收你的财产！——你那些用同胞的血肉换来的财产！你只落得……

（这时天色更转暗黑，屋中夜色渐浓，窗外风声凄紧，桌上之烛被吹得飘摇不定。殷云的怒容越现紧张，他旋转身子，以背对向老人，目光向背后斜睨老人，以枪从左腋下射之。砰然一声，老人应声倒地。蕴珠惨呼。殷云插枪，掉首旁视，警甲霍然，脸呈怒容。附近外国教堂中忽作大风琴与赞美诗声，与凄厉之风声相应和。）

珠：（趋赴老人，伏胸前，振其双臂）爸爸，爸爸！爸爸啊！

（老人中弹，昏晕不语，女悲痛欲绝）啊……爸……爸！

殷：（指挥警甲）把她带走！

（警甲踌躇。）

殷：听到没有！饭桶！

（警甲趋前，执蕴珠臂，拉之。）

珠：（挣扎，仍振老人肩臂）爸爸！你醒醒！你醒醒！爸爸啊！

殷：蕴珠，你这有什么用呢，你好好儿的我决不会亏待你，只要你肯听我的话。

珠：好不要脸的汉奸，你杀了我的父亲，你丧尽了你的良心，你丢尽了你们祖宗的脸，你……（趁殷还在嬉皮笑脸的时候，拍的打他一个耳光）

殷：拉开她！拉开她！

（警甲猛力拉开了她。弥树德渐醒，两目无神，直视蕴珠，又仰起上身，举左手向女，如欲攫取。）

弥、珠：（同时地）珠儿！珠儿！珠——儿！爸爸！我的爸爸啊——爸爸！

（警甲拉女儿将及门，老人又晕厥。殷云正要举步，门外忽然闯进一个人来。）

珠：（惊喜，赴之，为警甲所扼）哥哥！

（那人二十三岁光景，体魄魁梧，容貌与颜雨时微肖！目光炯炯有神，鼻正口方，雨时□□□坚定的意志。他继承到一份贵重的遗产，他父亲的耿介和母亲的仁慈，耿介得执拗的坚强，而仁慈得仿佛海的宽阔。他穿件咖啡色夹袍，着黑色布鞋。现在，他惊疑而迅速地环顾一匝，以下列的次序：妹妹、殷云、警甲、父亲；急出手枪射殷云，殷云急闪身，二发俱不中。殷云拔枪回击，中他的右腕，枪失手坠地，殷云一跃立其前，以枪对其胸。）

萧斧 / 207

殷：训聪！你来得正是时候！

（弥训聪愤极语塞，警甲趁殷云不备，举枪射之，殷死。警甲趋近训聪，察其腕。蕴珠出手帕，警甲为之裹伤。）

警　甲（以下简称作警）：还好，不碍事！

弥训聪（以下简称作聪）：谢谢你！

　警：不！分队长，我是中国人，这是我应当尽的责任。

　聪：呵！——你认识我？

　警：是的，你是游击队的分队长！

　聪：你怎么知道？

　警：你们派人来跟我们联络，我听说的。

　聪：那末你们的人怎么样啦？

　警：早等得不耐烦了。这一次发动，我们警察，十个里面有七八个都参加了。只等到发动的信号，就马上动手，先把一小部分不愿意参加的弟兄缴械，再杀尽扎在城里的鬼子兵，和维持会里的的汉奸。

　聪：好，同志！请你先到门口等我一下！要是有人问起刚才的枪声，你说不是我们这屋子里发出来的。我一会儿就出来。

　警：是，分队长！（仓促不及行礼出）

（兄妹靠近老人，摇之。）

珠、聪：（同时地）爸爸！爸爸！爸爸！哥哥回来了！您醒醒！您醒醒！——哥哥回来了！

（老人渐醒，见训聪，大喜。）

　弥：聪儿！你回来了！

　聪：是的，我回来了。

　弥：聪儿，你好好的干吧！

珠、聪：（同时地）爸爸！爸爸！爸爸！爸爸！

聪：（呆滞地直起身子，悲痛欲绝，少顷，突然地）妈呢？

（弥树德气绝。教堂中大风琴和赞美诗声又起。一时风声大作。）

珠：（泣不成声）死了！

聪：（雷殛地）什么？

珠：今年清明时候，妈妈得了病，没有钱给她好好儿地医治，就病死了！

聪：妈也死了！（愤激欲狂）

珠：（泣稍止）哥哥！你怎么回城来了？

聪：（稍复常态）我们的队伍已经和城里的警察联络好了！要在今天一齐里应外合，夺回这座县城。今天有个日本的宣抚到城里来，维持会的汉奸们在场上集合，开会欢迎。等到六点钟，他们开完了会，会场落旗的号声一响，就把他们落旗的军号，做我们动手的信号，我们要里应外合，把他们一网打尽。这面太阳旗落下以后，就永远不会再升上来；从明天起，就在那根杆子上飘扬着我们的青天白日旗了！

珠：哥哥，现在是几点钟了？

聪：（看表）六点了，时间已到了。（疑测）怎么还没有听到军号的声音？（不安地）恐怕我们的计划给泄露了！

（附近忽然传来军号的声音，是落旗的号子，接着枪声四起。）

聪：（狂欢）他们动起手来了！（拾落在地上的枪奔出）

珠：（差不多同时地拾殷云的枪）哥哥！我也去！

（但回头又看到了躺在地上的父亲。）

珠、聪：（同时）爸爸！爸爸！

（弥用尽了力睁开他一双垂死的眼，一面用手急挥兄妹二

萧斧 / 209

人走。）

弥：你们快去，不用管我。我没有白死，你们好好地去干！
（聪、珠下。）
（外面枪声更紧，风声也更猛烈凄厉，有肃杀之气。突然呼的一声把开门幕时老人没有关紧的窗子打开了，风呼呼地吹进来，把桌子上的蜡烛吹灭了，旋即将外边的枪声和火光清楚地从窗中传进来。）

选自萧斧编著："教育部征选抗战创作剧本选"之七《老教师》，正中书局，1943年

宋之的

|作者简介| 该作者简介参见第一卷独幕剧《上前线去》。

故　乡

人　物：

安元振：四十四岁。别号小鞍子，随便什么人都可以骑的意思。

安　照：振的儿子，廿一岁。小名"照子"。

徐秀兰：十九岁，过门不到三个月的新媳妇。

一个外乡女人：四十一岁。

时　间：

一九四七年春末。

地　点：

鲁南地区某村。

景：

秀兰的新房，房子已经衰败了，但重新修理过，除堆积的东西太多以外——如米仓、破席、乱麻、玉蜀黍棒子、纺车等等——倒还干净。特别是挂在床上的水红帐子，以及门上镶红的门帘，替房生色不少。

床靠墙有木桌，桌上是秀兰学习用的识字课本，钢笔，本子等等零碎小东西。墙上则挂了她丈夫安照的枪和榴弹袋。

不时有孩子们的哗笑逗逐声和远村的犬吠声起伏。

秀兰，灯下，正聚精会神地缝制什么东西。也许是因为新婚，也许是因为想了什么别的，不时有一丝满足的微笑，难以捉摸的停留在她圆润的脸上，她轻轻地呼吸，随口哼起秧歌小调来了："国民党呀反动派，一心一意把国卖，老百姓呵遭灾害，抓丁抢粮割脑袋；3232132/3232132。"

安元振上。

他晚饭的时候喝了一点酒，现在还有点醺醺然；他的年纪和他的脸上的皱纹很不相称，是个干瘪的老头，腰腿因为多年的风湿病，都有些佝偻了。

秀　兰：爹，还没睡？

元　振：睡不着……（咳嗽了两声）小照子呢？

秀　兰：到队上开会去了！

元　振：唔，你今儿个又没去学习！

秀　兰：（轻轻地笑了）他们特别放我一天假！

元　振：嗯，也是喏！那你还忙什么？

秀　兰：替他上一双鞋，明儿带着。

元　振：人家八路军还缺这个！

秀　兰：爸不晓得他多会穿，新鞋上脚没几天就踢蹬飞了。这到了队伍上，跑个路舞的，用的着。

元　振：美的他，前两年，在码头上讨着吃的时候，没冬没夏，那儿见过个鞋样子。拾几块破烂，披在身上挡个风雨，就是好的了。

秀　兰：现在他参了军不同了，爹没见咱那队伍，都整齐着呢！

元　振：自然哪；我也是说说——（咳嗽了两声）

秀　兰：爹这几天怎么又咳嗽起来了。

元　振：唔，到了春天，胳膊腿就不听使唤……秀兰，你看天是不是要变哪！

秀　兰：变暖和了，打上集湖里就在化冻，爹没见那棵桃树都冒"骨朵"了。

元　振：不，我是说怕要阴天哪，怎么这几天我的脚这末酸呢！

秀　兰：阴天好，下场雨，爹，咱们就可以下湖刨地了。

元　振：刨地！（若有所思地）秀兰！

秀　兰：嗯！

元　振：（声音有些不自然起来）秀兰啊！

秀　兰：爹，你干什么？

元　振：小照子回来，你千万嘱咐嘱咐他！

秀　兰：嗯！

元　振：他这一到了队伍上，天南地北的，可万万打听着点，打听着他妈，到底是死了哇，还是活着！

秀　兰：爹，又难过哪！

元　振：年代久了，小照子他——他早忘了他妈什么样子，忘记了他妈怎么宝贝他了，忘的干干净净了。

秀　兰：他记着呢，他昨儿个还跟我说来！

元　振：说来？！

秀　兰：他说他要四下里打听妈妈跟妹妹的下落，他一定得把妈妈跟妹妹解放过来！

元　振：难，难，难咯！你想，咱也找了这几年了，她们要有口气，爬也得爬回家来呀？不知道在哪儿迷了路倒喽！

秀　兰：不会的，爹，咱穷有穷命，妈跟妹妹一定活着！

宋之的　/　213

元　　振：一定活着？！

秀　　兰：嗯，俺日日夜夜都想妈跟妹妹是活着的！

元　　振：你这孩子心好哇！（稍停，他的老故事又开始了，这个故事，显然，秀兰已经听过了不止一次，因此，即使是最细微的地方，都能背下来了。但她，却显得那么专心地在听着他）

元　　振：那一年，这话说起来有十五年了，也是大春天，咱这个地方闹着荒——

秀　　兰：（更正他）不，是大肚子逼得穷人没饭吃。

元　　振：唔，唔，也兴那末说。那个年月俺胳膊腿都还硬朗，靠财主的几亩地活命——

秀　　兰：（又更正他）不，是财主靠咱穷人下力活命！

元　　振：看你说的！老的下土的时候，使了财主五吊钱，几年没还上，咱祖上留下来的这几间破草房跟两西河沿那八分菜园地，都出给财主了，还不算人家的利钱。没法，小伙子有的是力气，只好拼命给人家干，也怪，就是干死了，一家子也混不上一顿饱饭吃，又赶上没脚年，缴不上租子，财主要抽地，收房子，真到了吃没吃的，住没住的，有力气都没得使的光景了。那个日子，咱这地界，十有八九都逃荒走了，没法子，只有这一条下坡道，咱跟你妈一商量，谁知道她，她——

秀　　兰：她恋家，不肯走！

元　　振：可那儿还有家，还有什么家呀！把人都搭上还不够人家财主的屁毛沉呢！可她，她穷有穷讲究，她寒蠢，说了几次，死活也不肯走，那时候，小照子七岁，小桂子两岁，两个孩子瘦的没个老鼠大，饿的连哭都不会了，你说急不急死人，我心里一迷糊，我就——

秀　兰：嗯！

元　振：狠命地捶了你妈一顿！

秀　兰：（不以为然）哼！

元　振：可是我也是没法子，我难过，我那儿是捶她，我是捶我的命，捶我心里这股冤气呀！夜里，两个孩子睡了，她一直在我身边抽气，有时候数落一两句，有时候哭一两声——

秀　兰：她必是骂你啦！

元　振：不，她没骂我，她知道我苦，她不忍心骂我，她——到了下半夜，我打了个盹，醒了一看，不见她的人，谁知道她妇人家，心性狭，想想实在没活路，竟吊在门外那棵桃树上了。

秀　兰：爹，别说了！这日子总不会有啦！

元　振：不，让我说，说说，我心里好过一点。我——幸亏那时候桃树小，又发觉的早，救下来了。已经死过一次，她倒想开了，她答应我走，逃命去，可一家四口挤在一起，讨着吃怎样活得了呢？决定分开，我带大的——小照子，她带小的，就是你妹子，我往北，她往南，我们半夜里逃出了家——因为欠下财主的阎王债，白天有狗腿子看着我们——我们走出十几里，到天亮的时候，她——

秀　兰：她把身上的破棉袄脱下来，盖在小照子的身上。

元　振：嗯，嗯，她疼他呀！宝贝的儿子！我说你留着吧，她说，她们不要紧，小照子是男的，要我宝贝他，万一的时候，也是我安家的一条根！——

秀　兰：爹！

元　振：当时她就知道我们不会再见面了，永也见不着了。这以后我带着小照子。东一个码头，西一个码头，给人家帮工，讨饭，卖糖人，风里雨里，十冬腊月在水里蹚，雪地里

宋之的　/　215

睡，始终没敢回来，把身子糟蹋成这个样子才……才听说八路军解放了咱这地界，才敢回来，又分了田，又被当作人待了。可是她呢？她到那儿去了，不知道倒在那个大路口上喂狗了！

秀　兰：爹，别——说——了！

元　振：可是我们分手的时候，我还忍心的打了她。她起初没反抗，后来索性一动不动，睁大眼望着我，听我怎么样打，我是个伤天害理的怎么竟下得去手呵！

秀　兰：这些事不要去想它咧，越想越难过。

元　振：（颓然坐下）唉！

（这时候，乘了新月在场院里嬉戏的小孩子们早已散了，只剩下犬吠声，时隐时现。）

（有风，在屋檐和树梢上一阵一阵的扫过。）

元　振：什么，是不是小照子回来了！！

秀　兰：（走去望了一下）没有，是风，风吹的门响。

元　振：嗯！

秀　兰：爹别难过，这明儿个的他走了，俺陪爹下湖，推粪，刨地，拉丁犁舞的，俺什么都能干。

元　振：强的你，俺还没死呢！别瞧我这样子，干起活来，三两个小伙子才咱还不含糊。老庄户啦，还用得着你！！

秀　兰：俺也要学着点，改天爹要出个夫舞的，咱的地别荒了。往年，他在家的时候，咱是模范，这少了他，不说多出几升粮吧，可也不能让人家赛过去，评功的时节不好看。王存富的互助组，听说要跟咱挑战呢！

元　振：挑战，怕了他！少了人少不了力气，他耕三遍，咱就耕五遍，他耕五遍，咱就——

秀　兰：耕十遍！

元　振：啊，十几年没捞着个锄把子摸，心里早就痒的不行了。这回儿民主政府帮咱发了家，咱还省着他！

秀　兰：爹到底身子骨萎了——

元　振：（生气的）谁说的？那个说的？

秀　兰：俺年轻力壮地——

元　振：年轻力壮没有势，顶个屁用！

秀　兰：爹，要不咱爹俩也挑个战吧！

元　振：（一惊）你——跟——我挑战——

秀　兰：嗯。

元　振：（也是赌气）好，说你的！

秀　兰：我——

（安照上。）

（这个新参军的青年，因为才在会场上受到了鼓励，所以回到家里，还有点儿兴奋。）

安　照：爹！

元　振：唔，回来咧！

安　照：回来咧！爹，怎么，又——

元　振：没有，没有，（掩饰地，也是不愿意在临别的时候教儿子有所牵挂的意思）嗯，我和秀兰，正在这儿打赌，你走了以后，她要跟我挑战呢！

安　照：挑战？！

元　振：还要跟我这个老把势赛一赛！哈哈，嘿嘿！

秀　兰：俺想了，还是不跟爹挑战的好，俺又没把势，爹再小心眼，不肯放俺，俺不是要落后了吗？

元　振：哈哈，哈哈，你知道就好！（知趣的，也是疼儿子的意思）什么时辰了？

安　照：三星打杠了！

宋之的 / 217

元　振：该歇着了，明儿还得起五更呢！歇着吧，秀兰也别做营生了。

秀　兰：俺已经上好了。

元　振：哦，嗯……嗯……（站起来）

安　照：爹没什么吩咐了?!

元　振：没——没有！到了队伍上，替我跟首长问好，想着咱从前那些苦日子，别落后，别给你爹丢人！

安　照：知道咧，爹！

元　振：歇着，歇着吧！

（蹒跚着下。）

安　照：（和秀兰相视一笑）又哭咧?!

秀　兰：嗯！要我嘱咐你，到了队伍上，天南地北的，千万打听着妈的下落！

安　照：老人家真是！人生地不熟，没名没姓的，那儿打听去！

秀　兰：你听着就是了，讲了八百遍的老故事，又翻了一遍。今儿给你送行，喝了点酒，越讲越难过，连俺心里也酸酸的，好容易俺拿话引着，引上他的性子来，这才好了点——

安　照：（望着她，忽的想起一件事情来）呃，忘了！

秀　兰：你干什么？

安　照：俺去告诉爹一句要紧的话！

秀　兰：来！

安　照：嗯！

秀　兰：不许去！（害羞的笑了）还不知道是不是呢？

安　照：是的！我问了东头大嫂子，她也说是的。

秀　兰：（生气的）瞧你，又到处去讲！（撒娇的）不来啦！

安　照：怕什么，大嫂子也不是外人，她说，你是头胎，可不的强，得好好照扶呢！

秀　兰：俺俺！

安　照：你懂？

秀　兰：前个，俺妈来的时候，俺问过她了。

安　照：哈！你倒偷偷的——

秀　兰：（发急的）哈，不许说！

安　照：那你还要跟俺爹挑战，你不知道俺爹，连俺都不敢惹他，干起活来，真像牛似的！

秀　兰：俺逗他玩的！（把鞋拿给他）你试试看——

安　照：不用试，俺的脚你还不晓得的。

秀　兰：急急忙忙的，也许紧了点，你试试！

安　照：（试鞋）顶合适！

秀　兰：爹说，你们跑码头的时候，你连个鞋样都没见过，（好奇的）你那时候什么样子？

安　照："大爷大奶给口饭吃吧！""滚开！臭死啦！"就这个样。

秀　兰：（用鼻子闻了闻）

安　照：干什么？

秀　兰：顶香吗！

安　照：你——

秀　兰：这到了队伍上，早晚有空，要常捎个信来！

安　照：要没空呢？

秀　兰：没空，就滚你的蛋！

安　照：急咧！急咧！

秀　兰：这么着，俺跟你打个谱吧！

安　照：安谱！

秀　兰：嗯！你走了以后，俺一集要纺二斤线，织半个布，认五十个字，勤查哨，春耕的时候，俺一天要推五车粪，刨半亩地，开四亩荒——

宋之的　/　219

安　照：又来咧！又来咧！不是早跟你说，要好好照扶吗？

秀　兰：那就开二亩荒好不好？

安　照：刚刚开会的时节，农救会长讲咧，俺走了之后，俺村的互助组要代咱耕——

秀　兰：（不满意的）咱又不是没有劳动力，为啥要人家代耕？

安　照：不是说咧！爹是个病人，你又——

秀　兰：（发急的）俺怎么样？俺怎么样？俺也开会咧，这如今打老蒋，咱庄的劳动力不够，春耕的时节，俺们要起带头作用！

安　照：瞧你今天怎么咧！好好咧呱，动不动就使性子！

秀　兰：（沉默了一会）你知道队伍上早哇晚的自个儿当心，对同志们和气，宁肯自个多吃亏，别叫同志们憎嫌，立功的时节要争，评功的时候要让。你那心口疼的老毛病，更要小心留意，睡觉的时节，盖好肚子，别受了凉，要自个疼自个……（忽伤心，眼里流泪，索性伏在桌子上呜呜哭起来了）

安　照：（暴躁的）又哭！又哭！你个样，俺走了，教俺怎么放的下心呐？

秀　兰：（抹着泪）俺哭俺的，你走你的，俺又没扯你的腿。（越想越伤心）总是老蒋这个狗人的，不让人好好的过，你说，你当了同志，你打下了什么谱——

安　照：俺呐，俺先生要听你的话！

秀　兰：嗯！

安　照：好好练武，练的一枪一个，不浪费子弹！

秀　兰：嗯！

安　照：对同志们团结，和气，帮助——

秀　兰：嗯！

安　照：受伤的时候不喊疼——

秀　兰：你不会受伤的，俺从来没有想过你受伤，你就一定不会受伤！

安　照：立功的时节要争，评功的时节要让！——

秀　兰：嗯！

安　照：睡觉盖好肚子——

秀　兰：嗯！上级的号召，要百分之百的完成，不打折扣，不推托——

安　照：不胆小——

秀　兰：嗯！

安　照：打死一百个反动派，替咱老百姓报仇——

秀　兰：不，你要捉活的，那些当兵的，也都是咱苦命人，没法子，被老蒋逼的——

安　照：那就捉一百个活的好不好！

秀　兰：好！

安　照：此外，此外就没有什么了！

秀　兰：嗯，不，你还要做模范，做英雄模范！

安　照：好！

秀　兰：有我们这些英雄模范，咱老百姓就放了心了！

安　照：为什么？

秀　兰：因为有你在那儿，你们在那儿，老蒋一定会打败的！俺一想，是你们在打，不是别人，俺就放心了——

安　照：哈哈！

秀　兰：俺呢！俺就在家里好好生产，管管家。想着你，念着你，疼着你，爱着你，打胜了回家——

安　照：怎么样？

秀　兰：你要怎样就怎样！

宋之的　/　221

（两人都兴奋的笑了！）

安　照：你听，外头狗怎么这末咬法！

（果然有狗的吠声。）

秀　兰：雄狗，就是这末咬法！

（又有狗的吠声。）

秀　兰：雄狗就是这末惹厌！

安　照：俺刚刚回来的时候，黑地里像是个人一晃过去了，我急急忙忙的没留意，别是——

秀　兰：三更半夜的，别疑神见鬼了！

（又是一阵狗吠声，仿佛扑什么东西似的！）

安　照：我去看看！

秀　兰：当心，把枪背上！

安　照：好！

（按照把枪压上顶膛火，下。）

（稍停，听见安照的喝声："花儿，花儿。"）

（狗仿佛不甘心似的停止了。）

（安照厉害喝问："谁！谁！"）

（一个女人的声音："我，赶路的！"）

（安照的声音："你是那个？"）

（女人的声音："我，外乡回家的！"）

秀　兰：真有人！

（她顺手提了个手榴弹跑下。）

（稍停安照上。）

安　照：进来，进来。（等了一会又把头伸出去）怎么不进来，院子里望什么？进来啊！

（女人的声音，慌乱地："没什么，没什么！"）

（女人上，稍后，秀兰也跟着进来了。）

（这个女人，简直不能使人辨别她的年纪，身上的衣服仅足蔽体，蓬首垢面，神情惶惑，手里提了个篮子，里面装了只有在垃圾堆里方能找到的东西！）

女　人：（茫然向屋里望着，望着那水红色的帐子，也望那新泥起来的红墙！）

安　照：你这个娘们，是怎么的，深更半夜的在门外干什么？教你进来，你怎末还在院子里张望？

女　人：……

安　照：（发急的）问你话，又不讲，你到底是傻子，是疯子，还是——

女　人：（如梦初醒）哦！少爷，少奶奶，得罪了！

安　照：咳，又来了，咱根据地里，没这一套！

女　人：唔，没这……一……套！

秀　兰：你到底干什么的？

女　人：（惶惑）我，我回家的！

秀　兰：你的家在那儿？

女　人：我的家吗？——我的家吗？——（望望他们，又望望这房子）我没有家了！

安　照：真莫名其妙！

秀　兰：你的家到底在那儿？告诉俺，俺好送你回家！

女　人：你这庄子不是叫——

秀　兰：叫徐大海庄！

女　人：呵哦，徐大海！

秀　兰：你怎么不知道俺徐大海？俺徐大海，俺徐大海是有名的抗日英雄，周围九百里，没人不知道的！

女　人：（衰弱的）错了！错了！

安　照：（没好气）什么错了？

宋之的　/　223

女　　人：（更衰弱）哦！对不起，我是远路的人！

秀　　兰：（好心的）我看着你很累了，你就坐下歇歇吧！

女　　人：（也实在有些不能支持）歇——歇——

安　　照：（向秀兰）好人还是坏人，我看跟她也搞不清楚，不如把她送到村公所去吧！

女　　人：（着慌地）哦！不要送我到村公所，我不是个坏人，我只是个——穷要饭的！

秀　　兰：（也有些怀疑，向安照）喂，你看，会不会是反动派派的"那个"！

安　　照：管她是不是"那个"，送给政府再讲！

女　　人：（恐慌）哦，不，不，不，好少爷，修修好，我穷是穷，可没做过坏事，少奶奶可怜可怜吧，少奶奶！（激动的）我不过是老了，衰了，没志气了，想回家了，——（更激动）我也有这样家的，有这样儿女的，有过像你们这样的桃树，可恨它太小了，小得连人都吊不死的——

安　　照：不管！来！秀兰！先搜索她！

女　　人：（惨叫，躲避）不，好少爷，我不能再坐牢了，我再坐牢就要死了，要谁也看不见了——

安　　照：（冷静的）你原来坐过牢！

女　　人：不是我的错，少爷，是她们嫌我们要饭的碍眼，才关的，少爷，（跪倒，磕头，哭泣）修修好吧！积福积德吧！少爷！

秀　　兰：（急忙搀扶）起来，快起来，老大娘，咱根据地里，早不兴这末封建了！

　　　　　（内里：元振咳嗽，问："吵什么呀，还不睡！"）

秀　　兰：没什么，爹！来了个外乡人！

　　　　　（元振："外乡人吗？好好查查！别是个混进来的奸细。"）

秀　兰：是喇，爹！俺们这就送她到村公所去！她害怕！

　　　　（元振："害怕！也别吓住她，说服说服，咱民主政府，是不会委曲她的！"）

秀　兰：是喇！爹！爹睡吧！

　　　　（元振："嗯。"咳嗽，无声。）

安　照：走吧！

秀　兰：去吧！老大娘，不要紧的，没听俺爹说，咱民主政府，不会委曲好人的，天就快亮咧，你也得睡睡，咱这儿也没一个睡的地阶，村公所里，都是咱自己人，别怕。（把她的篮子递给她）去吧！

女　人：（又恢复了那茫然的样子，无力的）去？

安　照：（背起他的枪）你走前头！

女　人：走在前头？

秀　兰：等等。（急忙拿了两个饼子，塞在她的篮子里）老大娘，这个，拿去吧，俺看你也很饿了！

女　人：谢谢你，好心的少奶奶！

秀　兰：别这么叫，老大娘，咱也是穷苦人。

安　照：走吧！

女　人：（向秀兰）一定要去？

秀　兰：别怕，这是手续，俺明儿一早就去看你！

女　人：（叹息了一声，又望了一眼这个屋子，低头向门走去，安照在后边跟着她。）

　　　　（元振披着衣服上。）

元　振：到底是怎样一回事呵？

安　照：怎么爹也出来咧？俺这就把她送去咧！

元　振：哭哇，闹的，俺以为出了什么事咧！（望了女人一眼）唔，原来是个娘们！你到底干什么的？

宋之的　/　225

女　　人：（一直望着他）我——

秀　　兰：说是回家的！

元　　振：回家的？（又端详了女人一眼）唔，也像！秀兰，你忘了，咱爷们儿同来的时候，还没有她这末整齐呢！咳，那个年月，咱这地界逃出去的，可多咧！

女　　人：（越看越像，不禁凑上去）你——你——

元　　振：（忽然震动大惊）你！你是谁？

女　　人：小照子他爹，你——连我都不认识咧！

元　　振：（徨乱地扑上去，抓住她）你——你是（半天，只闻女人的抽泣声，他又离开，端详，又扑上去，不禁流泪）真是你回来了！

女　　人：（哭着）想不到还能活着见着你呀！

元　　振：（忽然想到自己当着儿子媳妇这么动感情，有些狼狈，大声吆喝）小照子，你妈回家了！讨饭讨了十五年，她回到家了！

女　　人：（四处望）那儿是小照子，小照子他在那儿！

安　　照：（早已忍不住。扑在她的脚前）妈——妈——

女　　人：（抽泣着）孩子，你长了这末大，要你妈怎么敢认哪！

元　　振：（依旧大声吼叫）别哭咧，尽哭什么！别哭咧！这是媳妇，前年才过门的。秀兰，你妈回来咧！

秀　　兰：（凑上去）妈！

女　　人：（拉着她）好心眼的孩子！

秀　　兰：妈怎么不早说！

女　　人：我白天就到家门口咧，看着不像。始终没敢进来！（伤心）我走的时候，桃树才那么高哇！

元　　振：（仿佛赌气似的）它不长吗？孩子都这末大了，树能不长！

女　　人：我始终还以为我的孩子那么瘦，那末小呢！

元　振：糊涂！

女　人：问问人吧，又都说这是徐——

秀　兰：徐大海庄，才改了两年，是纪念抗日英雄的！

女　人：进门望望，你们过的又不是穷日子！

元　振：民主政府已经帮咱们翻了身，那张穷皮早脱了，你还以为国民党区呢！

秀　兰：妈，怕没有吃饭吧，我去——

女　人：不，孩子，我现在倒不饿了！

安　照：妈，你怕冷了吧，秀兰，拿件衣裳给妈穿！

秀　兰：（随手拿了件给她披上）妈，先将就穿吧，等明儿个给妈做两件！

女　人：哦，不，不用！——

秀　兰：俺自己纺线，自己织布，自己的针线，妈。不费事的！

女　人：（又伤感的）自从离开你妹妹，我一个亲人都没有了，现在真像做梦似的！

安　照：（忽然记起）妈，妹妹呢？

女　人：你妹妹！

元　振：是呀，小桂子呢？

女　人：她——

元　振：她那儿去了？

女　人：她——她被我卖了！

元　振：啊！

安　照：啊？

女　人：十三块钱把我的宝贝孩子卖了，跟你分手以后，要了一年饭，好容易找了个人家帮工，又嫌我带了个孩子，撵出来了。我们娘儿俩又混了几年，孩子八岁了，就有要饭的，劝我把孩子卖了。我怎么也不肯，后来实在没得吃，孩子

宋之的　/　227

也哭着跟我说："妈就让我走吧，我去了，妈得几个钱，也许还能回家——"我，我——

安　照：你以后再没有看见她！

女　人：我怎么也舍不得丢下她走，又想，就是回了家，又拿什么脸见你爹呢！后来我们又偷偷会了几面，有一次被她的主人捉住了，把她打了个半死，说我偷了他家的东西，送到牢里关起来了。——我，我以后就再没见过我那苦命的孩子！

安　照：（痛苦的）妈妈！

元　振：（大声的）听见了吗？小照子，你听见了吗？这都是那国民党大肚子，把我们逼到这个地步，我们刚有一点容身的地阶，他们又要来打，又要来害了——（忽然支持不住大哭起来）我那苦命的孩子，你在阎王殿里怎末样受呀！

女　人：我不是人，我把我亲生的宝贝，卖了十三块钱——我——

秀　兰：妈，这不怪你，这——

（鸡叫了。）

（有曙光朦胧的从窗角探进来。）

安　照：（定了定神）爹，天亮了，我要走了！

女　人：走？你那儿去？

秀　兰：他今天出发，妈。

女　人：出发，我刚回来，你出发到那儿？

秀　兰：他参军了，今天出发，打反动派去！

女　人：打反动派！打——

秀　兰：就是参加咱八路军！

女　人：（大惊）你不是当兵吗？你，孩子，你真的去当兵吗？

安　照：是的，妈！

女　人：（惊惶，莫知所云）你怎么这样忍心，你——（向元振）

你竟让他去——

元　　振：（生气的）难道你就高兴那些反动派来吗？让那些逼我们分别十五年，讨饭，受苦，受气，连女儿都卖掉了的大肚子再来喝我们的血吗？（大不满意）娘们儿见识，一回家，就扯腿！

女　　人：我——

安　　照：妈，我不是去当兵，我是为了保卫你，保卫我们所有这些老百姓，不再挨饿，不再受冻，不再妻离子散，卖女儿，才去作战的！为了我们所有老百姓，要像个人的活着，我才去作战的，妈，你明白吗？

女　　人：呵，啊——

元　　振：用不了几天，她就明白的，讲什么，废话！

（鸡声乱唱。）

（集合号起了！）

秀　　兰：集合了，等等我！（她急忙的下）

安　　照：妈我走了！你刚刚回来，我按理是不该走的，不过反动派来了，我们就更见不了面。有秀兰在家里，她会陪你的！

女　　人：好（流泪），好，孩子，我也不懂，既然应该去，那就去吧！

（集合号响彻云霄。）

（天更亮了。）

（秀兰上，换了新衣服，束了腰带，她始终还是秧歌队的领袖，因为送丈夫，所以更有精神！）

秀　　兰：快走吧，要迟了！

安　　照：爹，我走了！家里家外，就全靠你了！

元　　振：放心，放心，你媳妇吗？——（向秀兰望了一眼）放心吧！！

宋之的　/　229

安　照：（忽然想起）哦，又差一点忘了，妈回来了更好。爹，秀兰不能多劳动，她已经有两个月身子！

元　振：啊！

安　照：两个月了！

女　人：哦！

元　振：（埋怨）你怎么，有了小八路了，也不早说！

秀　兰：（嬉笑的）走吧，走吧，你可要迟了！

（她第一个跑下。）

（安照，元振，女人随之。）

（台后响起了秧歌队的歌声与集合号相配合。）

（"国民党呀，反动派，一心一意把国卖，老百姓呀，遭了害，抓丁抢粮割脑袋，割脑袋……"）

（歌声渐远。）

（幕下）

选自 1947 年 6 月 26 日《群众》第 22 期

多幕剧

尤 兢

|作者简介| 该作者简介参见第一卷独幕剧《省一粒子弹》。

夜光杯（五幕剧）

（节选）

前 言

是去年暑天，与洪深先生等集议写作"汉奸的子孙"这剧本的时候，首先浮起的问题是写那类子的人和那类子的事？因为汉奸者流的在历史上与现实中，是不止百态地出现着，他们所干的勾当更是"自古已然，于今为烈"地大有写不胜写之概的。

从那个剧本发表之后，曾经划计过以他们的父女关系为题材，写一个剧本，因为剧中有两个机点，不曾安排好，匆匆地写完了，就老没有发表，一搁数月，几乎自己也忘去了。可是从他们身上取材这心念却不曾淡却。

本剧是以报章和杂志上所刊载的"新刺虎"这纪事为骨干的，枝叶则取之于一位畿东来客的谈话和一些零篇的纪述。自然创作不是实录，至于要写年余来畿东的全貌，自然不是本剧所堪胜任，也不是这样一个剧本的主点；不过必要接触的方面，我是顾三顾四而尽可能地接触到了。在写作期间，为求真计，我也曾访问过五年前剧中人在上海下过榻的某旅馆，和女主角搭过班的某名伶。于剧的发展或素材方面，这两次的访问，虽不曾给我多少帮助，但是他们——某名伶和旅馆茶房们谈论到这件事情的时候，那种愤恨与惋惜的热情，是使我感动得增加不少写作勇气的！"疾恶如仇"的心理，"不为奴隶"的呼声，"视死如归"的壮烈的牺牲，当我们从旧剧"戏子"，旅馆茶房，和"供人搂抱的舞女"中感到，听到和见着时，该多么为我们民族前途祝福呵！虽是像剧中这舞女那种近于虚无倾向的行为，未必尽作为训。

感谢：施谊兄让我用他已成的歌。云乔兄于百忙中为我作布景设计，可以使内地演出者方便不少。自然，演出者尽可以根据舞台条件，实际情形和各自的演出方法自由处理的。

一九三七年春"复活"演完之夜

人　物：

郁丽丽　仆　欧　汤耀华　梅素馨　钱汉生　应尔康　郭　平
勤　务　小　香　卫队长　郭　母　张　妈　李大叔　刘二爷
卫兵甲　卫兵乙

时　间：

一九三六年

地　点：

第一幕　郁丽丽上海寓所

第二幕　应尔康办公厅内的休息室

第三幕　丽丽北通寓所

第一幕

人　物：

郁丽丽　仆　欧　汤耀华　梅素馨　钱汉生

时　间

一个不很炎热的夏夜。

景：

丽丽的寓所——沪西住宅区的一个相当华贵的公寓（Apartment）内。

壁糊，窗幔，家具，一切陈设的色调，式样与品质，均颇柔美，玲巧而富丽。

舞台后壁的略右有一窗，垂着精美的帘子，稍左一门供进出。右壁有门入卧室和浴室，左壁一排窗开着。

室内大小沙发，倭几，桌，椅，台灯，长镜，摆设柜，电话和收音机等各占着适当的地位。

幕开，轻轻地由窗下传来弹着"吉塔"哼唱的异国歌曲。

——一个南国的热情而能相当地控制热情的女郎——

郁丽丽……在阅翻晚报。她的举动中多量地流露着舞女的姿态，而不像一般舞女那么的无知，无感和浮乱，说不上多么世故或深沉，可是由于坎坷的生活积炼出来的顽强性，她却很能发挥它。还有重要的一点，很可以被人家辨别得出来的，就是她在新近的一段生活中，刚刚领悟到的不完整的她所谓生之意义，自暴自弃中显现着自珍自爱的不一致，她时时想抑制或夸大某一方面，因此不免有点做作和幼稚。这时她随便地翻着晚报，突然注意起一条新闻来，看看桌上镜架中自己的照片，再把视钱移到长镜中去，瞄着自己笑了。

门响……

郁：（连忙收敛起笑容）进来。

（门开，仆欧持一束夜来香进来，他是一个什么都郑重其事，相当有风趣的北方老年人。）

仆：小姐，您要的夜来香，买到了。

郁：呵，很好！……（放下晚报，接了过来）此刻正是香的时候……

仆：小姐，这儿的那有北京的好，北京的才香呢！

郁：花香还有两样？

仆：在北京，这就不叫夜来香，叫晚香玉，比这儿的要香得多了……

郁：是吗？……那末，我马上可以有北平的晚香玉了……（插入瓶中）

仆：小姐，您是说……

郁：我明天就动身到北平去……

仆：小姐您真爱说笑话，您才搬来住了几宿，耽得蛮好的，干么要去北京……

郁：去看晚香玉呀，你不是说北平的花比这儿的香么？

仆：我是说这一种花香比……

郁：我是挺爱这种花的。

仆：小姐，我知道您这是说着玩儿的，那有为了爱着点花儿就跑那么老远的……哈哈，小姐，您……

郁：你明天朝晨到账房里去叫他们把我的帐结一下，就开给我。

仆：小姐，您这是真的？

郁：我要到北平避暑去。

仆：呵，对了……（自怨地）该死，我怎么没想到这一层……倒烦了您半天……

（走，自语地）对了，去北京避暑倒是蛮好的……（出）

（丽丽燃香烟，吸，对着花儿出神。）

（叩门声。）

郁：进来。

（汤耀华，一个三十四五岁，热情而冷隽，有点虚无倾向，无意之间，还带着点军人习惯的南方人进来。）

汤：丽丽。

郁：呵，耀华！

（耀华脱去上衣，注意地把室内看一遍。）

郁：（放下香烟，取晚报）耀华，你看了晚报没有，我们俩儿的事情，全登载出来了。

汤：给我看。

郁：瞧，这儿还登着我的照片呢！

汤：（读）……"舞女郁丽丽婚变……前在丽园大上海等舞厅，红极一时的舞女郁丽丽……与舞客汤耀华同居……感情破裂……离婚诉讼……公堂相见……调解……协议离婚……赡养费三万元……"哈哈……

郁：耀华，小报上才说得更可笑呢。

汤：怎么说？

郁：一张小报上说是因为我另外有了爱人，一张小报呢又说是你另有所欢，所以遗弃了我……一方面说我对人家表示将要进电影公司拍戏，一方面是说我今后决定再去做舞女，耀华，他们真是莫明其妙！

汤：好，让他们莫明其妙的闹去吧，越闹得开越好……

郁：你就得了吧，再闹下去，我可要像要人一样的被新闻记者，小报记者包围了。

汤：丽丽，反正你马上就离开这儿了。

郁：我正在想呢：我突然离开这儿，这些小报记者，不知道又该怎么样猜想了？

汤：管他们呢？我们所以要这样闹蹩扭，这样打官司，无非是要人家相信我们的离婚是真的。

郁：我们这目的算是达到了。

汤：这是我们初步的成功。

郁：以后呢？

汤：以后的成功，全要靠你的努力了！

郁：耀华，我一定努力，一定不辜负我们这番苦心……

汤：你明天一定动身么？

郁：等应尔荣大律师的信来了，就走。

汤：不是说他的信约好了今天送来的么？怎么此刻还没送来？

郁：今晚要是他不送过来，明天上午我自己去找他。对了，他还说有点东西托我带去给他哥哥的。

汤：这很好，能够带点应尔荣的东西去，应尔康一定会更相信你的。

郁：我也这样想。要不然，上海有着一千多个律师，我们这次的离婚何必一定要请应尔荣呢。

汤：你可别忘了，把这些登载着我们的离婚启事和关于我们打官司这些消息的报纸带了去，有意无意的给应尔康看见，让他更相信你……

郁：有我们离婚新闻的小报我都收集了。

汤：登着离婚启事的日报呢？

郁：昨天的《申报》给仆欧打湿了，他拿去抛了。

汤：那，赶快叫他去补买几份来。

郁：唔。(按电铃)

　　(耀华拿烟抽。)

　　(仆欧进来。)

仆：小姐。

郁：你去补买一份昨天的《申报》来。

仆：是。

汤：《民报》也补一份。

仆：是，是。(出)

汤：(抛掉香烟，郑重地)……丽丽！

郁：你要说什么？

汤：此刻是我们两个最后的一次商量这事情了。

郁：是的，关于这次我已经答应了去干的这件事情，还有一个很重要的问题需要跟你商量的。

汤：这是一件很冒险的事情，你不会临时下不了决心吧？

郁：咦？耀华，我不决心干这件事情，为什么决心和你这样离婚呢？

汤：唔。

郁：事情已经全预备妥了，我明天就得开始去干，难道你还不相信我？耀华！

汤：丽丽，我相信你！(从袋中取出一张车票来)这是一张平沪通车的二等卧车票。

郁：(接过来)谢谢你！(郑重地收起来)

汤：另外还要什么东西么？

郁：(思索地)唔……

汤：要什么东西我给你预备……

郁：没有什么了……有些零碎的东西，我自己多预备好了。

汤：(取出一沓钞票来)丽丽，这点钱给你零花……

郁：钱？哈哈，耀华，我不是跟你打官司，打到三万块钱赡养费了么？

汤：不，那三万块钱，你留着有很多用处的，这个……（给她放在抽斗内）

郁：耀华，我有一个问题，很早就想跟你商量的。

汤：什么问题？

郁：我想应该跟你说明……

汤：怎么不早说呢？

郁：（不大好出口的样子）唔……

汤：说呀，丽丽！

郁：耀华！

汤：什么话，你只管说呀！我们还有什么不能说的呢？

郁：我这次去……（不大好措词似的）

汤：你说……

郁：（决然）我这次去……

（电话铃子突然响了，耀华在近边，正打算去接。）

郁：（轻声）耀华，你怎么好接呢！快别让人家听了出来，知道你在我这儿……（急去接）喂，你是谁？我是丽丽……呵，葛先生……是的，和解了……看见了，晚报我看见了……也不能算是什么大刺激……谢谢你……反正我是这么个脾气……唔，抱歉得很，我此刻身体不大舒服……（看耀华，笑）……今后么？……呵，你想知道知道可是我还没有决定今后怎么样……真的，没有怎么样决定……抱歉得很，今晚吗？……我不想出去了……好，再见……（挂断电话）

汤：谁？

郁：晚报馆编跳舞周刊的葛衣琴，他说要访问我一次，问问我

240 \ 四川新文学大系·戏剧编（第一卷）

今后究竟打算到那一个跳舞场去作舞？我已经拒绝他了。

汤：丽丽，你方才说……

郁：呵，对了，有一个问题，我应该对你说明：我这次去……

（门外叩门声。）

（耀华大惊。）

声：（门外女子声）丽丽，丽丽！

（丽丽急指门，示意耀华，他轻轻地往卧室走，丽丽把他的上衣掷给他，躲入卧室去。）

声：丽丽！

郁：谁？（开门）

（舞女大班钱汉生跟在舞女梅素馨后面进来。）

郁：呵，素馨，是你！

钱：这位就是，就是……

梅：呵，我给你们介绍，这位就是郁小姐……

钱：好极，郁小姐，好极！

郁：这位……？

梅：钱汉生先生，我们威尼司舞场的大班。

郁：呵，钱先生，请坐！

钱：不客气，郁小姐！

郁：素馨，怎么没有到舞场去？

梅：特地先来看看你的。

郁：呵，谢谢你。小妹妹。（对钱）钱先生很忙吧？

钱：差不多……不过，是的，我们威尼司那边比较别的舞场里是要忙些。

梅：丽丽，钱先生也是特地来看你的。

郁：呵呵，谢谢钱先生。

钱：哈哈，丽丽，我们多是自己人，你不用客气。我们虽是没有多少交往，可是你的名气，我倒很知道，真是钦佩钦佩。所以请了梅小姐同来介绍介绍，见识见识你。好极，丽丽，你好极了！哈哈！

郁：不敢当，钱先生太夸奖了！（有点不大高兴他那副神气和腔调，一面还担心着里面的耀华，敷衍地）今天天气很热呵……（看看卧室的门）

钱：是，很热，很热！哈哈，给你一说我就更热了！（脱了上衣，拎了拎裤脚管，坐下来扇扇子）

梅：丽丽，这次的事情，怎么的呢？

郁：什么事情呀？

梅：你跟汤先生的事情……

郁：呵，离婚了，分开了！

梅：怎么事前我们一点儿也不知道？

钱：对了，听说你们同居得好好的，为什么要拆开呢？
（仆欧进来。）

仆：小姐，报补来了。（放下）

郁：你去拿点凉的东西来。

仆：是。

钱：不，仆欧，你等一等，（摸钱）你去给我买几瓶汽水，……要沙司的……

仆：……（欲接不接的）

郁：那里，钱先生是客人……

钱：不，不……呵，丽丽你爱喝冰淇淋还是汽水？我知道素馨是跟我一样，欢喜喝沙司汽水的。

郁：钱先生，你太客气了，这儿是我的家……

钱：那里，那里，我老早就想请请你了。今天，难得，难得……仆欧，快拿钱去买！

梅：钱先生，把钱收起来吧，丽丽不会肯让你请客的。

钱：（收钱）好，好，那末下次一定我请，丽丽，下次你可不许再跟我客气了！哈哈！

郁：钱先生，真客气！

（仆欧下。）

梅：丽丽，这样突然的离婚，我们真想不到……

郁：（指方才补来的两份报纸）哈哈，不是登报通知大家么！

梅：葛先生昨晚到我们舞场里来跳舞，把你们的离婚启事念给我听了，我还不相信呢。后来看了小报，又见了今天的晚报，我才相信……。

郁：是么？

钱：我，我却一听见人家谈起，我就相信了，素馨，你真是小孩子，离婚的事情，难道可以是假的！丽丽，你说是不是？

郁：哈哈！

梅：丽丽，这样突然，究竟为的什么呢？

郁：没有什么，分开了就是了。

梅：不，这一定有理由的！你不会做没有理由的事情！

郁：哈哈，理由么？启事上不是说了："感情破裂，不堪同居……"

梅：（易感地）唉！爱情这东西的变化，真太奇怪了！

郁：小妹妹，你将来自然会明白的！

钱：嗨，是不是汤耀华这家伙变了心？外面有人说他又……

梅：（阻止他说下去）钱先生……

郁：唔，可以说是他变了心，也可以说是我变了主意。

梅：怎么说？

郁：他变了心，我变了主意，这还能同居下去么？

梅：丽丽，我觉得你是有点变了。

郁：是么？你们也觉得我变了么？

钱：这我那里知道，我这是第一次见你。

郁：素馨你觉得我什么地方变了？

梅：你说的话也跟从前不同了。

郁：对了。素馨，我是变了，我还想大大地把我自已改变一下呢！

钱：是不是受了这次事情的刺激？

郁：也许是吧。

梅：丽丽，你素来是一个又刚强，又豪爽的人，这样的事情，你不能看开些么？

钱：对了，人生在世，原不过是这么一回事，丽丽，何必太认真呢？

郁：哈哈！

梅：丽丽，我们是知心朋友，自从你跟汤先生结婚之后，你就绝迹不进跳舞场，我呢，也每天这么稀里糊涂的忙着，我们就不曾好好地谈过，今天让我们像从前一样，痛痛快快地谈谈吧。走，我去看看你的房间……

郁：……（看着钱，想如何阻止素馨）

钱：你们进去好了，我就在这儿躺躺。（伸着懒腰，跷起脚来躺在大沙法里）唉，真累……

梅：里面这间房子比这儿大还是小？

郁：唔……一样大小……

（素馨走及卧室门。）

郁：素馨，里面比这儿热，我们还是坐在这儿谈谈吧。（坐下，故意感伤地）对了，一个青年的女人，离一次婚算得了什么？（素馨站住）不过钱先生说人生原不过是这么回事，可是我想也许会是那么回事的!

钱：你说是怎么回事？

郁：我还年青，我长得也不比别人难看，我相信我自己……

梅：（回近来）丽丽，你今后打算怎么样？

钱：对了，我们很想知道知道你的今后。

郁：今后，今后，我方才说过了，我今后也许会改变改变生活。

梅：怎么样的生活呢？

郁：不过，这连我自己也说不定……素馨，你知道我是素来不大为自己的今后打算的。

钱：（对素馨做暗示，叫她说什么，她没有留意）素馨。

梅：嗳。

（钱汉生暗示她。）

（丽丽有意避开，不看他们，有点不耐烦地。）

郁：（看手表）素馨，近来舞场里的情形怎么样？

梅：还是和从前差不多。

郁：你是什么时候到钱先生那边的威尼司去做的？

梅：（计算地）是你离开大上海舞场，跟汤先生结婚之后的一个月，我就离开丽园转到钱先生那边去了。

郁：呵，那末也快半年了。

梅：是呀，半年了，时候过得真快！

郁：对了，时候过得真快，少奶奶的生活我已经过了半年了！

（钱汉生再催促素馨说什么。）

（素馨点头，表示知道了。）

郁：素馨，你的表上是什么时候了？（有意地听听自己的表）

梅：呵，我今天恰巧没有带表。

（门开，仆欧送汽水等上，倒给各人。）

尤兢 / 245

（钱汉生一口气就喝完一杯。）

（仆欧再倒给他一杯，揩干手，从口袋里取出一张卡片给丽丽。）

仆：小姐，这位先生来看您。

郁：（接过来看）人呢？

仆：这里有客，我请他在外面会客厅里坐了。

郁：你怎么不早说。

仆：这里有客，所以……

郁：好，你请他等一等。

梅：钱先生我们走吧……

郁：不，不，难得见，再玩一会儿去。

梅：你有事情。

郁：没有什么关系。

钱：素馨，你不是要跟丽丽小姐谈谈么？

郁：（看出他有要素馨再耽下去的意思）对了，再谈谈去。

梅：那末，你去会你的客好了。

郁：（放下卡片去拉起中右窗上的帘子来）素馨，这边凉快些，坐到这边窗口下面来吧。

梅：谢谢。你去就是。

郁：（看一下卧室门）钱先生，对不起，失陪了，我一会儿就来。

钱：请便。请便。

（丽丽下。）

（素馨顺序地看室内壁上，桌上的东西。）

（钱汉生自己又倒汽水来喝。）

（素馨看了看摆设柜内，有意无意地把卧室的门推开一点来，将要伸进头去看时。）

钱：（喝完了汽水）素馨，你怎么不跟她说呢？

梅：（顺手关上门，回转来）说什么？

钱：你这人，怎么忘了我们是为什么来的了！

梅：为什么来的？我知道她离婚了，一定很伤心，特地来安慰安慰她的……

钱：我呢？

梅：你不是说来见识见识她么？

钱：我为什么要见识她？

梅：还不是因为你想挖她去做舞女？

钱：那就对了，方才你怎么老不提起这事儿呢？

梅：你不懂丽丽的脾气，什么事情多要在她高兴的时候对她说，才有用的，否则……

钱：唔，很多人说她的脾气大，方才看样子是有点蹩扭的。

梅：可不是，突然离婚的原因，不肯说；问她今后打算怎么样，也不肯说。

钱：我猜想她今后准是再做舞女。

梅：你怎么知道？

钱：她方才不是问起你跳舞场里的情形么？

梅：那是她随便问问的。其实她早就讨厌舞女生活了。

钱：是么？

梅：从前我们一同在丽园舞厅做的时候，她常常为了一点儿不高兴的事情，就跟人家闹蹩扭。

钱：呵，这我自有法子对付，红舞女总是爱闹脾气的，因为捧她的人多，所以就骄傲，摆起架子来了……

梅：不，丽丽这个人倒不因为自己红了就骄傲，就要架子。她平常对人，是很客气的，尤其是在我们姊妹淘里，那真爽气极了：常常帮朋友的忙。有一次，一个舞客欺侮我们隔

尤　兢　／　247

座的一个小姊妹，丽丽竟跟那个人冲突起来，把桌子都打翻了。还有一次，一个舞客请她坐台子，不知道为什么得罪了她，她立刻离开台子，就走了。那个人追上去向她道歉，给她许多舞票，她当着众人，把舞票统统撕了！

钱：呵，这样一来，那个舞客，不是没有面子下台么？

梅：是呀，恰巧遇着那个舞客也不是好惹的小抖乱，当时就闹开了，闹得大班没有办法，只能找经理。

钱：经理呢？

梅：经理出面调解，叫丽丽向那个人道歉。

钱：丽丽道歉了没有？

梅：她，她才不呢！她说宁愿不吃舞女饭。

钱：没有道歉？

梅：自然没有。

钱：那末结果呢？

梅：结果丽丽就脱离了丽园舞厅，到大上海去做了。

钱：怪不得丽园该关门了，这样红的舞女，也肯放手。

梅：有什么法子不放手呢？丽丽从那次闹过之后，死也不肯再在丽园做了！

钱：这个姓汤的汤耀华是她在丽园认识的，还是到了大上海之后才认识的？

梅：是在大上海舞场里跟丽丽认识的。

钱：你认识这姓汤的么？究竟是个怎么样的人，能够被丽丽看中了，同居半年，那一定是……

梅：这个人，我是看见过的，可是底细却不大清楚。

钱：听说是一个不大开口的好好先生。

梅：是不大爱说话，我们问丽丽，丽丽说也只知道他是湖南人，本来是一个军人，在国民革命军里革过命，打过仗，钱：受过伤，从广东打到汉口之后，他就不高兴再在军队里干，跑到外国去了，回国之后，就一直住在上海的。

钱：（翻着报纸）拿得出三万块钱的赡养费，那末他手里一定是有点钱咯？

梅：听说是有点钱的。

钱：要是没有钱，我想丽丽也不会跟他同居。

梅：那倒不见得。

钱：不见得？

梅：你不知道：丽丽是并不怎么爱钱的。

钱：不见得吧？那有做舞女，不爱钱的……

梅：真的，从前她在丽园舞厅的时候，有一个在这儿政府里做参事官的姓应的，很给丽丽花了一些钱，舞票一送就是一百块，常常带出去玩儿，两个人打得火热的，大家以为丽丽一定要跟他了，可是偏偏不曾让人家猜着。后来，不声不响地倒是跟这姓汤的同居了。讲花钱，那个姓应的花起钱来比汤耀华可漂亮得多了！

钱：（幸灾乐祸地）不声不响地同居得好，现在被这姓汤的家伙丢手了！

梅：真想不到丽丽会上这个大当！

钱：唔，其实，这次丽丽也不能算是上当。

梅：为什么？

钱：丽丽不是拿到三万块钱赡养费么？

梅：可是她的名誉也就一塌糊涂了。

钱：怎么叫名誉一塌糊涂？

梅：不是么？官司打到这样，这几天的大报小报，那一张不登载丽丽如何被人家遗弃，丽丽如何上堂打官司的新闻？

钱：（反驳地）唉——，这有什么关系呢？

尤兢 / 249

梅：没有关系，你们男人可以没有关系，可是女人怎么行呢？丽丽今后真不好做人了，（感慨地）可惜了她过去那么红的红舞女，好名声！

钱：嗨——（教训地）素馨，你真是小孩子，这样离婚的官司越打得厉害，大报小报越登得多，那末对于丽丽这样的红舞女就越有好处！

梅：好处？有什么好处？

钱：好处可多呢！出名了！

梅：这样的名还是少出的好。

钱：哼，你没看见一张小报上说，有一个电影公司要请丽丽去当明星，拍影戏么？那就是打官司，打出了名的好处呀！

梅：我猜丽丽一定不肯去的。

钱：那末好，你劝劝她到我们威尼司去伴舞，我包她一定比从前更红。捧她的人一定比她在丽园，在大上海的时候更多！

梅：（不大相信地）……

钱：你想，这年头，跳舞场里吃的是噱头，要的是刺激，像丽丽这样红过一个时候的舞女，一下子销声匿迹了半年多，现在离婚案子闹得这样满城风雨，这个刺激，还不够轰动一下子么？哈哈！所以……

（丽丽突然推门入。）

郁：对不起，失陪了这么久……（把手里的一封信和一个包放在抽斗内去）

梅：丽丽，谈这么老半天，是谁呀？

郁：呵，（拿起桌上的卡片）卡片在这里，你们没有看见么？

钱：（接过来看）呵，是他呀，怪不得……

梅：谁？

钱：应尔荣大律师。

梅：他怎么来看你，他不是应尔康的弟弟么？

郁：你没有看见报上的启事？这次的案子，我是委托他办的，后来也是他调解的……

钱：案子了结了，方才是来收公费的么？

郁：是的。

钱：素馨，你不是有话要跟郁小姐谈么？

梅：唔……

郁：小妹妹，什么事呀？

梅：唔，丽丽，钱先生想请你到他那边威尼司舞场去……

郁：呵，钱先生要请我的客去跳舞么？真太客气了！

钱：呃，不是。

郁：那末是要我去做舞女，伴舞？

梅：对了。

郁：呵——还是那种老调子……

钱：不，郁小姐，你半年多不进跳舞场，上海这些跳舞场的变化可真多了。你从前做过的丽园已经关门了。

郁：这我知道。

钱：大上海呢，近来生意也很清，恐怕不久就也有关门的危险了。只有我那边是新开的，所以，不是自己吹牛，我们威尼司可以说是比大上海那一家舞场都大，都热闹……不相信，你问梅小姐，（对梅）素馨，你说是不是？

梅：这倒是真的。

郁：那好极了！

梅：丽丽，你到威尼司去了，钱先生说包你一定比从前更红，更……

郁：是么？

尤兢 / 251

钱：那自然，以丽丽你这样的名气，以我们威尼司这样的熟门熟路，那一定是……

郁：哈哈。

梅：丽丽，怎么样？

郁：唔……

梅：丽丽，你一定去吧，你去了，我也可以多一个伴……

钱：所以，怎么样？

郁：过些时候再说吧。

钱：那又何必呢？

郁：让我再过些时候！

钱：不，现在正好，趁现在这个风头上，大可以轰动一下子，你知道，上海这地方什么事情多是一窝风。

梅：对了。丽丽，你……

郁：（从手皮夹内取出一个银行存折来）你们看这三万块钱……

梅：三万块……

郁：是的，三万块。

钱：就是这笔赡养费么？

郁：对了，让我花完了这三万块钱，再说吧！

钱：花掉它？

郁：是的，花掉它。

梅：为什么要花掉呢？

郁：我要花掉它，我要痛痛快快地花一花！

梅：丽丽，你还是这个脾气，还是任着性子……

郁：对了，我任着性子，我任性的和汤耀华同居，我也任性的跟他离婚，今后我更要任性的生活！

梅：为什么这样任性呢？

郁：哈哈，我为什么不任性？

钱：这样任性对你有什么好处？

郁：好处？好处我倒不曾想到！呵，（示手里的银行存折）也许这个就是我任性的好处吧！哈哈！（随手一抛）

（那两个人莫名其妙地对看着。）

郁：（兴奋地）我，我郁丽丽，十四岁死了父亲，离开了台湾，到厦门，十五岁跟着我母亲又离开了厦门到上海来……

钱：郁小姐是台湾人，还是厦门人？

郁：我祖上是厦门，从我祖父起就在台南做生意的。在我十四岁那一年的春天，我父亲因为生意上吃了东洋人的大亏，家破人亡，母亲带了我回到了家乡，没有法子过活，第二年到了上海，为了想收人家欠我父亲的一笔债，那里知道债没有收到，她就抛下我死了！

钱：（同情地）唉！

郁：（有点感伤地）我一个人就在这儿糊里糊涂地混。今年我二十五岁，在上海这人海里，做梦一样的混过了整整的十年了！（悲愤地）在这十年里面，我知道，吃过多少苦，受过多少气！我为什么不该任性一点？

（他们两个人无言。）

郁：讲到男人吧，我，素馨，你是不很知道的，前几年我是郑重其事的爱过人，相信过人的，可是常常被人家欺骗了去！

钱：汤耀华就是欺骗你的一个？

郁：也许是的。……（看卧室）不过，当初他爱我，我也爱他这倒是真的。

钱：那末，现在怎么离婚了呢？

郁：变了。

梅：丽丽，这就是你任性的结果了！你当初就不该这样随随便便的爱他，跟他同居，你不是连他的底细也不清楚么？

郁：现在我很清楚他了。我应该感谢他：他使我明白了许多我从来不曾明白的事情，我和他同居了半年，从他那里懂得了不少做人的道理！懂得了我过去半生的痛苦是那里来的！

梅：所以说你改变了！

郁：是的。

钱：汤先生究竟是怎么样的人？

郁：他么？（思索地）他是一个有时候会自寻快乐，有时候也会自找烦恼；会牺牲自己，也会牺牲别人……

梅：（天真地）你恨他么？

郁：恨他？哈哈，我为什么要恨他？

梅：他抛弃了你！

郁：小妹妹，也许是我抛弃他的呢！

梅：丽丽，你是素来脾气刚强，不肯输人家的。即使吃了亏，你嘴上还是说得那么硬。可是我知道，你心里一定是很难受的，你这个刺激受得太大了！

郁：（笑）哈，哈，哈，……

梅：你别有意装着笑脸，丽丽，你一定很伤心……

郁：伤心？素馨，就算是他抛弃我的吧，这值得什么伤心呢？我说过了，一个年纪轻轻的女子，离一次婚算得了什么！比如做了一个梦！哈哈！（叫仆欧）仆欧！

（仆欧近来。）

仆：小姐。

郁：买酒，给我去买两瓶酒来！

仆：是。（应声下）

梅：丽丽！你……

郁：喝酒，我们痛痛快快地喝一次酒，庆祝我的离婚吧！

梅：丽丽，你疯了！

郁：哈哈！我好比做了一个梦，现在清醒了，素馨，你以为我痛心么？你以为我悲哀么？不，我一点也不！

（他们两个非常同情她地，默默无言。）

（丽丽跑过去开了无线电收音机，里面正播送着《舞榭之歌》的后半段：这儿有软语温存，这儿有蜜意殷勤。）

郁：（兴奋地接上去唱：）

　　这里有你的快乐——欢欣

　　这儿有我的痛苦酸——辛

（钱汉生摇头摆脑地大为欣赏。丽丽过份兴奋地边舞边唱：）

　　这儿有一切

　　这儿没有黎明！

　　这儿有……

（丽丽做一个几乎昏倒的姿势，突然停住了唱。）

梅：（急跑上去扶她）丽丽！（大骇）

郁：唔！（顺势倒在素馨怀抱里）

钱：（骇）怎么了！

梅：（把她扶着坐下）丽丽，你太兴奋了！

郁：（无力地）唔。

钱：郁小姐，不要紧吧？

郁：（勉强振作地）没有什么！

梅：丽丽，你受的刺激实在太大了！你应该静养静养……（拿把扇子给她扇风）

郁：谢谢你，小妹妹。

尤兢 / 255

（钱没趣地走动。）

（电话铃子响。）

钱：（顺手接了过来）喂，你那里……呵，在，在，丽丽在家里……（回头）丽丽，你的电话。

郁：谁？（接）喂，我是丽丽。……呵，你是蒋凯，蒋先生……

梅：（惊）呀？蒋凯？

郁：（对电话里）是的，哈哈，（对卧室门看一看）好吧，好的……你先去，你去等着我，我一会儿就来……一定，一定的……（很快地挂断）

梅：蒋凯？他说些什么？

钱：谁蒋凯？

郁：我从前在大上海舞场里的拖车，他死鳅笔立的追求我，我没有理他，他此刻知道我离了婚，被人家抛弃了，就来向我报复了，哈哈，好，让他报复吧，他总算是有了报复的机会了！（颓然地坐下）

梅：他骂了你么？

郁：不是，他说请我去跳舞……

钱：请你去跳舞？

郁：是的，我答应了他了，他说让我们像过去一样的跳舞，哈哈！

钱：好，那末走呀。反正你此刻心上不很舒服，还是去跳跳舞，可以散散心！（起劲地）走，我们走。

梅：好的，丽丽，免得一个人闷在家里。

郁：不，还没有到蒋凯约定我的时候。

梅：他约你到那一个舞场？

郁：巧得很，是你们的威尼司。

钱：好极，好极！那末！我们先去就是了！

郁：不，我要休息一下！……（躺到沙法里去）素馨，钱先生，你们请先走吧！

（看着卧室门。）

梅：丽丽，我扶你进去，到床上躺一躺……

郁：不用，里面太热，我就在这儿躺一会儿。

钱：那末，素馨，我们先走吧。丽丽，你一准来。

郁：准来！

钱：一会儿舞场里见！

梅：（和丽丽握手）再会，丽丽！

郁：（陡然立起，真的热情地握住她的手不放）小妹妹！（真的感伤了起来）

梅：（惊异了）丽丽，你怎么了？

郁：素馨！（真的哭了）

（钱汉生呆住了。）

梅：（还是以为她是受了离婚的刺激，安慰她）丽丽，忘了吧，你素来是刚强的人，把汤耀华这个人，把离婚这件事情忘了吧！

钱：真的，郁小姐，我又要说了！人生在世，原不过是这么一回事，何必太认真呢！……走，还是一同到跳舞场里去混混吧！

郁：唔……

梅：丽丽，你平静一点，珍重身体要紧！

郁：好，素馨，愿你也珍重！再会！

梅：再会！

（梅素馨跟着钱汉生出。）

（丽丽从开着的门里脉脉含情地目送着她的背影，呆呆地

尤 兢 / 257

立着。）

（汤耀华从卧室出。）

汤：（见状惊异）丽丽！

郁：（回头）耀华。（投在他怀里）

汤：怎么了，你？

郁：唉！分别了！梅素馨这小妹妹，我很爱她，我很同情她。今天分了手，恐怕永远不能再会了！

汤：你不是答应他们一会儿还去跳舞么？

郁：不，我这是要他们快点走。

汤：那末，蒋凯呢？

郁：还管他这无聊的家伙干么？我们还有重要的事情没有商量好呢！

汤：丽丽，你方才究竟要对我说什么呀？

郁：耀华，我这次去找应尔康，万一要牺牲……

汤：不，丽丽，我已经给你预备好了，只消应尔康能够相信你，能够和从前一样的跟你要好，那末你可以不必牺牲，会安全地回来的。

郁：耀华，我不是怕牺牲性命，我只是担心……

汤：（急接话）你担心你没有法子下手么？这个（从一个小盒子里取出一只宝石戒指来）丽丽，这是我替你预备的……

郁：（注意）预备的什么？

汤：（把镶着的宝石移动给她看）应尔康这样的大汉奸，敌人的傀儡，戒备得一定很严密的，你下手的机会一定很少。这戒指的宝石底下藏着有一种极厉害的毒药，只消放一点在吃的东西里面，没有颜色也没有气味，吃了下去马上就见效，而且不会露痕迹的！

郁：是么，这好极了！

汤：丽丽，你戴着，你用它来除掉我们民族的罪人！这比手枪，比炸弹，都好！（代她戴在指上）

郁：（满意地看了一会儿）耀华，我什么时候下手最好呢？

汤：最好是晚上，你想法子给他吃了，他马上睡着了，永远不会醒转来了，你就在那夜里逃走！

郁：（惊异地）耀华，晚间我怎么有机会和他在一起呢？那不是……耀华，不，我不能这样！

汤：（给他这一说，思想倒矛盾起来了）唔，丽丽……

郁：（严重地）不，我决不！耀华，方才我几次想对你说的，就是这个问题，这个贞操问题！

汤：（大悟）呵——！（理智地）丽丽，不打破贞操观念，你这次就不必去，因为……

郁：那末，成功了，我也不逃回来见你了！我也就吃一点这（举手吻戒指）里面的……

汤：能够逃，当然该逃回来！

郁：不，我以后再没有脸见你了！

汤：（正色）不，丽丽，在这种场合，你把贞操问题，看得比民族的利益，比国家的危亡还重么？

郁：难道我牺牲了贞操，去刺死了应尔康这样一个人，国家民族，就此……

汤：自然，丽丽，事情不是这么简单的，现在应尔康之外，还有不少的应尔康，刺杀汉奸之外，还有不少我们应该做的事情。不过，你恰巧有这样一个机会……除掉了应尔康这样的人，对于敌人，是去掉一个有力的工具，对于汉奸，是杀一警百……

郁：那末……

汤：（看表）丽丽，现在十点零十分了，我还等着有事情去，

尤 兢 / 259

你不必固执，你再考虑……

郁：（决然）不，耀华，我不用考虑，我决心了！我明天就走！（指）应尔荣的信，方才已经送来了，他还托我带一包东西给他哥哥的！

汤：好，下一个月的今天，希望能够得到成功了的好消息，我希望你已经成功了回来！（和她握手）

郁：（握手）但愿是这样！

汤：万一你到那时候还没有机会，没有成功的话，那末我在下一个月的明天，赶到北平，你到北京饭店来找我，或者我来找你，我们再商量别的方法。

郁：耀华，我既然决心牺牲，我想不消一个月的。

汤：不，为了你能够安全地逃回来，你千万不能操之过急，一定要布置得很周全了再下手。你记着我，我那时候改姓屋梁的梁，叫梁安东！

郁：安东！

（两人拥抱。）

（窗外传进街头的音乐来。）

汤：丽丽！

郁：安东！

（打门声。）

（两人急分开。）

（仆欧送酒上，倒满两杯，即退出。）

汤：（举杯）丽丽，祝你成功！

郁：（碰杯）愿我们成功！

（外面正奏着悲壮的音乐。）

（幕）

第二幕

人 物：

郁丽丽　应尔康　郭　平　勤　务

时 间：

前幕的一周之后，郁丽丽到北通的第四天，一个炎热的下午。

景：

是新加髹漆可是显得建筑式样已经古旧的孔庙的三间屋子——办公厅。

舞台全面是正中的一间——休息室。后壁中为进出的正门，开着的时候，可以见到通出去的一条深长幽森的走廊。偶然也可以看见戴钢盔荷枪的岗兵的影子，门关着的时候，也时时有沉重寂寞的铁跟皮鞋的走动声和立正声。

左右各有一门，挂着办公室，寝室的牌子。

室内用具不甚调和，有新式的大沙法，电扇等，也有着旧样的桌椅和几等。

壁上有大镜框镶着应尔康长官的放大照像，有阅兵或类乎登极之类的盛大典礼时拍摄的大场面留影，有大幅的，某一部分显着特别颜色的地图。桌上一个大瓶中插着大束的晚香玉花。

幕开时郁丽丽坐在沙法椅里，她的穿着和打扮比前一幕中更漂亮更动人了，而且一点不放松可以卖弄她的风姿的时机，但是这种卖弄风姿的表现，我们留心地去观察和分析的时候，就可以辨别出是她的一种有意的"表演"，是为了达到她某种目的的诱惑，所以也可以看出她在做着如何压制着不让这"表演"过火，免得露出痕迹的功夫来，因此她的卖弄风姿的底层是严肃的，苦心的。在她偶一不做那种"表演"，而回复到本来的面目，或者失去诱惑的对象的时候，很快地就堕入回忆和计划的氛围中去了。

应尔康和她谈着话，他四十二三岁，烟容满面，态度轻浮，没有政治家的风度，只随时流露着装腔做势自以为了不得的习惯，没有事业家的信力，而是财色自娱，无可无不可的糊涂蛋，贪生汉，享乐者。

郭平严肃地，职业的习惯地立在一边。他魁梧的躯体中有着纯洁的灵魂。与其说他忠厚诚实，还不如说他是质朴简单，有点知识，可是见闻并不多。虽是沉默，而他不会运用脑子去多作想象。他相信别人，正像相信自己一样，有蛮性的脾气，而自以为像他这样的身份，是不配轻于发作的。三十岁的人了，还没有过妻子的温存，可是倒霉的是他这要命的职业，逼着他睁着眼睛白瞧人家男女间的许多交往，因此养成他对于女性，特别是漂亮女人的一种反感，同时也具备一种一有机会就比别的男子更容易热爱女性的易燃性。这时他立在那儿看着主人和郁丽丽亲昵地谈笑，表面虽是像无动于衷，可是内心却有着难言之痛的。

应：（轻浮地）哈，哈，哈，真有趣极了！还有呢？

郁：还有……，没有了。

应：丽丽，你不是说有很多有趣的事情么？

郁：我的全告诉你了，应长官，还是谈谈你这儿有趣的事情吧。

应：我这儿？

郁：是呀，你做着这儿二十二县的长官，真像皇帝一样了！

应：（满意地）哈哈。

郁：听说这儿的两省，呵，五省，将来全要归你管，真的么？那时候……

应：唔，这个现在还说不定。

（丽丽整理一下自己。）

应：丽丽，近来上海是那一个跳舞场最热闹？

郁：热闹的跳舞场可多啦，自从你离开上海之后，新开的几个，多很热闹。

应：（有兴趣地）那末新奇的花样一定也更多啦？

郁：自然，那些人，是全靠翻新花样，发财的！

应：那末……

（勤务入。）

（郭平注视。）

勤：（敬礼）报告长官！

应：（严肃地看着他）……

勤：有客。请长官去会客。

应：混蛋！

勤：（惶恐地）是是……

应：办公时间早就过了，还会什么客！

勤：报告长官，是春田顾问官同进来的友……友邦客人。

应：（思索地）春田顾问同来的？呵！是不是倭倭的，有点小胡子的？（连忙诚惶诚恐地立起，预备走，突然又停住，对勤务）混蛋！

勤：是。

应：怎么不早说？

勤：……是。

应：快去请文教厅的王厅长，要他赶快到会客厅来！

勤：是，是。（出）

应：丽丽，我去会会客就来。

郁：请便。

应：（走，又立定）丽丽，里屋（指寝室）有无线电机，有唱片，你要是在这儿厌气了，进去随便玩儿……

郁：知道了，你去就是。

（郭平开门，应出。）

（郭平关上门。）

（门外有岗兵立正敬礼声。）

（丽丽的视线由壁上应的大照片移到自己手上的宝石戒指，再四顾室内时，见郭平。）

郁：（思索一下，对郭平做娇媚态）副官，这一次您怎么不陪着长官去会客？呃！

郭：（慢吞吞地直截了当地是不大愿意跟她多说话，也是不善于谈话）长官此刻会见的是友邦客人，……这反正不会出乱子，不用我陪着去。

郁：呵。（坐下，用小镜子小手巾什么的整整容）

（郭平正人君子地做着不屑的表示。）

郁：您真辛苦，这么热的天，得时时刻刻留着神。

郭：还好。

郁：听应长官说，您真是好极了，没有您在身边，他就不放心。哈哈，您真是应长官的赵子龙！

郭：（骤然的得意，倒弄得有点窘了）不敢当，您，郁小姐……

（因为他的窘态，谈话就这样尴尬地愣住了。他好奇地，也有点贪婪地打量着面前这位颇有诱惑性的丽丽。）

郁：（是有意无意的诱惑，更是有目的地和他熟识）呵，干吗这样客气？请坐呀！

郭：（被一说得颇不自安地）不……我是立惯了！

郁：天气怪热的。

郭：差不离儿。

郁：对了，倒跟上海差不离，照理说，这儿北方的天气……（去开了电风扇）郭副官这边坐，凉快些……

郭：谢谢。

郁：郭副官太客气了，……我是随便惯了的，尤其在应长官这样的熟人，老朋友跟前，更不会客气……

郭：不用客气。（坐下，又立起）您也请坐呀！

郁：是，是。（坐下）

（局面弄得很严肃，谈话又中断了。）

（沉默一会儿。）

郁：（是打开僵局，也是有意的探谈）副官，这儿的街道，马路什么的，您一定是很熟了。

郭：马马虎虎！

郁：我是初次到这儿，真是人地生疏，应长官又是公事忙得很，我有许多事情，很想请教请教郭副官，可是您老是这样客气，真骇得我不敢开口……

郭：您，郁小姐尽管说就是。

郁：听口音，您跟长官是同乡？

郭：一点儿也不错，我也是温州人，我还从小就在二少爷家里长大的呢！（颇为得意的样子）

郁：谁，二少爷？

郭：喏，（指镜框中应的照片）就是这应长官呀，他弟兄三个，行二，我们从小就管他叫二少爷。

郁：呵，怪不得……你一向就在政治界做官的吧？

郭：不（立起）我那儿说得上！一缺资格，二缺福份，全靠二少爷栽培我：前些年他在郭松林将军衙门里当外交处长的时候，就给了我一个小差使，后来，二少爷升官升到别的地方去，我因为我妈生病也就回到家里去了。

郁：是什么时候再到北方来的？

郭：（记忆地）呃，是上海打仗之后，呵，（连忙又改正）不，是这儿长城打仗之后，二少爷升官到这儿来了，他当了这儿战区几县的行政督察专员的那一年，妈的，我心想在家乡一辈子也混不出头，就跑出来又投奔二少爷了！可巧他要一个保镖的，就把这差使派给我了！

郁：你的运气可真好，现在他当了这儿自治政府的长官，你也高升到副官了！

郭：嘿，此刻还不算怎么样，但愿应长官成功了五省的自治政府，那时候我们才抖呢！

郁：（看看她手上这戒指）那是的……

（外面突然有岗兵立正敬礼声。）

（门开，应尔康入。）

（郭平敬礼。）

（丽丽迎上去。）

应：丽丽。

郁：客人走了么？

应：走了。

郁：（脱口而出）是怎么样的客人？

应：咦，客人就是客人了，怎么叫：是怎么样的客人呢？

郁：（感觉到不该这样问，速忙补救，娇嗔地）喔喔，我问问是男的还是女的，也不能问么？

应：呵，男的，男的，是我留学的时候就认识的一位朋友，春田顾问官的同学，张谷川先生。他是博士，教育博士，教科书专家,这次是从关外到我们这儿来游历考察的,我们已经有几年没见面了。

郁:(顺便地)几年不见的朋友,会了面,那一定是……

应:是的,他是一个很有趣味的人,很能开玩笑,你以后没事儿,可以跟他聊聊天……

郁:我不会说话怎么办呢?呵,对了,你给我翻译。

应:不用,他非但能够说北方话,也懂你们的福建话的。

郁:你方才不是说他已经走了么?

应:不,我们已经请他做了我们的教科书编辑委员会的顾问了,所以我方才特地请了文教厅长一同跟他见见的。丽丽,你知道,张谷川博士是教科书专家,在关东编了两年教科书了!

郁:呵,那末编成功了一定很合用咯!

应:那自然,一个月之后,各小学开学的时候,我们就有自己编的新教科书了!

郁:(娇滴滴地)瞧,怪不得你该这样忙了,连小学生读的教科书,也要你操心!

应:谁愿意操这么多的心呢?没有法子呀!书铺里卖的现成教科书,他们说全不合适,全不能用!

郁:不,我是说你这样操心,不怕累么?

应:(得神地)嗷嗷!丽丽,我一看见你,(色情地)我一见你,就高兴了!

郁:是么?

应:不信你问郭平……郭平,是不是?

郭:(正貌正色地)是是。

郁:(一笑)……

应:(更色情地)丽丽,你越长越好看了!

尤兢 / 267

郁：不，我瘦了。

应：没有，没有瘦。

郁：我自己觉得这几天，瘦了。

（勤务送啤酒上，把桌上的酒瓶等收拾了，退下。）

（郭平过来，拿起啤酒瓶来看看牌子，细心地验了验瓶口的封盖，然后开瓶倒。）

（丽丽看见他验瓶时，潜意识地看了看自己手上的戒指。）

（郭平倒了一杯给应，一杯给丽丽。）

郁：谢谢副官，我不喝。

应：喝喝，丽丽，我这是最好的太阳啤酒！

郁：我今天有点头昏。

应：那末少喝点，（自己喝）丽丽，记得我们在丽园跳舞场喝香槟的情形么？

郁：怎么不记得，那真有趣极了！那时候，你……

应：来，我们再来跳一个！郭平！

郭：有！

应：开无线电！

郭：是！（入寝室去，开了）

（无线电机中放送着"华尔兹"的调子来。）

应：好，"华尔兹"，丽丽，来，看我退步了没有？（踏着步走过来）。

郁：（避他）不……

应：为什么？

郁：要跳你干么不和我到北平或者天津跳舞场里去跳？

应：今天就先在这儿……

郁：这是你的办公厅，又不是跳舞厅！

应：管他妈的办公厅跳舞厅！在我们的建设厅仇厅长没有在这

268 \ 四川新文学大系·戏剧编（第一卷）

儿建筑跳舞厅之前，我们就把这办公厅借用一下吧！来！

（冲上去，抱住她）

（丽丽敷衍地伴他跳，转身时注视着壁上的地图，转近沙法前面的时候，她突然倒在沙法里去了。）

应：怎么了？丽丽……

郁：（捧着头）我头昏！

应：郭平！

郭：（在内）有！

应：关了！

郭：是。

（音乐停。）

应：怎么一下就头昏了？

郁：我心里很难受。

应：病了么？

郁：不是。

应：那么为什么？

郁：我一下想起了汤耀华，我心上就不好受了！

应：过去的事情，你还想它干么呢？

郁：（病态，而更娇妍地）你不知道我这人的脾气：我爱的人，一辈子也忘不掉；我恨的人，也是永远记着的。所以我忘不掉你，也老是想起我恨的汤耀华来……

应：汤耀华这家伙真是可恶！丽丽，你既是委托了我弟弟做了律师，跟他打官司，就不应该这样和平解决，登报协议离婚了，拿三万块钱赡养费了事！

郁：应该怎么样？

应：应该让法官重重地办他一下才痛快！

郁：说起来，其实还全靠长官你弟弟应大律师呢：要是换了别

尤兢 / 269

的律师，被汤耀华花钱买通了的话，那我不但得不到这三万块钱的赡养费，连我的名誉地位，多会被他弄得完全破产的！（言下有不胜愤慨的样子）

应：好了，丽丽，我们别提这个吧，你也别再想他了，现在你离了婚，到我这里来了，不是很好么！

郁：（似乎极愤恨地）长官，我当时是这样想的：我来找你，要是你已经把我忘了，不像从前我们在上海丽园的时候一样地爱我的话，我打算就……

应：打算怎样？

郁：我打算就吞安眠药自杀了，毁灭了我自己！

应：嗨，还是这样的小孩子脾气，想些傻念头！

郁：你不知道，离婚，被一个男人抛弃了，对于我们青年女子是多么重大的打击，多么难受的痛苦！

应：好了，好了。

（郭平出现在了门口。）

郁：（痛苦地叹气）唉！

应：（就近她来）丽丽！（吻她）

（郭平想退回去。）

郁：（撒娇）唔——！（避过去）

应：（抬头）呵，郭平！

郭：有！

应：你出去！

郭：是！

应：外边侍候！

郭：是！是……（得着赦免令似的出去）

（应轻狂地正想轻举妄动。）

（丽丽翻然地离开了。）

270 ╲ 四川新文学大系·戏剧编（第一卷）

应：丽丽！（追上去）

郁：（防御地）你得答应我一个条件！

应：答应你什么条件？

郁：当着人面前，不许碰我！

应：（嬉皮笑脸地）那末，现在，现在总可以……

郁：方才郭平在这儿，你……

应：呵，郭平，郭平不要紧！他非但白天跟着我，晚上也陪我睡在这边办公厅里，我对他就无从秘密，而且也不必秘密！

郁：为什么？

应：他是我的侍卫副官，我的保镖，他得保护着我呀！

郁：你这样相信他，他真可靠么？

应：可靠，可靠极了，我和他的关系，就像亲兄弟一样。

郁：亲兄弟？

应：他的妈是我的奶妈，我是吃他妈的奶长大的。

郁：呵，怪不得。

应：他从小就在我家里养大的。丽丽，你别看他这么粗理暴气的样子，他有两点最好的好处。

郁：力气很大是不是？

应：力气大还不稀奇，他第一是忠心主人，对我是忠心极了！第二是孝顺母亲，就是我那个奶妈。

郁：另外还有点傻得可爱，是不是？

应：你觉得他傻么？

郁：他老是这么傻理傻瓜的看我：一双大眼睛，咕朗咕朗的好像要把我吞下去似的！

应：呵，那是他老是注意地看人看惯了。因为他有保护我的责任，所以除了友邦朋友，他把每个来看我的人都当做是谋

尤兢 / 271

害我的坏人看待的，这就是他对我忠心的地方！

郁：每一个来看你的人，都是坏人？

应：丽丽，对于你自然绝对不是这个意思！呵，我明白了，他的所以这样爱看你，是另外有原因的！

郁：（以一种撒娇来掩饰她的若无其事）看得我怪难为情的！

（表示不好意思地低下头去，视线留在手上的戒指上）

应：哈，哈，哈，……

（丽丽急抬头。）

应：谁叫你生得这样漂亮呢？丽丽！

郁：（微嗔）我漂亮不漂亮关他什么事？

应：郭平，因为他今年三十岁了，还没有结过婚，更没有和像你这样漂亮而又开通的小姐交际过，所以不免有点傻理傻瓜的……

郁：我不懂你的意思……

应：哈哈，丽丽，你就让他多看看得了，熟了就会不觉得怎么样的！

（丽丽假装着突然伤心起来。）

应：咦——！

郁：……（拭泪）

应：怎么了？丽丽！

郁：……

应：什么事呀，这样……

郁：（拭干了眼睛）没有什么？

应：你一定又想起什么来了？

郁：（摇头）……

应：你告诉我！

郁：我觉得你不爱我……？

应：咦——我这不是很爱你么？

郁：说得那么好听！人家老远的从上海赶到你这儿来，你却老是冷冰冰的对人！

应：你来了这几天，我们不是常常见面的么！

郁：见见面有什么稀罕！

应：那末……

郁：晚上从来不到我那边去去！

应：丽丽，你知道我不便住在外面，我得住在这儿办公厅里的，不比从前了，所以……

郁：对了，不比从前了，所以说冷淡了！

应：嗳——！这那儿就是冷淡呢！

郁：老是我来找你，到这古庙的办公厅里来……

应：我不是关照了交际处的顾问官，特别允许你自由出入么？丽丽，你要知道，这是一个自治政府长官的办公厅，而且又是尊严的孔圣人的孔庙，不是我爱你，交际处的顾问官能允许你进来么？

郁：来了三四天，这儿离北平这么近，而且我从来不曾到过北平，你也不说陪我到北平痛痛快快地玩一玩！

应：唔，北平……

郁：（学他的口调）唔，北平……（卖弄地）我知道……

应：知道什么？

郁：我知道你为什么不同我去北平玩儿。

应：为什么？

郁：你怕你的太太知道了，吃东洋醋，跟你闹是不是？（大笑）嘿嘿！（快）那末，我们去天津玩，怎么样？

应：好的，让我想想什么时候……

郁：你那一天有空？

尤 兢 / 273

应：近来我很忙，（思索地）唔……

（内面办公室内的电话铃子响。）

（郭平进来。）

（内面电铃再响。）

（郭平走到办公室门前，推门将入。）

（内面不响了，这儿靠丽丽那边的一架电话却响了起来。）

郭：（回身）唔——。（站住了）

郁：（笑，顺手接过来听）喂，喂……你讲的什么？……呀……呀（对应）我听不懂……

应：（接，很神气地）……那儿呀？我这儿是长官办公厅……是，我就是，我就是长官！……你谁？……（突然变得十分客气起来，用一种亲善话接下去）呵，（诚惶诚恐地）秦皇岛东兴公司？……你是东兴公司的吉谦先生！……呵，吉谦先生您好？您……（恭敬的有跪下去请安之势）您现在在那儿呀？……呵，是，是，您此刻在沽口……什么？请您大声说……什么——？海关上又扣留了贵公司的大批货物？……是，是，这是故意捣麻烦……唔，一定，我一定竭力办理，依照尊意办理……一定交涉到放还货物，决不让贵公司受损失……不敢，不敢……呵，贵公司近来有个新计划？……怎么样的新计划呢……唔，这很好……对了，这样非但可以不受海关检查，而且可以比从前更加运销得多了……自然，我这儿决无问题……欢迎得很……那末您几时来……好，好，我们当面详谈！……再会！

（挂断，吃力地揩汗。）

（丽丽在听懂了他的话是关于走私之后，当他继续讲下去时，对着地图作愤怒和计划的表情。）

应：唉，烦死了！

郁：又是为了运货的事情么？

应：海关真混蛋！又把东兴公司从秦皇岛运来的货物，统统扣留了！

郁：是么？扣留了怎么办？

应：怎么办？又得我派人到天津去交涉。要他们放还……

（勤务入。）

勤：（敬礼）报告长官！

应：（看着他）……

勤：外面有一位老先生，要进来见您，说是从温州来的！

应：温州来的？

勤：是。顾问官不放他进来，叫他走，他不肯走；现在还在大门外面，……

应：……姓什么？

郭：说是跟长官同姓，呵，对，他还说是您的叔叔！

应：郭平！

郭：有。

应：你去看看。

勤：是。（出）

（勤务跟出。）

应：……（自语）……我的叔叔！

郁：你有叔叔么？

应：有是有一个，……（考虑）可是那老家伙不会来见我的！（肯定地）唔，不会来的……

郁：你怎么知道？

应：他很顽固！

郁：许是找差使来了。

尤兢 / 275

应：找差使可不成：我这儿，除了郭平，绝对不用第二个家乡人。这是我的脾气！

郁：为什么？

应：这，你们不懂……

（郭平入。）

郭：报告长官：

应：……（看着他）

郭：是方纬老伯伯，他从家乡特地来见长官的。

应：（不相信地）特地来见我？……

郭：是的，……呃，他说是代表家乡姓应的全族来见你的。

应：（大为高兴地）是么？

郭：报告长官：我已经请交际顾问官允许老伯伯进来了，此刻在长官会客厅里。

应：丽丽，我一会儿就来……

郁：好好。

（应神气十足地整装走。）

（郭平跟着走。）

应：（回顾）郭平，你就在这儿陪郁小姐谈谈吧。

郭：是。

应：（笑）可别傻理傻瓜的呵！

郁：（笑）嘿嘿……

郭：（莫名其妙地）……是。

（应下。）

郁：郭副官，外面这位应老先生也是一向做官的么？

郭：他是我们温州的一位老革命党，民国初年做过官，后来就一直在本乡当绅士。……老了，今年六十岁了！

郁：是应长官的亲叔父么？

郭：亲叔父。呃，二少爷自己的父亲死得早，他们兄弟三位，多是这位叔父招扶大的，二少爷在中学校念书的时候，因为人聪敏，这位叔父就格外喜欢他，所以送他出洋去留学了……

郁：那末，现在应长官发迹了，做着这样大的官，这位老叔父来了，一定要好好儿接待他的了！

郭：小姐，您不知道，近几年来，他们叔侄两个不大对劲儿了！

郁：不大对劲儿？

郭：对了，这位老先生不大赞成应长官。

郁：是么？为什么？

郭：唔。（轻声）就是因为……

（丽丽注意地听。）

（电话铃子响。）

郭：（接）……喂……是的，我就是……什么……北平来的长途电话……你快接过来……

郁：是北平应太太给长官打来的么？

郭：不，说是我的电话，那一定是我家里打来的了……（叫电话）喂，喂……（没有回响）

郁：郭副官的宝眷也住在北平？

郭：我妈在那儿住着……（再叫）喂，喂……我姓郭……就是我……唔……你是张妈么……什么？……老太太怎么样？……张妈，你慢慢儿说，大声一点，干么这样着急呀……呀！老太太病了？……什么病？……唔，唔……大夫怎么说？……他说病势很沉重么？……唔，……你告诉老太太：我一定请假回来看她……唔，唔……（怃然地挂断，沉默一会儿）

尤　兢 / 277

郁：老太太多大年纪了？

郭：六十三岁。

郁：呵，平常很健康吧？

郭：唉，年轻的时候太辛苦了，所以近年来常常闹病。就是因为多病，她不愿意我离开她，我呢也不放心把她留在家乡，才把她老人家接到北方来住的。

郁：年老的人一有了病，是更会想念子女的。郭副官，你应该回去看看她才对。

郭：等长官来了，我就请假回去。……要是不让我请假，那可糟了！（自语地）妈的，有个兄弟或者姊妹也好，可巧我妈就只有我一个儿子……

郁：那末你更应该赶快回去侍候侍候她了。（看自己手上的戒指，唯恐他不决心地加强劝他走）方才电话里不是说：病势很不轻么？年纪这样老的人……

（外面突然有吵闹声。）

（郭平和丽丽注意听：是应尔康和一个老年人的声音。）

老：……（声音凄苍而愤激）……你回去……我要你回去！

应：（老羞成怒的声音）滚你的蛋！管我回不回去！

郁：谁在和应长官吵？

郭：是他那位叔父的声音……

老：……我们应家的祠堂，我们姓应的祖宗……坟墓，都被众人毁了！

应：……干我什么事？……

老：……因为你，因为你这不肖的子孙，汉奸！

应：……老混蛋，你疯了！

老：……你这汉奸，卖国贼，你这狗……

应：……来人！

（岗兵跑过去的沉重的脚步声。）

（郭平拔枪出。）

（丽丽兴奋地。）

应：……把他赶出去！

（有好几个声音答应：是！）

（接着是挣扎声，碰倒东西声。）

老：好，你这不要脸的东西！你这……

（声音被突然截住。）

（挣扎声。）

（郭平扶应入。）

郁：怎么了？

应：疯了！这老家伙疯了！……郭平！

郭：是！

应：叫人立刻把他押送出境，送到南边去！

郭：是。

应：禁止任何人跟他谈话！

郭：是了！（出）

郁：（装着莫名其妙地）是怎么回事呀？

应：没有怎么样，这老家伙，活得不耐烦了！

郁：就是那个叔父……

应：（掩饰地急忙劈开去）什么叔父，疯子！一个疯子！

（勤务又送啤酒上。）

应：（余怒未息）用大杯子倒！

勤：是！（进办公室去拿出一个大玻璃杯子来，拿起瓶，找郭平不在，不知是开瓶好，还是不开好）

应：搁着！

勤：是！（放下瓶）

尤 兢 / 279

应：（指寝室门）进去点灯，烧点烟！

勤：是。

郁：你不舒服么？脸色有点儿……

应：没有什么，方才给这疯子闹累了！（自己去验了酒瓶的封盖，将开瓶）

勤：（这时他走在寝室门前，回身）请问长官：烧"云土"，还是烧顾问官送来的"红土"？

应：混蛋！（扬起他手里的太阳牌啤酒瓶来）我爱喝那一号啤酒？

勤：是，是！（入）

应：（先倒点啤酒洗洗杯子，然后再倒一大杯，一饮而尽）呃……（躺在大沙法里）

郁：不再喝点么？

应：谢谢，够了。

郁：（回顾室内，由躺着的应看到自己手上的戒指，决然地）让我敬你一杯酒，压压惊，舒舒气！

应：好，那末，你也陪我喝一杯。

郁：好的，我陪你喝！

应：丽丽，让我们像那时候在丽园舞场喝香槟一样的碰杯……

郁：好的，我们碰杯！

（应兴奋地起身，拿起他放在大沙法前小几上的大杯子。）

郁：你累了，躺着歇息，（接过杯子来）我倒给你。

应：（又躺下）唔，真给这老疯子闹累了！

（丽丽把剩下的啤酒先倒在一个小杯子里，然后脱下手上的戒指，又急着拿起另一个未开的啤酒瓶来，是有点心慌，手抖得不大顺意。）

应：叫勤务来开吧。

郁：不，你以为我连一瓶酒也不会开么？

（用力地开了，往大杯子里倒，连忙又停住，放下瓶，侧过点身子去躲着应尔康，拿起宝石戒指来，急移动镶着的那块宝石，这时心里是已经镇定得多了，可是湿淋淋的手却有点滑，急取手帕来擦干了手，再擦干戒指，再想移动那块宝石时。）

（门突然开了。）

（郭平闯入。）

（丽丽一惊慌，镗，戒指落在已倒满酒的小杯子里去了。）

郭：报告长官：

应：唔。

郭：由特务机关长，派人把老伯伯送走了！

应：（突然坐起）好，丽丽，碰一杯！

郁：（拿起那小杯子来）我的戒指落在杯子里了！

应：喔——，怎么会落下来的？

郁：我瘦了……

应：丽丽你真的瘦了么？

郁：我说我瘦了，连手指头也细了，所以……（用手指往杯子里去取出它来，可是取不出）

应：哈哈，倒在痰盂里不就得了……

郁：呵，不。（往痰盂前去倒了出来，急用手帕擦干，看，摸摸那块宝石）

应：给我看看，是什么好戒指？你这样宝贝它！

郁：不给你看。

应：哈哈，不能给我看，是不是？那我偏要看！

郁：好，给你看。（给了他）

应：（看）没有什么特别味。

郁：本来是一个很平常的宝石戒指嘛。

应：丽丽，那儿来的？

郁：（给他这一问，有点惊悸，可是竭力压住了）是……是人家送的。

应：哈哈，我知道了：是汤耀华送给你的是不是？

郁：不是。

应：那末是别的男朋友送的咯……

郁：哈哈，这样一个平常的宝石戒指……

应：丽丽，我明儿买一个钻戒送给你！

郁：谢谢你！

应：（随随便便地）这个我倒刚好戴……（戴上了）

郁：是么？

应：（伸给她看）你瞧……丽丽，这送给我吧！

郁：（吃惊，可是表示得很随便）长官你爱这样戒指？

应：我并不爱它，可是有点妒忌它……

郁：是么？

应：戴在你手上，你是忘不了送这戒指给你的人了，丽丽，我要你忘了他！

郁：可是戴在你手上，我还不是会每天看见它么？

应：那末怎么办？（轻率地）把它丢了……（脱下来要丢的样子）

（郭平起初以为他们闹着玩的，这时看他真的要丢了，紧张了起来。）

郁：好的，你丢吧！

应：唔，不，丽丽，把它送给一个人吧！

郁：好呀，送给谁呢？

应：（看着郭平，笑）唔，送给……

郁：（急接）送给副官！

应：对，就送给郭平吧！

郭：（想不到他们来开他的玩笑，尴尬地）呃，呃……

应：郭平！

郭：（敬礼）是，长官！

应：这送给你。

郭：呃，不……

郁：（从应手里拿过来）副官，我送给你！

郭：不，郁小姐……别开玩笑！

应：哈，哈。

郁：（送上去）真的，不是开玩笑。

郭：（退后）不，呃，不能……

应：拿了吧，就算是郁小姐赏你的！快谢谢她！

郭：（极不好意思地）呃，谢谢您啦！

郁：哈，哈，（前去给他戴上，把他的手拿起来给应看）你瞧！

应：能戴么？

郭：（脱了下来）不，这玩儿戴了，挺不好受的……我不能戴！

郁：那你戴在小指上……

（郭平这个手指，那个手指地套着。）

应：（笑，笑完时接着打了一个呵欠）

（勤务出。）

勤：报告长官：烟烧好了！

应：唔。

（勤务即入。）

应：丽丽，你来陪我……

郁：不，我今天头昏，这味儿我受不了！

应：惯了，就觉得香了！（又打呵欠，走）

郭：（追上去）长官！

应：怎么？

郭：我想跟您说……

应：（笑）别这么傻里傻瓜的，郁小姐瞧得起你，才赏你的！

郭：不，不是这个……

应：那末是什么呀？

郭：北平，我家里来了电话，说我妈又病了，病势很不轻，我想……

应：你想请假回去是不是？

郭：是，我想回去看看她老人家。

应：不行，这几天你不能离开我！你想，我自己的叔父也会对我发疯，说不定那些不要命的家伙……

郭：呃，她老人家的病很，很重……

应：那你马上用我的名字打个长途电话给北平东城的村山大夫，请他去诊一诊……啊——（又打了一个又长又大的呵欠，急入）

（郭平无可奈何地坐下，手抱着头。）

郁：（看着他手上的宝石戒指，想了一想，用很同情他的调子说）副官，这样热的天气，一个老年人，病在床上，真不好受呵！

郭：是呀，年纪这么大的人病了真是……

郁：你家里的女用人打长途电话来，那一定是老太太很想念你，盼望你回去咯！

郭：小姐，您不知道：我家里的人实在太少了，只有一个女用人张妈，所以，我妈一病，就……，嗜，恰巧又遇到（声音渐低）长官不让请假。

郁：但愿老太太快点痊愈起来就好了！

郭：但愿能够这样！可是我心里老是……

郁：呵，副官您可千万别太耽心！回头自己惦念出病来，那就更麻烦了！

郭：（大为感动地）谢谢您！……呃，郁小姐，您的老太太现在是在上海么？

郁：呵，我的妈……郭副官，请您快别提了！……嗐！

郭：怎么了？郁小姐，您的……

郁：我妈，可怜她老人家……

郭：她也常常病么？

郁：我真羡慕你们有妈的人！

郭：怎么，老太太死了么？

郁：唔，快十年了。

郭：（唏嘘）……

郁：（乘机进攻地）可怜我和妈最后的一面也没有会着，她就死了！

郭：（大为同感地）呵，死的时候，您不在她跟前……

郁：没有。因为我有事情走不开，她病了我没有侍候她，听医生说，她断气了，还喊着我的名字，要见我一面呢！

郭：（无言）……

郁：（看着他手上的戒指）我妈，她只留给我一个纪念品，十年来，这个纪念品不曾离开过我！

郭：一个什么纪念品呢？

郁：（注视他手上的戒指）噢！（急避开）我看见了这样东西，就忘不了我那可怜的妈！

郭：（懂了她的意思，脱下戒指，奉给她）郁小姐！

郁：（得计了，可是不就接过来）不，我已经送给你了！

郭：郁小姐，你应该自己留着它！（给了她）

尤兢 / 285

郁：谢谢您这样好意！（庆幸地看，抚摸着那块宝石）

郭：（拿起电话筒）喂，接北平东局……

郁：（由手皮篮中取出一个小匣子来把戒指放好）郭副官！

郭：呃……

郁：（笑）我拜老太太做干妈好不好？

郭：（放下电话筒）那好极了！

郁：哈哈！

应：（出现在门口）你们笑什么？

郁：你不是说：副官跟你是亲弟兄一样的么？我拜郭老太太做了干妈了！

应：是么？哈哈！

（大家笑。）

（幕）

第三幕

人　物：

郁丽丽　小　香　郭　平　应尔康　卫队长

时　间：

前一幕的月余后——一个新秋之晨。

景：

丽丽北通的寓所——一间楼面。后壁一排窗，窗下有垂柳的枝梢拂动，远远的一片蔚蓝的天空。右壁中间一门连卧室；左壁前方有进出的门。

室内装饰及用具比较第一幕简单朴素些。

供瓶中有一小束憔悴了的晚香玉花。

幕启，丽丽披着睡衣，凭窗往外面看。在这一幕里，她因着这件事情并不像她想象的那么容易，虽未完全棘手，可是感着十分困难，所以显着很焦急，忧郁。兴奋的时候，也更其兴奋了。

小香——一个十六七岁的小姑娘，天真，相当聪敏，已经懂得男女间的风情，也略为了解生活的痛苦了。她知道她的职业是需要笑嬉嬉的，所以她常常笑，而且笑得并不做作；可是当她被一种苦痛袭来的时候，你会惊奇：她的相当秀丽的眉毛，竟也锁得那么紧的。这时她是笑嬉嬉地捧着一束桂花进来的。

香：小姐！

郁：（回头）呵，桂花，桂花已经开了？

香：这是早桂花，小姐，香么？

郁：很香。……唔，时候过得真快（回忆地）

香：（把瓶里的晚香玉拿出来）小姐，您来了快一个月了吧。

郁：唔，不止，一个多月了。

（小香把桂花插入瓶，居然也审美地看着，整理着桂枝的姿态。）

郁：（看着她弄花）……桂花开，秋天了！

香：小姐，我方才上邮政局去，街上已经有良乡栗子卖了。

郁：是么，在南方，良乡栗子是挺出名的，小香，你明天到街上去的时候给我买点回来。

香：隔壁方公馆里买了，听说今年很贵，价钱比往年贵了一倍呢！

郁：唔，桂花栗子，新上市，是要贵点的。

香：按说，贵也贵不到那么多，小姐，他们卖栗子的人说，今年因为他们那儿，丰台，良乡这些地方，都驻着友邦兵，为了打野操，把许多栗子树都砍掉了，所以栗子就贵了。

郁：呵。

（小香拿着换下的晚香玉走。）

郁：小香，叫你寄的快信，寄了么？

香：（站住）寄了。呵，我差点儿忘了（往自己衣袋里摸）小姐，您这封快信，是不是寄给姓梁的梁安东先生的？

郁：（颇为惊异她这一问，可是连忙就严肃地）小东西，我不是说过：你不用知道的事情，不许多管闲事么？不懂规矩！

香：不是，小姐，（从衣袋里摸出一张收条来）您不是说寄快信要等这个回单么？

郁：这叫收条。

香：邮政局里寄信的人挤极了！那个人写好这个回单，（连忙改口）呵，这叫收条，他写好了，不知道交给谁，他就问：谁的快信？寄到北平去，寄给梁安东的？……我不知道这就是您叫我寄的那一封，我不晓得接过来，还是在我旁边的一个人代我接了过来交给我的。（笑着给她）小姐，您瞧瞧，没有弄错吧？

郁：（接，看）唔，没有错。

（小香笑着走。）

（丽丽看了看手里的收条，对着桂花出神。）

（小香回来。）

香：小姐！

郁：（一惊）什么事？

香：小姐，我，我想……

郁：（严厉地）说呀！干么吞吞吐吐的！

香：（给她一说更说不出口了）唔，小姐，我，我……

（窗外面飘进两三片纸灰来。）

郁：把窗帘放下！

香：是。（走去吹了扑在桌子上的纸灰）真讨厌！这两天，天天烧书，烧书，四处扑了纸灰！那儿来这么多的书烧呀！

郁：哼！这就是应长官的德政，你们冀东民众的命运啦！

香：（显然是不大懂得这话的意思，放下了窗帘，小心地看着主人，不说话）

郁：小香，你方才想说什么？说呀！

香：（不敢说，而又不得不说地）小姐，我爸爸又找我来了……

郁：又来找你了？

香：方才我去寄了信，他跟着来的。

郁：又找你要工钱么？

香：（胆小地）是，是的！我回他：不好对小姐开口！嗯，他说：实在没有办法，只好求小姐，请您……

郁：你这宝贝父亲，真不是个东西！工钱，他只晓得要工钱。小香，你跟我做了不到一个月，工钱可支了两个多月的了！

香：（几乎哭了）是，小姐，谢您的恩！

郁：告诉你爸去：我不给他钱，过些时候，叫你妈来，我支给你妈，不能让你爸拿钱去抽白面！

香：是，是，谢谢小姐！（低头）

郁：（同情她，可是愤恨地）唔！

香：（不敢久留地）小姐，您还有什么盼咐么？

郁：没了，去你的！

（小香转过身去，对门走，我们可以从她背面看见她右手拿起挂在腋下的手巾来边擦眼泪,边下。)

郁:(看她下)咄——!(重重地叹气,把手里的快信收条,团了,重重地掷在痰盂内,坐到沙法上去拿起一本书来看)

(静一会儿。)

(轻轻的打门声。)

(郭平——比较前一幕里,他矫捷得多了,也不像原来那么简朴。前一幕里在得知母亲生病和不能回去看看的时候,虽然也有点忧郁,那是表现得很直捷了当,显而显见的。可是近来颇有着一点内心生活,被什么问题苦恼着的样子。这时他是意外地高兴而又不安地进来的。)

郭:丽丽!

郁:呵,小郭!

郭:(贪婪而又傻里傻气地尽看着她)……

郁:昨天,你怎么不来,我等了你!

郭:他不来,所以我……

郁:他,谁呀?

郭:应长官呀,还有谁?

郁:你前天晚上怎么敢一个人来的呢?(娇笑)

郭:那是他跟顾问官们赌钱,我偷偷地来了!

郁:你这样迟了回去,没有给老应看出你的漏子来吧?

郭:没有,前天晚上他就没回去睡,赌了个通宵,赢了春田顾问官不少的钱!

郁:早知道他不回去睡,(难为情地)那你不是也不用回去么……

郭:这我那儿敢!万一给他知道了,那你……

郁:他晚上从来不上我这儿来的……

郭:(坐到沙法上去)呵,你看的什么书?

郁：《岳传》……

郭：什么《岳传》……（翻看）嗨，讲岳飞跟秦桧的事儿，这叫《说岳》，我看过！

郁：好看么？

郭：好看，很有个味儿！

郁：（笑）我说你们就不该看这类子书，你跟应长官……

郭：（微愠）丽丽，你又要说什么忠臣，奸贼了，是不是？

郁：呵，不说，不说了。（笑）真的，谁不知道你郭副官是天下第一等忠臣！畿东皇帝应尔康的大忠臣呢！哈哈！

郭：丽丽你再说，我就把你这书扔到窗子外面去烧了！（走近窗子去）你不知道警视厅就在你这窗户外面的旷地上烧书么？

郁：怎么会不知道，烧了两天了！

郭：（拉开窗帘来）……

郁：嗨（阻止）快放下！

郭：为什么？

郁：回头让人家瞧见了你一个人在我这儿，怎么办？

郭：（惶恐地）是，是！（连忙放下了）

郁：今天怎么能来的？应长官呢？

郭：跟你辞行来了！

郁：辞行？往那儿去？

郭：回家去看我妈。

郁：老太太的病，不是说已经好了么？

郭：病是好了。

郁：病着不回去看看，现在病好了，怎么倒回去了……

郭：她病好了之后，一连来过三封信了，要我无论如何回去一趟。

尤兢 / 291

郁：你早就该回去一趟的，六十三岁的人了，就有你这一个儿子……

郭：这几天来，长官比较空闲了，今天才准了我的假……

郁：此刻你走了，谁保护他呢？

郭：今天是春田顾问官太太的生日，长官要在他家里玩一天的。我晚上就可以回来了。

郁：（思索地，看了一看痩孟）我跟你到北平去好不好？

郭：你去干么？

郁：不干么，去看看你母亲。（解释地）你知道我自己没有妈，你对我这样好，那末你的妈就是我的妈了！

郭：（高兴，可是不能答应地）呃……

郁：我一定跟你去，我知道她老人家病刚好，正需要有一个人陪他谈谈的，我……

郭：（为难地）丽丽，这……

郁：不好，是不是？

郭：唔……

郁：你怕老应知道了不好么？那不要紧：我不是已经认你妈做了干妈么？干女儿去拜拜干妈，那谁能说什么？

郭：丽丽，不是说这个。你不知道：我妈，她老人家没有见过世面，挺守旧的！

郁：这不要紧，我相信我能叫她老人家很不讨厌我的！

（远远的火车叫。）

郭：我得走了，火车开了。

郁：不，你等一等，我进去换换衣服！

郭：丽丽，你真要去么？

郁：我一定跟你去。（急入卧室去）

郭：（十分为难地考虑着）

郁：（换了衣服，扣子没全扣好，出）那末我不到你家去看老太太，就到北平去玩儿一趟，你知道我在这儿实在闷慌了，来了一个多月，应长官从来没同我到天津，北平这些地方去玩过……

（火车又叫了。）

郭：瞧，火车开了！

郁：开了就开了，反正趁汽车去还快些！

（打门声。）

（两人惊惶。）

声：小姐！

郁：（放下了心）小香，干么？

（小香入。）

（郭平虽然放心了，可是还局促不安地。）

香：小姐，嗯，我爸说，求求您……

郁：什么？你这宝贝爸爸，还没走？

香：是的，他不肯走……

郁：你没有把我的话告诉他？

香：嗯，我说了……他说，他说……

郁：除了要钱，他还有什么说的？

香：是，没有别的……嗯，他说想把我卖给您小姐，随便您给一点儿钱，我跟您做一辈子的丫头！

郁：放屁！我不是高丽棒子，我买卖人口么？

香：（骇得很的样子）……

郁：你妈对我说过，钱，不能落你爸的手！

香：是的，小姐。

郁：快去，叫他滚蛋！

香：是，是。（急下）

郁：真麻烦！

郭：小香这孩子怪可怜的！

郁：唉！跟小香同样可怜的，这儿二十二县内，知道有多少！

郭：这孩子还怪聪敏的！

郁：唔。

郭：丽丽，说正经话！我们两个人的事情，小香好像全知道了。方才我上楼来，她和一个白面瘾很重的人……

郁：大概就是她的父亲。

郭：小香正跟他说着话，一见了我，她直扣着嘴儿笑！丽丽，是不是她全知道我们的秘密了？

郁：知道就知道好了！怕什么？

郭：（担心地）知道了，总不大好……

郁：谁叫你那晚上躲着应长官，偷偷地来……

郭：真奇怪！丽丽，我从来没有爱过女人……

郁：得了，你这几年来，跟着这位宝贝长官，来往的女人还少么！

郭：少是不少，可是那些跟他来往的，不是瞧不起我，不理不睬地连看也不看我；就只会在长官面前捣鬼，说我的坏话……

郁：这全是因为你对你这种长官太忠心了的缘故！把每一个人看成刺客，谁不讨厌你！

郭：丽丽，只有你，你一来就瞧得起我，当我是一个人，所以自从那一次你把戒指送给我之后，我就像着了魔似的了！（幸福地回想）……这一个多月来，我心眼里就只有一个你！丽丽，我真不知道该怎么说……

郁：……

郭：我做梦也不曾想到，前儿晚上……

郁：（笑，急接）前儿晚上我说过他是汉奸，你是汉奸的走狗！你……

郭：丽丽，你说什么都成，说我是什么都成！

郁：（笑）那你干么甘心当汉奸的走狗呢？

郭：我不是告诉过你了：我那儿是甘心情愿？我只是不由自主！

郁：我问你：我们这样的关系，给他知道了，怎么办？

郭：（如梦惊醒地）这，这……

郁：你想他会怎么对付你？怎么样对付我？

郭：……

郁：那末，我问你：要是给他知道了我们的关系，或者看见了我们的情形，你打算怎么对他？怎么对我？

郭：……

郁：说呀！怎么不开口呢？

郭：……

郁：你没有办法是不是？

郭：丽丽！

郁：嗨！你害了我，我上了你的当！你并不爱我，只是想玩玩我！可是你还赶不上别的男人：人家敢在几千几百人的大跳舞场里，当着众人的面说爱我！到了他不爱我或者是我不爱他的时候，他会说不爱我了！给我三万块钱，让我走！你呢？

郭：……

郁：应尔康他爱我，他敢当着你，当着大家说爱我的。可是我并没爱他，我爱了你，想不到你……

郭：丽丽，我的确是爱你的！

郁：可是……

郭：（决心地）我跟你结婚！

郁：结婚？哈哈，你又做梦了！应尔康能让我跟你结婚么？

郭：他并不爱你，他北平南池子有着井上东洋太太，他百顺胡同潇湘馆班子里又有着小香妃，所以……

郁：我问你：他在这儿二十二县做着长官，你能说他是爱这二十二县吗？比如说：叫他把这二十二县让给你，他能不能？再说：他有了这二十二县了，不是还在想有两省，五省么？

郭：那是的！

郁：好了，那末，我们就算是做过一个梦！你快走吧！以后……给他知道了：你我都没有活命！

郭：丽丽，他不会的！

郁：不会！你以为你忠心对他，保护他，他就能饶了你么？应尔康这个人，什么事情做不出来？他不是把家里的结发妻子丁文英赶了出去，丁文英那女人没有法子生活，只能改嫁给一个做裁缝的人么？他不是把嫡亲的叔父，他的大恩人，当做疯子驱逐出境，那老头子气得跳火车自杀了么？他不是只顾自己，你妈，他从小吃奶的奶妈病重了，也不准你请假回去看看么？他不是不管老百姓没有盐吃，把盐只两块钱一千斤的全卖给友邦了么？他不是……

郭：丽丽，别说这些了，让我们想个法子……

郁：想什么法子？你说……

郭：你比我聪敏，你想……

香：（在门外，轻声）小姐！

郁：又是什么事呀！

香：（在门外）长官来了！

郭：（骇极）呀——！

香：我远远的看见他来了,那个汽车夫不认识这儿,把车子停远了,我特地把门关上了,来的……

郁：你迟一点开门!

香：是。

　　(楼下的电铃响了。)

香：来了,在大门口了!

郭：……

郁：你留他在楼下客堂里,说我换了衣服就下去!

香：是了。

　　(门铃再响。)

　　(小香去。)

郁：(走近卧室门,郭平跟过来)你快下去呀!

郭：我怎么能下去呢?他知道我已经到北平去了!

郁：你不下去,他上楼来了怎么办?

郭：我本来没想到怕他,可是方才给你一说,可真……

郁：你真的爱我?真的想跟我结婚么?

郭：我赌咒,我发誓,要是不诚心爱你,我……

　　(门外楼梯有脚步声。)

郁：(装着哼起歌来)……

　　(郭平轻轻地逃入卧室。)

　　(打门声。)

应：(在外)丽丽!

郁：(装着扣纽子)呵,长官,请进来!

　　(应入,丽丽迎上去拥抱。)

郁：在什么地方喝了酒来?

应：(醉态)在春田顾问官家里,今天是他太太的生日……

郁：怎么这样早就喝完了?

尤 兢 / 297

应：本来说有一位朋友从北平来打牌的，可是不曾来，我喝了点酒……

郁：你喝醉了！

应：没有，我没醉！哈哈，我那儿会喝醉酒呢？

郁：郭平呢？

应：郭平，他到北平家里看妈去了！是春田顾问的保镖用汽车送我来的。

郁：那你赶快回去……

应：丽丽，你不是常常说：郭平跟了来，不痛快么？今，（躺在沙法里）今天我一个人来了！我要在你这儿痛，痛痛快快地玩半天……（小香送啤酒上）

郁：小香，再去拿点汽水来，给长官兑兑！

香：是。

应：不要，我就不爱喝兑了汽水的啤酒。

郁：你已经喝醉了，再喝……

应：那里，啤酒醉不了我！（起，自己倒喝）瞧，啤酒就醉不了我！

（小香四顾。）

郁：小香，还不下去，在这儿干么？

香：是！（下）

应：（嗅）丽丽，（四顾）今天你屋子里新添了什么东西？

郁：（担心地）没有什么呀！

应：有，是有一种香味！

郁：呵，是桂花……

应：桂花。已经有桂花了！

郁：是呀，时候过得真快！我来了已经一个多月了！

应：丽丽，我猜你接着一定要说：来了一个多月了，还没同到北平，或者天津去痛痛快快玩一下，是不是？哈哈！

郁：还说呢！平常老说你忙，没有空陪我去北平玩儿，可是自己一个人却去了几次了！

应：那几次多是因为临时有紧急的事情，顾问官陪我去的……

郁：……呵。

应：丽丽，你今天好像不大高兴似的……

郁：没有呀！我常是很高兴的……

应：那很好，很好，我就讨厌愁眉苦脸的人……（打着咕咕，往卧室门走去）

郁：（急，想法阻止，狂笑）哈，哈……

应：（回身）笑，笑什么？

郁：我，嗯，你不是爱笑么？我想到了一个很好笑的故事……（拿起那本《岳传》来，招手）你来瞧，这书上，好笑极了……（翻）咦，在那儿了……

应：（过来，抢她的书，看封面，大惊小怪地）嗨，丽丽，你又看这样的书了？这是禁，禁书呀！

郁：这样的书也要禁么？怪不得窗子外边这旷场上烧了两天也烧不完了！

应：早呢！一年来抄到的一切反动书报，加上这么多中学和小学生用的旧教科书，够我们烧的了！丽丽，你把窗帘拉开！

郁：干么？

应：让我们看看烧书吧！

郁：（苦笑）哈哈！

（应又倒啤酒。）

（丽丽拉开窗帘。）

（窗外墨烟缭绕，纸灰飞舞。）

尤 兢 / 299

（应擎着酒杯来对窗外看。）

郁：好看么？

应：唔，平凡得很，没有我想像的那么好看！简直不够味儿！（喝完了杯里的酒，带做带唱地）……"孤王……酒醉……桃花宫……，韩素妹生来……好貌……容……孤王一见，龙心……宠……，兄封国舅……妹封在桃花宫……"

郁：……够了，你醉了！（接过他的杯子来）

应：丽丽，你有哥哥没有？

郁：没有，告诉过你了：没有……

应：有弟弟也一样。

郁：得了，我的长官，应大皇帝，这儿不是桃花宫，（放下杯子，去拿过花瓶来，给在他面前的几上）这儿只有一瓶桂花！

应：桂花也一样！

郁：你坐下，（拉他坐）我跟你说……

应：（打咕咕）噎……（立）我累了，到你床上躺躺去……（走）

郁：（拉住他）我可不让你去！

应：我偏要去。唔，闷得很……（往卧室门走）

郁：（唱）……这儿有……

应：（站定，回头）这儿有什么？

郁：你不是闷得很么？我唱个歌儿给你解解闷！

应：（回来）唱歌，那好极了！

郁：（唱"舞榭之歌"）：

　　这儿有醒的黄昏，睡的清晨；

　　这儿有乌的云鬓，红的嘴唇；

这儿有笑的红灯，跳的音；

这儿有纸的黄金，醉的心；

这儿有梦游的人影；

这儿有幻灭的爱情；

这儿有软语温存；

这儿有蜜意殷勤；

这儿有你的快乐，欢欣；

这儿有我的痛苦，酸辛；

这儿有一切，

这儿没有黎明！

这儿……

（丽丽唱到后来觉得他并不感兴趣来听，就边唱边舞了，这时看他简直打着呵欠往卧室走去时，就啪的一下子，顺手把那花瓶打碎在地上，同时停住唱歌。）

应：（听见什么东西打碎了，回头）呀——？打碎了！

郁：（装着小孩子似的）打碎了！可惜我这瓶子！唉！真可惜呀！我这瓶子……（蹲下去拾，拼）

应：（走近来）丽丽，真孩子气，打碎就打碎了！

郁：你倒说得好呢，这是我最心爱的东西！

应：那，照样再买一个好了！

郁：好的，我们马上就出去买一个来！

应：让我进去先躺会儿……（又走）唉，真是酒喝多了！

（丽丽这时简直是无法可想了。）

（应走及卧室门，将推开时。）

（出进的门突然被推开了。）

（卫队长冲入。）

卫：（礼）报告长官！

应：（转身）……

（丽丽比较放心了些。）

卫：……警视厅来了报告，池秘书长命令我到春田顾问官家里去接长官回去，顾问官说长官在这里，所以……

应：什么事？

卫：警视厅报告说：今天朝晨，在大通大饭店里抓到了一个人……

应：一个什么人？

卫：一个刺客，一个间谍……

（丽丽注意。）

应：你不是说一个人么？

卫：是一个人。

应：混蛋！怎么说一个刺客，一个间谍呢？

卫：报告长官，还没弄清楚究竟是刺客，还是间谍？

应：唔……（走前来，坐下，指电话机）……你打个电话给警视厅！

卫：是！（拨电话）……喂，警视厅么？

应：叫陈厅长亲自来接！

卫：是，是。（对话筒）喂，接陈厅长……喂，喂……你是陈厅长么？……我是卫队长，长官跟你说话……

应：问他究竟是怎么回事。

卫：是！（对电话筒）喂，长官问你：方才关于一个刺客，呵，一个间谍的报告，究竟是怎么回事？……唔，唔……昨天晚上，夜车从北平来的一个人！……怎么样？……呵，……形迹可疑！……唔……不像商人，也不像，呵，这儿没有熟人做他的保人……说是来游历的，像个间谍么……？抄出来了什么呀？一包药？……唔，当时给狗吃了一点儿，那只狗怎么样？……呀？马上就死了！……唔，……断定他是刺客……把他逮住了……

应：问他姓什么？

卫：那个人姓什么？……呵。姓梁，梁安东？

（丽丽一直注意地听的，这时更紧张，惊慌……几乎昏倒了。）

应：审问过了么？有没有口供跟别的证据？

卫：审问了没有？……结果怎么样？……唔，没有别的证据……上了刑……也没有口供……怎么？……打死了……

（丽丽……）

应：这些不中用的蠢东西，混蛋！怎么逼不到口供，就轻于打死了呢！

卫：（继续问）……怎么不逼点口供出来呢？……呵，死也不肯招口供……，上刑罚，唔，再上刑罚……第三次一下子就上死了！……

应：（不耐烦地）好了，死了算了！

（卫队长挂断了电话。）

郁：（竭力镇静）长官，我没听懂，是怎么回事呀？

应：许是刺客，也许是间谍，总之又是一个送死鬼！

郁：不是说：没有证据么？

应：管他有没有证据？反正人已经死了！

郁：要是一个好人，那不冤枉死了？

应：管他冤枉不冤枉！宁可错杀一万，不让漏过一个，这是维持秩序最好的方法！

郁：呵！……

应：（问卫队长）是你来接我回去？（打呵欠）

卫：是！汽车在门口。

尤兢 / 303

应：先打个电话回去，叫点灯，预备烟！

卫：是！（拨电话）……喂，喂，……快给点灯，烧好烟预备着！……唔，是的，长官马上就回来！（挂断）

应：丽丽，再见了！

郁：再见！

（应跟卫队长下。）

（丽丽送，看着他们去，突然哭倒在沙法里。）

（郭平出。）

郭：丽丽！

郁：（连忙擦干眼泪，强笑）副官，你在里面急坏了吧！

郭：（严肃地）没有！我在里面，无意之间，倒做了一件大事情！

郁：（没精打采）是么，什么大事情？

郭：丽丽，你究竟是个什么人？

郁：（觉得他的话太突然）咦——？你这是什么意思？

郭：我问你：你究竟是个什么样的人？

郁：我么？郁丽丽，厦门人，二十五岁……

郭：这个我全知道……我问你：你来这儿干什么的？

郁：来找你们的长官，因为他是我过去的情人！

郭：这我也全知道……

郁：我觉得你问得奇怪！

郭：奇怪，我也觉得奇怪！（突然出手枪对她）

郁：（惊）你这是什么意思？

郭：哈哈，你原来是一个女刺客！

郁：（强自镇定）……我是女刺客？

郭：呃，要不你是女间谍！

郁：（反攻）郭平，你凭什么这样说？

郭：凭什么？我有证据！

郁：证据？

郭：方才卫队长不是来报告说：逮住了一个刺客，呃，一个间谍么？

郁：是的，听说已经打死了！

郭：那个人姓梁叫梁安东不是？

郁：我不懂你问这些话的意思！

郭：哼哼，你是他的同党！

郁：（开始用软化政策）平！呵，郭副官，我觉得你不必这样：（笑）哼，对着一个女人，把手枪对着你自己的心爱的女人……

郭：心爱的女人！天哪！我怎么会受了这个骗，上了这个当？竟爱上了一个女间谍，女刺客！

郁：郭副官，呵，小郭，亲爱的平，你安静一点儿，我请你平心静气点好不好？（过去拉他坐下）你问也没有问清楚，就这样随便冤枉人……

郭：（立起）我不用问，什么都清楚了！（拿出一封信来）瞧，这个，姓梁的梁安东昨天从北京饭店寄给你的信！

郁：什么？你躲在里面偷看了我的私信：你……

郭：私信，对了，我看了你的私信，我发现了你的秘密！哼，现在你还能赖得掉么？

郁：好，郭平，我爱你，我把你藏了起来，我救了你的性命，可是你，你倒来陷害我了！……信，不错，这是姓梁的寄给我的信！可是，怎么样？那姓梁的梁安东是间谍，是刺客么？……方才的电话你是全听见了，不是没有丝毫证据，没有一句口供，就被他们拷打，一连上三次刑罚，活活地打死了么？……好，现在我和你一同走！

郭：到那儿去？

郁：我和你去见你们的长官去！你既然咬定我是女间谍，女刺客，那末我也别想活了！走，让我去自首！

郭：好，我们走！

郁：可是，让我也提醒你一句话：我自首了，我承认了我是间谍，是刺客，你能脱得掉干系么？

郭：（被骇住了）……

郁：再说：我把你和我的关系，前天晚上的事情，今天朝晨你对我说的话，说了出来，你能保得住性命么？

郭：……

郁：怎么样？郭副官，我们走呀！

郭：……

郁：你不敢去是不是？那末，就在这儿，你打死我好了！你为了尽忠于你的主人，打死一个像我这样的女子，一个女间谍，女刺客，不是很应该的么？虽然你爱过我，虽然你还不能绝对确定我是否真是间谍，真是刺客！可是，在这儿，在这畿东政府，在这全靠"宁可错杀一万，不让漏过一个"来维持治安的情形之下，即使杀错了像我这样一个女人，又算得了什么呢！

郭：……

郁：我，一个从小就没有父母，漂流了半世，尝尽了各种快乐和痛苦的人，是没有什么留恋的了！……呵，我还有离婚离到的三万块钱，我死了的妈留给我的一个戒指……（随手找出银行存折和戒指来）副官，这三万块钱我送给你，为了我们相爱了一场！这戒指请你带给老太太，算是我这干女儿送给干妈的纪念！（把这两件东西抛在桌子上，举起双手，把胸脯挺对着他）好了，现在请你举起手枪来，

对准我的心,开枪吧!(头回了过去,等待着他)

郭:……(看着她这姿态一会儿,把头也回向后去)

郁:……呀……(突然倒了下去)

(郭平闻声,回过头来看她。)

(沉静一会儿。)

郭:丽丽!

郁:……

(又静了一会儿。)

郭:丽丽!(俯下去抱起她的上半身来)丽丽!

郁:(无力地)平!

(郭平扶她坐在沙法里。)

(再静一会儿。)

郭:这姓梁的究竟是什么人?

郁:(感伤地)……他,他是我跳舞场里的一个舞客,他追求我,他从上海追我到北平,昨天来信,你不是看见这信了么?他说要到这儿来看我,今天朝晨,我寄去一封快信,叫他不要来。可是,谁知道:他没等到我的信去,昨天晚上就赶来了!到这鬼地方来送死!(悲愤)没有证据,就被这些吃人的恶鬼,这些卖国的汉奸,这些汉奸的走狗,冤冤枉枉地打死了!(哭)

郭:(同情地)丽丽!

郁:信,你看见了,不是极平常的一封信么?

郭:(悔悟地)丽丽,我错了!

(丽丽突然立起,往卧室走。)

郭:你要怎么样?

郁:这地方我还能耽下去么?

郭:你上那儿去?

尤 兢 / 307

郁：你别管我！

（丽丽对着镜子打扮一番，还诱惑地看他一下，再走。）

郭：（拦住她）丽丽！

郁：怎么样？

郭：我，呃……

郁：（激动他）副官，我劝你也走吧！你年老的母亲，病刚好，正等着你回去见见面的！去吧……

郭：你呢？

郁：告诉你了：我要走。我虽然没有妈等着我回去，可是这儿已经不是我耽的地方了！我不能在这儿白白地送死！我至少比你还年青……

郭：丽丽，请你原谅我，方才误会了你！

郁：没有关系！（看着他）

郭：你知道，我是一个粗鲁的人，所以……

郁：不，你很好！你孝顺你的母亲，忠心你的主人！……

郭：不，我只爱你！

郁：哈哈，你还爱我？一个女间谍，女刺客！

郭：丽丽，你还不能原谅我，那我只好……

郁：只好怎么样？

郭：我不是对你赌过咒，起过誓了么？我爱你，我无论怎么样也爱你！（扑过去）丽丽！

郁：（乘机拥抱）平！……我们怎么办？这样偷偷摸摸的爱着！（散开。）

郭：丽丽，你真有三万块钱么？

郁：银行存折难道是假的？你不信，你可以马上到北平银行里去取出款子来，数数看，是不是三万！

郭：那末，有办法了：我们两人逃走！

郁：逃走？

郭：是的，逃出这儿二十二县的地方，应尔康就逮不住我们了。

郁：你能离得开他？

郭：我为什么离不开他？倒是他离不了我！他需要我，需要我保护他的性命！

郁：（乘机）这样看来，那末他的性命是握在你的手里了？

郭：完全在我手里：我可以要他死，也可以让他活！

郁：呵！

郭：不是有很多的人要刺死他么？那我只消保护得马虎一点儿，他还不就被人刺死了？

郁：这样说起来，要是你下手的话，那不更容易了么？

郭：自然咯，我他妈的，（比手枪）要下他的手，准保险！

郁：那你怎么不下手？

郭：我就没想到过我要刺死他！

郁：唔，你方才说有很多的人要刺死他，那是为什么呢？

郭：为什么？不是大家骂他是汉奸，卖国贼么？

郁：对了，他是卖国的汉奸，民族的罪人！（拿过那本《岳传》来）你不是看过这书了么？他比秦桧还可耻，还可杀！

郭：难道刺杀了他，就救了国，救了民么？

郁：自然不这样简单！可是……

（门外有哭声。）

郭：谁在哭？

郁：（听）许是小香……（去推开门）

（哭声更大。）

郭：有两个人在哭呢！

郁：（叫）小香，小香！

尤兢／309

（哭声停。）

郁：小香！

香：唉……！（远远的）

（脚步声。）

香：（入，还擦着眼睛）小姐！

郁：你为什么哭？

郭：还有一个是谁？

香：……我妈？

郁：呀——？你妈到我这儿来哭！为什么？

香：小姐，妈哭我妹妹！

郁：哭你妹妹？你妹妹怎么了？

香：（又擦泪）……

郭：死了么？

香：没，没有……

郁：没有死，那末哭什么？

香：被我爸押给了高丽人开的俱乐部里换白面来抽！

郁：呀——？把十四五岁的小姑娘押给高丽人，换了白面来抽？

香：是的，说好今天把钱去赎的，今天要没有钱去赎，那些俱乐部的人就要把我妹妹卖到大连去做窑姐儿，或则送到关外去当慰劳队了！

郁：（深深地叹气）嗳……

香：我爸朝上来求小姐……您说叫我妈来，妈说没脸儿见人，又舍不得妹妹……

郭：得多少钱去赎？

香：嗯，押是押的十四块……

郁：（对郭平）听见么？一个十四五岁的姑娘，押十四块钱。

香：我爸，他犯了白面瘾，没钱买来抽，就常到俱乐部去赊欠白面，赌钱又输了帐，就逼着……爸怕把妹妹押多了赎不出来，就押了十四块……三天了，三天为满……今天……

郭：三天得几块钱去赎呢？

香：二，二十块！

郭：（义侠地，摸出两张钞票来）喏，拿去，这是二十块！

香：（不敢接）……嗯……

郭：拿去，算我赏你的！

香：嗯……

郁：嗯什么？再嗯你妹妹就完了，快拿去！

香：（跪下）谢谢……（哽咽住了）

郭：（不安地挥手）去，快去！

（小香急下。）

（两人相顾叹息。）

郁：平，你给她这二十块钱是什么意思？

郭：我听了这事儿，怪不舒服……我觉得他们实在太可怜了！

郁：谁弄成他们：畿东的老百姓，这样可怜的呢？

郭：按你说：都是应尔康咯！

郁：当然是他！……平，亲爱的平，你是堂堂的男儿汉，大丈夫，你心地这样好，你年纪这样轻，什么事情不好做？要跟着汉奸，保护他，忠心他？我要是你的话？老早就……

郭：老早就不干了，是不是？

郁：为自己着想，是个人不干；为中华民族，为畿东老百姓打算，那就干掉他！

郭：丽丽，你的意思是……？

郁：平，你知道你处的地位很危险么？既是有许多人要刺死他，谋杀他；你这样寸步不离地跟着他，保护他，总有那么一天，连他带你，一箍脑儿被爱国的人儿一个炸弹完

尤兢 / 311

事的！

郭：……

郁：再说吧：他这样卖国，害老百姓，政府和人民能让他老这样下去么？那一天开始抗敌，开始收复失地的时候，这儿就得首先收回！你跟着他马上倒台还不算，你还要像（指）这书里的秦桧他们一样的给天下后世的人臭骂一辈子！

郭：丽丽！

郁：你是温州人，总到过杭州西湖吧？那岳王坟前秦桧和他手下人的铁像，你是看见过了，这叫遗臭万年！

郭：（对镜子）我要做岳飞，不做秦桧！干！（撕衣服）我他妈的不穿这个了！

郁：（止住他）平，不要这样，粗暴是不能成事的！要干，我们得好好儿商量商量……（看手表）呵，快十二点钟了，商量好了，你赶快去北平……

郭：丽丽，你究竟是怎么样的人？

郁：我么？（娇笑）

（远处有洪亮的机器放汽声。）

（幕）

选自尤兢著：《夜光杯》，一般书店，1937年

沈西苓

| 作者简介 |　该作者简介参见第一卷街头剧《大家去从军》。

罗店秋月（三幕剧）
（节选）

第三幕

地　点：
　　渔家
人　物：
　　熊妻
　　阿熊
　　老董
　　孙
　　邻妇
　　大虎
　　老仆

敌军官

敌兵

我军

群众

景：

开幕：大炮声，机枪扫射声，屋子里除了一支摇摇欲灭的烛光外，没有别的光，窗外时有闪光，不安而带惊恐的空气中，熊妻跪在神前祈祷。

孙：妈妈，妈妈……

熊　妻：（兀自跪着不动）菩萨，菩萨保佑我们娘儿两个吧！菩萨保佑我们娘儿两个吧。

孙：（一阵倒屋的声浪，孙哭叫）妈……

熊　妻：（跑过去抱着他）孩子，别哭了。你的爷爷，你的爸爸，都不知到那里去了？我们……我们现在只有死在这里了。

（打门声。）

熊　妻：谁？（起来开门）

邻　妇：我呀，阿熊嫂！你们家闹出了好事情……（她抱着一个孩子）

熊　妻：（误会）事情怎么样啦？他们为什么还不见回来？

邻　妇：事情弄糟了啦。听说日本人发觉了我们这里有人去报了军队，说我们这里有奸细，所以一个也不放他们回来，并且听说这里的老头子也是一个，还给董太爷一枪打死了。

熊　妻：（焦急地反问）那么，阿熊他们现在在那里呢？你从那里得来的消息？

邻　妇：我家的小狗子逃回来告诉我们的，他还说我们的四周围都是日本兵，没有办法可以逃出去了。

熊　　妻：那么……那么，我们不是都要死在这里吗？

邻　　妇：我问你，你家的老头子究竟是怎么一回事？说是董太爷一手枪……

熊　　妻：（呆望着她）我……我也不知道。

邻　　妇：那么他人呢？

熊　　妻：他……他……

邻　　妇：我想一定是你们家的老头儿做出了什么事情来了，累得我们家家都遭了难。听小狗子说，今晚上我们都活不下去了。（急得哭起来）我们的大虎也完了。……

妇　　甲：（和乙丙进来）这……这消息是真的吗？小狗子的妈妈！听说东洋鬼把这里的人全部杀了，一个也不许回来……

妇　　乙：就是因为走了什么消息，董太爷打死了阿熊的爷爷。

妇　　丙：你……哭……哭什么呢。我们全都完了，我的男人一定也是被杀死了。我，叫我怎么过下去呢？阿熊嫂！你们一家子为什么要害这样多的人呢？你们……（也哭起来了）

熊　　妻：（急）大嫂子，我也和你们一样，不知道怎么一回事哪。不过我相信，我家老爷爷活了六十几岁，在这一村里从没有得罪过一个人，也从没有做一件大家不称心的事，这是大家都晓得的，今晚上一定有别的缘故。说不定是东洋人变了卦，来骗我们。说不定是你们家的小狗子听错了话，或者现在他们已都拿到了钱了……

邻　　妇：不会的，我家的小狗子决不会听错话，他亲眼看见，你家的阿熊叔，被他们吊着打……

熊　　妻：什么？吊着打？

邻　　妇：对了，董太爷也被打了。阿熊叔也吊着……

熊　　妻：在那里？在那里吊着打？想不到我们要发财发出岔子儿来了。在那里？在那里？我要去看，我要亲眼去看看。（她

沈西苓 / 315

要出门去，小孩突然的哭叫起来，她再回来从床上抱起了小孩，想冲出去。突然门口冲进两个敌军来，用枪把子拦住了她的去路）

日　兵：站住！不许走，不许走！

（继续来了五个兵，诸妇被他们喋住了。）

日　兵：走过去，走过去。（诸妇立在一旁，此时敌军官进来，后边有三个敌兵拉着一排的渔夫）呃！（一个中队长喊着，大家行军礼）

敌军官：马拉皮！是谁报告了支那军，是谁报告了支那军？他们知道了我们计策，是谁，说！是谁？说，不说。马拉皮。（用手枪向桌上一打）打死你！（他说话不很流畅）

日　兵：快说！（用枪打着第一个）

甲：（恐怕而带着哀求）老爷，东洋老爷，我们一个也没有少，我们都在摇船接老爷们进来，我们一个也没有少。我们……

日　兵：八加！（打一下嘴巴）

甲：噢！老爷，我们不晓得，我们只听得董太爷说，要我们把船摇到石洞口把老爷们请进来，就有钱给我们，我们就有得好好的过活了。我们……后来，老爷要我们衣服脱下来，我们也就这样办了……我们实在不晓得别……的。（拍的腿上又一枪把子）

甲：（倒在一边）噢……

虎：老爷，我们实在不晓得。老爷，求求你们放了我们吧，我还有两个小孩子，我还有一个妈妈……我……钱也不要了，我……（哭）

（一个敌兵立刻用鞭子抽他。邻妇手中的孩子哭了。）

（一个哨兵急上。）

日兵甲：报告，支那兵十分顽强，现在他们大队已经赶到，战事非常剧烈，现在我们部队十分吃紧。

敌军官：再去打听。

日兵甲：是！（旁随军带来的军用电话铃响）

另一兵：队长，电话！（送上去）

敌军官：（接电话，紧张）是，什么。他们晓得了，什么？那些支那狗，八卡呀罗！八加呀罗！（用力放下电话）把支那董带来。

日　兵：是！

敌军官：王八蛋，这些狗东西，居然如此可恶，（见董和阿熊上来，他已打得不成样子）你们说：是谁走了消息，是谁告诉了支那人？

　董：报告大队长，实在是没有人，要有，除非是阿熊的老头子。

　熊：不，不会的，我的爸爸是个好人，他不会做错一件事，他不会害人一条命的，他决不会要他的儿子受苦的。

　董：大队长，您打他，他一定会说的。

敌军官：拖下去打！（两个兵把阿熊拖出去，打。鞭声，和喊声，机关枪声，炮声，和外边的火光照进来的庞大的阿熊被打的影子。熊子叫，哭）

熊　妻：（走到董的面前）大爷，你也有爸爸，有孩子，妻子的，你不该再叫东洋……（有些碍口）你不该再叫打他。他不过是听了你的话，想拿一点儿钱活几条命吧了。现在钱拿不到，爸爸也吃你枪打了，丈夫也吃你棍打了，我们反正是活不成的了。我只得和你拼，我只得和你拼……（带哭地要打董，冲过去却被日军拦住，一推倒在地下。后边阿熊被打得更利害）

沈西苓　/　317

孙：妈妈……妈妈……（哭）

熊　妻：孩子，你别哭！哭是没有用的，你得记住，害你爷爷爸爸，害我们一家的是小眼睛，八字胡子的这样一个脸！（指着董）还有高颧骨，生一点小胡子的！是这样一个脸！（指敌队长）你得记住，大起来要报仇！要杀他们，不要让他们一个活着！不要让他们一个跑进我们的家乡来。他们有一个活着，我们便永远翻不过身来！我们要活命，除非和他们死拼，和他们死拼……！

敌军官：八加！（立起身来正要有所动作）

兵　甲：报告队长！支那军队一部突然冲进这个村子里面来了。请队长示！

敌军官：这怎么……怎么一回事？马拉皮！"七个小"（畜生的意思）！董！要这些渔民去冲锋！

董：是！要他们去冲锋！走！

群　兵：是！走！（群渔突现惊恐）

声：——老爷！我们……我们不会打仗，我们……我们不要你们的钱了，我们……

声：——董太爷！我们不会打仗，求求你要他们放了我们吧！

敌　兵：（举起枪来，迫打他们）走！走！

声：——天呵！怎么要我们去冲锋，要我们去冲……

声：——（女声）你不要去呵！你不要去呵！他们是强盗，骗我们呵！（哭）

声：——我们上了强盗的当啦！我们打这些强盗吧！

敌　兵：走！

——我们打老董！是他骗我们来的！

——对了！一定是他拿了我们的钱去了。

敌军官：八加！（取出手枪来拍拍的几声枪声，全屋子乱起来了：

women的哭声，小孩子的哭叫声，男的喊声，打扑声，轰的一个炸弹，后面一阵强烈的火光）

兵　　甲：（上）报告队长！支那兵前哨快到这里！……
敌军官：（突然地立在桌上）杀！杀！他们不去冲锋，就在这里枪毙他们！

（灯熄灭，屋中顿时显出黑暗，从门窗外的红光，映出一圈的黑影在动，男子的呼号声，女人的哭叫声，蛮暴的叱骂声，枪声，男女如羔羊地被拖出了门外。）

女　声：天啊！我们为什么要受这样的罪啊！
男　声：我们上了他们的当啦，我们现在只有死啦。
男　声：我们，就是汉奸啦！
男　声：我们为什么会做了汉奸啦？
男　声：天啊！我们对不起我们的祖宗啊！我们死得冤枉啊！
女　声：啊！啊！我们将怎样办啊！
男　声：啊！……（被杀死的惨呼）

（屋外面突然出现了战争状态：机关枪声，炮声，呼杀声，冲锋声，屋倒声，惨呼声！中国军队从舞台左方冲到右方去，这声浪压倒了先前的声浪。台上已无一人似的静默着。烟幕布满了舞台。）

孙：（枪炮声中）妈妈！爸爸！……

（音响效果，由极强而到了渐渐的微弱，光线也同样微弱下去。及到光线重亮的时候，屋子已不成样子，墙也倒了。一个小孩，兀自立着哭着。）

孙：妈妈！妈妈！（间着男女的呻吟声）。

（此时，中国军甲丙入。）

甲：嘿！这里还有一个孩子呢。你叫什么名字？
孙：（哭着，吓慌了）妈妈！妈妈！

沈西苓　/　319

甲：不要怕，我不是东洋鬼子，东洋鬼子，给我们打跑了。你的妈妈呢？

孙：妈妈……（指倒在地下的一个女人）妈妈……

（一老人与排长进来，此时屋外更明，月光朗照。）

老：（极度感动地）哦！哦！这……这里是我的家……啦，这里是我的家啦。我的小熊呢……我的媳妇儿，小熊儿呢？（见到甲旁边的小孩）哦！哦……你……你是小熊……（哭里带着笑地）啊！正是我的小熊！小熊（上前去拥抱着他）小熊……（哭）

孙：爷爷（哭）……

老：小熊你……的爸爸妈妈呢？小熊……

排：他们到那儿去啦？老头儿；这儿是你的家吗？

老：是，是……的，老总。（望着小熊）小熊，你的妈妈呢……小熊！（小熊指着旁倒在地下的女人喊："妈妈……"）

老：（才发觉旁边倒着的女人）啊！呵！我的媳妇儿……我的……（放了小孙把妇人扶起来，两个兵士也帮着忙）

甲：她昏过去了。快去拿水来。（丙去拿水给她喷了几口）

老：呃小熊……你叫你的妈妈！你叫——

孙：（哭叫）妈妈！妈妈！

熊妻：（醒来）你们这些强盗！你们要杀我们啊！你们骗了我们，你们……

老：媳妇儿！是我！醒醒。

孙：妈妈！妈妈！

熊妻：爸爸，（哭）……东洋鬼子把阿熊打死了哪……你死得好苦啊！（门外兵士丁戊把阿熊放下了带进来）

兵士丁戊：报告排长：弟兄们在外面都搜查过了。这个人是被绑在

外面的，我们把他放下来了。（他们一放手，阿熊倒在地上，下半身倚在一只椅子上）

熊：你们杀死我吧，你们杀死我吧，我的苦已受够啰。我是汉奸。对了，我是汉奸。但是，我们这许多人都是受骗的呵！老总，我们都是受骗的啊！

排：你说什么？什么受骗！

老：（抢跑过来）老总……老总……他……就是我的儿子。

熊：爸爸，你的儿子到现在才知道，不过已经迟了。……我在三个钟头以前，还以为可以拿一百块钱来养活你老人家的，可是我们大伙都儿受了骗了。我们非但拿不到半个钱。日本人先借了我们的衣服去给他们的军队穿了，后来还要我们去冲锋……爸爸！你的儿子现在是做了汉奸了。汉奸是应该和其他的人一样的死在枪口下……但是我……我连我自己也不知道，为什么会这样糊涂，会走上了这一条路……（孩子与熊妻跑过来）

孙：爸爸！

熊：儿子……你得记着刚才你妈妈的话，你爸爸虽然绑着给他们打着，也听到的，你大起来要报仇！要认清我们的仇人的脸！……啊唷……（作剧痛状）……我……我是个汉奸……我不应该活在青天白日的下面……（倒下）

老：阿熊……阿熊！

孙：爸爸，爸爸！……（哭，熊妻也哭）

丙：（走到排长前面）排长，他已经没有救了。

排：是！他是个汉奸，他应该死。但是我真不懂得，这次是中华民族有史以来最大的一次神圣的民族抗争，我们每一个军人都知道舍身报国，我们每一个军人都愿意死在敌人的炮火下，可是，我们的老百姓，同样是保卫民族的战士，

沈西苓 / 321

他们非但不能来帮助我们，而帮助了敌人来害我们，来和我们作对。——我们真伤心！我们不知道我们的老百姓将如何才对得起我们？我们死，我们死了也不会瞑目的！……

甲：排长！此地的镇长，以及公务员在四天前早已都逃光了。

（外面捉了许多汉奸。）

排：是的，我们军人是已经尽了天职了。我们这次的抗战，成千成万的死在沙场上，一天数万的死在炮火下，我们多愿意。我们都兴奋地死去。……

老：老总，请你救救这村里没有死的渔夫，他们虽则和我儿子一样做了汉奸，但是他们都是无智的渔夫。他们……可怜的是没有一个人来告诉他们，要他们怎么样来好好地做一个好百姓。

排：（突然地）老头儿，你说得对！我记得我们北伐的时候，成千成万的老百姓帮着我们作战，可是这次却不同了。我们所遇到的是汉奸，是帮助敌人的汉奸。而且这些汉奸都是无智无识的农民，渔夫，他们可以做一个很好的老百姓，同时他们也可以做一个忠实的汉奸。

老：老总！

排：对了。这真是证明了在我们这次圣神的民族抗战中，缺少了民众的组织！没有很好地发动了民众运动！这些无智的朋友，我们是应该原谅他们，但我们不会原谅那些有智识的同胞的。他们为什么不但负起他们的抗战的责任呢！他们为什么不迅速地来发动民众运动呢！尤其是那些逃跑了的负责地方的先生们。（枪炮声又大作。哨兵突上）

哨　兵：报告，敌人已开始反攻。上面有命令，即速抗战！

排：是，弟兄们！快跟我来！去和敌人拼命，冲破敌人的反攻！

（进军号。）

（幕）

选自沈西苓著：《烽火》，旅冈主编："国防戏剧丛刊"之一，一般书店，1938年

阳翰笙

| 作者简介 |　阳翰笙（1902—1993），四川高县人，原名欧阳本义。电影剧作家、作家、戏剧家。毕业于上海大学社会学系。代表作有电影剧本《铁板红泪录》《塞上风云》《三毛流浪记》《北国江南》《赣南游击赞歌》，话剧《天国春秋》《三人行》，影事回忆录《泥泞中的战斗》，回忆录《李硕勋牺牲前后》等。

前　夜（四幕剧）

（节选）

时　代：

一九三七年七月

地　点：

天津

季　节：

夏

时　间：

第四幕——晚十二时直至黎明

人　　物：

白次山：四十二岁

郑文萱：二十六岁

白青虹：二十二岁

刘济成：三十岁

小　萱：（不入场）

林建平：二十岁

孙立群：二十八岁

张敬轩：四十岁

杨五爷：四十五岁

青年甲、乙、丙、丁

仆人

茶房

流氓

第四幕

景：

　　一所普通平房的院内，房子很旧，舞台正面是墙，墙上露出几块被风雨剥蚀的地方，左面露出屋的一角，角上有窗，窗中一个电灯悬挂在窗外，屋后伸出一枝树干，有浓绿的枝叶，舞台右面便是大门，大门不很大，是双扇板门，门也不很结实，近屋角的墙边有几个破花盆及些破烂东西，院中纵横摆着几把小凳子，破桌椅。月亮已经偏了西，但月光还很明澈。

　　幕初开时，一切很静，只听得窗里有油印机轧轧的声音，窗上不时有一个人影闪来闪去。

　　移时院外街上，突响过来一阵凌乱急促的奔逐之声，间杂着三两声惊叫"抓着他！抓着他！"

　　林建平和朱竹君一在屋侧，一自屋中奔了出来，很吃惊的倾耳静听，接着院外街上，有人在相互恶骂！

　　……妈的，你这小子真饭桶，分明人都瞧清楚了，却被他跑掉！

　　……你骂谁？

　　……大爷骂你！

　　……骂我？你配！

　　……大爷还要揍你呢！你知道抓着一个人到手，该有多少进账？

　　……爷爷不知道！妈的！你这小子的天大本领就只会骂人，那末，我问你，你的大腿呢？光是你爷爷才生着大腿么？

　　……好！好！好！你们这两个家伙，光会骂街有什么用处啦！我想那几个小子是逃不了的，大家快点跑过来，咱们快到这儿附近的胡同里去搜一搜！

朱：（一惊）你听到没有？那批无恶不作的汉奸，又要去公开绑人去了！

林：（激愤）啊！这就是我们的天津！这就是我们的天津！谁说天津还算是我们的呢？竹君！我实在忍受不住了啊！

朱：（急止之）小声一点！别那么兴奋！忍不住也得咬紧牙关忍下去的！这么一点点儿刺激你都忍受不下去，那你还能很沉着的去跟敌人苦战苦斗么？

林：竹君！你的话自然是不错的，可是我的感情实在太激动了！我真恨不得立刻就去喝那批无耻的东西的血！

朱：那有什么用处呢！你这人坏就坏在感情太激动！你知道，我们是光靠感情用事能够成功的吗？

林：是的！我自己的毛病，我自己也知道！

朱：那你就应该好好的把它改掉才成啦！

（院外街上，凌乱的腿步声又起。）

林：（惊）你听，外边又有人在奔跑，该也不会到我们这儿来搜查吧！

朱：你镇定一点好不好！

（远处枪声突起，街上有人喧嚷和奔逃。）

林：（惊慌）你听到吗？枪声，半夜三更的怎么会有人放枪啦！

朱：（镇定）你别要这样惊惊慌慌的，听到没有？

（远远的又传来几声枪响。）

林：（仍惊）你听！枪声又在响了，这究竟是怎么一回事啦！

朱：该也不是汉奸们暴动起来了吧！

林：那我想一定是的！一定是的！这些日子来不是人人都在传说日本在华的特务机关早已经收买好了无数的汉奸，就要来夺取我们的天津了吗？你请在这里站一会儿，让我去告诉一声老孙好不好！

朱：你这样着急干什么？你听枪声不是又停止了么？

（二人倾听枪声也停，人声渐寂，移时突闻身后在转然一声，接着王太太和李小薇从墙角上翻了进来。）

（二人吃惊，连忙转身奔到墙角。）

林：谁呀？

王：是我！

朱：别多嘴（走近）我怕是谁啦！才是你！（转对林）认识吗？老王的太太，（奔至李小薇的面前将她扶起）啊，小薇你也来了，你们是怎么一回事？为什么不从大门里进来！

王：谁还敢从你们的大门里进来！

朱：刚才差点就把我吓死了！我的心现在都还在扑通扑通的

阳翰笙 / 327

跳啦！

林：你们在外边碰到了什么事情了吗？

王：谁道刚才的枪声你们还没有听到么？

朱：外边究竟是怎么一回事啦？

王：刚才我们快要走到你们这儿来的时候，突然听到东边响过来一阵枪声，好几颗流弹，唧呀唧呀的就在我们头上乱叫，我们大吃一惊，抬起头来一看，只见许多人对着我们迎面跑了过来，我们知道事情不对，连忙折到你们这边的一条小胡同里，仔细一打听，才听到跑过来的人说：是走私的浪人正在开枪打我们海关的缉私队！

林：什么！浪人竟敢开枪打起我们的缉私队来了？

王：你还才知道么？我们为了怕吃浪人打来的流弹，没有办法，只好从你们这儿的墙缺口跳了进来。

李：我的脚都给我跳痛了呢！

朱：没有折坏吧？

李：还好，你瞧！我揉它几下，不是又可以跳动了么？

王：竹君！今天我家里被搜查的事你晓得了吗？幸而我同老王都跑得快，要不然全都被抓去了啦。

朱：晓得了，老王刚才来过。

王：老王呢？还在这儿吗？

朱：早走了！

王：到什么地方去了呢？

朱：不知道，大概老孙要他去干什么事去来。

王：唉！想起来今天真危险！幸而我同老王都跑得快，要不然，全都被抓去了啦！

朱：这总算你们的运气好！

王：运气好，那到不见得！我从家里跑了出来，一跑就跑到小薇那儿，我心里在想：小薇那儿会有什么问题呢！那晓得坐不上一刻钟，有人来说她家里也靠不住了，我心里一急，只好折转身来和小薇就开跑！现在我们是跑到你们这儿来了，我想：你们这儿总不会坐不上一刻钟，又会靠不住吧？

朱：那可难说得很啦，你知道吗？听老孙说：白次山的汉奸网已经在全天津市都布满了，我们一不小心，就会马上遭他们的毒手啦！

王：是的，我也听老王说过我们有许多青年朋友，抓的被他抓，杀的被他杀，打的被他打，关的被他关，白次山这个汉奸头儿，真是可恶极了。

李：要使我瞧见他，我一定要几刀把他杀死！

林：要使他落在我手里的话，那我却要把他砍成肉泥！

（台上沉静一会，外面突有人敲门，院中人均吃一惊。）

林：噫！这样夜深了，为什么还有人往来？

王：是啦！该也不会有问题吧，你们这儿有警号有没？

李：糟糕！糟糕！这怎么办呢！

朱：别要惊慌，我想，不会有什么问题的！

林：好，让我去开门。

（林抢着走到大门前，在门上面敲了一下，外面又敲了五下。）

林：谁？

外　答：是我！

林：你那儿来的？

外　答：国货商场。

（开门，跑进来的却是青虹，她手上挟着一卷东西，神色显得很匆迫。）

(朱王李均因不识,大惊!)

林:(大吃一惊)哦,是你?

虹:(微笑)不错,是我!

林:你跑到这儿来干吗?

虹:我吗,我来找一个人的。

林:找谁?

虹:(冷笑)只找一个人。

林:(在惊愤中大声的)是不是替你叔父来找我?

虹:(冷冷地)那倒不见得。

林:那末你跑到这儿来干什么呢?你知道这儿是什么地方吗?

虹:我不知道。

林:那你就让我来告诉你吧,这儿绝不是你们汉奸的儿女可以随便来往的,你听懂没有?

虹:(抢着说)你也让我来告诉你吧,这儿更绝不是像你这样的草包可以随便来往的,你也听懂没有?

朱:建平,究竟是怎么一回事呀?

王:这位小姐究竟是谁?是从那儿来的啦?

林:你们都不认识她吗?

朱王李:不认识!

林:那么让我来替你们介绍吧,这位就是大名鼎鼎的白次山的侄女白青虹小姐!

朱王李:(同吃一惊)哦!

虹:(冷笑)哼!你们打算把我怎么样?

林:你以为我们不敢把你怎么样么?我只问问你,你是怎么样找到这儿来的?你究竟到我们这儿来干吗?

虹:对不住,我现在到没有那末多精神来同你废话了。(拔步向里边走去,林向前拦着她)

李：这究竟是怎么一回事啦？

林：你要到那儿去？

虹：你拦着我干吗？你以为这地方只有你好来吗？哼！快放手！

（朱王李三人刚要扑身进去，孙立群已经走了出来。）

孙：哦，青虹，我正在替你着急哪，你是什么时候来的，为什么不早点进来啦？

（孙走过来与青虹握手，林与朱王李三人大为惊诧。忙向后退了一退。）

虹：（得意的微笑）我怎么敢进来啦？

孙：你这话什么意思？这儿没有人认识你是不是？

虹：不，谁说没有人认识我！

孙：是啦，我想老王的太太总会认识你的啦。

王：不，我不认识她，老王也没有跟我提起过。

林：（多少已经有点明白）我认识她！

孙：你认识她，在什么地方？

虹：你还不知道吗，他就是光会在我们家中贴警告书送大炸弹的天字第一号的家庭教师啦！

孙：啊，我现在什么都明白了，因为建平是今天才到我们这儿来的，从前我又没有同他见过面，所以他的生活情形我不大知道。过去青虹虽然跟我说过她家中有那么样一个人，我总以为是同我们没有什么大关系的，因此，也就没有十分注意，要不是青虹刚才提起，我还不晓得建平就是那位家庭教师呢。好，现在我们应该什么都可以明白了，过来吧，建平我来同你们重新介绍过，青虹是我们团体里面最有力的一员战士，她叔父的一切秘密活动都是她告诉我们的。几点钟前，你们军校发生的事情，要不是她早一步设法通知，那儿的人全都完了，你非但不应该疑心她，而且还应该特别感激她啦！

王：啊，原来是自己团体里边的人，那真好极了，好极了！

朱：这也可以说我们的生活很富于戏剧性啦！

李：是的，是的，真有趣极了。

林：（又惊喜，又惭愧）啊，青虹，我真惭愧极了，我万分诚恳的请你原谅我，原谅我过去对你的鲁莽，对你的傲慢和不敬，我现在已经深深的知道我的不是，你能原谅我吗？

虹：我那儿有资格来原谅你啦！贴警告书，送炸弹，碰着人不问青红皂白就骂他三声汉奸，不都是顶呱呱的伟大工作吗？你为什么还要要求别人来原谅你呢？

林：请你别再挖苦我了，青虹，我到你们家来教书，本来是为了解决朋友的生活问题来的，我起初并不晓得你叔父是干什么的，后来虽然晓得了，其实我也本不应该冒着十分的嫌疑，去干那种幼稚的行动。不过，我因为我的感情太激动了，所以忍不住便那样的乱干一下，我已经对你认错了，你还能原谅我吗？

虹：那末那一颗炸弹呢？是不是你送的？

林：不，那绝不是我干的！

孙：建平今晚还没有出去过，我也想他绝不会干这种事的，大概是什么锄奸团之类的人干的了。

虹：那炸弹虽然确是写着锄奸团送来的，我因为很有点像我们这位英雄的作风，因此我也就有点疑心他。

林：这未免太冤枉我了。

虹：好，就算我冤枉你一次吧，不过建平，你以后再别要这样的糊里糊涂的瞎倒瞎撞了。你听到没有？

林：啊，青虹，我更应该万万分的感激你了，我真做梦也没有想到是你教你四婶把我放出来的。

虹：别老说这些婆婆妈妈的话了，谁要你感激我，我现在没有那末多的时间工夫来对你表功，快做你的工作去吧，我现在还有要紧的事要同老孙商量。

孙：（微笑着退在一边）是的，我也正要问你，这样夜深的跑了来，有什么要紧的事吗？

虹：我再也不能在家耽搁了。

孙：为什么呢？

虹：因为我叔父已经完全把我察觉了，刚才他很愤怒的把我软禁起来，差点就把我打死，幸而我还机灵，把那监视我的枪缴了，坐着汽车绕了许多弯，在途中把汽车丢了，才算逃了出来，不然的话，恐怕今生今世都不能再见你们了，瞧罢，这是他手下那第一条大狗的手枪。（她从袋中把那枪掏出来，大家都很惊异的望着她）

林：好极了，我们这儿正差这东西。

虹：你别要来插嘴，再瞧吧，老孙（把那卷东西丢了过去），这儿还有一包好东西。

孙：是什么东西？

虹：是我叔父的几种卖国文契。

林：你怎么得到的？

虹：当然是偷的，难道我叔父还会送给我吗？

孙：（检视文件）让我来看看吧，究竟是些什么东西，（翻阅，念出）振中洋行定货单，兴华银行扩充股额计划书，治安维持委员会大会记录，你们好好的听着吧，面粉六十万袋，白糖二万包，匹头百万码，人造丝十万担，海味五十万斤……

朱：哈，他妈的，这么多！

阳翰笙 / 333

孙：还有更恶毒的计划呢，你们再听我念吧，兴华银行股资扩充预定额为谷崎六百万，白次山五十万，张敬轩五十万，杨成章四十万……新添股金共计三千万。

林：这么一来，咱们华北整个的经济命脉不都全完了吗？

王：你才晓得吗？早都完了！

李：唉！咱们中国的汉奸为什么会这么多啦！

孙：青虹，你这么一来，过两天我们把这些东西在我们的刊物上一暴露，恐怕你叔叔更不会饶你了！

虹：那当然！

孙：啊，我还忘记告诉大家一件要紧的事：这两天来的形势真严重极了，我们应该特别警觉点才好。我们这儿这两天来往的人很多，人也很复杂，因此，我想明天一早起来，就搬家。现在夜已经深了，大家还是早点睡了吧。里边还有几个人等着我呢，走，青虹，我们进去再谈谈。

（台上空气顿时严肃起来，林同朱在静默中忙去收拾东西，青虹同孙立群相偕的走到屋檐下的门口，这时大门外突然传来一阵急促的脚步声，接着有更大声的敲门，屋内的人都惊住了。甲乙两人还显得有点慌乱，门内屋侧也在惊异中涌出了好些男女青年来。）

孙：（很严肃地）大家不要惊慌，要是敌人真的来了，我们同他们拼个死活就得了。

（许多人在惊慌中间望后退了进去，外面的打门愈敲愈急。）

虹：多半是敌人来了。（掏枪）

孙：多半是的。

（闪身已到屋侧，接着外面的大门轰然一声便倒了，刘济成带着许多流氓持枪涌进。）

（青虹见是济成，便抢步跑了过去。）

刘：（吃惊）哦，大小姐，真想不到您也在这儿。（暗示一流氓，一流氓跟着去，通知白次山）

虹：（很气愤的）是的，我也在这儿，你要怎么样？

刘：我敢怎么样呢？我还不是奉了四爷的命令？（突然望着建平）哦，林先生，更想不到你也在这儿，那真好极了，好极了。

林：你们是特来找我个人的，是不是？好吧，我马上跟你们一块儿走——

刘：不，所有这儿的人，我们都还要请一请。（掉头对部下）来呀，去把后面所的屋子都给我搜一搜，这儿所有的人，全给我看上，不准走掉一个。

（众流氓刚欲走去，青虹突然将手枪拦住他们。）

虹：（厉声地）谁敢进去，我就打死谁。

刘：大小姐，你不能这样，我奉的是四爷的命令，四爷要我们怎样干，我们就是怎样干，我们是不能违抗四爷命令的。

虹：胡说！我一个人做事一人当，不准你们乱抓我一个朋友。你开口四爷，闭口四爷，四爷在什么地方，我同你见他去得了。

（白次山带着满脸的愤怒，持枪自门外奔进了，青虹一见大惊。）

白：（愤怒大骂）好东西，你还有脸来见我吗？

虹：哼，我脸倒是有的，我可是再世也不愿意见你了。

白：糊涂东西，真不是好娘养的，你捣了几个月的乱子还不够，还要把我的重要文件偷去，想起来，我真恨极了。我养了你这么大，我什么时候错待过你，你这样恶毒的来对付我，你究竟是什么居心，你要我被你这大逆不孝的东西

阳翰笙 / 335

活活气死是不是，青虹？

虹：我为了国家，为了民族，你懂得什么东西？

白：你把我的文件偷到什么地方去了？快给我拿出来！

虹：我没有。

白：没有？你还在装什么疯？你再不答应拿出来，我要你的命！

虹：我不是对你说我没有吗？

白：你真的没有？

虹：我真的没有。

白：你骗谁？

虹：我就骗的是你。骗的是我做了汉奸的叔父。

白：（怒极）该死的东西！我还留着你这条鬼命来干什么？

（轰然一声，白次山一枪向青虹打去，站在青虹身畔的林建平，一见白举手开枪，连忙把青虹向旁一推，不料枪弹正打在林建平的胸膛，建平倒在地上。青虹的右手也同时受了伤，她枪也被击落在地，青虹忍着痛去拾枪，早被刘济成抢了去。）

（刘济成一见如此，连忙率领大众向屋后奔了过去，顿时屋前屋后便起了一阵大混乱，枪声，骂声，喊叫声，什物的掷弹声，混和着便形成了一场悲壮的大格斗。）

（受了伤的青虹，眼看倒在脚前的建平，还在血泊中痛苦的挣扎，她心里悲愤极了，她俯身下去，把建平的头扶了起来，建平已经只有微微的一息呼吸了。）

虹：（很悲痛的）啊！建平，建平，我亲爱的朋友啊！你的伟大的生命，就这样的结束了吗？你慢一点儿离开我们吧。这几个月我真是对你太冷酷了，我不是不知道你对我的热情，不是不知道你对我的挚爱，不过，朋友啊！我要请你最后一次的原谅！我，我为了我们的运动，我却不能不那样的对待你，请你慢慢的离开我们吧，埋藏在我心坎里最后的一句话，我还没有对你说的，你好好的听着吧，我……我……我是爱……爱你的。（建平忽然断气死去）
阿呀：建平！建平……你就这样离开了我们吗？好！让那些无耻的汉奸来喝我们青年的热血吧，让那些无耻的卖国贼来杀戮我们青年的生命吧。看他们就能把我们成千成万的青年杀得完吗？建平，你放心的微笑着死去吧！你的热血没有白流，马上就有人踏着你的血迹，去向那批走狗汉奸和卖国贼讨还我们的血债的。你放心的去吧！我们的抗日战争马上就会爆发起来的。

（打伤打倒，但他们还是气焰冲天的闹得很凶的样子。）

白：把这该死的东西抓起来跟我走。

（两个流氓把俯在地上的青虹一手抓起了，青虹挣扎。）

（众流氓将王太太与朱竹君捆着推了出来，朱王拼命挣扎，众流氓怒打。）

刘：（叱问）还有人呢？

流　氓：那些小子跟我们对打了一阵全逃光了！

白：（惊问）那末，文件呢？

流　氓：也全被那些小子带走了！

刘：真都是他妈的一些饭桶！

王：（拼命挣扎，拼命挣脱，怒指次山）好，你们这些汉奸！你们这些帝国主义的走狗，你们一点人性都没有，你们一点天良都没有！难道说你们不是中国人吗！好，你们打吧，你们杀吧。可是我们全中国的救亡战士是你们打得完杀得完的么？

朱：（接着愤骂）对啦，我们救国的战士是被他杀不完的！

阳翰笙 / 337

（转对众汉奸）你们这些无耻的汉奸！你们以为杀死我们几个人，就可以消灭了我们全国的抗战救亡运动吗？你们简直是在做梦！你们待着瞧吧！我们几个人，虽然死了，可是我们全中国四万万五千万同胞，马上会起来跟我们这些无耻汉奸算总帐的！跟你们的外国爸爸算总帐的！打死危害国家民族的汉奸！

（余人跟着怒吼了起来，挣扎，掀打，怒骂，整个舞台扬溢着悲壮的气氛。）

（幕落）

选自阳翰笙著："抗战戏剧丛书"第一种《前夜》，华中图书公司，1938年

洪　深

|作者简介|　洪深（1894—1955），江苏武进（今江苏常州武进区）人，号伯骏，字浅哉，曾用笔名庄正平、乐水、肖振声。导演、教育家、社会活动家、剧作家，中国电影和话剧的开拓者，抗战文艺先锋战士。1912年考入清华大学；1916年赴美留学；1922年回国后，先后领导戏剧协社、复旦剧社，并参加南国社；1930年加入中国左翼戏剧家联盟。全国抗战爆发后，积极推动抗日救亡演剧活动。主要作品有剧本《赵阎王》《五奎桥》《香稻米》《包得行》《鸡鸣早看天》等。

包得行（四幕剧）

时　间：

第一幕——芦沟桥事变后不久

第二幕——民国二十七年夏秋之间

第三幕——民国二十八年夏间

第四幕——民国二十八年夏间，第三幕后二星期

地　点：

第一幕——黄桷坪，深藏四川内地的小乡村；富户李国瑞的客厅里

第二幕——铁牛矶，鄂东南的小乡村，离前线五十余里；杨甲长开的小杂货店，带卖茶

第三幕——黄桷坪，李国瑞家后面竹园

第四幕——同第三幕

人　物：

包占云：（即包得行）二十余岁，四川乡间无业青年

李大远：黄桷坪富户李国瑞次子

李贾氏：大远之母

陈长年：二十余岁

黄长年：三十余岁

李国瑞：五十余岁，忠厚老实

贾维德：国瑞叔岳，近六十岁，热心人

贾长生：十六岁，维德之孙

王海青：约三十岁，现为佃农，从前曾当兵

周焕章：保长

荷　香：十五岁，周保长女

张科员：县府兵役科科员

潘殿邦：当地绅士，前曾数任县知事

林鸿顺：五十余岁，现在住铁牛矶杨春华家，由火线逃来

农民甲：铁牛矶农民，该处距前线约五十里

农民乙：同甲

杨春华：铁牛矶农户，甲长，开有杂货铺

农妇甲

王排长

杨老太：春华之妻

杨玉芳：其女

兵士甲

兵士乙

农妇乙

农妇丙

魏一发：扎货担行商

农妇丁

农妇戊

高　二：铁牛碛乡民

赵连长

陈宇庭：黄楠坪农户

李大成：国瑞三子

其他：农民，农妇，士兵，各若干人

第一幕

　　中华民国二十七年四月，在芦沟桥战事爆发的七个多月后，每一个及龄壮丁，都应当参加兵役，起来保卫祖国，抵抗日本帝国主义的侵略，这一号召与要求，已经到达那深藏四川内地的小乡村黄楠坪了。一般的老百姓是情愿的。政府的法令是周密而又人情的。但是因为少数下级执行干部如保甲长之流的愚蠢无能，以及营私舞弊若干地方，难免有不公平，甚至欺骗敲诈的情事，大大地引起人民的反感。

　　黄楠坪的李国瑞，家道相当殷实，老夫妇为人忠厚，现有两个儿子，正是对于抽壮丁这件事甚有反感的一家。在他们想，二儿子李大远是不妨用"于家庭为独子"的理由而免役的。国瑞的大儿子多年前到下江经商病故在外,固然不必说。至于他的三儿子年才十六,又已过继给一位本家,也可说不是他的儿子了。可是保长周焕章还不能完全同意这个见解,除非李国瑞自动的……(彼此心照不宣)……所以这几天李国瑞忙得天翻地覆。此刻又出外去求托人情。

在他家那一间本来是幽雅而安静的客厅里——如果我们从客厅的西边看过去,面对我们的,是东首一道墙壁;沿墙排列着八仙椅几的一半,黑漆镂花;墙上悬挂几幅颜色古旧的屏条对联,想是名人的笔迹;墙边一扇树叶式小门,走进去是书室;厅中央一张大圆桌,围放着四张圆凳,也都黑漆;北首大炕,在盖造此房时一起构入;炕后侧有屏门可通内室;南首一排长窗,开着两扇,已经挂上暗绿色的细竹帘了——闲暇,安定,无为,是此屋应有的印象,可是此刻偏有人在里面忙乱着。

陈长年黄长年忙着揩抹桌椅。

李大远包占云忙着计较一桩什么要紧事——他们都很兴奋,像是心里有好些话要说;但只低声抑气,像是顾忌那两个长年,不便畅快说出。李大远穿着白布短衫,蓝色土布的西装裤,绿线袜,黑呢鞋;吹着水烟。包占云穿一件退了色的蓝布长衫,赤足,草鞋;握着一把花生米,时时捻着一颗往嘴里塞。两人不耐烦地眼眼瞪看那长年。一等到老陈老黄揩抹完毕桌椅提了水桶转出屏门的时候——

包占云:(奔过去高声问)到底是多少?

李大远:(不大愿意)哎呀,你不要噜苏。

包占云:怎么!

李大远:倒霉事有什么多讲的。

包占云:不多讲,你得趁早告诉我——你,李大远,黄桷坪李家院子的二少爷，一总送了周保长多少块钱，他才放脱你，不抽你去当壮丁！

李大远：（皱眉）你嚷嚷得长年们都知道了。

包占云：哼哼，乡里人那一个还知道得不够。

李大远：不像你讲的那样臭。

包占云：臭，臭极了！壮丁舞弊这件事，好比是个露天的毛厕，臭气冲天——（忽然想到一物，伸手摸口袋）你等着，我拿样东西出来给你看看。（摸出一卷钞票）

李大远：（诧异）什么，钞票！

包占云：钞票，崭新的钞票，（做作出格外郑重的样子）法币八十元，不少吧，哼嗨！（想起此事，不免有些愤恨不平）你总以为像我这样一个穷小子，既没有家产，又没得正当职业，父母双亡，亲戚全无，一年到头，尽做些没出息的事，东混一天，西骗一餐，靠着自己的面皮厚，脚步勤，一张嘴巴的两块唇，在黄桷坪吃一碗开口饭，十个讨厌，九个怕惧，那个调皮无赖透了顶，外号叫"包得行"的小流氓包占云小包，不该一下子身边藏有八十元法币吧！有点奇怪，是不是？

李大远：（不知怎样回答才好）嗯……

包占云：哈嗨，周保长送给我的。

李大远：（不能信）周保长？

包占云：是的，正是那拿我最没有办法的周焕章，他给我这八十块钱，买托我去替代人家充壮丁，服兵役的。（把钞票仍揣起）

李大远：哦。

包占云：也许我替代的就是李家院子的二少爷，就是你。

李大远：（窘急）这个——嗯。

洪深 / 343

包占云：（感慨之至）他们说，这一次打的是国仗，是中国和日本强盗打仗，保护我们的身家性命子孙后代。这话不错呀！政府明令说，每个过了十八岁还没有到四十五岁的男子，都有当兵的义务，谁先后凭抽签，谁先抽到谁该先去。政府也公道呀！可是这些没有天良的保甲长，（沉痛）借着抽壮丁这件事，发他们自己的洋财；敲诈有钱人，压迫没钱人；该去的反倒躲过不去，不该去的人硬拉去，张大着眼睛欺骗老百姓，蒙蔽县政府省政府。不单是黄桷坪，别的好些地方也是如此，在黄桷坪，我就没有看见抽过一回鸟签。我是八十块钱买我去的，王海青是五十块钱买他去的，善良老实一点的种田人不用化钱买，拿草绳拴着，拿棍子打着就去了。

李大远：（人同此心，心用此理，听到这些话也难受）真是。

包占云：一保规定去三个人，现在我一个，王海青一个，已经有两个，还缺一个了，当然，你们少爷们不会去的。你只要化八十块钱，就可以把你自己的性命买下，你的性命值八十块钱。

李大远：（受不了）好了好了。别再说——

包占云：八十块，嗨，只值那么些——

李大远：（给他说得实在熬不住了）八十块，岂止八十块——

包占云：不止么？

李大远：我们已经答应拿出两百六十块——

包占云：两百六！

李大远：——答应拿出两百六，周保长还没有肯。他一口咬定要四百块。

包占云：四百块？

李大远：我父亲托了舅公贾维德再三和他说好话，可是到今天还没有谈拢！

（陈长年提了一只篮，从里面走出，径向外去。）

（李大远便不往下说。）

（接着黄长年端几只盖碗出来，放在茶几上。）

包占云：（想喝茶——开盖一看）嘿，空的，只有茶叶，没得茶。

（黄长年望他一眼，也不做声，便进去了。）

（李大远放下手里的水烟袋，在屋里踱着，想他的心事。）

（包占云睁眼盯住他。）

李大远：（有他们的苦衷）父亲本来不愿意化这钱的。

包占云：不愿意？

李大远：只是（情感的）他为人太忠厚太老实了。

包占云：太老实？

李大远：他不知道怎样对付周保长。（不甘）乡里的有钱人，不化费一个钱，儿子也不会去当壮丁的人家多着呢。（盘算）他们有的是田地，有的是儿子。可是——

包占云：怎么样？

李大远：可是，在这些以外，他们还有一样好东西，他们还有势力。

包占云：哼，势力。

李大远：或者他们自己是个人物，或者有个把本家呀，亲家呀，朋友亲戚呀在社会上是个人物，他们在乡里也就够得上算是人物了。保长就再也不敢去抽他们家里的丁，敲他们家里的钱。比如说，潘知事。

包占云：哦，潘殿邦。

李大远：他从前做过县知事，本县的县长是他的旧同事；"有交情的！"他不是常对人家说起么。你看他家抽壮丁没有？化钱没有？不要说是潘殿邦自己家里，就是他的亲戚朋友只要他一句话，保长就不敢不答应。

包占云：你父亲不是认识潘殿邦的么。

李大远：父亲和舅公现在找他去了。（低头自思，慢慢走开）

李大远：不过我父亲为人太忠厚——他平常总是关着大门在家里，他和潘殿邦只是点头的朋友，所以周保长才敢来出我们的花样。

包占云：出你们的花样？

李大远：我对你说，服兵役，我其实是不在乎的。（望着包，声音非常诚挚）我不怕当壮丁的，我是愿意去的。老实说穿吧，老百姓都是愿意去的，只要抽壮丁这件事，是公公道道的办理。可是这一次是太不公道了。（愤慨）黄桷坪没有抽过签，怎么我的名字会在壮丁名册里。周保长把我的名字写在上面，就是为了在他拿到我们几百块钱之后可以把我的名字勾去。还不是抽壮丁，这是敲诈老百姓。（两个人都低头不语，寻思了一会）

包占云：他敲诈你们四百块？

李大远：他要四百，我们答应他两百六。

包占云：不论是四百是两百六，总比我多了好几倍。我拿八十，将来还得辛苦一番，他干些什么呢！（恨恨）这笔账总会算清的；老子要让周保长占了便宜，老子的外号不叫包得行，（忽然想到一个主意）喂！李大远。

李大远：（倒吃一惊）什么？

包占云：（流露出他的调皮无赖）我有一个好办法，我告诉你，

李大远：什么办法？

包占云：（眯着一双眼）你和我一起当壮丁去。有两百六十块钱，为什么要送给周保长化，为什么不带着去自己化。包你化得痛快，玩得舒服。

李大远：还能——玩吗？

包占云：（做鬼脸）你和我玩，那一次不是玩得够舒服的，你忘了吗？上一回你和我一起进城在东川大浴室的家庭浴室里去洗澡。我照样穿上那副行头，线袜布鞋，新长衫，衣冠楚楚的，我们一面洗澡，一面叫了酒菜吃着喝着；就预备在浴室里睡一夜，把那位年纪才十七岁花名叫什么陈莲君的小姑娘也找来喝酒洗澡，那晚上还没等到十一点澡堂收市的时候，你和她就催我快走，硬把我赶出——

李大远：（亟呼）现在还讲那些无聊的事干甚么？

包占云：（顽皮地笑）呵，哈！

李大远：（不乐）当壮丁是件性命交关的事，你还有心思开玩笑。

包占云：你着什么急啊！你不是和包得行一路同行么，（自负）包得行，样样行，你跟着包得行走，你决不会吃苦。

李大远：（不以为然）这一次是上前线去打仗，会给你那样便当。

包占云：是呀！上前线去，可是到我们不高兴去的时候，我们就回来。

李大远：（不解）回来，怎么回来！

包占云：（拍股）这不是两条结实的大腿，我们不会跑么？

李大远：哼哼，做逃兵，抓住了枪毙。

包占云：（微微摇首，不以为意）包得行逃走，没有人抓得住的。老实告诉你吧，这就是我敢于接受人家八十块钱替代人家去当兵的道理，因为我"包得行"回来的。你总不见得以为我有那样傻，为了区区八十块钱，真的到火线上卖掉自己的性命吧——怎么说，跟我走么？

李大远：我——我——我——

（他们谈论得起劲，没有注意到一位五十来岁的老太太已经从外面进来立在他们身后——灰布衫，黑布裤，头上缠

洪深 / 347

着一圈蓝布，手里提着一只竹篮，里面有几封线香，几只广柑。）

李贾氏：哦，是你们在这里。

李大远：（赶紧站起）母亲回来了。

李贾氏：咦，大远，你怎么又到外面来！

李大远：我正在——

李贾氏：我不是叫你藏躲着，这几天不要出来见人的么？

李大远：我正在和小包——

李贾氏：还不快点到里边去！

李大远：我正在和小包商量着那——

李贾氏：进去，快进去。

李大远：（无奈，只得答应）是。

（他看包占云一眼，不能作声——快快的走进去了。）

包占云：（看清楚老太太的篮里有五只大广柑——挨延着，故意寻话）老太太刚才在观音阁求了签回来。

李贾氏：求了签的。

包占云：为了要大远老弟不去当兵，我有时候真想拜求菩萨，大大的保佑他，让他快点跌个大筋斗，跌坏一只手臂或是一条腿；要不然让他生一场大病，这样就可以不必当兵。

李贾氏：（她说话行事，有时似乎可笑，但在她极端严肃的，她诚恳地相信她所说的每一个字）哎唷，不瞒你说，我有时候，竟也有过这种想头，可是，一来这是亵渎菩萨，二来自己的骨肉，叫他真的残废或是生场大病，到底我们心里不是这样。

包占云：啊，老太太真是爱怜自己的儿子，我要有这样一个母亲就好了——老太太，你篮子里的广柑，给我一个吃好吧。

（他自己动手，拿过一个广柑就吃，他此刻不全是胡说捣乱，在他的见解，这些没出息的念头，未尝不是一个要逃避兵役的人应当想的办法。）

（陈长年从外买了花生、纸烟、鸡蛋回来，看见李贾氏，忙立定。）

陈长年：老爷今天请县长——

李贾氏：（点头）哎哎。

陈长年：（陪着笑）叫预备十个菜，说要，就要，好些东西是现买起来的，真怕赶不及。

（他见黄长年端着花生、瓜子、橘子、冰糖等果碟进来，忙去帮着安排在当中圆桌上，又解开一个纸包，抓一大把花生，加在那原来盛花生的碟子里。）

（两人收拾完毕一同进去。）

包占云：（广柑快要吃完）再有一个办法，大远老弟要不去，可以装病。

李贾氏：装病？

包占云：说他是寒热不退，这样暖和的天气，叫他穿上棉袄盖上棉被，人家也会相信的。（觉得自己的主意不错，心里太高兴，未免露出些无赖相）呵呵，这样暖和的天气，穿上棉袄，盖上棉被，没有病也会闷出病来的。呵呵哈哈。我说，简直不必提当兵的话，到外边去躲避一阵，多带点钱，等到风头过去，乡里不闹拉壮丁，再安安逸逸的回来。（打着如意算盘）至少得有千把块钱。我包得行自然是不会没有办法。——老太太干不干？

李贾氏：（见着他慢慢地）你说了这么许多，我没有听大明白，反正不会有好事。你不是要我拿出一千块钱，让大远和你一起出门玩去？

包占云：恩，不是玩，是避难。

李贾氏：（一字一字的说）你——现——在——还——是——回——家——去吧。

包占云：（晓得是玩儿完了）喔——呵！

（他头一歪，两肩一耸，夸张地向老太太鞠一躬，径自走出。）

李贾氏：（愈想愈有点生气，一个人唠叨起来）没有出息的东西，始终是没有出息的。三岁定八十，小时候看他没有出息，长大了，站在地上是这么高的人了还是没有出息。一年到头，也没有见他干过一次正经，尽是引诱我的儿子去做坏事。今天又来花言巧语，不知又在打算耍甚么把戏。花言巧语，骗吃我的广柑的小骗子，小流氓，小浑蛋，小狗人的。

（李国瑞，她的丈夫，恰巧从外面回来，只听到一小半。）

李国瑞：你，你说些什么？

李贾氏：不，不，不是你，我不是骂你。

李国瑞：你骂谁？

（老太太因为骂的太难听，不好意思回答；低下头，到圆桌边整理果碟。）

（贾维德年纪六十多了，是个热心古道人——他比李瑞国大不过十岁，可是他是国瑞的叔岳——像国瑞一样，今天他穿着蓝布长衫——一路来，走得太热，满头大汗，不断的用袖子揩抹。）

李国瑞：我恐怕事情没有那样容易。不过请县长吃一顿便饭，这样大的人情一说就会肯。他到底是中华民国的县长，不是做着潘家的官，抽壮丁又是一件大事。他如果随便答应我们，那末，国家的尊严政府的威信，置之何地呢！

贾维德：费了九牛二虎之力，才求得潘知事肯替我们对县长说话，你现在又不放心他，你总得相信一个人，才能够办事呀。

（李国瑞寻思着，摇头不语。）

李贾氏：（上前问）你们为了什么事要请县长吃饭？

李国瑞：你还听不出来么，还不是为了儿子的事。

李贾氏：县长来了，我们怎么样呢？

贾维德：不怎么样——我来告诉你。周保长说，本保三个壮丁的名字，已经呈报到联保主任那里，转报到区公所，转报到县政府兵役科。大远免役的事现在我们再和周保长商量，他就一味往上面推，可是他又并不说他无能为力，无非这事愈见得难办，他的用费愈可以要得大就是了。

李贾氏：哎哎。

贾维德：不过，壮丁名册已经送到县府，也许是真的。那末我们就得在县府里走路了。潘知事，大家不是知道，是和县长有交情的么！所以我们去找他。

李贾氏：哎哎。

贾维德：可巧周保长听人说，县长今天也许会来。潘知事就劝我们，趁此机会，请县长吃顿饭。再由他来向县长说情。应该怎样怎样，我们就怎样怎样。县长比保长高了好几层。县长答应之后保长肯帮忙最好，不肯帮忙，听他的便——这都是潘知事的主张。

李贾氏：那末，这件事一定可以办成的了？

贾维德：至少也有七八成把握。

李贾氏：（听到此话，喜逐颜开——合掌向空拜了几拜，口中念念有词——转身对国瑞）观音阁里的观音菩萨，真是灵极了。

李国瑞：你去求菩萨的么？

李贾氏：我去求了一支观音签。

洪深 / 351

贾维德：（感兴趣）哦，观音签。
李贾氏：他们说是天开上上签，大吉大利。（从竹篮里寻出递给国瑞）请你再替我仔细详详。
李国瑞：（接过看）"观音灵签，第一签，天开上上。"真是第一签，难得。
贾维德：给我看。（从国瑞手里拿过签条，自己先默念一回，——点头）嗯嗯，"此卦天开地辟之象，凡事大吉大利，上油五斤。"
李贾氏：我求到这张签，应该做些什么呢？
贾维德：签上没有说你该做什么，除非是到庙里"上油五斤"——嗯，现在也得要化一块多钱——此外没有什么可做的了。
李贾氏：我可以到后面去烧烧香？
贾维德：那是可以的。
（她郑重其事地把签条藏起，提着竹篮，心安意满的走向后面去了。）
（李国瑞看着她，并非是不同情地微微摇头。）
贾维德：我的这位侄女，人呀厚实的，可惜知识差一点。
（李国瑞自有心事，在屋里踱来踱去，不曾理会这句话。）
贾维德：你又在愁烦什么？
李国瑞：我不明白周保长既然开口向我们要钱，为什么还把大远的名字开在名册上。
贾维德：（晨然）他不把大远的名字开在名册上，他怎么能向你开口。
李国瑞：名字已经呈报上去，人要不去，恐怕就难了。
贾维德：话不是这样说，周保长有法子呈报，他就有法子取消，不怕不能自圆其说的。固然，这些丧尽天良的保甲长，借着抽壮丁这件要紧公事，拼命的作恶舞弊，发他们自己的洋财，诚然是可恶极了，该杀该剐，可是坏的到底只占极少数，大多数的保甲长还是奉公守法的。况且，一桩买卖，至少要有两个人才能做得起来；有买的，才有卖的，比如说，像我们这样稍为有点田地的人家不拿出钱来买人顶替；比如说，你如果不想要你的儿子免役；尽管周保长想要敲诈，他能做出什么坏事来！保甲长坏，我们这种人，也不能脱卸干系的。

（忽然门外有人大声嚷嚷。

"不，不是我，我要找保，保，保长；王，王海青叫，叫我领他来的。"

"你答应我们的毛巾、牙刷、肥皂那些东西呢？"

"有的，欢送品，每个人有一份，请你到我的办公处去拿，我就回来的。"）

贾维德：恩，周保长来了。

李国瑞：请你再重托他（做手势）把那个东西也给了他。

贾维德：（摸怀）在我身边，有机会我就给他。

（周保长将毛巾揩着汗，匆忙的走入。）

（王海青仍钉住他问话。）

（贾长生跟在背后。）

长　生：（看着维德叫）爷爷。

贾维德：（应）唯。

长　生：（看着李国瑞叫）姑父。

李国瑞：（应）唯。

王海青：（周保长）我们大约几时出发？

周保长：你回头到我的办公处来，我查出告诉你。

王海青：这次我们是到县政府，还是直接到团管区司令部？

周保长：你回头到我的办公处来，我查出告诉你。

（王海青结实瞪了他两眼。）

周保长：我这里事情完了，就回去的。

王海青：（招呼长生）走，我们走。

（两人转身出去。）

贾维德：保长，有点消息么？

周保长：我正是为这个事情来的，听说县长已经到那离这里五里路的吴家桥了。

贾维德：哦，快到了，（问国瑞）是不是要去迎接一下？

李国瑞：我们大家都去才好。

周保长：还得有人去通知潘知事。

李国瑞：我自己去一趟吧。

贾维德：好的，你先去，我们随后就来。

（李国瑞故意先走了。）

贾维德：（拉住周保长急问）怎么样？

周保长：（将毛巾揩头）难、难、难。

贾维德：你从前亲口答应我的，不能闹变卦。

周保长：不是我变卦不变卦的问题，这是件什么事，谈何容易办到！老实说，我答应你把李大远的名字勾掉，我得想多少办法，冒多少危险，担多少干系！等到我办得差不多了，好，你们又不相信我，又去请教别人。

贾维德：（急忙解释）不是不相信你。

周保长：观音是观音，土地是土地，各有各的庙宇，各有各的神通。你们见庙就烧香，到底拜的是那一个菩萨，念的是那一卷经呢？

贾维德：我和你讲过的话，当然是作数的，还要请你始终其事。

周保长：那末，我说，今天请县长吃饭这件事，完全是多余的，县长决不能在酒席前会答应你这个人情。

贾维德：这话是不错的。

周保长：潘知事两个肩膀扛一张嘴，专门叫人家请客，他自己又好闹一顿饮食，他在乡下老爱管闲事，尽是一张嘴巴说人家，自己没有做一点事，又不肯拿出一个钱，在这个抗战时候，公事够得烦难忙乱的了，再碰到这样一个土豪劣绅——我不怕，我周保长是在背后骂他的——叫我怎么办呢？

贾维德：（未便说出他的感想，支吾着）嗯——呵——嗯——（一面从口袋里取那包"东西"，点数着。）

周保长：（注意力分了一部到贾维德手里的钞票上，怒气似乎平息了一点）我也不信他和县长有交情，几次他去托县长的事，都是碰了钉子下来的。

贾维德：（点头）这个我也听说过。

周保长：他能办到的事，我也办得到；我办不到的，我不信他能办得到——

贾维德：所以我们要烦劳你，（凑近，低声）这里是两百六十块钱——

周保长：（故意吃惊）咦咦咦，这是做什么？

贾维德：上一回，（咳了一声）我和你，（再咳一声）谈的那——

周保长：嗯……笑话，李大爷怎么好送我钱呢？那我决不能收的，（用力握紧那钞票伸到贾维德面前）快点收了回去。

贾维德：不，不，不要客气。

周保长：公事公办，我怎么好拿你们的钱呢？

贾维德：不，不，不是拿我们的钱，这个钱不是送给你周保长的。

周保长：（将手缩回）喔，这个钱不是送给我的。

贾维德：是这样的，壮丁名册，不是已经呈报了么，李大远的名字在内，现在再要呈报一次，说李大远身患重病，短期不能

洪深 / 355

痊愈，只好暂时缓役，把后面一个名字递补上去；层层呈报，不是要费很多手续么？

周保长：（只愿点头，言外有意）手续是很麻烦的。

贾维德：固然大家是办清公事，可是为了大远一个人，添出人家许多麻烦，论理应该请请客招待一番，国瑞又不便自己出面，他叫我再三转托保长代劳，这个钱无非是请客招待的费用。

周保长：既然这个钱是作请客招待用的——

贾维德：是的，是的。

周保长：那末……数目还不够点。

贾维德：（并不惊异）不够么？大概也差不多了。

周保长：（严肃地考虑一番）唔——还不够一点。

贾维德：如果，相差不过几十块钱的话，我来作一个主，你先去化用，将来由我负责就是。

周保长：那就这样——这个两百六十块钱，暂时还是存在老先生这里，我先去化用。

贾维德：这个这个——

周保长：（将钞票返还）存在老先生这里是一样的——过一天我问老先生拿三百块。

贾维德：也，也，也好。

（外面有女孩子声音问："周保长在这里么？"）

周保长：（催维德）快点把这个收起来吧。（高声）那一个找我？

（周荷香是一个天真无知的乡下小姑娘，是周保长的女儿——此刻领了一位穿青色中山装，怀里挟着一个文书皮包的公务员进来。）

荷　香：爸爸，县里一位科员，到办公处找你，要我把他领来——就是这位先生。

周保长：哦，（忙上前招呼那位科员）请教——
张科员：（含笑）我是县政府兵役科的张科员，阁下就是周保长？
周保长：是的。
贾维德：（忍不住要问）县长就在后面快到了吧？
张科员：县长没有下乡来。
贾维德：（愕然）这就奇怪。
张科员：（问）这位是——
贾维德：不敢，我是老百姓贾维德。
张科员：我没有听县长说要下乡来。
周保长：没有吗？
张科员：呵！是的，县长有过这样一句话：有些地方，抽壮丁似乎办理的不大公平；还有些地方，治安似乎也不大好，有强盗抢东西；他很想带了常备队到各乡去巡视一番——可是今天只有兄弟一个人来。

（"喔唷，少松县长老哥，好久不见了！"——潘知事在门外，隔了帘子就寒暄起来——掀帘进内，不见县长，不觉大愕。）

贾维德：县长没有来，这位是兵役科的张科员。（介绍）这位是本乡的绅士潘殿邦先生。
潘殿邦：（凝视他一回，又皱眉想一回）喔，张科员，见过的，见过的。

（李国瑞，包占云，王海青，长生等许多人这时候跟着进来，挤满一屋。）

（陈长年黄长年忙着冲滚水，送盖碗。）

周保长：（介绍国瑞）这位是本屋的主人李先生。
李国瑞：（恳勤）今天县长没有来，张科员来也是一样。本来预备了一点粗茶饭，（对老陈老黄说）现在就开出来。（对大家说）我们一面吃饭一面说话。

潘殿邦：最好最好。

张科员：不不不，多谢李先生。

潘殿邦：这倒不必客气。

张科员：我已经吃过饭。

潘殿邦：不会那样早。

张科员：我真的吃过饭了。

贾维德：就是真吃过饭，一路从城里来也走饿了，请再用一点。

李国瑞：请张科员再用一点。

张科员：（盛情难却）这样，饭是不吃了，一路走来倒很口渴，我多喝两杯茶吧。（真的端起一碗茶，慢慢的喝着）今天除了此地还有三个保要去视察。最好请保长把此地名册上的三位壮丁同志一齐找到办公处，让我见见他们，亲自和他们谈谈。

周保长：是……

贾维德：他们此刻都在这里。

包占云：我们都在这里，就在这里谈谈好了。

张科员：也好。（放下茶碗，打开文书皮包，取出一叠名册——看着名字，一个个和颜悦色地问，但态度相当严肃）王海青。

王海青：（立正举手）有。

张科员：（看着他）那里人？

王海青：就是黄桷坪人。

张科员：多大年岁？

王海青：二十七。

张科员：家里还有什么人？

王海青：有一个远房叔叔，其他没有什么人了。

张科员：一向是做啥的？
王海青：我十九岁出去当兵，在川军里当过七年兵。前年川军改编，我是编余下来的。这两年在本乡务农。
张科员：这一次怎么做了壮丁？
王海青：我是志愿壮丁。
张科员：（点点头——在名册上注了几个字）好了。（王海青退过一边）
张科员：包占云。
包占云：（吊儿啷当）在。
张科员：（看看他）那里人？
包占云：本地人。
张科员：多大年岁？
包占云：二十四。
张科员：家里还有什么人？
包占云：死去了。
张科员：一向是做啥的？
包占云：务农。
（有人熬不住笑——笑声最大的是周荷香和贾长生。）
张科员：这次怎么做了壮丁？
包占云：（偏大声）志愿嘛！（大家又笑）
张科员：（点点头）好了（接着便喊）李大远。（无人应）
周保长：他现在有病。
张科员：有病。
周保长：病得很厉害，据说一时不会好，恐怕不久要办一个请求缓役的手续。
（空气突然紧张起来。）
张科员：他住在那里？

周保长：（回答不出）嗯……

张科员：总住在本保之内，不会十分远的。

周保长：啊……

张科员：我想去看看他的病。

周保长：唉……

潘殿邦：那位李大远就是李先生的二公子。

张科员：（恍然）哦。（已明白了一大半）

李国瑞：是的，就是二小犬。

张科员：李先生有几位令郎？

李国瑞：原来有三个，四年前长子在汉口病故，三子年纪很小，还在中学读书，而且已经过继给一位本家。现存只有二小犬李大远一个人在我们身边。

张科员：唔，（一看他这人物，再看他这客厅，略为一想，便把名册收起）既是李先生的公子有病，今天就不必见了。

（李国瑞贾维德，尤其周保长，欣欣然有喜色。）

张科员：（晓得他们误会他的意思——胸有成竹，不动声色）现在我对你们当壮丁的人简单报告两点意见，供你们参考。

（包占云一个人大拍其手——见没有人附和，他只得自停。）

张科员：第一，我希望诸位记得我们这一次是为自己打仗，是为保护我们的身家性命子孙后代。我不必多讲，我只要把本县东南乡雷公殿老先生的事情报告给诸位就够了，诸位都知道高老先生吧！

众　人：知道的。知道的。（也有点头的）

张科员：雷公殿不是一个大地方，不过两千多居民，可是他们修得有很好很大的寨子，很高的炮楼，四面山上有七八个碉堡，炮楼里存有六十支土枪，高老先生说，这些都是防土匪的。有的土匪来，我们大家起来，把土匪打跑。

（众人凝神听着。）

张科员：高老先生今年七十八岁了。从前在下江做煤油生意和洋布生意，发过一点财，现在大不如前，他说老运不佳。可是，五年前雷公殿的居民，因为土匪闹的厉害，大家商量着修寨子买土枪的时候，高老先生一个人还拿出了两万多块钱。为什么呢？

（大家听得津津有味，屋里没有声息。）

张科员：高老先生说，雷公殿从前没有寨子，土匪一年要来三四次。每次土匪来抢，老百姓只有逃难，没有一点别的办法，高老先生自己家里就抢过五次，烧过两次。后来大家齐了心要买土枪，还要修寨子造碉堡，造炮楼。地方上有的是人手，情愿不要钱，大家来修盖，可是没有材料。高老先生说，你们能凑多少是多少，不够的钱向我拿。这样才把事情办成的。

（众人暗暗称是。）

张科员：高老先生说，自从雷公殿修了寨子买了土枪之后，土匪也曾来过五六次，可是没有一次能进寨。雷公殿的人，一听说有土匪，谁会打枪的，谁就到炮楼领一支枪，爬上寨子，躲进碉堡，来一个打一个，每次准把土匪赶走，土匪没有一次不是吃了大亏走的，近一二年土匪索性不来了。（热诚的求告）中国人向来会这一套的！在被土匪强盗欺侮压迫抢杀损害得太厉害的时候，中国人自然会得有钱出钱有力出力全体团结起来，把强盗土匪打走的。（感情赤热，声调激昂）所以我们中华民族能够胜利地永远存立在世界上！

（大家都感动。）

张科员：（平静一点）我们修寨子买土枪，为的是要保家乡，保护我们的身家性命子孙后代，为的是要打走强盗土匪——可是这样打土匪还是不够的，我们何必一定要坐在家里等着。等那强盗土匪杀到家门口我们才上前去拼命呢！在家门口打仗，家里不是会吃惊骇受危险么！为什么我们不拿着枪出去二十里在山路口堵住他们！为什么我们不上前二百里给那些土匪强盗一个迎头痛击！为什么我们不自动的当壮丁服兵役，做中华民国的一个正式军人，中华民族的一个英勇战士，到二千里路以外的最前线，打走那做强盗的日本帝国主义，侵略者呢！

（这是连李国瑞都不能不点头同情。）

张科员：这是我要求壮丁同志们记住的第一点，还有，（态度更严肃，有凛然不可犯之概）国家要求每一个国民在这次争取民族生存的对日抗战中，尽他的责任。国家规定每一个及龄合格的男子有服兵役的义务。不论你原来是务农的，读书的，做工的，经商的，甚至没有职业的，也不论你是有钱的，无钱的，出身高的，出身低的，义务是一样的。国家一秉大公，没有偏爱，不分厚薄，看待你们也是一样的。国家是宽厚的，但决不是愚蠢的，那一个办理兵役的人员营私舞弊，或是故意漏报，或是得贿买纵，或是乘机敲诈；那一个老百姓取巧欺骗，或是规避兵役，或是买人顶替，或是乘机脱逃，国家为要达到有效地保护大众的身家性命的目的，不能不依法严厉惩罚的。——这是我要求诸位记住的第二点。——我的报告完成了。诸位有什么话问我的没有？

（众人彼此相看，还没有打定主意。）

王海青：（举手高声）报告。

（张科员点头。）

王海青：出发的壮丁，每人有一份欢送品：一块毛巾，一块肥皂，一把牙刷，一包牙粉，一本小纸簿，一包八卦丹，一小盒万金油，是本保的人集拢钱买来欢送我们的。请命令周保长早点发给我们。

（张科员看看周保长。）

周保长：这些东西，才由各店家送来，还没有分配好。本来准备在出发的时候分给他们的。

王海青：没有出发之前，还是要洗脸刷牙的。早一点分给我们好了。

张科员：（对周保长）不妨早点分给他们。

周保长：是。回头我就去拿。

（没有人再问——张科员正在收拾名册。）

包占云：（忽然大声）报告。

（众人都看着他。）

包占云：李大远到底去不去啊？

张科员：李大远当然去的。

包占云：李家院子的二少爷，还是要同我们两个人，一起去当壮丁的！

张科员：他没有理由可以不去呀。

包占云：假如这里有个人——我只说"假如"没有指出那一个——愿意拿出两百六十块钱，叫保长找一个人替他当壮丁，他自己不去，可得不可得？

张科员：如果有这种的事实，政府一定要严办的。

包占云：假如这里有个保长——我还是没有指出那一个——问人家要四百块钱，他就去蒙蔽政府，报告那个应该去的壮丁身患重病，一时不得好，让他可以不去，让一个别的人去。

洪深／363

这个可得不可得？
张科员：如果这种的事实，政府也一定要严办的。
（周保长难受得再也待不下去。）
包占云：我明白了。
（张科员慢慢的整理文书皮包。）
（包占云故意挨到周保长身边，胜利地围着他转了一圈。）
周保长：（怕还有事故发生，忙推托）我去拿欢送品分给你们。（他转身溜去了）
（王海青贾长生也跟了去。）
（这时潘殿邦大为活动，先拉着贾维德咬耳朵，又拉着李国瑞咬耳朵，又去和张科员咬耳朵。）
张科员：（婉拒）有什么话，请明说好了。
潘殿邦：这里的——嗯——李先生——嗯——想请——嗯——张科员——嗯——到里边书房去——嗯——坐一坐——嗯——
（张科员已将文书皮包挟在怀中。）
李国瑞：请稍为坐一坐，我预备了一点粗点心。
潘殿邦：嗯，还有几句要紧话，哦，想和张科员哦，细细地谈一谈。
李国瑞：这也是我的一点诚心，务望张科员赏光。
贾维德：如果张科员一定不肯赏光，我们都要觉得难堪了。
张科员：（想了一想——自有主宰）好好好，我们到书房里去坐坐。
（他爽快地先走进去。）
（潘殿邦忙跟进去。）
李国瑞：（吩咐两位长年）你们把点心开到书房里来。
（他亦走进书房。）
（陈长年黄长年刚待走向后面厨房去。）
贾维德：（喊住一个）老黄，点心不忙拿来。我们要谈话不忙拿来，懂得么？

黄长年：懂得。

（两个长年后面去了。）

（贾维德也慢慢地踱进书房。）

荷　香：（本来立在一旁呆看，此刻见别人都已走光，客厅里只有他和包占云两个人，忽然感到危险）啊呀。（向外就走）

包占云：你往那里逃！

（他奔去挡住门——荷香转身跑——他就追——围着圆桌追了两圈；荷香到底被他拖住。）

（荷香用力挣。）

（包占云的气力大。）

荷　香：（急得双脚乱跳，又不敢大声张扬）每次见了面，你总是这样子的，动手动脚。

包占云：你还逃不逃？

荷　香：你快放开我。

包占云：我放开你，你还逃不逃？

荷　香：你先放了手再说——我不逃。

（包占云便放了她。）

荷　香：（喘着气，把衣衫整理好，又瞪包占云两眼）你这个人不好。

包占云：为什么你见了我总是逃？

荷　香：就是因为你这个人不好。

包占云：那是你父亲说我的话。你知道，你父亲和我是冤家对头。

荷　香：包占云是真的不好。

包占云：你为什么那样怕你的父亲？

荷　香：他是我的父亲？

包占云：你父亲不许你理睬我，是不是？

荷　香：我也不愿理睬你。

包占云：你也不愿意！

荷　香：一理睬你，你就是那样顽皮；总是胡闹，总是作弄我的。

包占云：今天我不顽皮，我和你讲正经话。

荷　香：我不听，我要回去。

包占云：讲正经话，你也不愿意么？

荷　香：怕给我父亲闯见——不大好。

包占云：我告诉你，我不久要出远门了。

荷　香：（注意）嗯？

包占云：远、远、远得很，两千里路以外，不知那一天才得回来。

荷　香：（十分不相信）真的？

包占云：哪，不是我当了壮丁么？

荷　香：（未免有些同情）哦！

包占云：我们还是好好的坐下，好好地讲正经话吧。（将圆凳两张并在一起）

荷　香：嗯……

包占云：你坐一张，我坐一张。

荷　香：光是坐下讲讲话，那是可以的。（先坐下）

包占云：（顺手拿过一碟花生）这是准备给县长吃的。县长不来，张科员不吃，我请你吃。

（他自己抓了一把，将碟子放在荷香膝上。）

荷　香：（一面剥着花生）你、你、你真的不久就要走吗？

包占云：真的真的，当兵去！了不得，我还许有一天做了军官回来。

荷　香：军官？

包占云：你没有看见过军官么？斜皮带，大马靴，发亮的马刺，一个证章，口袋里插着一支自来墨水笔。我要是打仗出力，

> 我也会做这样一个军官，我做了官回来，我就讨你做太太。

荷　　香：（摇头）唔。

包占云：怎么，你不相信我会做官！

荷　　香：（摇得更利害）唔——唔。

包占云：什么呢？

荷　　香：当兵不是好事。他们说，好铁不打钉，好男不当兵。

包占云：瞎说，当兵的都是好铁！

荷　　香：至少，你不是块好材料，我爸爸是这样说的。

包占云：你爸爸也是瞎说。

荷　　香：你这次愿意当壮丁，我爸爸高兴极了。

包占云：他为什么要高兴？

荷　　香：他说是一块石头打死了两个蛤蟆。

包占云：那里来两个蛤蟆？

荷　　香：你肯去，壮丁可以够额，而且，黄桷坪又除掉一个坏人。

包占云：（毫不生气）嘿唔，他又瞎说了一回。

（荷香剥了许多花生，可是自己一颗不曾吃，现在将一把花生米，放在包占云手里。）

荷　　香：爸爸说，当兵打仗，不是好事。从前四川不是年年打仗年年招兵么。那些放下耕田去当兵的原本不是好人，可是当过兵打过仗回来的更坏！

包占云：那是从前的事。从前打的是私仗，这一回打的是国仗，大家可以不开玩笑的，不说别人，单说我包占云，我要是愿意好生干，准可以好生干——你们有办法使得我愿意就行了——我还是不会跑步，不会爬山，不会打枪，不会拼命——

荷　　香：（忽然立起身，将果碟放在圆桌上，低叹）呜……

洪深　/　367

包占云：我拼命打仗，真的有一天会做了官回来的。等我回来的时候，你怎么样？

（女孩子情感激荡，说不出话来。）

包占云：我做了官回来，你怎么样？

荷　香：（颤声）那时候，我爸爸也会说你好的。

包占云：那时候，我请出两个媒人，备办十桌酒席，抬一顶花轿——

荷　香：（哭声）可是我怎么知道你一定会回来呢！你是去打仗的！

包占云：不要哭，不要哭。

（荷香要不哭，但是眼泪喉咙，都不听话；只好拉起衣裳角，用力掩着眼泪堵着嘴。）

包占云：（脸上做出怪像）你再哭下去，我我我要不去当兵了。（将花生米还给她）不要哭了。吃点花生米吧！

（只听书室门响，潘殿邦气冲冲的走出来。）

潘殿邦：（咬着牙齿恨骂）浑蛋，简直是个浑蛋，不识抬举，不懂得做官的浑蛋。

（包占云荷香都莫名其妙。）

潘殿邦：（没有别的观众，只好对他们两人发挥）你们想想世界上有这种不通情理的公务员么！我和他好说歹说，他始终一个钱不肯受。阿呀，做官可以不要老百姓的钱的么！不要钱就是清公事。清公事就是公事公办，样样顶真，老百姓就不能有一点搪塞偷减的余地！那样，人家受得了么，还不赶你走么。我说，少松县长，有时候还听我姓潘的一句话——

（这时候老太太从里面出来，已经立在他们的面前——大家没有留意。）

李贾氏：潘知事，潘知事！

368 ╲ 四川新文学大系·戏剧编（第一卷）

潘殿邦：（出其不意，惊讶）啊，什么？

李贾氏：答应让我们儿子不去么？

潘殿邦：没有答应。

李贾氏：总得求潘知事再和他说说。

潘殿邦：小小一个兵役科的科员，他就是要公事公办，不卖我的老面子。

李贾氏：求你再去说说。

潘殿邦：这样一个不通世故的人，我不愿再和他谈话，我要回家了。

李贾氏：（实在着急）我叫李大远自己去求求他好不好？

潘殿邦：（踌躇）这个，嗯……

李贾氏：我亲自求他，好不好？

潘殿邦：（看她半晌——不忍再阻止）求是不妨去求求他，我看未必会有用处。

李贾氏：哎哎，我先进去准备一下。

（她摇摆着走向后面。）

潘殿邦：（等了一会）我真走了，改天见。

（他匆匆地走出，刚巧保长拿着毛巾等欢送品从外面走入，两人撞个满怀！潘殿邦结实瞪保长一眼，自去了。）

周保长：（不由生气）哈！

（荷香见父亲来，正想偷偷溜走——已经给他看见——荷香快走。）

周保长：（气上加气）哈！！！（猛又看见包占云在一旁得意，第三气）哈！！！

包占云：（偏去招惹）喂，周保长，恭喜发财。

周保长：（瞪眼）发什么财！

（王海青和贾长生又来。）

洪深 / 369

王海青：（对包）我们下星期一出发，我还有话和你商量。

包占云：（看见海青手里毛巾）等我拿到了欢送品再说。

周保长：这是你的一份，拿去！（递过）

包占云：（点看一番）喂，是不是和王海青的一样的？

贾长生：是一样的。

包占云：这块毛巾好像小一点。

王海青：（要催他走）一样的。

包占云：周保长，我还要一块毛巾。

周保长：一人一块，分配好的。

包占云：我拿这把牙刷和你换。

周保长：换不得。

包占云：（瞪眼）你不知道我从来不用牙刷的么？

周保长：好好好，换给你，算是我送给你的就是了。（又给他一块毛巾）

包占云：（接过）周保长，你知道么，你这个人还是真不错。我蛮喜欢你的。

周保长：你也是个大好人，我也蛮喜欢你的。

包占云：我希望你在我们出发之后，你的什么都是好好的；一帆风顺，万事如意，以后办抽壮丁的事，再也不会碰到张科员！

周保长：我希望你出发之后，你的什么也都是好好的；吃得好，睡得好，打仗打得好，在前线太太平平的，你不是零零碎碎的回来。

包占云：我希望你家不遭天火烧——

（书房门启，张科员在前，李国瑞贾维德随后相送——三人默然无言向外走——刚到客厅门口——忽听李贾氏呼"张科员，请稍微站一站"——她颤摇摇地从后面走出。）

李国瑞：（只待介绍）这是我的内人。

李贾氏：（直到张科员面前）张科员，我求求你，我们的二儿子李大远，不能去当兵的。他身体是这样软弱，为人是这样忠厚，胆子是这样细小，平常叫他打死一只老鼠他都不敢；他不能去当兵的。而且，他现在害着病呢！

张科员：（不住摇头，长叹一声）唉！

李贾氏：（转身喊）大远，你出来。你自己求求张科员。

（李大远裹着一件厚棉袍，慢慢地走出。）

李贾氏：张科员，你不看见么，大远是真病着，发冷，发热呢。（对大远）你向张科员磕个头。

（李大远真的跪下去磕头。）

张科员：（快搀扶）起来起来。

包占云、王海青：（同时）快起来吧！起来好了！

（李大远起来，低头立着。）

李贾氏：（恳求）张科员，你做件好事吧。（合掌礼拜不止）

张科员：（被她的一片至诚所感）老太太，你快不要这个样子。（差不多要动摇）你真叫我为难了。叫我怎么办呢！（努力恢复理智）这是民族国家的一件大事，老太太要明白才好。

李贾氏：（摇头）要自己的儿子当兵打仗，（声音嘶哑）做母亲的，不会明白的。做母亲的，不愿意儿子离开她，要保全儿子的生命，要儿子的生命过的长久，你们总不会说这是做母亲的不好吧！

张科员：（声音沉着——动了真情感）是的，生命是好东西，应当宝贵的！可是中华民族的子孙，有这么许多去当兵打仗抵抗日本的侵略，甚至竟牺牲了生命！他们为什么牺牲宝贵的生命呢！还不是为了要保全一个比较自己生命更加宝贵的好东西，民族的生命！那些软弱的，年老的，年幼的，甚至那未曾生养出来的将来的人，他们此刻都不能当兵打仗，这些人以及大多数壮年男女，他们的生命，连同中华民族的山河田地物产粮食，一切可以使得中国人的生命过得长久的——这就是我们要保全的更好的东西。这个，全仗我们有像李大远他们三个这样的壮年人，去当兵打仗，去英勇的打仗，才能保全的。打仗不能不牺牲生命，这是不幸的事实。（转身对李贾氏）母亲爱惜自己的儿子，也是应该的，你今日让你的儿子去当兵打仗，你赠送了一样宝贵的东西给中华民族，可是你要想到别的无数母亲的宝贵儿子，正在把一件更好更宝贵的东西，赠送给你呢！（看着大远）李大远是不能不去的。我只能个人祝福，祝福你将来打了仗之后，你是强壮的健康的快乐的回来！
（他对众人行一礼，静静走出去了。）

贾长生：大远表表表哥，你你你去去就是了，有什什……什么关关系呢！

（李贾氏呜呜咽咽的哭起来。）

李国瑞：（低声）不要哭，哭有什么用处呢。

（她哭得更响了。）

王海青：老太太，不要哭，三个人一路去，我们会得照应他的。

包占云：是的，不要哭了。

王海青：我当过七年的兵，一点也不觉得苦，你看，我还是活着回来。

包占云：对的对的。

王海青：我打仗是有经验的，我来教大远打枪。把对面来的日本鬼子先打倒，自己就没危险了——这是打仗的法子。

包占云：要是打仗不行的话，我会教他用两条腿，跑回家里来。老太太放心好了。你的儿子包在"包得行"的身上！

李贾氏：(自管呜咽，不理他们——回头看一眼儿子，不觉关心)
你还不把身上的棉袍子脱下。(继续呜咽)
(李大远霍的把棉袍解开——一把藏在里面的蒲扇跌落在地——他脱去棉袍，拾起蒲扇尽力扇风。)
(包得行看见，对王海青做鬼脸。)
(大家都有点愕然。)
(幕下。)

(第一幕完)

第二幕

　　铁牛矶，是鄂东南的一个小村，约有二三十户人家。虽然此刻离火线仅只五十余里，但因我军迭获胜利，军队的纪律严明，居民仍能安居乐业，甚至少妇幼女，从前曾为"消息不好"而逃避到山里去的，现在也都回来了。

　　村里人大半是务农的，深秋时，田里的稻子已经收割，大家稍有空闲。年轻有气力的人，好些应征为临时运输队，为军队担运粮米去了；甲长杨春华的儿子，就是干这个去的；每人每天可赚半块钱。甲长自己将近六十，老婆在五十以外，还有一个二十岁左右的女儿玉芳；在村梢头开着片小茶店，带买杂货。

　　这茶店原为便利过往行人的。(我们此时是坐在店内朝外看，正对店门；门外便是自左至右一条大路) 茶店不大，只有三张茶桌，参差地摆着。右首柜台上，放着些花生、甜饼、油麻花、鸡蛋、咸鸭蛋、挂面、火柴、纸烟、一个装烧酒的小瓦罐，和茶杯酒杯筷子茶缸之类，柜台后有小门，进去是煮水的炉灶，及卧室。

　　杨甲长有事出去，店里的事，由他的从江西逃难来的亲戚林鸿顺照管着。林鸿顺也是六十左右的人了；坐在柜台外一张破旧躺椅上，和几位年老茶客，闲谈第二连的事；同时留心门外，见有兵士走过，便亲热地招呼他们进内喝茶。

林鸿顺：（闲话）是的，是的。是要开拔，听说往前面去，第二连是要开拔了，我听得说，我们又打了胜仗，向前推进四五十里，第二连是奉到命令，跟着一起上前去的！

农民甲：第二连住在我们这里，要算是顶久，差不多有三个星期。要不是前线靠得住，那能这样久不往前调，这个打胜仗的话是不错的。

林鸿顺：现在的军队真不错，会打仗，对老百姓也好。上个月不是有过谣言么！说是前线吃紧，每天有不少不少的军队往前开。村里人慌了，就都往山里跑，把粮食也带了去——我也跟着你们去的——全村没有留着一个人。稻子熟在田里，黄黄的满满的一球球，把稻梗都压弯了，就是没有人割。（见一兵士持物走过）喂，老表，进来息息，喝杯茶，不吗？忙着送还东西吗？好，等一会你来。（继续闲话）稻子不割，一有雨水就会发芽，今年收成全完了！司令部派人找大家回来，说是军队可以帮着割稻子，话是说得好，可是谁也不肯回来——

农民乙：是呀，大家都怕拉夫！

林鸿顺：怕拉夫，而且谁也不能相信军队会帮着老百姓做活。可是后来呢，镇开来一团弟兄——第二连就在那时候开来住下的——不到三天把田里的稻割完。大家这才知道，军队真不错，不单不欺负老百姓，还真是对老百姓好。村里的男女老少才陆陆续续的回家。现在是年轻的大姑娘也都放心回来了。（见二兵士持物走过站起招呼）喂，老表，进来

喝杯茶，明天不就开拔了吗！进来谈谈，回头来吗？一定要来的。（坐下）

农民乙：铁牛硚虽说离火线不过五六十里，驻地这里的军队好，大家就能安心过日子了。（寻思着）可是，不知道以后开来的，比起第二连怎么样。

林鸿顺：我不是说，现在的军队都好么——自然，一连有一百多人，免不了有几个坏东西，可是大体上讲起来，我们可以放心得下的。

农民甲：这一次第二连走，我们全村子的人也该送点礼物，开一个什么会，表表心意才好。

林鸿顺：有的，有的，听说是请他们吃饭，杨甲长就是忙这个事去的——

农民甲：哪，（指门外）那不是杨甲长回来了。（果见杨甲长从外面回来了——后面跟着一位六十多岁的农妇）

农妇甲：（求告）你不能老是这样说不行不行，你得替我们出个主意。

杨甲长：不是我不肯；请客的事，该谁烧饭、该谁煮茶、该谁做菜、已经分派好，没有你的事。

农妇甲：我不管，我去煮两桶稀饭——

杨甲长：用不着稀饭！预备下的东西已经不少，有大肉、有鸡、有咸蛋、有菜蔬、有酒、有饭、有茶、还有纸烟——

农妇甲：再加我两桶稀饭也不要紧。

杨甲长：（只顾摇头）其实可以不用了。

农妇甲：（见他坚持，未免动了感情）杨甲长，你一定不答应我，我要骂你的。

杨甲长：骂我？

农妇甲：（她不是个有多大知识的人，但心里是真诚的这样感觉着）

第二连刚来的时候，我们左首的邻居陈大妈替他们煮了一大锅饭，没有派到我，后来开什么军民联欢会，我们右首的邻居，王大妈烧了四桶茶水，又没有派到我，这次全村子的人替第二连送行，又不派到我。这是不对的。我家里虽是贫穷，一两斗米还是拿得出，为什么不让我也表表我的敬意。杨甲长，我要告诉大家的，你办事不公道。

杨甲长：（也是老实人，竟拿她没有办法）嗯，我，嗯，我一个人作不了主。

林鸿顺：（看不过——插一句）答应她就是，这也是她的一份心。

杨甲长：（踌躇）嗯……

农民甲：多两桶稀饭有什么要紧。

农民乙：不会有人说闲话的。

杨甲长：（只得应允）那么就这样吧。

农　妇：（欣然）准定，没有改的，我回家淘米去了。

（不等答覆，急忙走去。）

农民甲：杨甲长，事情忙妥了么？

杨甲长：他们走得早，好像是半夜两三点钟就开拔，天光亮，可以走到，听说他们打算饿着肚子走。你看，他们不是把借去的做饭的家伙，都送还了么！我们打算在他们开拔之前，请他们饱饱的吃顿饭。

林鸿顺：那是的——要是开拔的时候不知道，最好格外早一点，在半夜就把酒菜送去，（一眼见走来的王排长）喔——王排长来了——（呼）王排长！

（王排长上，众人起立。）

王排长：（亲切地）各位请坐，请坐。

杨甲长：请坐。

王排长：杨甲长，我们弟兄们借用的东西，有什么没还来的么？

杨甲长：（约略一想）没有什么了吧。

王排长：（看手中纸单）板凳、小方桌、饭碗、都不少么？

杨甲长：都不少。你们真是周到。

王排长：哦，还有一个水缸。

杨甲长：对了，小水缸——往常是放在里屋子炉灶旁边的，不在眼前，想不到。

王排长：就快送来了。包占云王海青李大远三个人抬着水缸在路上走，我刚才碰见的。

杨甲长：不忙，不忙。

（杨老太从里屋子提罐开水出来。）

杨老太：（倒一杯）王排长，喝茶；刚烧开的河水。

王排长：谢谢，老太太！

林鸿顺：你坐下息息！

王排长：不啦，（要走）我还有事上那面去！

杨老太：喝了茶再去。

（杨玉芬提两只活鸡上。）

（她刚到二十岁，是成熟了的乡镇间的大姑娘——有着那城市中的二十岁女子所消失了的天真与俏皮，也不像一般内地女子那样过份的拘泥地"拿不出手"。她是懂事的，但不世故，健壮的，但也相当温柔。）

杨玉芳：爸爸——哦，王排长；——爸爸，你瞧，这两只鸡大不大？

（众人都注视她手中的鸡。）

杨玉芳：（举右手鸡）妈，这只鸡是刘二嫂子送的。（又举左手的）这只大的是陈大妈送的。你们看，都是这么肥！

（众人看着鸡亦高兴。）

杨甲长：王大妈家里已经有九只，连这两只有十一只，差不多都

洪深 / 377

够了。

杨玉芳：爸爸，你马上就去做吗？

杨甲长：我马上去杀鸡，让王大妈好上罐子煨炖！

王排长：各位，我走啦，回头见。

林鸿顺：回头见。

（林鸿顺送王排长。）

杨玉芳：（赶快放下手里的鸡，追出去。）王排长，王排长，我们明天什么时候把酒菜送到二连去？

（听得他们在外面说话

"谢谢，不要客气啦。"

"我们全村子的人要欢送你们——"

"谢谢，不必啦。"

"要的，要的——"）

（杨老太见玉芳追着王排长说话，有些不快意。）

杨老太：（自语）咄，玉芳这个孩子。

农民甲：（看了一眼地下的鸡，起立）杨甲长，你公事忙吧，我们走啦！

农民乙：（也起立）走啦！

林鸿顺：再坐一会——

农民甲：明天清早二连见。

（农民乙和农民甲同去。）

杨甲长：（拾起地下的鸡，口里答应着）二连见，二连见！

杨老太：（见无人，走向杨甲长）我说，玉芳又跟王排长去，叫人看了不像样，大姑娘家总跟那些当兵的来往，你也得说说她。

杨甲长：（似应非应）唔。

杨老太：真不懂，这么大的大姑娘为什么老爱和那些大兵混在一起！

杨甲长：怕什么？跟他们说说话有什么要紧。

杨老太：不要紧。

杨甲长：人家二连的弟兄对我们都是那么好。

杨老太：对我们好的是不少——就是专有几个人叫什么李大远包得行的——

杨甲长：人家明天就走的，别再说那些——我们那只猪老张给宰了没有？

杨老太：宰啦。

（外面有人喊着："小心，向左走，跨一步，地下有坑，这里到了！"——这是包占云的声音；他扶着李大远走——他自己只提着一只小篮。李大远的头上罩着一只水缸，头脸均罩在缸内——王海青扛着两条板凳跟来。）

包占云：老太太。我们送还你这个水缸。

杨甲长：多谢，多谢。

包占云：要替你搬到里面屋子里去吧？

杨甲长：不用不用，我们自己搬好了。

（包占云王海青帮着把水缸从李大远肩上取下放在地上——李大远气喘着揩汗。）

杨甲长：（端茶过来）诸位喝杯茶再走。

（他自和杨老太将水缸搬进里房。）

王海青：（见店内无人）喂，你们到底怎么样？

包占云：三十六着，走为上策。

王海青：溜走，今天晚上就得走。

李大远：今天晚上。

王海青：大家忙着开拔，乱哄哄的，机会再好没有，我们给他们一个冷不防。

李大远：啊！

王海青：今晚再不走，明天队伍又往前开，更加不容易走掉了！怎么样？

包占云：现在该是回家的时候了，可是不要忘记一件要紧事。

王海青：什么要紧事？

包占云：我们辛辛苦苦出来大半年，不能这样光着两只手回家，总得有点成绩才好。

李大远：成绩？

包占云：没有做到官，至少要发点财，没有发到大财，至少也得要发点小财。

李大远：那怎么办呢？

包占云：打起发！

李大远：打起发！

王海青：是打起发！（低声）就是抢人家的，拿人家的，不管人家愿意不愿意，你也出点气力的，不能坐享现成。

李大远：我跟你们去打起发去好了。你们做什么，我没有不能做的。

王海青：那末，趁早动手。（仍拿起两条板凳）我们一起走。

（他们刚走出门，遇见玉芳从外面回来。）

杨玉芳：（高兴）李大远、包占云、王海青，你们几时来的？怎么就走？

李大远：我们——还有公事。

包占云：对了，有要紧的公事。

王海青：我们要把这几条板凳送还给人家，不得闲，回头再见。

（他拉着包占云李大远走了。）

杨玉芳：（似乎有点怅然——转身呼）爸爸！

杨甲长：（走出——两手均是泥污，还在揩拭）什么事？

杨玉芳：陈大妈等着你去杀鸡呢。

杨甲长：我这就去，这就去。

（他匆匆走出。）

（杨玉芳把几张桌子上的茶碗收拾起，还在打算扫地。）

（李大远忽又回来，立在门外喊："玉芳大姑娘。"）

杨玉芳：（抬头看）咦！你。

李大远：我来向你借一根针一条线。

杨玉芳：一根针一条线？

李大远：我军服的扣子掉了两个，明天要开拔，我想把它缝上。

杨玉芳：可以的，等我来拿针线给你。

（她到柜台里去取。）

（李大远便把皮带解开军服脱下。）

杨玉芳：（把针放在他面前）你自己会缝吗？

李大远：（左手拿针，右手捻线，向着亮光穿针，装作内行的样子口里应道——）嗯，马马虎虎，（忽然连叫）啊哟！啊哟！

杨玉芳：怎么哪？

李大远：针掉了！

杨玉芳：（好笑）嘿嘿！

（李大远瞪她一眼，弯腰寻针——玉芳帮他寻——两个人蹲在地上，转来转去——还是玉芳寻到。）

杨玉芳：（站起来）扣子给我，还是我来给你缝吧！

（李大远只得将扣子交出，自认失败立在一边看着。）

杨玉芳：（有意无意地）你在家里，想必是有人替你缝的。

李大远：在家里，自然。

杨玉芳：（看他一眼）那个替你缝呢？

李大远：我的母亲。

杨玉芳：哦，老太太。

李大远：我母亲时时当心着我的冷、热、饱、饥、吃东西、穿衣服，没有一样不是她烦心，我在家，母亲总叫我睡在她房里的。

杨玉芳：（也觉得安慰）哦——老太太真好。

李大远：那是没有话说的。

杨玉芳：（关心）此刻你在军队里，怕就没有人这么当心你了吧。

李大远：还是有的。

杨玉芳：（起劲）还是有的？

李大远：包占云、王海青。

杨玉芳：（失望）哦，他们。

李大远：是的，他们——我们三个人一路从黄桷坪出来的。我们是好朋友。

杨玉芳：朋友和母亲不同。

李大远：唔，是有点不同。

杨玉芳：那末你不想家吗？

李大远：有时候想有时候不大想。

杨玉芳：（似乎不信）不大想？

李大远：在军队里干得也蛮快活的——我真不懂，你们老百姓为什么待我们这样好。

杨玉芳：你们弟兄，待我们老百姓也蛮好。

李大远：你们简直一点不怕我们。

杨玉芳：（望着他）怕吗？为什么怕？

李大远：往年好像老百姓都是怕当兵的。

杨玉芳：往年好像是的。

（她已经缝好一个扣子，此刻再缝第二个。）

李大远：你们真好，还替我缝纽扣。

杨玉芳：那是应该的，我们不都是自己人吗——（忙补充）都是中国人。

李大远：啊，都是中国人。

杨玉芳：你们打仗，不也是为了我们吗！替你们洗洗衣服，缝两个扣子，事情太小了，不值得提起。

李大远：我看着你缝扣子倒有点觉得像是在家里了，——玉芳大姑娘，我的家是蛮好的。

杨玉芳：（诚恳的点头）是的。

李大远：我家里有一个老母亲，还有一个父亲。

杨玉芳：（点头）唔，唔。

李大远：还有一个兄弟李大成，我和他都没有娶老婆——哦，还有一个舅公。

杨玉芳：（点头）是的。

李大远：我们家里的房子很大，后面有一个竹园，也有田地，一年出七八百挑谷子——唉，可惜。

杨玉芳：可惜什么？

李大远：可惜离开此地有好几千里路！要不然，我真想请你到我家里玩玩，见见我的老母亲。

杨玉芳：啊！我也正想见见你的老太太。

（第二个扣缝好，她将衣服递给李大远——李大远穿在身上，把纽扣一个个扣起——忽发现那左上角口袋的小扣子松了线。）

李大远：这里还有一个，还要劳你驾缝上。

（他正准备将衣服再脱下。）

杨玉芳：（过去一看）这个小扣子容易，你不用脱，我就着你缝两针好了。

（她果真靠在他身旁缝做。）

（李大远深深地呼吸了几口气。）

洪深 / 383

李大远：你也应该让我知道你家里的事情。

杨玉芳：我的家你不是全看见了吗？

李大远：哦。

（这时包占云从门外进来——看见他们亲热的样子，忙又缩了回去。）

李大远：唔，唔，你家里有些什么人呢？

杨玉芳：父亲。

李大远：（点头）杨甲长。

杨玉芳：母亲。

李大远：（点头）老太太。

杨玉芳：那位，姓林的老年人，是我的姨丈。

李大远：哦，姨夫。

杨玉芳：我还有一位哥哥！

李大远：哥哥。

杨玉芳：一向在家里的，现在联保主任找他加入临时运输队，每天可赚半块钱。

李大远：没有什么别的——嗯，亲戚了。

杨玉芳：（摇头）没有了。

李大远：那还好！

杨玉芳：还好！

李大远：蛮蛮蛮好。

（外面有人应声"蛮蛮蛮好，好得很"——包占云早已领了六七个二连的弟兄，在门外张着——此刻一哄而进。）

（杨玉芳连忙拉断线，转身走开。）

（李大远有点不好意思，在左上角小口袋里摸索一回，摸出一张角票。）

李大远：大大大姑娘，这是缝衣服的钱。

杨玉芳：你这个傻瓜，我们替你们缝两个扣子，还不是应该的么，你还要给钱！

包占云：（对众人做个鬼脸，用力把扣子扯掉一个）我的扣子也掉了，我也要大姑娘替我缝一缝。

杨玉芳：（看他一眼，把针线放在他面前）拿去，针线在这里。

包占云：我自己不会缝。

杨玉芳：你把军服脱下来。

包占云：咦，缝扣子也要拣佛烧香的：人家的是穿在身上缝，我的就得脱下来缝。

李大远：我是给钱的。

包占云：（摸出一张角票，放在桌上）我也给钱好了。

（杨玉芳一声不响，拿了这两角钱走到柜台边，放在抽屉里。）

（众人好奇的看着她。）

杨玉芳：（向里屋喊）妈妈，他们买两角钱的花生米，（从柜台上捧了一大把花生米分给众人）这是李大远请客，诸位吃吧。

包占云：（拿着纽扣敲起桌子）我的扣子怎么样了？

杨玉芳：（拣一张凳坐下）你过来，我替你缝！

（包占云得意的走过去——杨玉芳正正经经的就在他身上缝着。）

（众人一阵嘻笑。）

（忽然听见农妇甲发急的声音，一路喊来，"众位帮我找找，帮我找找，众位看见没有"——她进到店内，立刻弯腰，遍地找寻。）

兵士甲：老太太，你找什么？

农妇甲：我的银镯子丢了，众位帮我找找。

李大远：你的银镯子？

洪深 / 385

农妇甲：我的二两多重的银镯子丢在这里。

李大远：这里不会有的，我刚才在地上找过针，没有看见什么。

农妇甲：那怎么办呢？

（众人都起来帮着她找。）

包占云：（突呼）啊呀！

杨玉芳：怎么，我的针刺了你吗？

包占云：你还没有刺杀！

杨玉芳：对不起！

（众人没有寻到镯子。）

兵士乙：老太太，这里没有。

农妇甲：我就走到这里来过一趟，找杨甲长说话，别的地方没有去过！

兵士甲：会不会丢在家里？

农妇甲：家里都找过了没有。

兵士甲：那么，路上你去找找！

农妇甲：路上那里还会有！我是个穷人，我就有这么一付二两多重的银镯子，那个黑良心的人把它偷去了！

（众人毫无办法。）

包占云：（大叫）啊呀呀呀，怎么，你要刺死我？

杨玉芳：对不起，我自己不知道。

包占云：好了，不要你缝了，把针线给我，我自己来缝。

（外面一阵人声嘈杂。）

（王海青昂然走入店内。）

（一帮人跟着他进来，指点着，嚷着，骂着：

"正是他。"

"是他干的。"

"不要放他走。"

"我看见他偷鸡的。"

"抓住他，抓住他。"

可是，看得王海青凶狠，大家又不敢走近捉他。)

王海青：全是胡说八道，那个再敢说老子偷东西，老子要翻面孔的。

包占云：(上前问)诸位为了什么事情？

农妇乙：他偷我们的鸡。

众兵士：偷你们的鸡！

农妇丙：没有偷成，他就把鸡摔死。

李大远：把鸡摔死。

农妇乙：是这样的：我家里本来有两只鸡，村里人明天请第二连吃早饭，我捐送了一只肥的；留下一只老母鸡，专为生蛋的。我刚刚从陈大嫂家里（指农妇丙）帮着烧完菜回去，正看见他（指王海青）把我的老母鸡抓在手里！

兵士甲：抓在手里！

农妇乙：我问他"做什么"，他说他"要把这只鸡带去，明天路上吃"；我说"这是生蛋的老母鸡，不卖的"。他不管，还是拿着就走，也没有给一个钱；我说"我只留下一只老母鸡生蛋的，不能给你"，他全不听；说着说着，他倒火冒起来，使劲一下，把老母鸡摔死。

众兵士：摔死！

农妇丙：那摔死的鸡呢？

魏一发：(高高的举起，给大家看)在这里——"杀人可恕，情理难容"。一只鸡倒是小事；可是军队竟这样欺侮老百姓，抢老百姓的东西太不应该了！

(因为发话的是个男子，众兵士便格外注意——只见他布鞋布袜，长衫腰带，是个商人打扮，身旁有一付货郎担。)

洪深 / 387

兵士乙：（问王海青）有这个事没有？

王海青：那里有这个事，他们都是瞎说。

兵士甲：他们不会凭空说你摔死一只鸡的！

王海青：那只鸡，我是拿在手里看过一下。

兵士甲：看过一下。

王海青：（坚持）啊。

魏一发：好好的鸡，怎么会死呢！

王海青：那是只老母鸡，老死的，病死的——（发怒）我怎么知道！

（众人大哗！）

"他还要赖！"

"真是个坏蛋。"

"这种东西，和他多讲什么，打……"

"打，打，打，打。"

"打是打不得的，报告他的官长。"）

魏一发：（大声）我已经打发高二去找王排长了。

王海青：王排长来，能把我怎么样！连长来又怎么样！营长来又怎么样！来好了，我满不在乎！

（诸农妇纷纷责骂。）

农妇乙：世界上那有这样不讲理的人！

农妇丙：又蛮又横，简直是只恶狗。

农妇丁：他不止是偷鸡，准还偷了别的东西。刘二嫂子不是失落掉三十多块钱么！

农妇甲：我的一只二两多重的银镯子，不知怎么也不见了，到处找不着。

农妇戊：他们几个人，常是在老百姓家里随便进出的。

杨老太：就是他们三个人不好，看见村里的年轻大姑娘，还要钉前钉后。

农妇丙：那个偷鸡的最凶。

魏一发："捉贼捉贼"——现在贼证摆在面前——那不是只死鸡——还凶什么！

王海青：你们都是白说的，你们说了半天，老子一概不知道。那个再说老子做贼，老子请他吃拳头。

魏一发：做贼不做贼，容易分别得很——搜一搜大家的身上就知道了。

王海青、包占云：（同时）什么，搜一搜身上！你还要搜我们！

魏一发：搜一搜，大家表明心迹。

王海青：放你妈的臭狗屁，你还要搜老子！

魏一发：你不用骂人——你不是做贼心虚，你就不怕搜！

王海青：（以拳击桌）老子捶你这个狗入的。

杨甲长：（再不能不出头解劝，从人丛后转出）好了好了，诸位不要吵了。

魏一发：你要讲打，那个还怕你，大家打就是了！（对大家）我们老百姓是这样好打的么！（对王海青）只要你敢动手打人，你就是个好汉子！你偷了人家的东西，你还敢打人！

王海青：（一步步逼近他——恶狠地）你贵姓！你是那里人！你干什么的！就是你！你一个劲的钉住我闹！（猛扑他）你再转什么好念头——

（两个人揪起来，你一拳，他一拳，打成一片——茶杯落地，桌椅推翻——男人喊，妇女哭——包占云李大远想上前，别的兵士用力抱住——门外农民想挤入，农民甲乙拼命拦阻——杨甲长林鸿顺拉劝王魏二人——他们打得正起劲，急切中拉不开。）

（忽听外面有人叫喊"诸位，诸位，请让一让，我是高二，诸位让我进去，王排长来了"——挤在门口的农民让处一线路——高二和王排长进来——还是他们的气力大，把王海青魏一发拉开。）

魏一发：（爬起——双手按着脸，大约斗殴时吃了亏）你看，排长，你们的弟兄打老百姓。

王海青：报告排长，他冤枉我偷鸡，还要打人，他，他——

王排长：（大声）不许响，王海青——立正。

（兵士都立正——店里立刻静下来。）

王排长：用不着你多说，你们闹的是怎么一回事，老百姓已经报告给我了。

王海青：报告排长，老百姓他们——

王排长：（严厉地）我还不知道你么！

（王海青无言。）

王排长：（看他半晌，又看别的兵士——痛苦地）你——你和包占云李大远三个人！三个最坏的弟兄，我们第二连里不该有你们的！凡是闯祸闹事情得罪老百姓，准是你们这三个人！（严正地）而且，一天到晚不转一个好念头，只想开小差，趁机会往后方跑！你们以为瞒得过人么；全连的弟兄个个都在看守着监视着你们这三个人呢！我最知道你们这三个人啦！（较情感地）可是，我一向总还爱护着你们。你们闹事，要是不十分严重，我也只是说说你们，劝劝你们，差不多不大报告连长的。因为你们尽管有种种的不好，调皮，无赖，不讲理的胡闹，你们的本质还是厚实的；不偷懒；不怕难；把第二连的事当做自己的事；交给你们的任务，没有一件不办到；我满心希望，让你们在军队里多耽几时，多上几回操，多受几天训练，多派几次勤务，多过些纪律的紧张的生活，到火线上真和敌人拼死争生的打几回仗，你们能够慢慢的改好，慢慢的成为善良的军人的！（沉痛）想不到今天竟会闯出这样大祸，把老百姓一向对第二连的好感，一下子全破坏了。现在我就便想要替你们隐瞒，也做不到。连长已经得到报告随后就来。（命令）王海青。

王海青：有。

王排长：你算是禁闭在这里，不准离开，不准再吵闹。

王海青：是。

王排长：我迎接连长去。

（转身出店门，跑步去。）

（众兵少息。）

（老百姓纷纷议论。）

李大远：（安慰王海青）没有什么大了得，不过摔死一只鸡。

包占云：就是打死一个人，顶多是偿命罢了。

（王海青此时倒有点担忧，不言语。）

农民甲：一向我们和第二连的弟兄处得很好的，偏偏在他们临走的时候，还闹出来这样一回事！

农民乙：赵连长平常办事蛮公平的，看他这一次是不是包庇他自己的弟兄！

魏一发：等一会赵连长来了，总得有一个人替老百姓说话——就是杨甲长吧。

杨甲长：拿鸡的事我没有看见。

农妇乙：看是我自然都看见的，可是我不会说话。

农妇丙：就让魏一发说好了！

魏一发：我么，也……好。

林鸿顺：我劝你们省点事，什么话都不要说吧。

杨老太：不要说！

林鸿顺：不必再在连长面前告状。

杨甲长：不必么！

林鸿顺：得放手处且放手，就这样了结就算啦。

魏一发：就算啦！

林鸿顺：是的，一切不要再提啦。

农妇甲：为什么呢？为什么呢！

林鸿顺：老百姓要和军队合作才好。

魏一发：他抢了我们的东西，打了我们的人，不重重的办他一下，以后我们老百姓不更要给他们欺侮了么！

林鸿顺：（勃然奋起）欺侮，欺侮，这就算是欺侮了么。（霍的把长衫卸下半边，露出满背创伤——惨痛地）请你们看我的背。

高　二：这是什么？

林鸿顺：（简单地）被日本兵打的。

高　二：（不平）啊，日本兵打的——

林鸿顺：（切齿）因为有一天一个日本兵走过，我忘了对他（做出姿势）这样弯腰行礼！

高　二：（不平）日本兵为了这点事就打你！

林鸿顺：是的，打我，打得我昏过去几时，还算没有死，是便宜的——唉，我亲身经到的看见的日本兵干出来的惨事，实在太多了。

众：（悚然）喔。

林鸿顺：（亲身经历，言之痛心）日本兵来到一个地方，中国人的性命，财产，女人什么都是他的。不错。他有时候不杀你，还是让你耕田，他也剩一点给你吃。可是，（不由得不悲愤）就只那么一点，刚够你留着一条命替他做牛马——人为什么要给草料牛马吃！为的是要牛马替人做苦力，挨人的鞭子呀！

众农民：（动容）喔，这样么！

林鸿顺：再说女人，日本兵随便跑那老百姓的家里找到大嫂子也好，大姑娘也好，他要怎么样就得怎么样，这是用强，中国人谁也要恨的，还有一件新鲜事，（怨毒之深）叫做什么皇军慰劳所！几十个我们的女人，衣服被脱得精光，关在房子里，不管是白天晚上，日本兵什么时候高兴，就什么时候给他们取乐——日本兵命令你准备三十个五十个女慰劳员，你的老婆，女儿，姊妹，那怕是母亲，都得去凑数，谁也跑不了——日本兵不光是糟蹋她们的身体，他还要中国的女人情情愿愿做婊子，他还要中国的男人睁着眼睛做王八！日本兵到一个地方，总要叫中国的老百姓，觉得你自己不是人的！

众农妇：（震惧）哎呀，好厉害！

（众人默然——每个人脸上现出紧张。）

林鸿顺：（朴实地）我们军队里的弟兄，有好的，有坏的；好的多，坏的少；我们的顶坏的，比起日本人来还是好得多。

（众人默然。）

林鸿顺：（看一眼王海青他们，又看一眼众人）为什么要和自己人为难！为了很小很小的事情！

（众人被他说动，有几个似乎有赞同的意思。）

林鸿顺：我们老百姓和军队是朋友，只要弟兄们知道，我们真是他们的朋友，我们也真要他们做朋友的，他们也就真会做我们的朋友的。

（王海青他们也都感动。）

林鸿顺：等一下连长来，我们还该替他们说好话！

杨甲长：说好话！

洪 深 / 393

林鸿顺：是的，说好话。

众农民农妇：（同时）

"不报告抢鸡，还替他们说好话！"

"太便宜他们了。"

"我可不干。"

"我顶多不开口。"

"倒不是为了鸡，要我们送也肯的——"

"林老头的话是不错的，可是——"

兵　士：（喊口令）立正。

（众兵士都立正。）

（赵连长从外面走来——王排长跟在后面。）

杨甲长：啊，连长来了。

赵连长：（答礼——严肃，仍觉蔼然可亲）杨甲长。（又对众人敬礼）诸位老百姓，得罪你们了。

众农民农妇：（同时）

"没有什么。"

"不得罪，不得罪。"

"小事，小得很。"

"不过是误会。"

赵连长：杨甲长，刚才是怎么回事？

杨甲长：（不知该说不该说，望着众人）嗯……

赵连长：怎么回事？

（众人都在打主意。）

高　二：没有什么事，连长，真的没有什么事。

赵连长：听说王海青抢了一只鸡。

高　二：嗯，没有。

赵连长：没有么？

杨甲长：没有。

魏一发：（将死鸡提到连长面前）哪，这不是那只死鸡。

赵连长：（神色立刻变严厉了）嗨！

高　二：可是这只鸡是不相干的——

赵连长：（对魏一发）刚才的情形，就请你报告一下吧。

魏一发：我……（对大众）我想这样瞒着连长也是不对的，应该说说明白，办不办那倒在连长，没有关系——王海青偷鸡，给刘二嫂子碰到，他抢着拿走，刘二嫂子不放，他就老羞成怒，拿鸡使劲往地下摔——

农妇乙：没有没有，没有偷鸡——魏一发说得不对。

魏一发：这是什么话——

农妇丙：谁要你多嘴的！

赵连长：（摇头，半晌）那末，这只鸡怎么会死的呢？

农妇乙：鸡是自己死的，病死的。

　　　　（众人忍不住要笑。）

魏一发：（低声冷笑）哼哼，鸡会病死，从来没有听见过。

杨玉芳：（忍不住）又不是你的鸡，你会知道么！

赵连长：（注视她，又看看众人——心里明白，尚一时决不定办法）唔。

林鸿顺：（恳求地）连长，这件事，你不要再追问啦。

赵连长：不要追问！

林鸿顺：不必追问，老百姓都不肯认的。

赵连长：（自言）不肯认的！

杨甲长：一向大家相处得——感情很好！这一次——也没有什么事。

赵连长：（心里说不出的难受——缓缓地）你们——诸位老百姓——待我们军队——太好——太客气了！（诚挚地）真

叫我们感激，也叫我们惭愧！第二连竟然还有几个不良份子——那怕只有三两个——不明白军民合作的道理，在外面闯祸闹事——总是我不会感化，不会领导！我向诸位道歉。

（他对老百姓敬礼——兵士都一齐立正——老百姓还礼不迭。）

赵连长：王海青。

王海青：有。

赵连长：以及别位弟兄们。

（众兵士肃然。）

赵连长：今天的事，你们也都明白的——不是你们没有做坏事，是老百姓不肯计较——老百姓不要我惩罚你们。明白么？

众兵士：（同应）明白。

赵连长：老百姓倒不是要特别优待王海青他个人，还是为了第二连——老百姓和第二连是有感情的。你们那一个弟兄对老百姓做了一件好事，老百姓不会说是张三做的李四做的，他们只记得是第二连好；那一个弟兄做了坏事，老百姓也不会记得是张三做的李四做的，他们只说第二连坏！你们以后不要再做一件对不起你们自己的第二连的事！

王排长：（高声应）是。

众兵士：（跟着高声应）是。

赵连长：我们当军人的任务是什么？打仗！不单是打仗，还得打胜仗！军队怎么才能打胜仗呢？要靠老百姓——有时候老百姓卖粮食给我们，有时候老百姓借东西给我们，有时候替我们搬运弹药，有时候做我们行军向导，有时候供给我们敌人的情报。愈是老百姓帮忙，打胜仗就愈有把握。军队不能没有老百姓合作的！

（众乡民点头称是。）

赵连长：军队为什么要打胜仗！我们第二连为什么开到铁牛碛，明天为什么还往前开！正都是为了老百姓的利益，要替他们打退日本强盗，要保卫他们的田地，不给日本强盗抢夺，他们的妇女不给日本强盗奸污，他们的生命不给日本强盗残杀，他们的子孙后代不做日本强盗的奴隶牛马！要让老百姓有得过太平快乐的日子！（看着王海青和包占云等）你们大多数是壮丁补充来的，本来都是老百姓；你们到军队里有多久，你们做老百姓的日子长，当兵的日子还短的很，你们一当了兵，就去欺侮老百姓，忘记自己是老百姓，完全不管老百姓的死活了么！

（王海青等的羞恶之心，油然而生。）

赵连长：我今日不惩办你们，这是老百姓待你们的好处。（严正地）可是我要你们每个人记得，老百姓为什么要这样待你们好的。完了。（转身吩咐）王排长。

王排长：有。

赵连长：把应该还人家的东西，还清楚，就带他们回来。

王排长：是。

赵连长：（对杨甲长和众人）我先走了。

王排长：（喊口令）立正。

（众兵士立正——众乡民送赵连长出门。）

王排长：稍息——东西都交代清楚没有？

兵士甲：差不多——朱文林陈子清送桌子去的，要我们在这茶店里等他。

王排长：张明道，你跟着我去——你们在这里等一等。

兵士乙：是。

（敬礼——出店门去了。）

魏一发：（非所预期——甚不甘心）这算是玩的那一套把戏！

杨玉芳：你算是玩的那一套把戏。

魏一发：人家摔死你们的鸡，你们又要捉人家，又要和人家打吵，又要报告连长，又不要连长办他——倒教我白白的挨了他几拳。我——

众农民、农妇：（哄然）

"挨打，活该，谁教你多管闲事！"

"还说我的鸡是摔死的。"

"奇怪，要他这样起劲做什么。"

"依他的，老百姓顶好和军队打起来。"

"真不是个好东西。"

杨玉芳：他又不是铁牛硚的人。我们的事，他总爱出头！

高　二：（一把揪住他，形势汹汹）喂，你是干什么的？

魏一发：（见他来势凶猛，不禁惊骇起来）高，高二，你你做什么！我我是魏一发货郎担，跑村子卖洋杂货的。

高　二：你卖洋杂货好了。（一把将他摔得远远的）少管鸡的事，少做汉奸！

魏一发：就是就是。

（他悄悄的收拾起货郎担，趁人不见溜走了。）

农妇乙：这只鸡也请弟兄们吃了吧，（问农妇丙）放在罐子里一起炖，好不好。

农妇丙：摔死——嗯，哦——自己病死的鸡，煨起来不会好吃的。

（她们和杨老太仔细拣视那只鸡，筹商处理的办法。）

李大远：（过来拉住包占云）现在我们三个人总不好意思再说回家的话了！

包占云：（瞪他一眼，将他推开——伸手到裤袋里摸索——对王海青）你的呢？快拿出来。

王海青：（拿出一小卷钞票）在这里，一共三十六块钱。

包占云：（从裤袋里摸出一小布包，里面一只大银镯——走向农妇甲）我还你，这是你的二两多重的银镯子！

农妇甲：（喜出望外）啊，谢谢，谢谢。

包占云：（拿过王海青手里的钞票，高高举起）这里有三十六块钱是那一位的？

（众人都惊愕。）

农妇乙：哦，哦，我我——

（幕下。）

（第二幕完）

第三幕

　　黄桷坪李家院子的后面是一个大竹园，里面密密地一片绿竹。竹林的边缘，却疏疏地挺生着几株棕松和那随处可见的黄桷树。一道短篱（面对着我们）把树和竹隔开。树荫下一张方石桌，几张石条凳，是为天气热时，闲坐纳凉所用。篱的右首（即是我们的左边）一带土墙，有小门，乃是李家院子的侧门。门内仍为空场，隐约可见几丛修竹，几株花树——山茶刚过，紫薇正在盛开。篱的左首，又是矮矮一道土墙，土墙的极左端，开着几扇竹扉，一条石块铺成的小道，从竹扉起，经过小溪，可通进城的大路。在竹篱与矮墙之间——另有曲折小道，穿过竹林，是到黄桷坪镇的捷径。

　　瓜藤豆苗攀满了竹篱矮墙；又是春末夏初的季节了。离包占云等三人在前线受伤时已有七个多月；他们伤愈，已能行动，从区时残废医院请假回来，也有两个多月了。在这两个多月的中间，他们有许多理由，不满意黄桷坪的若干人。黄桷坪的若干人，也有许多理由，不满意他们。此刻周保长正在李家竹园中拉住贾维德老先生唠唠诉苦。

周保长：（竭力抑制自己）自从包占云他们三个人回来以后，我们不曾有过一天太平日子。

贾维德：（有保留地）是的，麻烦事是在多起来。

周保长：要是尽管这样闹下去，黄桷坪什么都完了。

贾维德：是的，有些地方，他们闹得是太过火一点。

周保长：老先生，你是晓得我的。我并不是不知道他们这次是为打国仗受的伤，一个跛了脚，一个的右手去了三个手指头，一个少了一只腿；说他们这些伤兵同志应该受优待，应该被大家恭敬，那都是可以的。他们回乡的时候，开欢迎会，送慰劳品，还不是应有尽有，还不是我们几个做保长的在这里张罗！可是这不是说，他们可以回到家乡横冲直撞，任意胡为呀。

贾维德：（虽不这样极端，对于这点，却颇有同感）他们原说是请假回来，住上十天八天就走的。

周保长：哼，十天八天，足有两个多月了！他们早该到残废军人教养院去。可是他们硬要躲在家乡不走，你拿他们有什么办法。

贾维德：（摇头）唉。

周保长：现在黄桷坪差不多成为他们的世界，他们要做什么就做什么，要说什么就说什么，整天和年轻人胡言乱讲。不是讲当兵是怎样快乐，便是讲那靠近前线的老百姓对待军人们是怎样好。弄得许多人心思不定，——我这个对你说说是不妨的——没有一个人再肯相信我周保长的话了！

（杨玉芳这时抱着一大堆衣服，提着捶衣杵从侧门走出。）

贾维德：（咳嗽一声）嗯唔，有人来。

（周保长转身踱开。）

杨玉芳：（恭敬地）舅公。

贾维德：唯。

杨玉芳：（礼貌地）周保长，吃过早饭了吧？

周保长：（弯腰答礼）吃过了，吃过了。

贾维德：你今天洗这么许多衣服。

杨玉芳：前几天下雨，趁今天有太阳赶着把它洗掉——衣服到不很多。

（贾维德忽然走近，注视她的面孔。）

（她低下头，经由竹扉，到溪边去了。）

贾维德：（看着她出去，如有所感）唔。

周保长：（继续先前说的愤语）你想想看，老先生你想想看，我这个保长怎么还能干得下去呢！

贾维德：他们瞎说瞎闹，是不应该的。可是，平心而论，有些地方，也难怪。

周保长：（愕然）难怪？

贾维德：他们回到家乡两个多月，恐怕日子未必好过，黄桷坪的人也有对他们不好的地方，刚才我看见我那外甥媳妇的脸上，眼泪没有揩干呢！

周保长：眼泪么？

贾维德：听说她是常常淌眼泪的。（慨叹）唉，在我们这里乡下，本来做人家的儿媳妇就不容易，再加她在自己家里的时候，被日本兵有过这么一回事。一般人看不起她，讥笑她，那是免不了的。甚而至于李家的人也是如此。

周保长：（不甚诧异）是的。

贾维德：女孩子为人倒是很好——（正义感）唉，这种事情是可以

洪深 / 401

叫人不平！

周保长：可是我不懂，大远为什么要讨她做正式老婆，还要老远的把她带回家来。这件事，嗨，做得至少是不聪明。乡下人总归是乡下人。他们从来没有经过的事，怎么会不大惊小怪呢！这个我们不再谈了——我今天要讲一个理，就是无论你李大远的老婆在家里受了多少委屈，无论黄桷坪的众人对待你们包占云王海青李大远三个受伤回来的兵士是多么的不好，你们不能把冤家都结在我身上，盯住我，一口气的干我，转转弯弯的寻我的事！

贾维德：（有所未知）这样么？

周保长：连我自己的女儿荷香，都被他们教坏；教得她不听我的话，不服从我。有一天，她来对我说，她不愿意汪家的那头亲事；她说，她的亲事不要旁人做主！

贾维德：（甚留心）喔。

周保长：至于我做保长份内应办的公事，更是没有一件不是他们出头多管，不是他们诚心捣蛋的。譬如李大爷和你老先生转托我的，陈宇庭的小儿子请求免充兵役那件事，（抚怀）呈文和三百块钱在我口袋里，至少有几个星期了，就是因为他们三个人在外面胡说八道，我一点不能进行。这样处处把我的事情搅掉——（恨极）哼哼，我周焕章也不是好惹的，我决不善罢甘休，我自有方法对付你们。

（贾长生一手拿着支步枪，一手扶着王海青从里面走来。）
（王海青的左腿已经锯去，撑着两根拐棍走路——步履还算矫捷，其实不须长生搀扶。）

贾维德：（一眼看见，咳嗽一声）嗯唔，有人来。

贾长生：这这里地方大，你你可以教教我了。

王海青：这里，（四面一看）也可以。

贾维德：（问长生）你们做什么？

贾长生：我我要王王海青教教教我打打枪。

周保长：我先走，等一下再来。

贾维德：请再坐一坐，（以目示意低声）他们无所谓的，我还有话要问。

（周保长勉强立过一边候着。）

王海青：（坐在中间石凳上——接过枪）你的子弹呢？

贾长生：在在这里，一一共只有四……四颗。

王海青：（扳开枪检查）这是支土制的枪，样子和军队里的步枪一样，可是不经打。

贾长生：（着急）这这这支枪，不不不能打打日日日日本土土匪么！

王海青：当然可以打得，不过打到二十多个子弹，枪口就会裂的。（做给他看）学打枪，第一先得学装退子弹。哪，左手把枪这样托着。

贾长生：（取枪演习）这样？

（枪口偶然向着周保长，他立刻感觉不安。）

贾维德：长生，不要把枪口对着周保长。

贾长生：里里里面没没有子弹。

王海青：瞄准的时候——你年纪太小，力气不够，站着瞄准恐怕你打不动，还是把枪管架搁在一样东西上，一株树，一堆土石都可以，免得枪口上下摇摆，（做给他看，把枪搁在石桌角上瞄准）这样。

贾长生：（取枪演习）这样，是不是？

贾维德：（厉声）你又把枪口对着周保长了。

贾长生：里里面真真真没有子子子弹。

周保长：（他的特式幽默）嗯，长生，我和你没有仇。（自己一阵干笑）

贾维德：乡下的说法，一个人被枪口对着，是不吉利的。

王海青：（怫然起立）长生，我们到外边去吧。

贾长生：这这里不是很……好么？

王海青：外边地方更大更好，我教你打野战，我教你躺卧在地下瞄准。

贾长生：好好好的。

（他欣然搀扶着王海青走出竹扉。）

贾维德：（摇头叹息）如今的这些孩子们，嗯。

周保长：这也要怪王海青他们。好的事情不会教小孩子，单教他们弄刀弄枪。哼，身边还有几个子弹，总有一天要闯出大祸的。这个我们不再谈了——我老实地说，过去的两个月，我受气也受够了，忍耐也忍足了，真要把我惹极了的话，不管你是"包得行"也好，你是李家院子的二少爷也好——

贾维德：（用心听）啊！

周保长：（凶暴地）我也不会客气的。

贾维德：啊！

周保长：（较和缓但用意仍在威骇）本来是同乡同土的人，日长岁久，那怕没有见面的时候，犯不着拉破面皮！可是李大爷竟然叫他的儿子和包得行王海青混在一起，一味的和我作对。我我这个保长拼着不做了！

贾维德：（呆了——半晌）他并没有叫他的儿子和你作对。

周保长：唔。（怒气稍息）我今天找你，就为先打一个招呼，以后不要怪我不讲交情——我走啦。

贾维德：（再留他）哦，还有陈宇庭小儿子的事，到底怎么样？

周保长：难，难，难得很。你知道的，今年办理抽壮丁和去年大不相同。法令上规定得更清楚了，解释兵役的宣传，又做得这样多这样久；老百姓差不多个个自己知道乡里那些人应该有服兵役的义务，那些人因为什么理由可以有免役缓役的权利，他们也不像去年那样一说一听了。自从去年李大远的事碰了钉子，尽管乡下求托我的人还有那么多，我对他们，嗯……至多是敷衍而已，化钱化气力，可是正经办成功的，恐怕一次也没有。

贾维德：（点头）是这样的。

周保长：这一回陈宇庭的小儿子，碰巧……唔……因为特别的情形，唔……我不必多说，算是有一线希望，偏偏包占云他们又……老实说，要是不成功的话，我是不能负责的！已经拿来的三百块钱，也休想我退还一个。

贾维德：嗯。

（这时包占云和李大远从里面走出来，一路争论着，包占云："不要去喝酒，每天喝这么多的酒，喝得醉醺醺的。怎么，你要学赵瞎子唱'醉打山门！'李大远："我们家里的事，不要你管，你少开口。"两人的脚步更近了。）

周保长：（听出是包李二人，忙道）老先生，再会。

（他从竹林小道避走了。）

（李大远的右手，曾被弹片炸去三个手指，创伤虽早收口，经常地仍用棉布裹着——他回到家乡，一向郁郁不乐。）

（包占云右足半跛，走路有时不免颠摇有时却仍和平常一样；他间或撑一根短棍——此刻随李大远从屋里走来，一半正经一半嬉笑地劝着他。）

包占云：清官难断家务！我并不是爱管闲事，你回头唱醉了酒发脾气，吃亏的又是玉芳嫂子。（一眼看见贾维德喊）舅公——我也叫你舅公，要得？——一个人在这里唱什么独角好戏！

洪深 / 405

贾维德：（微窘）嗯……潘知事还在里面么？

包占云：在里面和李大爷摆龙门阵——自从盘古到如今。

贾维德：嗯，我去看看他们。

（他借此走脱。）

李大远：（满腔烦恼，无从发泄；将地上一块小石片，用力一脚踢开——长叹一声坐下）唉，真糟糕！

包占云：（顽皮相随未全敛，但态度比前严肃）黄桷坪确有许多事情是糟糕的，你们李家院子，也有许多事情是糟糕的。我不说恭维话。

李大远：我千错万错，不该这个一错。

包占云：不该娶玉芳嫂子做老婆，是不是？

李大远：（愤激）他们简直没有把玉芳当做人！

包占云：这不是你的错，这是他们封建思想——

李大远：（大声）正是这个封建思想，你怎么办呢！他们只记得玉芳被日本兵有过那末回事，他们全不记得那不是玉芳自己情愿，是日本兵强奸她的！每次玉芳说一句话，走一步路，做一件事，他们都觉得她和别人两样，她总是不如人家的。明里取笑她；暗里咒骂她；做作出来的亲热她；当着人的面，问寒问暖的照顾她，没有一件不是侮辱，没有一件不是痛苦，叫人怎么受得了呢！

包占云：（这番话给他的印象甚深）嗯，是的！

李大远：想不到黄桷坪始终还是这样一个小地方！我这次回来，太失望了。

（包占云低头默默不语，半晌——眉头一转，想起一件事，面有得意之色——从衣袋里挖出一把花生米，一颗颗捻送到嘴里去吃。）

李大远：（不明白包占云到底是什么意思，结实瞪他一眼）什么？

包占云：你该学我包得行。

李大远：学你？

包占云：我这次回来，也是失望的，可是——

李大远：可是怎么样？

包占云：可是冤有头，债有主。谁得罪我，我就对付谁。不像你，人家得罪了玉芳，你没有办法对付人家，只会惩罚玉芳和你自己。

李大远：（不能相信）我惩罚自己？

包占云：你天天喝酒生气，把自己摆弄得蛮苦！喝醉了再和玉芳吵嘴，把她摆弄得更苦，这不是惩罚自己是什么？（兴奋）我对你讲，在黄桷坪我看不入眼的东西太多了，顶顶要不得的就是那周保长。今年抽壮丁，政府有过补充的命令，什么人非抽不可，什么人像一家的长子呀高中毕业的学生呀可以缓役，早就规定得明明白白的了。再要想冒名顶替，周保长自己也知道是万难做到的事。可是他还在那里花言巧语的骗人家的钱。哈哈哈，（得意之极）我可把他弄头痛了没有！

李大远：头痛！

包占云：他开口说一句谎话，我就给他揭穿；他动手做一件坏事，我就给他破坏；钉住他，一个劲的干他。他心里恨死我。所以在这个人面前叫，在那个人面前跳，在别人的面前痛骂我威吓我。其实拿我毫无办法。可是在我呢，我只当是看一出好戏。你愈是跳的厉害，我愈是觉得好玩！我自己决不生气。这就是我对付周保长的方法。

李大远：（低头寻思，把裹手的棉布解开又包起）唔。

李大远：尽管你周保长手段高强，在包得行小包面前，没有便宜给你占的。

（这时荷香忽然在竹扉外边高声问："谁说周保长怎么样？"——一面走进来，手里拿着一节甘蔗。）

包占云：喔，是你啊！

荷　香：（正经问）周保长怎么样？我没有全听到。

包占云：（小窘）嗯……我等一会告诉你。

李大远：（霍的立起身）我走了，我喝酒去，我立刻灌得大醉了回来。

（向竹林小路去了。）

（包占云拖他不及——想跟他去，又因荷香在此，不便分身——踌躇不定——李大远已经去远了。）

荷　香：（开始啃去甘蔗皮）真的，周保长，我父亲，怎么样？

包占云：（眼珠一转，故意逗她）嗨，坏，坏得很。

荷　香：（正经地但并未生气）怎么样的坏法？

包占云：嗯，他对我不好，对你也太凶……喔，他坏极了。

荷　香：（微微摇头）不是的。

包占云：不是的？

荷　香：你说我父亲坏，不在这个上头？

包占云：那末，你说是在什么上头？

荷　香：（把那啃掉皮的一节甘蔗递给占云）乡下抽壮丁的那件事，还是弄得不大好，逃走，谎报，买人顶替，乱七八糟，不比去年好多少！你说，都是因为像我父亲一样的做保长的人要不得，是不？

包占云：不是么？

荷　香：那你就错了！

包占云：我错了？

荷　香：你错把我父亲看得太了不起啦！乡下弄得这样一团糟，要是单只因为保长们弄钱舞弊的原故，那末我父亲的本领，可真是太大啦。

包占云：啊呀，你看年纪轻轻的小姑娘，居然说出这番话——这简直像是大人说的话——

荷　香：（瞪他一个白眼）一个人的年纪，长长会得大的，白米饭也多吃了一年。

包占云：（无言可答——一节甘蔗嚼完）那末，到底是什么原故呢？

荷　香：我说，乡下的老百姓太穷苦——

包占云：（啃去甘蔗皮——点头）嗨哼。

荷　香：——一年到头忙他们的穿衣吃饭还来不及。再没有工夫去管不相干的事。

包占云：嗨哼——对的。

荷　香：还有，像张科员那样的官，下乡来的时候太少了。大家应当爱国，打国仗，打倒日本帝国主义，这种大道理，很少有人对老百姓讲说；乡下人还以那些都是不相干的公家事，还不知道是和他们的吃饭穿衣分不开的呢！

包占云：啊呀，你简直比读书识字的人，说的话都好了。

荷　香：这种事情，明摆在大家面前，用不着读书识字的人，谁都会看得出的。

包占云：你讲讲。

荷　香：乡下人又穷苦又不明白，自然抽壮丁的事会办不好。你不能把罪名都归在我父亲身上呀。

包占云：话是不错……（把啃掉皮的一节甘蔗，递还给她吃）啊，你真是你父亲的好女儿。

荷　香：我父亲有时候是蛮恶的，可是，我知道他心上也有一块软的地方，可以做个好人的。

包占云：这个——没有的事！

荷　香：（坚持）真的！

洪　深 / 409

包占云：（也坚持，大声）没有的事。

荷　香：（更大声，顿足）真的。

包占云：（看着她）真的。

荷　香：（才不说什么，咬甘蔗）唔。

包占云：喂！我打听一下：我们两个人的事，你父亲觉得怎么样？

荷　香：不赞成，他口里说得蛮结实的。

包占云：口里说得蛮结实！

荷　香：可是——你从前不是说过，准备办十桌酒，抬一顶花轿，请出两位正式媒人，……

包占云：（点头）是的。

荷　香：（盘算着）要是有两位正式媒人去拜望我父亲，也许——

包占云：哼，也许你父亲拿棍子把媒人打出去。——

荷　香：（着急）我和你讲正经话！

包占云：可是那里去找这样能言惯语，肯替我包得行做媒说好话，说出话来还能被你父亲恭敬，鼻子上不碰了灰回来的两位媒人呢？

荷　香：上一次，（到底有点忸怩——将甘蔗送到包占云口边）你吃吧？嗯，上一次你不是提过李大爷么？

包占云：阿，李国瑞！

荷　香：（把甘蔗送到他口里）你吃呀。

包占云：（咬了一口）唔。

荷　香：还有，贾老先生。

包占云：阿，舅公。

荷　香：他们这两位都可以去得的。

包占云：就是。（但他不像荷香那样重视此事）改一天，我有空，就去请他们二位。——

荷　香：你得赶快才好！

包占云：赶快？

荷　香：（郑重地）愈快愈好。

包占云：为什么？

荷　香：嗯……夜长梦多……日子拉得久了，恐怕，嗨……又出什么别的乱子。快一点好。

包占云：哈，你性子就是这样急！

荷　香：（有用意地）我性子急，我有我的道理的！

包占云：人家还说黄桷坪这个地方封建！你们看十六岁的大姑娘，要紧和人家结婚，已经等不及——

（荷香没有等他说完，便举起半截甘蔗打他——包占云避开——荷香追着打——围着石桌追了一圈——包占云避向屋里——恰巧贾维德、李国瑞从里面送潘殿邦出来——包和潘撞一个满怀——潘捧着肚子连喊"啊唷"——荷香见闯了祸，转身忙向竹林逃走——包占云追她去了。）

贾维德、李国瑞：（忙搀扶潘知事）怎么样，碰痛了没有？

（潘知事捧着肚子，鼓着脸，不响——两人扶他到一条石凳上坐下——潘知事做出许多怪张致，摩了一回肚皮。）

潘殿邦：（忽然抬头望着他们）我好了。

贾维德：（松一口气）好了就好了。

潘殿邦：（扶桌子慢慢立起）就请一位把我刚才说的话，去回复区长：实在因为我年纪老身体不好，稍为一碰就出毛病，这个国民月会的督导人，我实在辛苦不起。

李国瑞：可是区长嘱咐我们，一定要邀请你老先生出来担任的。

潘殿邦：一定要我出来担任？

李国瑞：是的。

潘殿邦：为什么呢？

李国瑞：（翻着手里的一册《实行国民精神总动员》）《国民精神动

员实施办法》规定的，县动员委员会设督导，其人选标准为老成热心之绅耆；(再翻过一页查看) 嗯……地方公正人士……

潘殿邦：(取过小册，自己翻看) 地——方——公——正——人——士！

贾维德：潘知事，还是答应了吧。那怕辛苦不动，担任一个名义也好的。这件事，非有像你老先生这样身份名望的人出来提倡不可。

潘殿邦：(猛然将小册掷向桌上，一声冷笑) 嘿嘿嘿嘿，现在知道我潘殿邦是一个"地方公正人士"了！

(此话来得突兀，李贾二人不知所措。)

潘殿邦：不瞒你们二位说，我对于地方上公益事实在不感兴趣。

李国瑞：不感兴趣？

潘殿邦：我满肚子都是牢骚！我关门坐在家里，什么话也不肯多说，什么事也不敢参加，差不多近一年了，地方上的事，我看得许许多多，没有办理好。我曾经热心过；我也曾经热心的把我看为不对的事，唔，发表过一个"老成"人的改良的意见。可是，我说的话，没有一个人要听；我提出的主张，没有一个人接受。我还能干什么呢！我只好"杜门不出""闭门思过"了！

(李贾二人，不知道说什么才好，呆在那里。)

(玉芳捧着洗好的衣服，从竹扉走入——贾长生替她拿着捶衣杵，跟着进来；一手仍提着那管土枪——玉芳将衣服放在靠矮墙的一条石凳上，开始把它们一件件抖开，搭在竹篱上晾晒——贾长生把枪斜靠着那矮墙；把手里的杵和子弹也放在石凳上，过去帮着玉芳晾衣服。)

贾长生：(举头望天) 可惜此此此刻没没没有太阳，满满满天……

都是云。

（玉芳含笑点点头。）

潘殿邦：（无聊地翻着那本小册子，叹气）嗯！

李国瑞：（微叹）唔。

贾维德：（想开口，又缩住）嗯——唔……

潘殿邦：（一半自言）我这些牢骚，也只能对你们二位发发。（看着他们）我是一个肚皮不合时宜的人，在他们新派人说来，是个时代落伍的人。我承认是的。我对于当前的一切事情，都感觉得悲观！

贾维德、李国瑞：（不禁惊愕，同声）悲观！

潘殿邦：是的，非常悲观！（将手中小册，翻出一页）就譬如这里《国民精神总动员纲领》所说的"精神之改造"——

（贾维德李国瑞凑上去阅看那册中文字。）

潘殿邦："自私自利之企图必须打破"……（换一页）"苟且偷生之习性必须革除"……（翻转一页）"醉生梦死之生活必须改正"……（将小册递给李国瑞看）可是打破，革除，改正了没有呢？

（这时包占云扶着"酒醉"的李大远从竹林走回——见潘殿邦在大发议论，便立定倾听，不进来。）

潘殿邦：（似笑非笑地）嘿嘿，到随便那个大都市里去看看，有几个钱的人，还不是照样在那里吃喝嫖赌，花天酒地！经商的人，还不是照样在那里投机操纵，高抬物价！做公务员的人，还不是照样游闲怠情，敷衍趋避，不负责，打官腔，甚而至于照样贪污！乡下的老百姓还不照样是怕死，不肯当兵；尽管兵役的事，办理认真，不像往常容易顶替，可是他们照样还在奔走请托，化费冤枉钱，填塞狗洞，希望自己是万一的例外，可以侥幸不去！如果一般的

洪深／413

情形这样不行，我们有什么办法呢！

（因为他的话十分严重，众人屏息的听。）

潘殿邦：我看是没有办法的！缺点太多，困难太多，问题太多，决不是我和你能有办法解决的。拿一件在眼面前人人看见的事来讲，对那些从前方回来的伤兵，我们有办法么！

（李大远包占云听见提到他们，格外留心。）

潘殿邦：固然，他们中间也有真痛苦的。从前没有去当兵的时候，家里人许是靠他生活的。他出去之后，一家的生活，就成问题。那些出去了不再回来的不必说，那些受了伤勉强挨回家来的，因为不能做工，家里的生活，还是成问题，这都是真正可怜的——他们的问题，也丝毫不会解决——一是另外有些游手好闲的无业游民，三个五个结了帮去当兵，在营里混了一阵，把自己身体弄上一点不致命的小伤，再是三个五个结了帮回来，回到乡里，仗着身上那点小伤，横行无忌，胡作妄为——

包占云：（实在忍耐不下）放他母亲的七十二个连环屁，老子们身上的创伤是自己弄上的么！

（潘殿邦等，回头观看。）

（李大远今天喝醉了酒，胆子比往常大些——从竹林直冲出来，一把拉住潘殿邦的胸前。）

潘殿邦：（大惊）嗯，嗯，嗯。

李国瑞：（喝止）大远，你做什么！

李大远：我不是和他打架，我要和他讲理。

李国瑞：你快放了手再说。

（李大远放开手。）

潘殿邦：（脸都发青，嘘气）笑话！笑话！

李大远：倒不是因为你骂我们伤兵，潘知事！你的话，我听半天了，千言万语就只一句话：你说这次我们和日本鬼打仗是打不好的——

潘殿邦：（强辩）我没有说过这种话！

李大远：你所看见的都是顶黑顶坏的一面。就算有些事不大好，到底只是小小一点，不是多数如此，不是整个如此！你也是有耳朵的，和我一样听过演讲；你也是有眼睛识字的，时常看书看报；你为什么硬把事情说得这样完全没有好处呢！

潘殿邦：这个——

李大远：打了一年多的国仗，有多少弟兄们，官长们，老百姓，绅士，做大官的，做小官的，读书人，做买卖人，做手艺的，务农的，老年人，年轻人，妇女，小孩子，贡献他们的钱财，他们的气力，他们的亲人骨肉，他们自己的生命。唯就有这么许多的不了得的好事，你难道会不知道，为什么不说！

潘殿邦：嗯，不是我——

李大远：做公务员的人，不错，是还有贪污的；可是政府正在严办；听说有一位做过省政府教育厅长的人，因为贪污。不久就枪毙了。这不是好的一面么！你为什么不看见！

潘殿邦：（已是气馁）我，我，嗯——

李大远：一般人当中，醉生梦死，怕死贪生，自利自私，免不了是有的。我们实行精神总动员，就是为要改掉这些缺点。你为什么只找缺点来讲，一点不提大家的改善缺点的努力！你真会混淆黑白，颠倒是非！

（潘殿邦哑口无言。）

李大远：壮丁上前线，家里人生活成问题：政府规定了优待出征军人家属的办法，也要靠仗像你这样有地位有身家的人出来帮忙。可是，你，你干了些什么！——我没有打了几天仗，我不过右手炸掉三个手指，比起许多弟兄们的英勇的牺牲，我的伤真不值一提。不过，我还痛了几天。你呢，你在出钱上出力上，痛过一痛没有！此刻，你还敢来说风凉话。

（潘殿邦见机，想就脱身，正在打算冠冕的走法。）

李大远：（又上前一把拖住他）我不知你存的是什么心！为什么要把所有的事说得这样坏，见得我们这次的打仗的结果不会好！是不是因为你在中华民国没有做到大官，所以想卖身给日本，享受一点那亡国奴的荣华富贵！你这个失败主义的，甘心做亡国奴的，没有人心的（拍拍就是两个嘴巴）混账王八蛋！

（潘殿邦便也揪他——两个扯在一起——李国瑞贾维德忙上前解劝——急切中拉劝不开。）

（玉芳奔上前拖住李大远的手——他在火头上，顺手一巴掌，将她推倒在地。）

（这时王海青也来了——还是他和包占云有力，将大远拖开。）

李国瑞：（连说）对不起，对不起，对不起……

潘殿邦：（连说）笑话，笑话，笑话……

贾维德：大远喝醉了胡闹，犯不着和他计较——

李大远：（大声）我不醉，我不醉——

潘殿邦：笑话，笑话，笑话——

包占云：（对大远）你还是到里面去睡一回吧。

（不由分说，他和王海青硬把大远拉进去。）

贾维德：（对潘殿邦）潘知事，也请回去休息休息吧。

潘殿邦：（气得浑身打颤）笑话，笑话，笑话……

李国瑞：（不住口的道歉）对不起，对不起，小孩子无礼，真正对不起。

（他们二老，搀扶着潘殿邦，出竹扉走了。）

（贾长生跟随去，大约还想看热闹。）

（玉芳已从地下爬起，立在一边饮泣。）

（阳光从云层里投射出来，照耀在竹头树杪——天空似有嗡嗡之声，但很细微，像是从极远处传来的。）

（又听得贾维德在竹扉外说："他一定不要我们远送，那也只好让他去了，这个不能怪我们的。"——和李国瑞进回屋子去——看见玉芳哭——稍一立定，不便说什么——仍走了。）

（玉芳一面拭泪，一面拾起打架时跌落在地下的衣服，重新晒晾在竹篱上。）

包占云：（出来）大嫂子，不要哭了。

王海青：（随出）不要哭了。

包占云：他并不是对你有什么，他自己心里不高兴。

王海青：他要是不喝醉酒，万不会打你的。

杨玉芳：我也知道，他这一阵，心里十分不高兴。

包占云：是的。

杨玉芳：恐怕还是为了我！

（两人默然半晌。）

王海青：（故意岔出话头）唉，真的，他刚才说的那些话，不知是从那里学来的？

包占云：他是听得人家的演讲。还有，我们连里不是有政治部派来的一位指导员，他不是和我们谈论过这些问题么！

王海青：不错，有过的。

包占云：可是想不到后方真会有这种失败主义的人，到今天还不相

洪深　/　417

信我们这次打国仗是"包得行"的!

王海青：后方，哼！（陡的涌上心事）老实说，我要是还有两条腿的话——

包占云：两条腿？

王海青：我就立刻回到前线去!

包占云：回到前线去!

王海青：前线，比起这里后方，实在是好得太多了。在前线，老百姓也好，什么都好，样样都好，大家一心一意只做一件事，打鬼子救自己，不像后方这样你骗我诈，你怪我骂的。

杨玉芳：是的，在前线，日本鬼子就在面前，大家不会不提心吊胆地对付着他的。

王海青：在这里，敌人到底离得远，所以黄桷坪的人就自己对付自己了!

杨玉芳：（深有同感）啊。

王海青：（对包）我们回到后方两个多月，你想想看，做些什么事？

包占云：想办法把潘知事周保长这些混账东西弄得头痛——

王海青：是呀，我们想办法把他们弄头痛，他们想办法把我们弄头痛，慢慢的黄桷坪完事大吉。我们变成专门捣乱的东西，我们也完事大吉!

（众人默然不语。）

包占云：（忽然触机）哈，我有办法。

王海青、玉芳：（同时）什么？

包占云：（招手）来来来，都到这里来。

（玉芳和王海青都到石桌边。）

包占云：（低声）我们走!

王海青、玉芳：（惊讶）走？

418 \ 四川新文学大系·戏剧编（第一卷）

包占云：我们大家走！

（玉芳和王海青不明他的用意——不觉怔住。）

（此时李贾氏老太太提着一个包袱，正待出门——忽然看见一女二男围住石桌站着，三个人的头，靠拢在一起，惊愕非常——连忙缩住脚多在门后，私听他们的言语。）

包占云：（再说一遍）我们大家走！

杨玉芳：（想了一回）可是——

包占云：不要紧，李大远，我们也叫他一起去——

王海青：我，我的腿——

包占云：不要紧，我们不一定回到前线去。

王海青：不回到前线！

包占云：我自有道理。（声音更低了）这件事非有玉芳大嫂子出力不行。

（玉芳和王海青更加不解。）

（李贾氏听到这里，怫然转身回屋子去。）

包占云：王海青可以回到一个残废军人教养院去。

王海青：教养院！

包占云：我可不进教养院。李大远也不必进。我们和玉芳嫂子开一个杂货铺。

杨玉芳：杂货铺！

包占云：像在铁牛矴那样一个杂货铺。玉芳嫂子可以做老板娘。

杨玉芳：哦！

包占云：怎么样，干不干？

王海青：本钱呢？

包占云：这就靠玉芳大嫂子出力了。老太太不是藏着钱么？

杨玉芳：老太太藏着钱？

包占云：我们想法子把她的钱借来。

王海青：老太太不会肯借的。

包占云：你怎么那样笨，这个"借"不是平常的借。

杨玉芳：（坚决地）我不去。

包占云：你不去？

杨玉芳：叫李大远离开老太太——她要哭死了。

包占云：咦，你这个女人真奇怪，老太太待你这样凶——

杨玉芳：为了这种原故，要他离开母亲——慢慢的李大远也会埋怨我们，恨我们的！

包占云：你这个女人——

（"这个女人，现在做出这样的事，你们自己看看吧！"李贾氏一面嚷着，一面拖着李国瑞出来——李大远和贾维德跟随在后。）

（包占云王海青杨玉芳三人连忙分散。）

李贾氏：哎哎，我告诉过你们吧，不正经的女人终归是不正经的，她又在那里和他们鬼头鬼脑，这一次是你们亲眼看见的。

李大远：可是母亲他们不会的——

李贾氏：哎哎，还说不会的！

李大远：我和包占云王海青是好朋友，从前我们在前线的时候——

李贾氏：哎哎，还提前线！

李大远：前线怎么样？

李贾氏：我知道这种事在前线是不大在乎的，一个女人，好几个男人——

王海青：（上前）老太太，这话不对，这完全不是事实；这也不像是你老太太一向说的话。

李贾氏：可是，我们不在前线。在家乡，女人不作兴和外头人多话的；更不作兴和外头男人这样亲热的。

李大远：母亲——

李贾氏：这样决不会有好事干出来。迟早败坏我们李家的声名就是了。

包占云：老太太，我们刚才不过是在谈论大远的事——

（李贾氏摇头否认。）

包占云：他们看他这一阵心理不快乐，时常喝酒——

李贾氏：（厉色）是我自己亲耳朵听见，亲眼睛看见的！我先前提了包袱，想到观音阁去，走到那门口，看见你们三个人偷偷在一处讲话，我立定听了一回，（厉声）你们在叫玉芳离开黄桷坪，和你们一起走！

（包占云想不到老太太会听到这些话，也无论如何调皮，一时未免呆住。）

李大远：（不大相信）有这话么？

李贾氏：你自己问玉芳。

李大远：玉芳，怎么样？

杨玉芳：（只得承认）刚才是说过走的话的。

李大远：（瞿然）哦！

杨玉芳：他们要你去，也要我去，可是我不肯。

李大远：（还未了解这件事的意义）是么？

包占云：是真的，反倒是她不肯走。

李国瑞：（亦有愠意）我们的家有什么不好，为什么你们要劝大远夫妻两个人离开呢？

（包占云当面实在回答不出。）

（贾维德才知道这件事比他原来想象的严重得多，不断地跺脚。）

包占云：（还想用嘻笑的方法，把这件事轻淡化）老太太，哈哈，你真是了不得，什么事也瞒不过你，什么话也会给你听见！走，我们是商量过的，是想去开一个杂货铺——（这

洪深 / 421

里是事实，但听上去不像真话——所以李贾氏，李大远，李国瑞，贾维德都不大相信）

包占云：哈哈，杂货铺，这个主意高妙么，是我"包得行"想出来的，（笑得起劲）哈哈，我们是说一起走，并不是做坏事，是要，嗯……想发财，发财，这话说得好，哈哈！老太太真是个好人，可是，这一次，你对我们，哈哈，有一点误会。你对玉芳大嫂子，也有一点，哈哈哈——

李贾氏：（正色）包占云，你回家去吧。我们谈李家的家事，不用你外头人插嘴！

包占云：老太太，哈哈哈哈——

王海青：（大声斥）占云，少开口。

（包占云立刻敛了笑声，无可奈何地走过一边。）

李贾氏：（思前想后，不觉难过起来）我并不是故意和自己的儿媳妇为难。我当时这样想我的年岁差不多到家啦。每天除非烧烧香念念佛，别的事在这个世界上我也不巴望什么。我只留下两个儿子，我喜欢他们，宝贵他们。他们都还年轻呢！（诚挚地）我就想，年轻人，让他们做自己的主，过自己的日子去吧。他爱讨那一个女人做老婆，就讨那一个。（情感激荡）那怕我自己成为黄桷坪全村人的笑话。自从玉芳进了李家门做了我们的媳妇，我总是忍着耐着的。（对众人诉说）有时候我到观音阁去拜菩萨，走在街上，街上人指指点点的说，"这个老婆婆，新近娶个儿媳妇，是从前线带回来的，被日本兵那样过！"……"李家为什么要这样一个女孩子，她会是好的么！"……"说不定，她有一天又要——说不定，她现在已经是靠不住了"……"因为一个正经女人，决不会肯让日本兵那样的，她宁可死，决不肯受那种羞辱的；那才是正经女人！"

尽管旁人这样，我还是一声不响！顶多对于玉芳的行动，我格外留心一点；也劝告她，叫她做人要格外小心就是了。可是，我今天亲眼看见她那种样子——（自己也很难受）我和她还能同住在一个院子里，再做婆婆和儿媳么？！

李国瑞：嗯，你这话是什么意思！
李贾氏：你们要玉芳走，让她走吧。
李大远：母亲，母亲。
李贾氏：要不然，只好我走。我搬到观音阁，吃素修行去。我可以让她。
李国瑞：嗯，你不要这样讲。
李贾氏：还有，大远，你来。

（李大远走她面前。）

李贾氏：我叫玉芳走，不叫你走。你如果只要老婆不要母亲……你如果是和玉芳一起走……（悲不自禁）哎，哎，大远！你就是个不孝的……哎，哎，我就算是白养了你这个不孝的，哎，哎……（拿起手巾掩面哭泣）

贾维德：且慢一慢，嗯，慢一慢——
李贾氏：舅公，哎，平常你无论说什么话，我总是听从你的。可是，今天的事，舅公，你让我做一回主吧。

（大家见她如此坚决，面面相觑，束手无策。）

王海青：（满腔愤慨，从里面直迸出来，再也不能不发泄）我们在前方打仗的人，总以为现在的后方，应该是好到不得了啦！精诚亲爱，合作团结。把自己人的小仇小恨都忘掉，把我们所有的力量都用来对付一个敌人，日本帝国主义者强盗！谁想到后方还是这样的恶劣，这样的腐败，这样的糟糕！小气，自私，不讲理，不顾大局！为了无所谓的极小的事，为了不曾有的冤枉的事，就是给你个不饶让，不放松，不原谅。好像此刻日本兵不在那里杀我们，烧我们，抢我们似的！这叫我怎么受得了呢！（猛然举起拐棍，将石桌打的碉碉的响）叫我怎么受得了呢！

（众人肃然。）

贾维德：唉侄女，你还是听我说一句吧，我的年纪到底比你大几岁。嗯，玉芳。我相信她的话的，我相信她没有做什么坏事。你吩咐她以后不再和包占云王海青两个人接近就是了，吩咐她以后不再和他们两个人见面说话，也可以的。可是走，你不能叫她走的。她现在是个无家可归的人，你叫她走到那里去！她一家人杀的被日本人杀了，害的被日本人害了，她父亲也在逃难中间病死了，不看别的，就看在这点不幸上……啊，她自己也被日本兵侮辱过，这不是她的不好，这正是她的不幸……啊，叫她在菩萨面前，烧炷香，磕个头，叫她立一个誓，以后不和他们两个人说话——

（玉芳听贾维德说这番话，早已在一旁暗暗垂泪，此刻奔到李贾氏身边，只膝跪落。）

杨玉芳：（泪随声下）母亲，我是感激你的——不单是因为你收留我这样一个无家可归的人，更因为你是真待我好，像我自己的母亲一样待我好的。你是真把我当作做自己的儿媳妇看待的！有时候你管我得太严一点，骂得我太凶一点；有时候，你不喜欢我，你厌恶我，你冤枉我，你使得我当着人的面下不去，你使得我心里难受；可是我一想起我的一家，我的父母……母亲，我不会怪你，不会恨你的，我，我，（放声）我只有一个仇人！（大哭）

李贾氏：（动摇中）哎，哎，哎——

（忽然外面锣声大鸣，三下一连，自远而至。）

（众人都惊异。）

（不一回，贾长生敲着锣，从竹林小路奔来。）

王海青：（问）做什么？

贾长生：黄……黄桷坪第一次放放放警报，（得意）我我我是第一……个打打警警报锣锣的！

包占云、王海青、玉芳：（同时）打锣是警报？放警报你还好玩！日本飞机来轰炸么！

（头上嗡嗡声又起。）

贾长生：把把晒着的衣衣衣服都收收起来——飞飞机来来来了，不不不要乱跑——白白天不不要烧烧火，晚晚上不不要点点点灯——

（嗡嗡声甚厉。）

（王海青忙帮玉芳抢收晾着的衣服。）

包占云：（向天空张望）飞机呢？（忽大喊）已经来了，快到我们头上了。

贾长生：（好奇）在那里在那里？

（他在园里看不到，索性奔出外面去看。）

王海青：不要看，不要看，不要出去。（但已喊不及——发急地）哎呀！

李大远：（追出去）嗨，长生，长生，不要乱跑，躺在地下，快躺下。

（李国瑞贾维德不知应当往那里躲，也向外面走。）

包占云：飞机在头上，你们现在莫要走动，快分开躺下，躺下！

（李国瑞走得快，包占云只拖住了贾维德。）

李贾氏：（骇得不会行动——只看着大家痴笑）嘻嘻，嘻嘻！

杨玉芳：（她对于避轰炸，是在前方有过经验）母亲，不要慌，我们四面散开，躺在地下要紧的。（搀扶她走入侧门）里面院子也很大,我们躲到里面去。

(嗡嗡声更大——忽来嘘嘘之声。)

(王海青伏下——包占云硬拖着贾维德伏下。)

(硔硔硔,一连六七声——一根黄桷树枝,被弹片打断,飞落园中。)

(嗡嗡声似乎小了一点——又听到远处隐约有哭喊之声。)

(包占云抬头倾听了一回——便爬起来,向竹扉外面张看。)

王海青:飞机过去了么?

(他也爬起来——众人都爬起来。)

(忽然周保长气急败坏,从竹林小路奔至。)

贾维德:咦,周保长,你——

周保长:好险,险险,骇死我了。飞机扔炸弹的时候,我正在路上,小石桥的这一边,潘知事在桥的那一边,我们两个人相离不到五丈路。一个炸弹下来,潘知事炸死了。

贾维德:什么,潘知事炸死了!

周保长:炸死了,我看着那炸弹下来的,小小一点的一个炸弹。

(只见两个人提着方才贾长生敲的那面铜锣进来。)

王海青:(惊问)怎么啦?

李国瑞:(连连摇头)唉唉!

(李大远抱着贾长生进来,满脸满臂都是血。)

周保长:啊,长生怎么样啦?

李大远:头上手臂上都炸伤了。——

王海青:(忙跳过去)长生,长生!

(贾长生也不答话,也不看他。)

(王海青陡然面色变异。)

李大远:他是震傻了,不会说话。

李贾氏：（刚从里面走来——一眼看见长生身上的血）喔，长生！
（身子摇摇摆摆要跌倒）喔，喔。
（玉芳忙上前扶住。）

李贾氏：（忽然放声大笑，痴笑）嘻嘻嘻嘻嘻呵呵呵呵。
（众人都骇。）

李贾氏：（笑之不已，不知是笑是哭——到后来竟是哭了！坐下掩面大哭）呜呜呜。
（王海青看着长生那种不说不动的样子，又悲痛又愤怒，拼命拿拐棍击地。）

包占云：（大呼）快点散开，日本飞机又回来啦！
（他第一个躺下——众人跟着躺下蹲下——周保长仍从竹林小路跑走。）

王海青：（愤不可遏）你们这些孬种日本强盗！（两部跃到矮墙边，将土枪抓在手中，就把长生放在石条凳上的子弹装入——口里骂着）在前线你打我们，我们也打得着你，你吃了亏，害怕了是不是。所以你飞来我们后方，轰炸乡下老百姓，老百姓是打不着你的，只有听你轰炸，是不是？你莫慌，老子手里这支土枪，也要把你打下来，（直立园中，四面寻着日本飞机——由竹扉奔跳出去）东洋杂种，你不要跑，你不要跑——

李大远：（还抱持着长生，躺卧在地上，急喊）海青，海青。

包占云：（爬起，想要拖住他）海青，海青——
（追到竹扉边，忙又伏下。）
（嗡嗡声甚巨——并杂有机关枪轧轧声。）

李大远：日本飞机在用机关枪扫射吧。

包占云：（举头看着外边，猛然惊叫）喔，海青。（将头慢慢低下，悲痛地自语）海青完了。

李大远：海青，（悲咽）完了！

　　　　（飞机声又远。）

包占云：（跳起来，捏着拳头，对准日本飞机的方向！使劲的提着）日本强盗，今天算你逃得快！老子要是没有办法对付你们这些日本杂种，老子的外号不叫包得行。咱们前线见！

　　　　（幕下。）

（第三幕完）

第四幕

　　两个星期之后的一个下午。

　　陈宇庭是黄桷坪的农户，五十多岁，自己有十几亩田，又种着别人的十几亩田，在乡下也算是一个"过得到"的人家了。今天为了小儿子的事，特地来寻访贾维德老先生。贾和李国瑞赴潘家吊祭，陈不得已，只好坐在李家竹园中等候。

　　久候不回，心理甚为焦急，有时独自在园中转踱；有时立起身，向门外张望，过了一回，看见贾李二人远远从大路走来。

陈宇庭：（迎呼）啊，二位回来了。

贾维德：（遥应）哦，陈宇庭，你来了好久吧，劳你久等，真对不起。

陈宇庭：（逊谢）不要紧，不要紧。

李国瑞：（走入）潘家今天开吊，一定要拉我们两个人做"陪吊"，招待来宾，所以回来得迟。

陈宇庭：我知道的，我知道的。

贾维德：（走入）今天来，想必又是为了你小儿子的事！

陈宇庭：正是。

李国瑞：你上回拿来的五百块钱，舅公已经替你交付三百块给周保长，他一口答应下来，说这次机会特别好，绝对可以办到。还有二百块钱，讲好的暂时存在我这里，等事情办妥再给他。怎么，他又生什么枝节？

陈宇庭：倒不是周保长，是我的儿子，他现在自己要去。

贾维德：自己要去！

陈宇庭：这一向，爱和他们两个人在一起讲话——

李国瑞：他们两个人？

陈宇庭：就是包占云，（咳嗽一声）还有李大远。

李国瑞：哦！

陈宇庭：自从半个月前日本飞机轰炸之后，他们的话，乡下相信的人更加多了——好些人想着做志愿兵去呢！

李国瑞：是么！

陈宇庭：顶好请周保长赶快把事情办妥——就说我的小儿子检查身体不合格，叫他死了心！余下的两百块钱，就马上给了他吧。

贾维德：好的，我一定替你说到。

陈宇庭：（拱手）——拜托，——我的小儿子检查身体不合格——多多拜托。我要走了。还要赶进城。不瞒二位说，上次把田地押借那五百块钱，因为急等钱用，利钱太以吃亏，我想去转一个押主，利息也就可以低一点——拜托。

（他再一拱手，匆忙从竹扉走了。）

李国瑞：（感触，叹息）唉，现在的年轻人都自己有主意，不听老年人的话！

贾维德：主意要是好，那又何妨！

李国瑞：大家去当兵打仗，这个主意怎么样？

贾维德：不打又怎么样。你不打仗，仗也是要来打你，我们只看潘知事好了，他还不是觉得日本帝国主义损害不到他，所以他才尽说这样不好那样不对，这次打仗不是他的事。可是日本飞机偏偏要弄成是他的事，把他炸死。唔，这次打仗真奇怪！后方和前线一样，有田地人和穷苦人一样，怕死不愿意打仗的人和不怕死的好汉一样，谁也不多吃亏，谁也不多便宜的！我是这样想着！

（李国瑞不响——两个人慢慢踱进去了。）

李大远：（从竹林钻出四面张望——转身呼）你们都来吧。

（李大成是大远的兄弟，十六岁左右，高中学生；因为学校被轰炸，暂时停课，所以回在家里；此刻还穿着制服裤和皮鞋——他富有青年人的热情和乐观，但不多说话——他和包占云一同进来。）

李大远：怎么样，我们可以动手了吧！大成，你去收拾行李——

李大成：（欣然）就是。

李大远：我去拿两百块钱。包占云先到吴家桥等着我们——

包占云：嗯，且慢一慢？

李大成：（微讶）慢一慢？

包占云：我们商量定的办法，大家弄清楚没有？

李大远：弄清楚了！

包占云：你再说一遍我听。

李大远：我去拿我父亲的钱——

包占云：是的。

李大远：愈多愈好，至少得有一两百块——

包占云：是的。

李大远：不让人家知道——

包占云：那怕是玉芳！

李大远：也不让玉芳知道！再赶快把各人的行李收拾好——

包占云：是的。

李大远：我和大成兄弟各人走一条路，到吴家桥和你会齐。

包占云：是的，先到先等。

李大远：三个人一同进城，到县府兵役科报到，要求都做志愿兵——

包占云：是的。

李大远：要是因为我有时缺手指和你走路不方便，兵役科不肯收，三个人就一直去前线找寻我们从前的队伍——

包占云：是的。

李大远：我们要两三百块钱，做回前线去的盘缠。

包占云：是的。

李大成：商量定的就是这点。

包占云：（满意）就是这样。

李大成：进去吧！

李大远：（目示大成，叫他走在前头）先看一看，有没有人，我真不愿意让玉芳看见！她肚里有身孕，再过三两个月，要做母亲了！知道我要走，她准会难过死，我也会受不了的！——没有人么？

（一面问着，一面溜进去。）

包占云：（突呼）大远，大远。

李大远：（立定）做什么？

包占云：（他听见玉芳有身孕，忽有不忍）转来，我和你说话。

李大远：（勉强转回）又是什么事？

包占云：今天我们是睁着眼睛的，自己明白在干什么！

李大远：（大愕）这话是什么意思？

包占云：（态度从无如此严肃——慢慢地一字字的说）一年前我们

洪深／431

去当过兵，那一次我们准备去不久就逃回来的！这一次不同，这次真是我们自己情愿去的，我们都不想回来的事，我们也许就不能回来！现在还来得及改主意。你不必一定要去的——你有一个老婆，不久还会有个孩子！我包占云一个人回前线就是！讲到路上盘费的话，（苦笑一声）嘻嘻，包得行还怕会没有办法么！你再想一想。

李大远：不用想，想什么！

包占云：不用想？

李大远：我们这次去，并是不为了活得不耐烦，要上前线去找一个痛快的死；也不是为了在家乡耽不住，要借此离开这个糟糕倒霉的地方！我们是为了打仗的胜利才去的。你忘了么？

包占云：（提醒）啊，打仗的胜利！

李大成：当然是的——（兴奋地）那一天我读到报纸上登载着军政部的一篇报告；（他充满着青春的精神）里面说日本从前年七月起到现在，已经被我们伤亡掉八十六万多人；单只今年四月这一个月，就被我们打死五万三千多人；日本官兵的补充，一天比一天困难；国内的金钱，也差不多快要用完；他们现在不但打仗不行；好些日本官兵还有因为厌战反战被枪毙或是自杀的！再看我们自己，军队比以前多，官兵比以前好，枪炮比以前又新又利，装备比以前充足，我们是愈战愈强！我们和日本鬼子打仗，最后的胜利，是"包得行"的！（毫无疑虑地）我们应征兵役的人愈去得踊跃，胜利就来得愈快。

包占云：这是一定的！

李大成：（快乐地，热情地）这一次我们真许不能回来。管它呢，小小三个人，去当兵，多少也会使得胜利加快这么一点，那怕是真正细小的一点点呢!

（包占云甚被他的热情所感动。）

李大远：我们里面去，你先到吴家桥等着我们。

（包占云点头。）

（李大远李大成走进屋子去。）

包占云：（眼睛送着他们进去，不胜爱美）好孩子，两个都是好孩子，也真够朋友！他们现在竟知道这么多！到底读书的人不同，比起我这个不大认识字的瞎子，长进得太多了！

（荷香匆忙地从竹林小路奔来。）

荷　香：（看见占云，才像一个沉溺在水中挣扎不起的人，扳着一根木头）啊，占云，我什么地方没有找到，你可在这里！

包占云：什么事这样慌张？

荷　香：（拉住他，诚挚地求告）占云，你得赶快和我结婚。

包占云：嗯，赶快么！

荷　香：你立刻去请媒人出来。

包占云：什么事，为什么？

荷　香：要不然，我父亲会打死我。

包占云：我不信，不会有这样事——

荷　香：因为我肚子里有了孩子——

包占云：（不由得不惊愕）有了孩子！

荷　香：我父亲知道是你的孩子。

包占云：啊！

荷　香：他所以更不肯饶恕我！

包占云：哦。（他也呆了——混乱的情感在内心激荡着，他自己也不知道在说什么）嘻嘻，这样年轻的小姑娘，这样细小的小姑娘，肚子里已经有孩子，不久要做一个小母亲了。（猛然感觉不安）啧，啧，这是我的不是。

荷　香：（看着他半晌）你为什么这样说，我又没有埋怨你。

包占云：啊，没有埋怨我。

荷　香：（似乎怪他不应当这样不了解她——拿出手帕，掩面饮泣）你如今是当兵打仗回来，去年你没有出门以前，我就答应了你的。

包占云：（拉去她的手帕，十分怜惜）不要哭，不要哭，我们来想办法——你要我立刻和你结婚，是不是？

荷　香：是的。

包占云：你父亲肯要我这样的人做女婿么？

荷　香：有一个女婿至少他的面子上可以过得去。

包占云：面子上过得去！

荷　香：总比我未曾出嫁在娘家就生出一个没有父亲的孩子来好看得多了。

包占云：是的是的。

荷　香：黄桷坪的人嘴巴是这样的刻薄，专会笑人的。

包占云：（点头）是的。

　　　　（无数事，一齐涌上心头——他，慢慢走到石桌边坐下——苦思着。）

荷　香：（跟过去，轻声问）你肯不肯，立刻结婚！

　　　　（包占云想着心事，不曾理会。）

荷　香：你又想什么？

包占云：（忽然失笑）嘻嘻。

　　　　（荷香望着他，像是受到创伤似的。）

包占云：（目视远空，自言自语）正式的结婚——撑起一份人家——大小三个人：父亲，孩子，一个蛮好的老婆照顾着你——找一个正当职业——做一个小买卖，养活一家人口——（自笑）嘿嘿，也许借点本钱开一个杂货铺——安静——

舒舒服服——一家大小在一起——再不用出远门走远路——再不用奔波辛劳——一直到年纪老，白头发——这不是一件很幸福的事，很快活的事——谁说不是么——（皱眉）只可惜，唉……

荷　　香：（一直用心听着）可惜什么？

包占云：（愁烦地）可惜我们三个人——

荷　　香：你们三个人，什么？

包占云：（抬头望着她——忽然眼珠一转，满脸换上笑容）没有什么——我嗯，我立刻去求李大爷，请他和贾老先生做媒人；一面赶紧办喜事。

荷　　香：你现在就去求李大爷了？

包占云：现在就去。

荷　　香：可是，我们的喜事，要办得热闹一点呢！

包占云：（同意）既然是正正经经办喜事，自然要办得热闹的！

荷　　香：李大爷他们，什么时候来看我父亲！

包占云：三两天之内。（一想，忙改口）明天——嗯，就是今天也还可以的。

荷　　香：今天才好。

包占云：（肯定地）作准今天。现在你先回去——

荷　　香：（微讶）我先回去！

包占云：（含笑解释）你回去，我才好见李大爷讲话。

荷　　香：哦——那末，你请他们马上就到我家里来。

包占云：可以，马上就来。

荷　　香：你不知道事情是多么的紧急，我父亲到潘知事家吊祭，不知听到什么人说什么话——

包占云：（挥手）我明白的，我明白的。

荷　　香：我走啦。（到竹林边，又立定问）停一回我再要寻你的话，

洪　深　/　435

你在那里？

包占云：停一回，嗯，恐怕还是在这里。

（荷香高高兴兴地走了。）

包占云：（脸上笑容，渐渐敛减——流露出甚大的苦楚——他将那从荷香手里夺来的手帕，凝视一会——慢慢地竟对着手帕告诉）不是我说你们，你们这些女人们太奇怪，专在这推扳不起的时候，肚里怀上孩子。现在是你生孩子的时候么，我正要——（自恨）嗨！（也悲痛）可怜，荷香，我不能不欺骗你这一次！我真不要欺骗你，可是我实在没有办法，我已经和人家约好。三个人一同回到前方去。荷香，你慢慢总会明白的。不要怪我，不要骂我，不要恨我，我这次去，决不会让你懊悔有我包占云做你怀里小孩的父亲的。

（他这样一个顽皮的人，此刻也不免要洒两滴儿女之泪——疾忙转身出去时，荷香那块手帕，已经举到眼角揩拭了。）

（春末初夏的杜鹃，就是叫得这样起劲"喻——喁"，"喻——喁"一递一声，愈叫愈急。）

（玉芳从里面出来，掩身树后，眼睛望着那小门。）

（不一回，李大远果然从小门走来——手里提着很大一个衣包——直奔竹扉，略带惊惶之色。）

杨玉芳：（高声喊）大远，大远。

李大远：（吃一惊）那一个？

杨玉芳：（从树后出来）是我。

李大远：哦，玉芳。

杨玉芳：你到那里去？

李大远：我——我不到那里去。

杨玉芳：不到那里去？

李大远：嗯，我去看访一个朋友。

杨玉芳：那一个朋友？

李大远：噢，这个人你不认识的；也是军队里的同事，刚从前方回来。

杨玉芳：（过去看他的包袱）你这是包的什么？

李大远：（无法抵赖）一条被。

杨玉芳：看访朋友，为什么还带着一条被去？

李大远：哦，我今晚也许住在他那里，不回来。

杨玉芳：你刚才到母亲屋子里，拿的是什么东西？

李大远：（悚然）没有拿什么东西。

杨玉芳：没有么？

李大远：没有。

杨玉芳：我当你拿了母亲的钱，我看见你开抽屉的。

李大远：噢，我那是寻找我的差假证。

杨玉芳：差假证！

李大远：是的！嗯，时候不早了，我该走啦——

杨玉芳：（注视他好大一回——哑声地）好——你就走吧。

李大远：（咳嗽）看访我的朋友去。

杨玉芳：（慢慢地点头）可以。

（李大远提了包袱待走。）

杨玉芳：可是你——

李大远：（立定）可是什么？

杨玉芳：（苦笑一声）哈哈……

李大远：笑什么？

杨玉芳：（沉痛地）你的谎撒得不圆！一点没有把我骗相信！

李大远：（未免失措）啊，嗯，骗相信！

杨玉芳：（温柔地）其实你用不着骗我，我不会阻止你的。

（大远看着她半天，心里实在不忍——再不情愿对她虚伪——猛然掷去手里包裹，奔上前紧紧握着玉芳双手。）

杨玉芳：（苦笑）哈哈，我现在——变成一个——不会落眼泪的人了。

李大远：咳，你不要说吧。

杨玉芳：我此刻让你回前线去，不知道这是我的聪明，还是我的发傻！

李大远：不要说吧。

杨玉芳：母亲，我和她，我们两个人现在处得很好。

李大远：（点头）我知道。

杨玉芳：（亲切地）母亲自从那一天轰炸受惊之后，至今还有点神志不清，我会时时当心她的。

李大远：谢谢你。

（两个人对视一回。）

李大远：我差不多什么话都不用着再对你说！

杨玉芳：（摇摇头）用不着了。

李大远：（忽然将她拉近胸怀，紧紧地挟抱两下）那末，再会吧。

杨玉芳：再会。

（李大远提着包袱，比较安心地走了。）

（玉芳立在竹林边，一直望到看不见他的影子，才慢慢地进来——人是感情的动物，到底会熬不住的——此刻伏倒在石桌上，嚎啕大哭。）

（忽然出不意地有两人从竹林小路走来——荷香懊丧着脸，走在前头，——周保长满面怒容，手里握一根短竹棒，在后逼着。）

（玉芳连忙住哭。）

周保长：（恶声）荷香，你说他在这里的，人呢！

（荷香找不见人，心里也急。）

杨玉芳：那一个？

周保长：包占云。

杨玉芳：哦，没有看见。

周保长：（骂荷香）你会相信他的话！我早就知道他是骗你的。

杨玉芳：（看到那副情形，肚里早已明白——想为荷香缓和一下）嗯，包占云刚才来过——说不定，还在里面，我问问去。

周保长：费心。

（玉芳想请李贾二位老年人出来解劝，忙奔入屋里去。）

周保长：（恨恨）等我找到这个小浑蛋，看我会打死他不会！

（荷香不响。）

周保长：他平常处处和我为难，有一点事就准和我捣蛋。那还不够，还要把我的女儿引诱！好，好东西，算你会对付我，叫我有口说不出，你是十足的占了面子啦！

荷　香：可是爸爸，他不是引诱我，他答应我正正经经和我结婚的。

周保长：（怒极）你还会相信他的话，还要替他说好话，你这个小不要脸的东西。

（荷香别转头，眼泪盈眶。）

（贾维德李国瑞急忙的走来。）

贾维德：怎么样，周保长？

（周保长一时倒有点难以对答，只怒目瞋着荷香。）

李国瑞：（也问）怎么样？

周保长：（勃然）包占云把我的女儿耍了。

贾维德：把你的女儿耍了！

李国瑞：耍了！

（他们不约而同地转身看荷香。）

（荷香倔强地立在一边——事情已弄到这样，她反而不大怕惧了。）

周保长：我一向真是一点不知道，今天要不是在潘知事家里听见几个不相干的人无心中说闲话，我至今还在暗中。

贾维德：唔。

周保长：以后叫我怎么样再站起来做人。

贾维德：（仔细为他考虑）唔、唔、唔——

周保长：气死我了。

贾维德：（热心）嗯，你要是找到包占云，打算怎么办！

周保长：我和他拼命，我这条老命不要啦！

（荷香听这话有点震动和不安。）

贾维德：（摇头）这不是好办法。

周保长：奋起，不是好办法么？

贾维德：保长公，火不要这样往上直冒，平静一点，平静一点。现在生米已经煮成熟饭，大姑娘总是人家的人，迟早要嫁的，何不顺风使篷，把事情弄得四面光！

周保长：四面光？

贾维德：（欲为他们排难解纷）讲到包占云，就算别的好处没有，饿饭总不会的，包占云决不会饿死的！那就是个好女婿。

周保长：哼！

贾维德：再说，荷香自己的心里——

（他看一眼荷香——荷香不动。）

贾维德：她也未尝不愿意。我看你还是成就了他们吧。

（周保长踌躇未决。）

李国瑞：（帮着劝）现在做小辈的人，自己爱拿主意，坚定的很，我们做父亲的，犯不着和他们动肝火！

　　　　　（周保长，还是不甘，只顾摇头。）

贾维德：保长公，你难道真想让你女儿不声不响在家里把孩子生出来，没有女婿，偏有外孙，也不像个话啥——还是让李大爷和我出来做两个现成媒人吧。

周保长：若有包占云这样一个女婿，我一辈子要头痛死了！

贾维德：不会的。他做你女婿，看在你女儿份上，不会再叫你头痛的。

李国瑞：对的。那总要好一点的。

周保长：（勉强）既是你们两位老人家都这样说——唔，要不是荷香是我亲生的女儿——

　　　　　（"舅公舅公"，是贾长生的声音。）

　　　　　（众人回头看。）

贾长生：（绷布包着头手，但仍是跳呀奔的进来）我我我替你带带带带了一封信来。

贾维德：一封信？

贾长生：（将那只散着的手，伸入怀中摸索）我我碰碰见大大大远大大成两两两位表表兄弟，他他们和包包包占云在一……一处，正正正要回……回到前方去。

李国瑞：回到前方去？

贾长生：陈陈宇庭的小小小儿子，拉拉着他们讲讲话，要要要和他们一同去，他他们不不不肯，叫叫他老老老老实实的当壮丁，他他他们三三个人自……管走了。（摸出信，是拍纸簿撕下的一张，用铅笔写的）信信信在这里。

贾维德：（接过信看）哦，哦，哦。（对李国瑞）他们本想来见见父母亲，说明白才走，又恐怕大家心里反倒难受。所以写信要我替他们解释，并且（看信，照读）"安慰二老"——唔，他们三个人真回前线去了！

荷香、周保长、李国瑞：（同时）真回前线去了！什么，包占云逃走了！三个人都去了！

（贾维德点头——将信递给李国瑞。）

周保长：（变色）包占云这个小浑蛋。

（"完了，完了，都完了！"是李贾氏的声音。）

（众人都向着门看。）

杨玉芳：（扶着李贾氏出来）老太太丢失了钱，藏在抽屉里的两百八十多块钱给人拿走了。

李国瑞：（吃惊）什么？

李贾氏：哎哎，我这个钱是藏得好好的。八十多块钱一小封，两百块钱另外一封，都包在一个手巾里。这两百块钱，原是陈宇庭的五百块，叫我们替他送了周保长三百块，余剩下来的；锁在抽屉里好久；现在一起给人家拿走。我们自己的八十多块不要紧，把周保长的两百块也丢掉，怎么办呢！

（周保长不便接口。）

李贾氏：哎哎，那不是周保长在这里么！这二百块钱也许就是周保长自己拿去了的，本来是他的钱。

杨玉芳：（恐怕周保长难看，连忙说明）母亲的神志还不大清楚，她这向说话，是这样又像懂事，又像不懂事似的。

贾维德：这一定是一个家贼。

（她扶着老太太在一条石凳上坐下。）

李国瑞：外头人只有包占云时常在我们家里跑出跑进——

周保长：（想起来一点不错）准是他，是这个无恶不作的东西！（怨毒）混账东西，你拿了这个钱，可以远走高飞，我女儿不能再来麻烦你，我周保长也拿你没有办法了，是不是！你撒下烂痢，我来替你揩屁股，哼，休想——荷香，快回去。

四川新文学大系·戏剧编（第一卷）

荷　香：爸爸是什么意思？

周保长：我家里还能让这样一个孩子生下地来么？赶快想办法。

荷　香：（有决心地）爸爸，这件事你办不到。我不会让你办到的。这是我的孩子，也是包占云的孩子。不错，（悲苦地）他骗了我，他害了我！他自己反倒逃去不管了！可是，他是回到前线打国仗去的。至少他还有这么一点点好处，别人也会说他好的。这点点，比起他们能说你爸爸的，已经多了。（今天不知从那里来的一股勇气）要我打胎么，哼，休想！

（她昂然走去。）

周保长：（受打击而无从回击的人，只以詈骂作报复——将手里竹棒，折为数段）好处，好处，这也是好处，引诱女孩子，教坏一般年轻人。黄桷坪本来是安静太平的地方，就给他们这几个人回来，搅得一塌糊涂，鸡犬不宁！这几位伤兵同志，伤兵丘八，伤兵老爷——

杨玉芳：（大呼）够了够了，我听够了！（两个月来的郁结和委屈，大远分别时强自抑藏的情感，并在一起爆发，不可遏止）你有嘴会骂伤兵；为什么不也骂自己！你凭着良心想想看，一向在后方干的事，有几件是一个好国民——是一个好人——应该做的！伤兵老爷，伤兵有什么比不上你周保长的地方！

（大家想不到一个向来不大开口的女人忽然会发出这样严重的议论，不免惊异。）

杨玉芳：包占云他们是有些地方不好。可是，他们怎么会是这个样子的！他们在前线都是蛮好的，（回忆）一天比一天好，我记得这是我亲眼看见的。回到黄桷坪之后，就因为众人只顾自己不顾大局，他们的毛病才又发作，一天一天坏下

去，喝酒呀，闹事呀，要不是回前线去，不知要变坏到什么样子；这也是我亲眼看见的。（众人默然）

杨玉芳：不信大家都忘记我们当前有一个大仇人！为什么大家的眼光还是像老鼠一样浅——有钱可弄就非弄不可，有气可怄就非怄不可，对于打仗的大事，反都是存敷衍冷淡；再不肯真正拿出气力，帮助把国仗先打赢的。

（众人动容。）

杨玉芳：眼光浅的人，前线也有几个——有几个有家产的，以为日本人来了，他照样可以做安份良民。有几个穷苦人以为他本来什么没有，就使日本人来了也要不了他的东西去。他们对当兵打仗，是敷衍的，不起劲，后来他们才都知道，家产不论多少，日本人不给你留下。你穷苦到什么都没有，你还有一条命；日本人就要你去替他拼命，做奸细，带路，打听消息，当假日本兵来杀中国人，做真日本兵的替死鬼！这些事情，也许还没有人告诉过你们，黄桷坪离开前线又远，有好几千里路，你们还不曾在日本人手里亲自经历到。（悲己悯人）难道说你们——唉，有什么法子使得你们明白呢，有什么法子使得你们明白呢！

（李大成此时忽然跳跃着进来。）

（众人不胜诧异。）

贾维德：你你你——

李大成：（笑乐地）想不到我会回来，是不是？我一个人回来看看父亲母亲的。

李国瑞：哦。

李大成：这次投军是件快乐的事，我得回来快乐地和家里人讲讲话，再快快乐乐地分手。

贾维德：分手，你还要走么？

李大成：他们两个人在吴家桥等着，我马上就要走的。

李贾氏：大成，你还要走么。不要走。你走，我是要哭的。（真的呜咽起来）

李大成：（知道母亲神经失常，好生为难——忽然孺慕地投伏在她怀里）母亲你不要哭，我们这一次去打国仗，是件大好事。我们是打胜仗去的。母亲，你得笑着送我们。母亲，你笑笑。

李贾氏：（住了哭）要我笑笑么？

李大成：母亲笑笑，我们去当兵的人，心里就更快乐。

李贾氏：（真的就笑）嘻嘻，嘻嘻……

李大成：（立起身）母亲，再会，父亲，再会。舅公，再会。嫂子，再会。周保长，再会。长生，再会。

（他快乐地跳跃着出去。）

贾长生：我送送送送你。（他追了出去）

（李国瑞看着贾维德，只是摇头。）

（李贾氏笑声未止。）

杨玉芳：母亲，我和你到里面去吧。（她扶着李贾氏进去）

（周保长忽然从身边摸出一包三百块钱，递给贾维德。）

贾维德：（不解）这做什么？

周保长：陈宇庭的三百块钱，放在我身边一个多月了，请你退还给他，他小儿子的事，县政府自然会公平办理，我以后不愿意多管啦。

贾维德：嗯，不行不行，你从前已经答应过人家——陈宇庭正要托你，把他的儿子，哦，呈报"身体检查不合格"——

周保长：（发急）老先生你不要再和我谈这个——我已经觉得我不是个人了——（他低头疾走而去）

贾维德：（倒是一呆——指着钞票对李国瑞说）受人之托，忠人之

洪深／445

事，我的话总算已经说到，事情办不通——嗯，也许是更好！

杨玉芳：（又回来，立在小门边）有一件事要告诉公公，母亲失掉的两百八十块钱，不是包占云偷窃，我知道是大远拿的。

李国瑞：（不说什么，只应一声）哦。

（玉芳转身进去。）

贾维德：真想不到，这个钱会是大远拿的！

李国瑞：不管是那个拿的，是陈宇庭的钱，反正由我来赔还他就是了。

（两个老年人对视一回，觉得彼此间交流着无限的同情和友谊。）

贾维德：（忽然自笑）嘻嘻。

李国瑞：什么？

贾维德：这次和日本强盗打的国仗，他们叫做什么"民族革命战争"，是有点古怪，和从前的打仗不一样。大家会一点一点好起来的。包占云不用说，周保长好像也在天良发现。讲到我的两个外孙，我更料不到他们现在竟会这样好，这样勇敢！也许他们说的话真是有点道理的——这次打国仗我们非胜利不可，最后的胜利真是"包得行"的！

（李国瑞点头称是。）

（幕下。）

（全剧完）

选自洪深：《包得行（四幕剧）》，上海杂志公司，1939年